FALSCHE HAUT

Leon Sachs heißt im wahren Leben Marc Merten und studierte nach dem Abitur in seiner Heimat Köln an der Schweizer Universität Fribourg Medienwissenschaften. Weil ihm das nicht reichte, hängte er nach einigen Jahren Berufserfahrung als PR-Berater noch ein Diplom in Theologie und Religion an der englischen Universität Durham dran. Heute lebt und schreibt der Journalist wieder in Köln.

LEON SACHS

FALSCHE HAUT

THRILLER

emons:

Bibliografische Information der Deutschen Nationalbibliothek
Die Deutsche Nationalbibliothek verzeichnet diese Publikation in der Deutschen Nationalbibliografie; detaillierte bibliografische Daten sind im Internet über http://dnb.d-nb.de abrufbar.

Umschlagmotiv: photocase.com/madochab
Umschlaggestaltung: Nina Schäfer
Gestaltung Innenteil: César Satz & Grafik GmbH, Köln
Lektorat: Carlos Westerkamp
Druck und Bindung: CPI – Clausen & Bosse, Leck
Printed in Germany 2016
ISBN 978-3-95451-773-2
Thriller
Originalausgabe

Dieser Roman wurde vermittelt durch die
Literaturagentur Lesen&Hören, Anna Mechler, Berlin.

Für Vella und Leo

Prolog

Mittwoch, 4. Juni 2014, Vallée de Vauvenargues, Frankreich

Er würde sterben. Das wusste er. Doch es war ihm egal. Seine Peiniger glaubten, ihm Schmerzen zufügen zu können. Sie sagten, jeder rede irgendwann.

Hätte Serge Clement nicht vor Schmerzen geschrien, hätte er wohl gelacht. Wussten die denn gar nichts? Waren die so dumm? Oder hatte der Kanzler vergessen, ihnen zu sagen, wen sie da folterten? Der alte Mann wurde offenbar nachlässig. Dabei war auch er selbst mit seinen vierundachtzig Jahren kein Jungspund mehr. Und auch er war nachlässig geworden. Sonst säße er jetzt nicht nackt und gefesselt auf diesem Stuhl. Noch dazu in seinem eigenen Haus. Hoffentlich brannten sie es nicht nieder, wenn das hier ein Ende hatte. Schließlich sollten seine Kinder das Anwesen erben.

Clement ahnte, dass er kaum mehr wiederzuerkennen war. Sein Gesicht hatten die beiden Hohlköpfe als Erstes malträtiert. Dann seinen Körper. Mit Fäusten, mit Messern, mit Stromschlägen. Dreimal war er bereits ohnmächtig geworden.

Aber Serge Clement hatte in seinem Leben schon ganz andere Schmerzen ertragen. Mérignac. Drancy. Auschwitz. Das waren wirkliche Schmerzen. Qualen, Horror, physisch, psychisch. Vor allem psychisch. Und dann quatschten diese Idioten davon, seinen Söhnen das Gleiche antun zu wollen, wenn er nicht redete. Als ob das etwas ändern würde. Wenn er nicht redete, würde er sterben. Wenn er redete, auch. Seine Söhne waren nicht in Gefahr. Sonst hätten sie die beiden längst hergebracht.

In Gefahr war nur sein Körper. Aber der war längst hinüber. Es war nur eine Frage der Zeit, bis sein Herz den Dienst quittierte. Warum es noch immer schlug, war ihm ohnehin ein Rätsel.

Rätsel. Als Kind hatte er es geliebt, sie zu lösen. Auf dem Weingut seiner Eltern hatte sein Vater ihn manchmal stundenlang durch die unterirdischen Gänge des Weinkellers geschickt, von Quiz zu Quiz.

Eine aufregende Schnitzeljagd in einem Labyrinth aus Fässern und Flaschen, ein Traum für jeden kleinen französischen Jungen. Aber das war vor dem Krieg gewesen. Nach dem großen Schock, dem Erwachen aus dem sechs Jahre andauernden Alptraum, hatte er die Rätsel des Lebens zu seinem Beruf gemacht. Zu seiner Passion. Zu seinem Schicksal. Und dieses Schicksal hatte ihn hierhergeführt. In den Keller seines eigenen Hauses. Dem Tode geweiht.

In der Gewissheit, dass sein Tod dieser Tortur ein Ende bereiten würde, ließ er den Schmerz nicht mehr an sich heran. Er schrie, weil sein Körper es ihm befahl. Seinen Geist aber hatte Serge Clement in Sicherheit gebracht. Alles, was er wusste, hatte den Körper schon vor Stunden verlassen. Und damit alle Antworten, hinter denen seine Peiniger her waren.

ERSTER TEIL

1

Mittwoch, 4. Juni 2014, Fribourg, Schweiz

Alexander Kauffmann wich gerade noch rechtzeitig zurück. Die Klinge verfehlte ihr Ziel nur um Millimeter. Im nächsten Augenblick spürte er, wie die Glocke seines Degens erzitterte. Sein Gegner hatte erneut zugestochen, und nur das Metall, das seine Hand schützte, hatte ihn vor einem schmerzhaften Treffer bewahrt.

Alex entschied sich für den Rückzug. Ihm war klar, dass jeder Fehler sein Ende bedeuten würde. Sein Widersacher hatte es längst aufgegeben, ihn mit einem gezielten Stoß erledigen zu wollen. Er schlug immer wilder um sich, wohl wissend, dass ein einziger Treffer seines Degens, so glücklich er auch sein mochte, Alex den Garaus machen würde.

Noch schaffte es Alex, die Angriffe abzuwehren. Sein Arm funktionierte automatisch, die Reflexe waren eine Kombination aus jahrelangem Training und außergewöhnlicher Auffassungsgabe. Doch Alex wusste, dass ihm all seine Erfahrung jetzt nur noch bedingt helfen konnte. Immer weiter drängte ihn sein Gegenüber zurück. Alex spürte, dass die Wand hinter ihm gefährlich nahe kam. Er musste handeln. Ansonsten war es für ihn in wenigen Sekunden aus und vorbei.

Da erkannte er seine Chance. Die vielleicht einzige, die ihm noch blieb. Alex blockte eine weitere Attacke seines Gegners ab und schoss im nächsten Augenblick blitzschnell nach vorn. Der Mann hatte keine Chance. Alex bohrte ihm die Klinge seines Degens in die Brust. Für einen Augenblick schien die Welt stillzustehen. Sein Gegenüber blickte erstaunt an sich herab. Der elastische Stahl der Klinge drückte auf seine Schutzweste und bog sich unter der Spannung, ehe sich Alex aus dem Ausfallschritt löste, zurücktrat und die Waffe zum Gruß hob.

Gemeinsam verließen sie die Planche, streiften ihre Masken ab, warfen die Waffen achtlos auf ihre Sporttaschen und ließen sich auf eine Bank fallen. Mit dem Rücken an die Wand der Sporthalle gelehnt, beobachtete Alex das Treiben auf den anderen Bahnen. Vier weitere Paare duellierten sich. Andere Fechter machten Pause. Alles Studenten der Universität Fribourg und alle, wusste Alex, nicht älter als Mitte zwanzig. Alle außer ihm selbst.

Eigentlich gehörte er hier längst nicht mehr hin. Nicht nur wegen seiner mittlerweile sechsunddreißig Jahre. Sondern auch, weil einige der Studenten hier im Raum in seinen Vorlesungen saßen. So wie der junge Miguel, dem er gerade eine Lehrstunde erteilt hatte.

Im Prinzip hielt Alex wenig davon, wenn sich Professoren unter Studenten mischten. Manche erklärten, sie wollten ein Gespür für das Leben der nächsten Generation bekommen. Alex hielt das für Augenwischerei. Er wusste genau, dass sich die jungen Leute in seiner Gegenwart anders verhielten, als wenn er nicht in ihrer Nähe war. Andere Kollegen sagten offen, sie würden sich jünger fühlen, noch einmal wie Studenten, wenn sie sich abends mit jenen trafen, die tagsüber noch in den Hörsälen gesessen und über ihren Professor gelästert hatten. »Eine lockerere Atmosphäre als bei Sprechstunden«, schwärmten sie dann und vergaßen in Alex' Augen völlig, wie wichtig es war, Distanz zu wahren.

Dass er diese Distanz selbst verletzte, indem er jede Woche zum Fechttraining der Studenten ging, war einzig und allein seinem sportlichen Ehrgeiz geschuldet. Er wollte sich beweisen, sich mit Jüngeren messen, sich zeigen, dass er noch nicht zum alten Eisen gehörte. Wenn jemand versuchte, ihn während des Trainings in private Gespräche zu verwickeln, blockte er ab. Er war hier, um zu trainieren. Nicht mehr und nicht weniger. Hier konnte er sich mit den Besten der Universität messen und steckte die meisten doch noch immer in die Tasche.

Abgesehen davon war Fechten für ihn nicht irgendein Sport. Es lehrte ihn, geduldig zu sein, zu beobachten, sein Gegenüber zu analysieren, wie beim Schach den nächsten Zug vorherzusehen und, noch während der Gegner glaubte, ihn mit einem Angriff zu überraschen, mit der passenden Antwort zu kontern. So, wie er es mit Miguel gemacht hatte.

»Haben Sie schon einen Blick hineinwerfen können?«

Alex brauchte einen Moment, bis er verstand. Er wandte sich zu Miguel um, der ihn erwartungsvoll ansah. Der Geschichtsstudent war im zweiten Semester und hatte bei Alex gerade erst seine Prüfung in »Europas Kriege des 20. Jahrhunderts« abgelegt.

»Sie wissen, dass ich darauf nicht antworten werde. Und wenn Sie nicht wollen, dass ich mir Ihre Arbeit ganz besonders genau ansehe, fragen Sie besser nicht noch einmal nach.«

Alex setzte ein Lächeln auf, das so herzlich war wie der morbide Charme der Turnhalle. Es erfüllte seinen Zweck. Er wollte weder auf Kumpel machen noch Freunde gewinnen. Er wollte sich weder angeregt unterhalten noch über Belangloses plaudern. Warum konnten zwei Menschen nicht einfach mal schweigend für ein paar Minuten nebeneinander auf einer Bank hocken, ohne dass einer der beiden zwanghaft versuchte, ein Gespräch zu eröffnen? Und warum glaubten diese Jungs, dass sich das Verhältnis zwischen Lehrer und Schüler änderte, sobald man sich einmal auf der Planche begegnet war?

Alex betrachtete Miguel. Der Schweiß lief ihm aus den schwarzen Haaren in sein sonnengebräuntes Gesicht. Ein Tropfen blieb an einem Augenbrauenpiercing hängen, dessen Sinn Alex bis heute verschlossen geblieben war. Eher war er versucht, einen Haken an solchen Dingern zu befestigen, als den Reiz eines Stücks Metall im Gesicht verstehen zu wollen. Miguel rutschte unsicher auf der Bank hin und her und schien nach einer geeigneten Antwort zu suchen.

Das Klingeln eines Handys erlöste den Jungen von dieser aussichtslosen Aufgabe. Alex griff in seine Sporttasche und fingerte sein Smartphone hervor. Er sah auf das Display. Das Bild einer jungen Frau leuchtete auf. Eine Frau, die eigentlich nur auf seinem Handy anrief, wenn es unausweichlich und dringend war. Eine Frau, die er viel zu lange nicht mehr gesehen hatte. Eine Frau, die ihm so nahestand wie niemand sonst.

»Wer ist Natalie Villeneuve?«, fragte Miguel neben ihm, der offenbar auf das Display geschaut und den Namen der Anruferin gelesen hatte.

Alex fuhr herum und warf seinem Studenten einen verärgerten Blick zu. Miguel erkannte seinen Fehler, murmelte eine Entschuldigung und flüchtete mit seiner Tasche in die Umkleide.

Alex nahm ab.

»Natalie, was für eine schöne –«

»Alex«, unterbrach ihn die vertraute Stimme. Doch ihr Tonfall gefiel ihm überhaupt nicht. Sein Gefühl trog ihn nicht. »*Papa* ist tot.«

Alex' Verstand schaltete augenblicklich auf Autopilot. Er funktionierte automatisch und präzise, ohne dass er darüber nachdenken musste, was er tat. Er blieb ruhig, hörte ihr zu. Gleichzeitig raffte er seine Sachen zusammen und eilte aus der Turnhalle. Er spürte, wie ihn die Blicke der Studenten auf dem Weg nach draußen verfolgten. Er ignorierte sie und entschied doch gleichzeitig, nicht mehr hierherzukommen. Er würde sich einen anderen Fechtclub suchen. Aber erst, wenn das hier durchgestanden war. Es gab einen Menschen, der ihn jetzt dringend brauchte.

Alex Kauffmann stieg in den nächsten Bus und stand fünf Minuten später vor seiner Haustür in der Rue de Lausanne. Er sah auf die Uhr. Es war schon kurz nach zehn, die Luft aber noch sommerlich warm. Alex sog sie tief ein, ehe er aufschloss.

Im Flur stieß er mit einer Nachbarin zusammen. Es war eine seiner Studentinnen, allerdings ausgerechnet eine derjenigen, die ihn tagein, tagaus anhimmelten. Sie begrüßte ihn überschwänglich, Alex hingegen presste nur ein steifes *»Bonsoir!«* hervor und hastete zum Aufzug. Weder hatte er Lust auf eine Unterhaltung mit seiner wohl am wenigsten mit Intelligenz gesegneten Schülerin, noch konnte er seit Natalies Anruf an irgendetwas anderes denken.

Er betrat seine Wohnung, ließ seine Sporttasche auf den Boden fallen, durchquerte den Flur und ging schnurstracks in die Küche. Sie war mit allen möglichen Geräten ausgestattet, mit Hilfe deren Alex stundenlang zugange sein und Menüs zubereiten konnte, von denen einige Profiköche, gerade die einfallslosen Schweizer, noch etwas lernen konnten. Heute Abend hatte er aber weder Zeit noch Muße, zu kochen. Nach dem Gespräch mit Natalie brauchte er etwas anderes. Er öffnete eine Schranktür und entnahm einem Weinkühlschrank eine Flasche Château la Canorgue. Daneben lag ein Schuhkarton, aus dem er eine angebrochene Tafel Salzschokolade fingerte. Beides brachte er ins Wohnzimmer, dekantierte den Wein und ging ins Badezimmer.

Fünf Minuten später stand er mit einem Handtuch um die Hüften vor dem Badezimmerspiegel. Das eiskalte Wasser hatte gutgetan. Mit einer Hand strich er sich seine noch nassen, dunkelbraunen und für einen Professor wohl etwas zu langen Haare zurück. Die Stirn war in den letzten Jahren ein bisschen höher geworden. Das fand er nicht weiter schlimm, da seine markanten Wangenknochen dadurch weniger hervortraten. Seine Nase war lang und gerade, seine Lippen schmal. Die Mundwinkel, seine schwarzbraunen Augen und die dunklen, glatten Brauen bildeten einen meist skeptisch-fragenden Gesichtsausdruck. Neuerdings trug er einen Dreitagebart, wusste aber noch nicht so recht, ob er ihm stand.

Natalie hatte ihn stets wegen seiner Eitelkeit aufgezogen. Auch jetzt würde sie ihn wohl auslachen, wenn er ihr erzählte, dass er in den letzten Wochen zwei Kilo zugenommen hatte. Seine eins fünfundachtzig mochten weiterhin in einem adäquaten Zustand sein. Wegen der zwei zusätzlichen Kilo kam er mittlerweile aber gefährlich nahe an die achtzig Kilo heran.

Nein, schalt er sich, Natalie würde gerade wohl kaum zum Lachen zumute sein.

Im Schlafzimmer zog er sich einen Pyjama an und ließ sich anschließend auf das Sofa im Wohnzimmer fallen. Er goss sich ein Glas Rotwein ein, nahm einen großen Schluck und griff zur Schokolade. Die Tafel würde den Abend nicht überleben.

Er sackte tiefer in die Kissen.

Überleben.

Das war lange Zeit das einzige Ziel der Villeneuves gewesen. Das von Natalie. Und das ihrer Eltern. Oder besser gesagt ihrer Adoptiveltern. Régis und Suzanne, ein typisches altes jüdisches Ehepaar mit der typisch tragischen Vergangenheit, die sie mit vielen anderen Juden teilten.

Überleben.

Das hatten sie geschafft.

Bis letzte Nacht.

»*Papa* ist tot.«

Natalies Worte kreisten in seinen Gedanken. Régis sei vor ein paar Tagen krank geworden. Ein Magen-Darm-Infekt, nichts Schlimmes. Eigentlich. Doch Régis war ja schon über neunzig gewesen. Je älter, desto gefährlicher.

Am Morgen war er nicht mehr aufgewacht. Friedlich eingeschlafen. So, wie man es einem Menschen eigentlich wünschte. Nur eben nicht jenen, die man nicht gehen lassen wollte.

Natalie hatte Alex gebeten, zur Beerdigung nach Paris zu kommen. Ihr Onkel Christophe würde seine Kosten übernehmen. Die Familie brauche ihn.

Natalies Worte wären nicht nötig gewesen. Auch Christophes Angebot nicht. In dem Moment, als sie ihm die traurige Nachricht überbracht hatte, hatte Alex mit den Planungen für die Reise begonnen. Bevor er morgen früh den ersten Zug in die französische Hauptstadt nehmen würde, um mittags an der Gare de Lyon einzutreffen, musste er nur noch ein paar Sachen erledigen. Wenn er sich denn vom Wein und der Schokolade losreißen konnte.

Er trank einen weiteren Schluck.

Natalie und ihn verband mehr als nur eine lebenslange Freundschaft. Sie hatten dieselbe Heimat. Sie waren gemeinsam aufgewachsen. Doch nicht irgendwo. Am selben Ort, den sie beide nicht vergessen konnten. Sie verband das gleiche Schicksal.

Sie waren beide Waisen.

Aufgewachsen in einem Heim in Haguenau nahe der deutsch-französischen Grenze.

Und sie waren beide Juden.

Alex' Eltern waren bei einem Autounfall ums Leben gekommen. Er war nicht einmal ein Jahr alt gewesen. Zwei Jahre später war Natalie eines frühen Morgens vor die Tür des Waisenhauses gelegt worden, in dem er aufgezogen wurde. Vermutlich von ihrer Mutter.

Alex und Natalie hatten ihre Kindheit miteinander verbracht.

Sie waren zu Geschwistern geworden. Bis sie adoptiert worden waren. Erst Natalie von einem Ehepaar aus Paris. Dann Alex, der mit seinen Adoptiveltern zunächst nach Lyon und zwei Jahre später nach Fribourg gegangen war.

Und jetzt war Natalies Adoptivvater tot. Régis Villeneuve, der zusammen mit seiner Frau Suzanne Natalie kurz vor ihrem zehnten Geburtstag zu sich genommen hatte. Die Eheleute hätten vom Alter her zwar schon Natalies Großeltern sein können, aber die Behörden hatten seinem Antrag stattgegeben. Wohl auch, weil in Frankreich zwar so viele Juden lebten wie in keinem anderen europäischen Land, aber doch nicht genug, um all die Kinder aus jüdischen Waisenhäusern zu adoptieren.

Régis und Suzanne waren ein Segen für Natalie gewesen. Alex hatte sie oft in Paris besucht. Auch, nachdem er in die Schweiz gezogen war. Wie glücklich die Kleine geworden war!

Alex und Régis hatten sich gut verstanden. Gerade in den letzten Jahren, in denen Alex sein Studium abgeschlossen, seine Doktorarbeit geschrieben und schließlich in Rekordzeit habilitiert hatte, hatten sie bei seinen Besuchen abends häufig noch zusammengesessen. Régis hatte Alex bei diesen Gelegenheiten erklärt, wie sich Frankreich durch den Zweiten Weltkrieg verändert hatte. Er, der alles hautnah miterlebt hatte: als Jude aus Bordeaux, als Soldat im Krieg, als Flüchtling in England, als Mitglied der Résistance, für die er nach Frankreich zurückgekehrt war. Régis hatte sogar erzählt, wie er und ein guter Freund 1944 gefangen genommen und er ins Konzentrationslager Auschwitz deportiert worden war. Und wie er ausgerechnet an diesem schrecklichen Ort Suzanne kennengelernt hatte. Suzanne, eine polnische Jüdin, die nach dem Überfall der Nazis auf ihr Heimatland erst im Krakauer Ghetto, dann im Arbeitslager Plaszow und schließlich in Auschwitz gelandet war. So wie die Juden in Hollywoods »Schindlers Liste«.

»Ich stand nur nicht auf der Liste«, hatte Suzanne eines Abends zu Alex gesagt. Sie hatte den Film sogar im Kino gesehen, weil sie wissen wollte, wie man das Unvorstellbare verfilmt hatte.

Régis und Suzanne hatten es geschafft, zu überleben: den Horror des Vernichtungslagers, die wochenlange Flucht durch die letzten Schlachtfelder in Richtung Westen. Régis hatte mit Suzanne eigentlich nach Bordeaux gehen wollen. In Paris waren sie nur vorübergehend gestrandet, weil ein Bekannter ihnen eine Wohnung organisiert hatte. Die, in der sie bis heute geblieben waren.

Und jetzt war Régis tot.

Als Alex erneut zur Schokolade griff, merkte er, dass die Schachtel leer war. Er lehnte sich wieder zurück und ließ seine Augen durch das Zimmer wandern. Die Dachwohnung war sein Schmuckstück, sein Zufluchtsort, wenn er der Menschheit entkommen wollte, wenn er nachdenken musste oder einfach seine Ruhe brauchte. So wie jetzt. Dann blickte er aus dem Giebelfenster neben dem Sofa auf die Kathedrale Saint Nicolas.

Fribourgs Wahrzeichen! In der Kleinstadt in der französischen Schweiz mit ihren knapp vierzigtausend Einwohnern lebte er nun schon seit über zwanzig Jahren. Hier fühlte er sich wohl. Fribourg war zu dem geworden, was er sich als Kind immer gewünscht hatte: ein Zuhause.

Seine Heimat konnte man sich nicht aussuchen. Sein Zuhause hingegen schon.

Das war auch der Grund, weshalb Alex keine Kosten und Mühen gescheut hatte, das Appartement einzurichten. Vom Ledersofa über ein großes Bücherregal und einen alten, zu einer Kommode umgebauten Schrankkoffer bis hin zu einem antiken Sekretär – Alex hatte sich in kleinen Geschäften mit seltenen Möbeln eingedeckt. Das Wichtigste waren ihm aber seine Bücher. Nachschlagewerke, Biografien, unzählige dicke Wälzer zu Europas Geschichte, dazu Reiseführer und kulinarische Ratgeber, Bücher zu Genealogie und nationalsozialistischer Rassenkunde. Einzig Romane fanden darin keinen Platz. Der Welt der Fiktion konnte Alex nichts abgewinnen. Die Realität gab ihm genug Rätsel auf.

Die Realität.

Alex erhob sich mit einem Ruck und ging ins Schlafzimmer. Er hasste es, für Beerdigungen zu packen. Erst vor Kurzem war ein Studienfreund von ihm an Krebs gestorben. Alex war zur Beerdigung an den Zürichsee gereist. Nun hielt er den schwarzen Anzug in den Händen, den er eigens für diese letzte Begegnung auf einem Friedhof gekauft hatte.

Er suchte alles zusammen, was er für Paris brauchte. Dann trat er an den Sekretär und entnahm einem der diversen Geheimfächer einen Umschlag. Er enthielt einige hundert Euro, eine französische SIM-Karte, die er bei seinen regelmäßigen Reisen nach Frankreich nutzte, sowie eine aufladbare Fahrkarte für die Pariser Metro. Aus einem zweiten Fach holte er sein Ersatzhandy, das er mit der SIM-Karte bestückte.

Dann öffnete er ein drittes Fach. Vorsichtig faltete er das sich darin befindliche Papier auseinander. Es war das Dokument seines Lebens: seine Adoptionsurkunde, sein Fahrschein in die Freiheit, in das Leben, das er nun führen durfte. Er betrachtete sie einen Moment, verstaute sie dann aber wieder, schnappte sich sein Tablet und setzte sich.

Da das Semester vorbei war, musste er sich um Verpflichtungen den Studierenden gegenüber keine Gedanken machen. Er ging seine Termine für die kommenden Tage durch, schrieb diverse knappe Mails und sagte einige Verabredungen ohne große Erklärung ab. Auch seinen Chef am Departement, Professor Hugo von Arx, ließ er wissen, dass er einige Tage nicht in Fribourg sein werde. Schließlich rief er seine Adoptiveltern an und teilte ihnen mit, dass und weshalb er verreisen werde.

Als er auflegte, verspürte er ein seltsames Gefühl. Er fühlte mit Natalie, mit Suzanne und Christophe. Régis' Tod ging auch ihm nahe. Doch er musste zugeben, dass er schon länger mit Natalies Anruf gerechnet hatte. In den letzten Jahren war es nicht zu übersehen gewesen, dass Régis älter geworden war. So ausgezeichnet sein Geist noch funktioniert hatte, so eindeutig waren die Signale gewesen, die sein Körper gesendet hatte. Bei Alex' letztem Besuch hatte Régis das Thema sogar selbst angesprochen. Sie hatten zu zweit in der Bibliothek der Wohnung gesessen.

»Du wirst für Natalie da sein müssen«, waren seine ersten Worte gewesen.

Alex hatte Régis versprechen müssen, Natalie zu unterstützen und ihr zu helfen, mit allem fertigzuwerden, was komme, sollte Régis einmal nicht mehr da sein. Alex hatte die Ernsthaftigkeit seiner Sätze sofort registriert. Das waren keine Worte, die in die ferne Zukunft gerichtet waren. Régis spürte es. Er hatte ihn gebeten, sich Natalies anzunehmen. Onkel Christophe würde Suzanne auffangen und seiner Schwester helfen.

»Aber Natalie wird dich brauchen, Alex. In jeder Hinsicht.«

Die Worte hallten in seiner Erinnerung nach. Alex ging in die Küche. Er benötigte mehr Schokolade.

2

Donnerstag, 5. Juni 2014, Paris, Frankreich

Sie blickte zum Uhrenturm des alten Bahnhofsgebäudes hinauf. Es war kurz nach zwölf. Alex' Zug würde in wenigen Minuten einlaufen. Bei dem Gedanken, ihm gegenüberzustehen, lief ihr ein Schauer über den Rücken. Sie ballte die Fäuste und kämpfte gegen die aufsteigenden Tränen an.

Natalie Villeneuve ging durch die Eingangshalle, fand das richtige Gleis und lehnte sich an eine Säule unweit des Ausgangs, den Alex passieren musste, wenn er den Bahnsteig des Kopfbahnhofs verlassen wollte.

Sie war erschöpft. Sie fühlte sich leer. War ihr Vater wirklich tot? Der Mann, der ihr gezeigt hatte, was es hieß, eine Familie zu haben. Als sie aus dem Heim gekommen war und von Alex getrennt ein neues Leben beginnen sollte, hatte sie imaginäre Mauern um sich errichtet. Doch Régis und Suzanne hatten sie mühelos eingerissen. Wie sie das geschafft hatten, war ihr bis heute schleierhaft. Aber ihre Eltern, sie nannte sie niemals Adoptiveltern, hatten aus ihr einen neuen Menschen gemacht, ihr die Ängste genommen, ihr ein neues Leben geschenkt. Régis, Suzanne und Alex: Sie drei waren die wichtigsten Menschen in ihrem Leben gewesen.

Doch nun war nichts mehr, wie es einmal war. Régis' Tod änderte alles. Für sie. Für Suzanne. Auch für Alex? Wie würde er reagieren? Er war wahrlich kein Mensch, der gut mit Emotionen umgehen konnte.

Sie musste schmunzeln. Einmal, als sie ihn in Fribourg besucht hatte, hatte eine Studentin ihn in einer Bar nach seiner Nummer gefragt. Natalie hatte losgeprustet, als sie sein verständnisloses Gesicht gesehen hatte. Er hatte etwas gestottert, eine Visitenkarte aus seinem Sakko genommen und erklärt, er habe dienstags Sprechstunde, falls sie Fragen zu ihrem Studium habe. Menschen, Emotionen, Gefühle, Frauen – das war nicht seine Welt.

Ihr aber würde er helfen können. Egal, was er sagte oder nicht, seine Anwesenheit allein würde sie beruhigen. Sie hasste es, die Kontrolle über ihre Gefühle zu verlieren. Doch vor Alex war ihr das egal. Niemandem vertraute sie so sehr wie ihm. Er hatte sie in jedem erdenklichen Moment ihres Lebens gesehen. Na ja, in fast jedem.

Sie nahm ihre Sonnenbrille aus ihrer schwarzen Mähne, schüttelte die Haare und steckte die Brille wieder auf. Aber sie wusste, es würde nur wenige Minuten dauern, ehe sich ihre Locken wieder den Weg in die Freiheit bahnten.

Draußen war es sommerlich warm, doch der Wind in der Eingangshalle war angenehm kühl. Zu ihren dunkelblauen Shorts trug sie Ledersandalen und ein weites weißes Leinenhemd, dessen Ärmel sie bis zu den Ellenbogen hochgeschlagen hatte. Sie merkte, wie sich die feinen Härchen auf ihrer bronzefarbenen Haut aufrichteten. Mit einer Hand griff sie nach ihrer goldenen Halskette, die sie besaß, solange sie denken konnte, und wickelte sie immer und immer wieder um ihre Finger.

Dann endlich fuhr der Zug ein. Dutzende Passagiere strömten auf den Bahnsteig, die meisten in Eile, keinen Blick für den Ort, an dem sie angekommen waren. Natalie entdeckte nur einen Reisenden, der sich nach dem Aussteigen einen Moment gönnte, um zum gläsernen Dach des Bahnhofs hinaufzusehen, einer imposanten Konstruktion aus Glas, Stahl und Holz. Eigentlich war es eine Schande, dachte Natalie. Den Eiffelturm bewunderte jeder Idiot, ohne genau zu wissen, wofür. Die Gare de Lyon sahen jeden Tag noch mehr Menschen. Doch niemand schenkte diesem architektonischen Meisterwerk Beachtung.

Außer Alex. Natalie beobachtete ihn mit einer Mischung aus Belustigung und Bewunderung. Dieser Typ konnte sich in den bizarrsten Momenten für Dinge begeistern, die ihr als Letztes in den Sinn kommen würden. Da stand er nun und glotzte die Decke an, während andere Leute sich an ihm vorbeidrängelten. Es bedurfte eines rüden Remplers, um ihn aus seinen Gedanken zu reißen. Natalie sah, wie Alex dem Fremden, der ihn in seiner Ruhe gestört hatte, irritiert hinterherblickte, ehe er sich zu besinnen schien, wo er war – und vor allem, warum. Er raffte seine Umhängetasche an sich und setzte sich mit seinem Rollkoffer in Bewegung.

Er trug eine beigefarbene Leinenhose, ein dunkelblaues Poloshirt und seinen braunen Lieblingsblazer. Natalie wusste, dass er ohne ihn praktisch nie auf Reisen ging. Und er schien sich einige Tage nicht rasiert zu haben. Dieser leichte Hang zum Rebellen. Ausgerechnet Alex, der überkorrekte Spießer. Für diese Kleinigkeiten liebte sie ihn.

Im nächsten Augenblick trafen sich ihre Blicke. Sie löste sich von der Säule, tat ein paar Schritte, bis sich ihre Beine verselbstständigten und sie auf ihn losstürmte. Sie warf sich ihm in die Arme und war froh, dass er es hatte kommen sehen und sie auffing. Er hielt sie fest, sie schloss die Augen und fühlte sich das erste Mal seit dem schrecklichsten Moment ihres Lebens wieder sicher und geborgen.

Nach einer kleinen Ewigkeit löste sie sich von ihm. Sie sahen sich lange an. Er musterte sie. Wahrscheinlich sah er, dass ihre Augen gerötet waren. Kaum dachte sie an die vielen Tränen, die sie zuletzt vergossen hatte, füllten sich ihre Augen erneut. Eine Träne löste sich und rollte über ihre Wange hinab. Mit einer unwirschen Handbewegung wischte sie sie weg, ganz so, als ob sie damit ihre Trauer wegwischen könnte.

»Danke«, brachte sie mit unsicherer Stimme hervor.

»Natalie, ich –«, begann Alex.

Doch sie unterbrach ihn. »Lass uns in dein Hotel fahren!«

Sie drehte sich um und zog ihn an der Hand hinter sich her in Richtung Ausgang.

Auf der Straße wurden sie von einem Mann südländischer Herkunft mit Anzug, Vollbart und dunkler Sonnenbrille angesprochen. Natalie ignorierte ihn. Er gehörte zu der Horde zwielichtiger Gestalten, die überall an den großen Bahnhöfen zu finden waren und ihnen eine nicht ganz billige Fahrt in einem nicht ganz legalen Taxi anbieten wollten. Wer sich darauf einließ, war schnell fünfzig Euro los für eine Fahrt, die in einem regulären Taxi keine fünfzehn Euro und mit der Metro zwei Euro vierzig gekostet hätte. Natalie führte

Alex daher schnell zu den richtigen Taxis. Sie verfrachteten sein Gepäck in den Kofferraum eines silbernen Peugeot und kletterten auf die Rückbank. Natalie nannte dem Fahrer die Adresse.

Sobald sie sich im Rücksitz des Wagens zurücklehnte, spürte sie, wie alle Anspannung von ihr abfiel. Als das Taxi seine Fahrt aufnahm, schnallte sie sich ab, lehnte sich zu Alex hinüber und legte ihren Kopf in seinen Schoß. Sie begann leise zu schluchzen. Da spürte sie, wie Alex eine Hand auf ihre Schulter legte. Die andere tauchte einen Augenblick später vor ihrem Gesicht auf. Er hatte ein frisches Stofftaschentuch hervorgeholt und reichte es ihr. Sie nahm es dankbar an, blieb aber liegen. Erst, als das Taxi endgültig zum Stehen gekommen war und der Fahrer sich zu ihnen umdrehte, richtete sie sich wieder auf.

»Dein Onkel hat es wirklich ernst gemeint mit der Kostenübernahme für meinen Aufenthalt, wie?«

Natalie blickte Alex verständnislos an. Dann sah sie nach draußen. Sie hatten direkt vor dem Hotel Luxembourg Parc gehalten, einem kleinen, exquisiten Haus, das seinen Namen der unmittelbaren Lage am Jardin du Luxembourg verdankte. Hier hatte Suzannes Bruder ein Zimmer für Alex reserviert.

»Du kennst Christophe«, entgegnete sie mit einem schwachen Lächeln. »Bescheidenheit ist nicht seins.«

Natalie erledigte die Formalitäten an der Rezeption und führte Alex auf sein Zimmer.

»Wir beide wussten, dass dieser Tag kommen würde«, sagte Natalie schließlich, als Alex seinen Koffer abgestellt hatte. Sie versuchte, so ruhig wie möglich zu sprechen. »Aber ich habe immer gebetet, dass es noch ein wenig dauern möge.«

»War er denn schon länger krank?«

»Er hat vor ein paar Tagen über Übelkeit geklagt. Vor zwei Tagen hat er angefangen, sich ständig zu übergeben. Das hat ihn ziemlich geschwächt. Gestern Abend wollte er sich hinlegen und ausruhen. Er ist nicht wieder aufgewacht.«

»Dr. Forêt konnte ihm nicht helfen?«

Sie schüttelte den Kopf. »Jean-Daniel hat alles versucht. Er hat sogar seine Praxis für einen Tag geschlossen und die letzte Nacht bei uns geschlafen.«

»Und Régis wollte nicht ins Krankenhaus?«

»Er dachte, es sei nur ein Infekt und dass es schnell vorübergehen werde. Er war zu stolz, um sich von jemand anderem als Jean-Daniel behandeln zu lassen.«

»Lass mich raten: weil Forêt Jude ist.«

Natalie zuckte mit den Schultern.

»Und wie geht's Suzanne?«

»Wir fahren am besten gleich zu ihr. Sie rennt den ganzen Morgen durch die Wohnung und wühlt in *papas* Papieren herum. Sie will, dass die Beerdigung genau so wird, wie er es sich gewünscht hätte.«

»Und sie hofft, noch einen letzten Wunsch von ihm zu finden?«

Natalie nickte. »Genau. Aber die Gemeinde hat schon alles Organisatorische übernommen.«

»Die Chewra Kadischa?«

Sie nickte erneut. Die Chewra Kadischa war die »Heilige Bruderschaft« einer jeden jüdischen Gemeinde, die sich bei einem Todesfall um all die kleinen religiösen Spitzfindigkeiten kümmerte, die vom Moment des Todes an zu beachten waren: Gebete sprechen, Kerzen am Totenbett anzünden, den Leichnam bedecken. Weil alles in kurzer Zeit geschehen musste, brachte die Chewra Kadischa den Toten zum Friedhof, um ihn dort rituell zu waschen und ihm das weiße Totengewand sowie seinen Tallit, den Gebetsschal, anzulegen. Bis zum Moment der Beerdigung musste sich eine Familie um nichts mehr kümmern.

»Suzanne will trotzdem auf alles ein Auge haben?«

Natalie verzog das Gesicht. »Du weißt, wie sie ist. Aber mir ist es ganz lieb, so ist sie beschäftigt. Ich habe nur Angst vor dem Moment, in dem sie sich in ihren Sessel setzt und zur Ruhe kommt. Dann wird sie an ihrer Trauer zerbrechen, wenn Christophe sie nicht auffängt.«

Sie sah Alex an und wusste, woran er dachte. Für ihre Mutter mussten sich die letzten vierundzwanzig Stunden wie ein neuer Alptraum anfühlen. Sie war sich nicht sicher, ob sich Suzanne wirklich an ihre Zeit im KZ zurückerinnerte. Doch sie hatte schon mehrere Bemerkungen darüber gemacht, wie sie damals von Auschwitz nach Paris gekommen waren. Sie hatte geglaubt, ihre gesamte Familie verloren zu haben. Ihre Eltern, Großeltern, Tanten, Onkel und sechs Geschwister. Laut Yad Vashem, dem Archiv der Hinterbliebenen des Holocaust, war sie die einzige Überlebende ihrer polnischen Großfamilie gewesen. Dass Régis und sie sich lieben gelernt hatten, hatte sie beide gerettet. Jahrzehntelang war er der einzige familiäre Halt gewesen. Bis Christophe vor vierzehn Jahren aufgetaucht war. Seine und Suzannes Mutter war, ohne es zu wissen, schwanger ins KZ gekommen und hatte Christophe dort geboren. Wie durch ein Wunder hatte der Säugling überlebt und war von einer gutmütigen Krankenpflegerin aus dem Lager geschmuggelt worden. Es dauerte fast sechs Jahrzehnte, ehe Christophe Suzanne ausfindig gemacht hatte.

Das erste Treffen war bizarr gewesen. Zuvor hatte Christophe vorsichtig über die Gemeinde Kontakt zu Régis aufgenommen und ihn eingeweiht. Dann hatten sie heimlich von Dr. Forêt einen Verwandtschaftstest durchführen lassen, um sicherzugehen, dass Christophe und Suzanne tatsächlich verwandt waren. Und dann hatte es die erste Begegnung gegeben.

Alex und Natalie waren dabei gewesen, sie hatte nach seiner Hand gegriffen, als Christophe Suzanne erklärte, wer er war. Sie sah ihre Mutter noch immer vor sich. Fassungslos hatte sie dagestanden und ihren Bruder minutenlang angestarrt.

Dann war sie Christophe um den Hals gefallen.

Natalie fragte sich, ob Christophe auch dieses Mal stark genug sein würde, Suzanne aufzufangen.

Alex schien den Moment der Stille zu nutzen, um sich umzusehen. Natalie folgte seinem Blick. Sie musste sich eingestehen, dass es eines der stilvollsten Hotelzimmer war, die sie je gesehen hatte. Auch Alex schien überrascht und angetan. Doch sosehr sie sich für ihn freute, dass er Christophes Großzügigkeit zu schätzen wusste, spürte sie Unruhe in sich aufsteigen. Natalie wollte wieder zu ihrer Mutter. Also beschlossen sie, sofort aufzubrechen. Alex ließ den

Koffer ungeöffnet vor dem Bett stehen, erfrischte sich nur kurz im Bad und schnappte sich seine Umhängetasche.

Gemeinsam verließen sie das Hotel. Auf Taxi oder Metro konnten sie nun verzichten, die Villeneuves wohnten in unmittelbarer Nähe. Alex und Natalie liefen über die Rue de Vaugirard, Paris' längste Straße, in südwestlicher Richtung, bogen in die Rue d'Assas und dann rechts in die Rue du Cherche-Midi ein. Nach wenigen Metern tauchte links ein großes hölzernes Eingangstor auf, an dessen Tür ein schwerer metallener Griff hing. Die Fassade erstrahlte in frisch aufgetragenem Weiß und hatte die für Paris typischen Holzfensterläden in dunklem Blau. Wie bei so vielen französischen Stadthäusern war der Eingang des Mehrfamilienhauses modernisiert und durch einen vierstelligen Code gesichert worden.

Natalie tippte die vier Ziffern ein. 1-9-4-5. Das Jahr, in dem die Leiden für ihre Eltern ein Ende genommen und sie in diesem Haus ein Dach über dem Kopf gefunden hatten. Doch gestern hatte hier das Leben ihres Vaters ein Ende gefunden.

1-9-4-5. Den Code kannte er bereits. Der Mann hinter dem Steuer der Limousine, die er in einiger Entfernung auf der anderen Straßenseite geparkt hatte, senkte sein Fernglas. Er kletterte auf die Rückbank und tauschte seinen Anzug gegen etwas Bequemeres. Er nahm sich den falschen Bart ab, wischte sich mit einem Tuch die Tönung aus dem Gesicht und legte die Utensilien zusammen mit der dunklen Sonnenbrille in einen kleinen Koffer. Er hatte gewusst, dass sich Natalie und der Professor am Bahnhof ein richtiges Taxi aussuchen und nicht bei ihm einsteigen würden. Doch im Gedränge hatte er trotzdem sein Ziel erreicht und etwas Wertvolles in Kauffmanns Sakko unterbringen können. Die Wanze sendete ein klares Signal.

3

Donnerstag, 5. Juni 2014, Paris, Frankreich

Das Haus gehörte den Villeneuves schon seit über fünfzig Jahren. Erst hatten sie in einer kleinen Wohnung unter dem Dach Unterschlupf gefunden. Kurze Zeit später waren sie in den zweiten Stock gezogen. Und Ende der fünfziger Jahre hatten sie das Haus schließlich gekauft.

Noch bevor sie vor der Wohnungstür in der zweiten Etage angekommen waren, stieg Alex der süße Duft frischen Gebäcks in die Nase. Suzanne war nicht nur eine großartige Köchin, an ihr war auch eine echte Patissière verloren gegangen. Und trotz aller Trauer um ihren verstorbenen Mann hatte sie offenbar gebacken. Augenblicklich fiel Alex das Loch in seinem Magen auf. Seit dem Riegel im Zug hatte er nichts mehr gegessen. Er hoffte, dass sich das gleich ändern würde. Doch seine Hoffnung zerplatzte, als Natalie die Tür aufschloss.

Eine aufgeregte Frauenstimme drang an seine Ohren. Eine zweite, männliche Stimme versuchte zu beschwichtigen. Alex verstand nur Wortfetzen. Aber irgendetwas musste passiert sein.

Sie entdeckten Suzanne im Wohnzimmer. Die kleine Gestalt saß zusammengesunken auf dem Sofa, ein Blatt Papier auf dem Schoß. Sie trug ein schwarzes Baumwollkleid, darüber eine beige Strickjacke. Sie hielt ihr Gesicht mit ihren von Altersflecken gezeichneten Händen bedeckt. Ihre weißen Haare waren durcheinander. Neben ihr saß ein älterer Mann in einem anthrazitfarbenen Dreiteiler, einem weißen Hemd und mit einer dunkelroten Krawatte. Christophe blickte auf, als Natalie und Alex näher kamen.

»Was ist denn passiert, *maman*?«, fragte Natalie leise. Sie ließ sich neben Suzanne nieder und legte einen Arm um ihre Mutter.

Christophe machte ihr Platz und erhob sich. Er klopfte Alex, der neben dem Sofa stehen geblieben war, freundlich auf die Schulter.

»Danke, dass du gekommen bist«, flüsterte er. Er bedeutete Alex, mit ihm nach nebenan zu gehen und die beiden Frauen allein zu lassen.

Vom Wohnzimmer führte ein offener Rundbogen ins Esszimmer und von dort aus ein zweiter durch Flügeltüren in die Bibliothek. Durch die großen Fenster fiel Sonnenlicht. Alex und Christophe ließen sich in Ledersesseln nieder. Hier hatte er häufig mit Régis zusammengesessen und diskutiert. Jetzt saß ihm Christophe gegenüber. Er sah angeschlagen aus, traurig. Alex glaubte, noch eine weitere Regung an ihm zu erkennen: Verzweiflung.

»Was ist passiert?«, fragte Alex.

»Wir haben etwas gefunden. Etwas, das uns einen großen Schrecken eingejagt hat. Hast du den Brief gesehen, den Suzanne auf ihrem Schoß hatte?«

Alex nickte.

»Suzanne hat ihn in Régis' Schreibtisch gefunden. Jemand hat ihn erpresst.«

»Erpresst?« Alex richtete sich ruckartig auf.

»Vor siebzehn Jahren.« Christophe machte eine Pause. Er starrte auf den schweren dunkelgrünen Teppich, der den Boden der Bibliothek bedeckte. Alex hatte Suzannes Bruder noch nie ratlos gesehen. Christophe war neunundsechzig und ein erfolgreicher Immobilienmakler. Ein Mensch, der es gelernt hatte, seine Emotionen im Griff zu haben und sie anderen gegenüber nicht zu zeigen. Doch der Mann, der Alex jetzt gegenübersaß, wirkte aufgewühlt und verunsichert.

»Régis muss irgendetwas gewusst haben. In dem Brief heißt es, er solle sein Wissen besser für sich behalten.«

»Sonst was?«

»Sonst sei Natalie ihres Lebens nicht mehr sicher.«

»Wie bitte?«, fragte Alex leise. Seine Hände verkrampften sich um die Armlehnen des Sessels.

Christophe sah ihn ernst an. »Sie haben Régis damit gedroht, Natalie umzubringen, wenn er weitermacht.«

»Womit weitermacht?«

»Keine Ahnung. Das ist aber noch nicht alles. Der Brief lag in einer Schachtel. Darin haben wir noch etwas anderes gefunden. Eine Puppe mit einem abgerissenen Kopf. Suzanne hat sich sofort an sie erinnert. Natalie hat die Puppe mal in der Schule in ihrem Spind gefunden und nach Hause gebracht. Sie hat sie für einen schlechten Scherz eines Mitschülers gehalten. Aber der Brief stammt aus demselben Jahr.«

»Und ihr glaubt, die Puppe sei eine Botschaft an Régis. Sonst hätte er sie wohl kaum zusammen mit dem Brief aufbewahrt.«

»Genau. Aber mehr wissen wir nicht.«

»Habt ihr schon die Polizei verständigt?«

Christophe schüttelte den Kopf. »Du weißt, wie Suzanne zur Polizei steht. Abgesehen davon haben wir die Schachtel erst vor einer Stunde entdeckt. Du hast meine Schwester gesehen. Sie ist völlig fertig.«

Wie aufs Stichwort traten Suzanne und Natalie in die Bibliothek. Alex erhob sich. Suzanne hatte sich offenbar beruhigt. Sie kam lächelnd auf ihn zu und stützte sich dabei auf einen Gehstock, dessen Knauf sie ihm nach einer herzlichen Umarmung behutsam in seinen Bauch drückte.

»Du hast zugenommen«, sagte sie. »Gut siehst du aus. Nicht wahr, Natalie?«

Alex war die Bemerkung unangenehm. Natalie hingegen konnte sich ein Grinsen nicht verkneifen.

Gerade als Alex ihr sein Beileid aussprechen wollte, hob Suzanne die Hand. Als ob sie seine Gedanken geahnt hätte, ließ sie ihn nicht zu Wort kommen.

»Ich hatte gehofft, dass wir jetzt gemeinsam etwas essen könnten.« Suzanne blickte alle drei nacheinander an. »Aber das muss warten. Ich habe eine große Bitte an euch. Diese Schachtel … Ich kann den Gedanken nicht ertragen, morgen auf den Friedhof zu gehen, ohne zu wissen, was passiert ist. Bitte lasst uns in der Wohnung nach irgendetwas suchen, das all das erklärt.«

»Hältst du das für eine gute Idee?«, fragte Natalie. »Sollen wir nicht lieber warten und nächste Woche in Ruhe die Polizei rufen?«

Suzannes Augen verengten sich. Ihre Stimme klang bitter. »Solange ich lebe, wird kein Vertreter der Polizei jemals diese Wohnung betreten.«

»Ja, *maman*, es tut mir leid«, erwiderte Natalie behutsam.

Die Diskussion war beendet.

Christophe nahm sich das Wohnzimmer vor. Natalie begann in der Diele am Eingang und würde anschließend ihr eigenes Zimmer durchsuchen. Suzanne ging ins Schlafzimmer, in dem sie künftig nur noch allein nächtigen würde. Für Alex blieb die Bibliothek.

Er blickte sich um. Er mochte die Wohnung. Régis und Suzanne hatten die gesamte Etage für sich. Aus ursprünglich zwei Wohnungen, wie es sie sonst auf allen anderen drei Etagen gab, hatten sie eine – fast schon herrschaftlich große – gemacht. Alle Zimmer hatten hohe, stuckverzierte Decken. Die Räume zur Straße wurden durch prächtige Fenster von Licht durchflutet. Das Parkett hatte schon bessere Zeiten gesehen, aber ein Freund der Villeneuves war Teppichhändler und hatte die Wohnung im Laufe der Jahrzehnte mit echten Kostbarkeiten ausgestattet.

Alex war immer wieder erstaunt, wie es Régis und Suzanne geschafft hatten, sich nach dem Krieg aus dem Nichts eine neue Existenz zu errichten. Er, der mit neunzehn zum Militär eingezogen worden war und dem der Krieg alles genommen hatte. Der bei der Résistance als sogenannter Quartiermacher für die Logistik der Untergrundbewegung verantwortlich gewesen war. Und der dank seines Organisationstalents nach dem Krieg eine große Spedition aufgebaut, Mitte der achtziger Jahre für viel Geld verkauft und sich entschlossen hatte, Schriftsteller zu werden. Und sie, die im Alter von zwölf hatte mitansehen müssen, wie die Nazis ihre Heimat Polen überfallen und ihr ihre Kindheit und Jugend geraubt hatten. Ohne schulische Bildung, ohne eine Vorstellung, was sie im Westen erwarten würde, ohne ein Wort Französisch war sie Régis nach Paris gefolgt. Sie hatte alles neu erlernt, eine Ausbildung zur Buchhalterin absolviert und ihren Mann fortan im Geschäft unterstützt. Régis und Suzanne hatten das Beste aus ihrem zweiten Leben gemacht. Und zu guter Letzt sich selbst und Natalie mit einer gemeinsamen Familie beschenkt.

Jetzt stand Alex in der Bibliothek und begann, in den deckenhohen Bücherregalen nach etwas zu suchen. Aber wonach? Régis war erpresst worden, weil er etwas gewusst hatte, das niemand sonst erfahren durfte. Was hatte Régis herausgefunden? Und wen hatte er damit derart in Bedrängnis bringen können? Alex durchstöberte den Raum zwei Stunden lang. Aber er fand nichts, was sich Suzanne erhofft haben könnte.

Den anderen erging es nicht anders. Sie trafen sich im Esszimmer wieder und suchten auch dort alles ab. Als Alex anschließend die offene Küche betrat, um den ersten Oberschrank zu öffnen, berührte ihn Suzanne von hinten sanft an der Schulter.

»Die Küche musst du dir nicht vornehmen. Das ist mein Reich.«

Er verstand und ging zurück zum Esstisch.

»Eine Möglichkeit gibt es noch.« Alle Augen richteten sich auf Christophe. »Vielleicht hat Régis in seinem Testament alles erklärt.«

Suzanne antwortete nicht. Ihre Augen füllten sich mit Tränen. Natalie trat neben sie.

»Soll ich beim Notar anrufen?«, fragte sie.

Suzanne nickte stumm. Natalie verschwand im Wohnzimmer und kam zwei Minuten später wieder.

»Monsieur Simon hat Zeit. Wenn wir wollen, können wir sofort zu ihm fahren.«

4

Donnerstag, 5. Juni 2014, Paris, Frankreich

Sie fuhren in Christophes Wagen zum Boulevard du Montparnasse. Das Büro des Notars lag in einem Bürogebäude schräg gegenüber der Kirche Notre-Dame-des-Champs. Christophe parkte den Wagen in der Tiefgarage des Hauses. Ein Aufzug führte sie in die vierte Etage.

Suzanne und Christophe gingen voran, Alex und Natalie folgten ihnen. Sie betraten einen modern eingerichteten, in Alex' Augen sterilen und nichtssagenden Empfangsbereich. Ein Mann namens Robert Bossis begrüßte sie. Er stellte sich als Assistent des Notars vor und gab allen die Hand. Alex entging nicht, dass Bossis Natalies Hand einen Augenblick länger als nötig festhielt. Er schätzte ihn auf Ende dreißig und fühlte sich bei seinem Anblick an eine Mischung aus Model und Boxer erinnert. Dem schlanken, groß gewachsenen Körper und den perfekt gestylten schwarzen Haaren stand eine etwas zu klobige und nicht ganz gerade Nase gegenüber. Was Alex jedoch am meisten auffiel, war der präzise getrimmte Dreitagebart. Er musste sich eingestehen, dass er Bossis viel besser stand als ihm selbst. Unwillkürlich strich sich Alex mit einer Hand über sein Kinn.

Bossis führte sie in einen Besprechungsraum und ließ sie allein. Auch dieses Zimmer war unpersönlich eingerichtet. Alex glaubte sogar, den Geruch von Putzmittel ausmachen zu können. Sie wollten sich gerade an den großen Konferenztisch setzen, als die Tür erneut aufging und ein Mann Mitte fünfzig den Raum betrat.

David Simon ging geradewegs auf Suzanne zu, ergriff mit beiden Händen ihre Schultern und gab ihr einen Kuss auf die Wange. Der Notar sah sie eindringlich an und sprach ihr sein Beileid aus. Alex konnte sich des Eindrucks nicht erwehren, dass es bei ihm lediglich eine Floskel war. Des Anstands halber. Er wirkte in keiner Weise berührt, eher kühl und geschäftsmäßig. In seinem dunkelblauen Nadelstreif mit hellblauem Hemd und blau gepunkteter Krawatte hätte er wie nahezu jeder andere Geschäftsmann in Paris und anderswo ausgesehen – wenn nicht alles an ihm so perfekt gewesen wäre. Alex vermutete, dass sein Anzug maßgeschneidert war. Der Krawattenknoten war lehrbuchhaft. Und dann die Hosenträger! Alex mochte diesen Mann nicht.

Simon kam gleich zur Sache. »Natalie, du hast mir am Telefon gesagt, dass es um Régis' Testament geht«, begann er, als sie sich gesetzt hatten. »Wie kann ich euch helfen?«

Natalie blickte zu Suzanne hinüber. »Wir möchten Sie bitten, es zu öffnen.«

Alex fiel auf, dass sie Simon siezte. Der Notar kannte die Familie Villeneuve schon seit Jahrzehnten. Er duzte Natalie ganz offensichtlich noch aus Gewohnheit, ganz so, als ob sie noch immer ein Teenager wäre. Er war wohl nie auf die Idee gekommen, der erwachsenen Natalie das Du anzubieten.

Simon runzelte die Stirn. »Jetzt?«

Natalie lächelte traurig. Sie suchte seinen Blick. »Ja. Wir sind in einer besonderen Situation. *Papa* hat uns vor einiger Zeit in einem Brief notiert, wie er sich seine Beerdigung wünschte. Aber wir finden ihn nicht mehr. Wir hoffen, dass er in seinem letzten Willen dazu noch etwas geschrieben hat. Die Chance ist zwar nicht groß, aber es würde uns sehr viel bedeuten, wenn Sie uns helfen könnten.«

Die Geschichte war schwach, dachte Alex. Sie hatten sich im Auto darauf geeinigt, es auf diese Weise zu versuchen. Christophe hatte vorgeschlagen, Natalie reden zu lassen. Sie hofften, dass Simon dem Charme einer trauernden jungen Frau erliegen würde. Alex fand es zwar erniedrigend, Natalie darauf zu reduzieren, aber vielleicht diente es tatsächlich der Sache.

Der Notar setzte eine bedauernde Miene auf. »Es tut mir aufrichtig leid, Natalie. Aber ich kann euch nicht helfen. Bevor man eine Testamentseröffnung vollziehen kann, müssen einige Formalitäten erfüllt sein. Das schreibt das Gesetz vor. Und für diese habe ich«, er korrigierte sich, »haben *wir* heute keine Zeit mehr. Aber ich kann euch versichern, dass Régis keine derartigen Wünsche in seinem Testament hinterlegt hat.«

»Wie das?«, wollte Alex wissen.

»Wir sind es gemeinsam vor einiger Zeit noch einmal durchgegangen«, entgegnete Simon mit einem herablassenden Lächeln.

Alex ahnte, dass sie bei diesem Mann heute nicht weiterkommen würden.

»Monsieur Simon«, schaltete sich jetzt Christophe ein. »Wie Sie wissen, würden wir Sie nicht darum bitten, wenn es uns nicht sehr wichtig wäre. Aber –«

»Monsieur Wagner«, unterbrach ihn Simon. Seine Stimme klang schneidend. Er blickte Christophe mit zusammengekniffenen Augen an. »Ich kenne Ihr Geschäft. Ich kenne Ihre Art, mit dem Gesetz umzugehen. Aber ich bin ein ehrenhafter Mann, der davon überzeugt ist, dass Paragrafen durchaus ihren Sinn haben. Sie können sich also Ihren Appell an meine Freundschaft zur Familie Villeneuve sparen.«

Zu Suzanne gewandt, sprach er mit ruhiger Stimme weiter: »Du und Régis, ihr habt euch schon von meinem Vater beraten lassen. Als ich die Kanzlei von ihm übernommen habe, habe auch ich euch immer nach bestem Wissen und Gewissen unterstützt. Aber was ihr da von mir verlangt, kann ich nicht leisten. Wir können gerne für nächste Woche einen Termin vereinbaren, um die Formalitäten zu klären und die Testamentseröffnung in die Wege zu leiten. Aber mehr kann ich nicht für euch tun.«

Suzanne nickte und schlug die Augen nieder. Auf dem Weg in die Kanzlei hatte sie von ihnen verlangt, nichts von dem Brief und der Erpressung zu erwähnen. Jetzt standen sie da. Sie waren genauso schlau wie vorher.

Als sie wieder im Auto saßen, lehnte sich Alex auf der Rückbank zu Natalie hinüber.

»Was war denn das eben für eine Bemerkung von Simon zu Christophe?«, flüsterte er ihr ins Ohr.

Natalie legte eine Hand in seinen Nacken und zog ihn näher zu sich heran. »Simon sollte vor einigen Monaten einen Immobiliendeal notariell begleiten. Aber er war –«

»Er war der Meinung, dass ich meinem Kunden einen Knebelvertrag aufs Auge drücken wollte«, beendete Christophe den Satz. Er saß am Steuer seiner Limousine und hatte offenbar ein hervorragendes Gehör. Alex setzte sich wieder in seinen Sitz zurück.

»Keine Sorge, Alex, nichts, worüber ich nicht reden würde. Es ging um eine große Sache, einen Neubau außerhalb von Paris. Simon und ich bekamen uns wegen des Vertrags in die Haare, und er ist von dem Auftrag zurückgetreten. Seitdem ist er nicht mehr gut auf mich zu sprechen.« Er legte eine Hand auf Suzannes Arm, die neben ihm saß. »Es tut mir leid. Vielleicht war es ein Fehler, mitzukommen. Ich hätte es besser wissen müssen.«

Sie aßen gemeinsam zu Abend. Da aber niemandem so recht nach Gesprächen zumute war, verabschiedete sich Alex bald nach dem Essen. Christophe blieb bei Suzanne und Natalie und übernachtete auf dem Sofa. Sie verabredeten sich für den nächsten Morgen in der Wohnung, um gemeinsam zum Friedhof zu fahren. Dann machte sich Alex zu Fuß auf den Heimweg.

Er war froh über den kurzen Spaziergang. Er hatte überlegt, noch an die Seine zu laufen und dort in der kühler werdenden Nachtluft in Ruhe über das Geschehene nachzudenken. Aber er hatte zu viel gegessen und war hundemüde. Er dachte an das große Bett in seinem luxuriösen Hotelzimmer und freute sich auf eine erholsame Nacht.

Eine weniger erholsame Nacht stand dem Mann bevor, der Alex in sicherem Abstand folgte. Als seine Zielperson das Hotel betrat, setzte er sich in ein in Sichtweite geparktes Auto. Im Gegensatz zu Alex würde er kein Auge zutun. Bis er am nächsten Morgen von der Tagesschicht abgelöst wurde.

5

Freitag, 6. Juni 2014, Paris, Frankreich

Alex war erstaunt, wie viele Menschen sich auf dem Friedhof eingefunden hatten.

Natalie, Suzanne, Christophe und er waren um halb elf auf den berühmten Père-Lachaise gekommen und hatten damit gerechnet, zu diesem Zeitpunkt neben dem Rabbiner nur wenige andere Gesichter zu sehen. Doch die Nachricht, dass ein angesehener Schriftsteller und Bürger der Stadt verstorben war, hatte offenbar viele Pariser berührt.

Schon eine halbe Stunde vor Beginn der Beerdigung standen gut dreißig Menschen in Grüppchen verteilt auf den Wegen im östlichsten Teil des imposanten Friedhofs. Hier, im Quadranten sechsundneunzig, der Division Israélite, hatte sich Régis vor Jahren für viel Geld eine Stätte für seine Familie gekauft. Einen jüdischen Friedhof gab es in Paris nicht. Daher hatten sich Régis und Suzanne darauf geeinigt, den fünfstelligen Betrag für ein Familiengrab auf dem Père-Lachaise auszugeben. Natalie hatte Alex damals erklärt, Régis freue sich sogar ein bisschen darauf, einmal in der gleichen Erde begraben zu werden wie Jakob Rothschild, Édith Piaf und Oscar Wilde. Nun war es also so weit.

Alex empfand diesen Ort als beeindruckend und erdrückend zugleich. Ein Friedhof wie eine Stadt. Die Wege zwischen den Gräbern aus Pflastersteinen und mit Bürgersteigen angelegt. Statuen, die Gräber schmückten. Grabkammern im neugotischen Stil, die als Familiengräber für ganze Dynastien dienten. Und all das errichtet in den Gärten, die einst François d'Aix de Lachaise gehört hatten, dem Beichtvater von Louis XIV., dem Sonnenkönig.

»Du hast dich rasiert!« Natalie riss Alex aus seinen Gedanken. Sie stand vor ihm. »Das ist mir heute Morgen gar nicht aufgefallen. So gefällst du mir besser als mit den Stoppeln.« Sie lächelte und strich ihm mit einer Hand über die glatte Wange.

»Bist du nervös?«, fragte Alex ungelenk, um das Thema zu wechseln.

»Wegen des Gedichts? Ein wenig.« Sie nahm das Buch, das sie in der Hand hielt, und drückte es an sich. Es war der letzte Gedichtband, den Régis veröffentlicht hatte. »*Papa* hat sich gewünscht, dass ich es an seinem Grab vorlese. Ich hoffe, ich enttäusche ihn nicht.«

»Du schaffst das schon«, versuchte Alex, ihr Mut zu machen.

Beide trugen Schwarz, Alex seinen Anzug, Natalie ein langes Kleid. Ihre Haare hatte sie zu einem Zopf gebunden und einen eleganten schwarzen Hut aufgesetzt. Sie hatte keinen Schmuck angelegt.

Suzanne und Christophe unterhielten sich mit dem Rabbiner. Sie sahen aus wie die ältere Version von Alex und Natalie, einzig dass Suzanne keinen Hut, sondern ein Kopftuch locker auf ihre Haare gelegt hatte. Alex und Christophe trugen Kippa.

Der Rabbiner blickte auf die Uhr und schaute sich um. Die Trauergemeinde hatte sich mittlerweile weiträumig um das ausgehobene Grab versammelt. Er gab einem wartenden Friedhofswärter ein Zeichen. Augenblicklich wurde es still.

Der Sarg wurde von zwei Männern auf einem Karren über die Pflastersteine gezogen. Es war ein einfacher Holzsarg, so wie es die jüdische Tradition vorsah. Als sie nahe genug waren, hoben sie den Sarg vorsichtig vom Karren und setzten ihn auf Metallstreben über dem Grab, mit denen er später hinabgesenkt werden würde.

Natalie und Christophe hatten Suzanne in ihre Mitte genommen. Alex stand daneben. Er hörte leises Schluchzen, wusste aber nicht, ob es von ihr oder Natalie kam. Auch bei einigen Besuchern sah er Tränen in den Augen. Viele bekannte Gesichter entdeckte er nicht. Das hatte er auch nicht erwartet. Einzig Dr. Forêt, den langjährigen Hausarzt der Villeneuves, machte er aus. Und David Simon, den Notar. Er stand zusammen mit einem älteren Mann, der wahrscheinlich sein Vater war, und seinem Assistenten etwas am Rand der Gesellschaft. Alex hatte den Eindruck, dass er am liebsten wieder gegangen wäre.

Neben sich hörte er den Rabbiner die Trauerrede beginnen. Der

Rebbe hatte Régis lange gekannt und würdigte in seiner Ansprache dessen Verdienste um die jüdische Gemeinde in Paris. Régis und Suzanne waren unter den ersten Mitgliedern der Gemeinde nach dem Krieg gewesen. Fast zwei Jahrzehnte lang war Régis Mitglied des Vorstands gewesen.

Alex hörte mit einem Ohr zu und studierte währenddessen die Anwesenden. Dr. Forêt sah mit seinem faltenreichen Knautsch- und Knittergesicht selbst jetzt, da er nicht nur einen Patienten, sondern auch einen langjährigen Freund betrauerte, irgendwie komisch aus. Seine Ehefrau, die ihn begleitete, war hingegen ein Häufchen Elend. So wie viele, bemerkte Alex. Er hatte gedacht, dass die meisten Anwesenden nur aus Anstand oder Neugier gekommen waren. Tatsächlich aber entdeckte er in zahlreichen Gesichtern ehrliche Trauer.

Der Rabbiner hatte seine Rede soeben beendet. Jetzt ging er auf Suzanne und Natalie zu. Es folgte die Krija, das Einreißen der Kleider. Zuerst bei Suzanne, der Ehefrau, auf der rechten Seite des Herzens. Dann bei Natalie, der Tochter, auf der linken. Jeweils ein kleiner Riss als Zeichen der Trauer. Dann trat Natalie vor.

Das Gedicht, das sich Régis zu seiner Beerdigung gewünscht hatte, hieß »Himmelsrichtungen«. Es war eines der letzten gewesen, die er geschrieben hatte. Fast so, als hätte er es eigens für seinen Tod verfasst, dachte Alex.

Natalie begann zu lesen. Stockend, etwas zittrig, aber ohne dass ihr die Stimme versagte.

»Ja, oh Herr, du hast obsiegt,
Der Wunsch, zu reisen, ist erstarrt,
Der Norden mir am Herzen liegt,
Zu lange hab ich ausgeharrt.

Hast im Osten weggeschaut
Von Israel und seinen Söhnen,
Hast uns andren anvertraut,
Um uns von uns zu entwöhnen.

Wusstest du, dass tief im Süden
Das Tal der Tränen weiterlebt,
Treiben trotzdem neue Blüten,
Dass die Wahrheit aufersteht.

Horte, Vater, als Beleg,
Was uns lieb und teuer war,
Die Kotel weist uns dann den Weg
Zum Blut der Erde, sternenklar.«

Natalie trat zurück an ihren Platz und suchte Alex' Blick. Er rückte nah an sie heran, sodass sich ihre Schultern berührten. Sie ergriff seine Hand und drückte sie. Er erwiderte den Druck. Sie hatten es fast geschafft.

Christophe war es vorbehalten, das Kaddisch zu sagen. Dank seiner tiefen Stimme hallten die Worte des Totengebets, das die meisten der Anwesenden auswendig kannten und leise mitsprachen, über den Friedhof. Anschließend, während der Rabbiner aus dem Buch des Propheten Daniel zitierte, wurde der Sarg hinabgelassen. Es folgte eine schier endlose Zeit, in der die Anwesenden nacheinander drei Schaufeln Erde auf den Sarg häuften und einen kleinen Stein an das Kopfende des ausgehobenen Loches legten. Zu guter Letzt kondolierten sie der Familie und entfernten sich leise.

Nach fast zwei Stunden war es geschafft. Die Mittagssonne brannte erbarmungslos auf sie herab, als der Rabbiner sie vom Friedhof führte.

Daheim erwartete sie der letzte offizielle Teil der Beerdigung, ehe sie im Kreis der Familie trauern konnten. Natalie hatte am Morgen bereits alle Spiegel in der Wohnung verhängt und zusammen mit ihrer Mutter eine große Kerze im Wohnzimmer angezündet.

Als nun die geladenen Trauergäste eintrafen – es waren ungefähr fünfundzwanzig –, versammelten sich alle im Wohnzimmer. Alex half Natalie, im Esszimmer ein kleines koscheres Buffet aufzubauen und Getränke auszuschenken. Schließlich bat der Rabbiner um Ruhe und hielt noch einmal einen kleinen Gottesdienst ab.

Nach knapp zwanzig Minuten endete er mit einem weiteren Kaddisch.

Dann stürzten sich die Anwesenden auf das Buffet.

Als Alex sich ebenfalls gerade etwas nehmen wollte, zog ihn von hinten jemand am Arm. Er drehte sich um und sah Christophe vor sich. Neben ihm stand David Simon. Es gab schlechte Nachrichten. Das sah er sofort. Er folgte ihnen in die Bibliothek.

»Was ist los?«, fragte Alex und blickte Christophe an.

Dieser zögerte kurz. »Jemand hat Régis' Testament gestohlen«, sagte er dann.

6

Freitag, 6. Juni 2014, Paris, Frankreich

Alex blickte sprachlos zu Simon. Der Notar starrte auf seine Schuhe. Von der Überheblichkeit des Vortages war nichts mehr übrig. Auch Christophe sah nicht so aus, als ob er die Fehde mit Simon unter diesen Umständen weiter austragen wollte.

»In der Kanzlei ist während der Beerdigung eingebrochen worden«, erklärte Christophe. »Jemand hat das Testament aus dem Sicherheitsschrank in Monsieur Simons Arbeitszimmer genommen.«

»Nicht nur das«, meldete sich der Notar zu Wort. »Sie haben mich regelrecht ausgeraubt. Geld, Computer, Gemälde. Die haben in der Tiefgarage einen Lieferwagen vor den Aufzug gestellt und alles rausgeschafft, was sie tragen konnten. Das Ganze hat keine Viertelstunde gedauert.«

»Haben Sie denn keine Alarmanlage?«, hakte Alex nach.

»Doch! Aber die haben sie irgendwie umgangen.«

»Woher wissen Sie das?«

»Ein Angestellter einer anderen Firma in dem Haus hat die Täter in der Tiefgarage überrascht. Daraufhin sind sie abgehauen. Er hat gleich die Polizei verständigt. Und die hat mich dann während der Beerdigung auf meinem Handy angerufen. Mein Assistent und ich sind sofort los.«

Alex erinnerte sich, dass er nur noch den Vater Simons in der Schlange der Kondolierenden gesehen hatte.

»Und wie haben Sie so schnell feststellen können, dass ausgerechnet Régis' Testament gestohlen wurde?«, wollte Christophe wissen.

»Als wir ankamen, war die Polizei schon da. Robert, also Monsieur Bossis, sollte eine Liste aller fehlenden Gegenstände aufstellen. Und ich wurde in mein Büro gebeten. Die Typen hatten den Schrank aufgebrochen und das ganze Bargeld mitgenommen. Ansonsten sah auf den ersten Blick alles normal aus. Aber dann fiel mir auf, dass zwei Kästen nicht an ihren üblichen Plätzen standen. Die Täter müssen sie beim Zurückstellen vertauscht haben. Ich habe sie durchsucht. Das Einzige, was fehlte, war sein Testament«, schloss Simon und deutete mit dem Kopf auf ein gerahmtes Foto auf einem Beistelltisch. Es zeigte Régis, Arm in Arm mit Suzanne und Natalie vor der Tower Bridge in London.

»Haben Sie es der Polizei gemeldet?«

»Natürlich«, sagte Simon vorwurfsvoll. »Ich habe alles, was fehlt, angegeben. Der Schaden geht in die Zehntausende. Gott sei Dank bin ich gut versichert.«

»Ja, Gott sei Dank«, erwiderte Alex sarkastisch. »Hoffen wir, dass die Versicherung uns die zwei Euro für die Briefbögen und den Umschlag erstattet.«

»Herr Kauffmann ...«

Aber Alex wandte sich bereits an Christophe. »Wir müssen es ihnen sagen. So schnell wie möglich. Ich glaube nicht an Zufälle. Erst der Brief, jetzt das Testament.«

»Welcher Brief?«, fragte Simon irritiert.

»Spielt keine Rolle«, blaffte Christophe.

»Wenn es etwas mit dem Einbruch in meine Kanzlei zu tun hat, dann habe ich ein Recht, es zu erfahren«, insistierte der Notar.

Christophe baute sich vor ihm auf. »Sagen Sie uns lieber, was in dem Testament steht. Danach soll Suzanne entscheiden, ob wir Ihnen mehr erzählen oder nicht.«

»Wenn das so ist, rede ich ab sofort nur noch mit ihr«, antwortete Simon. Alex kam es so vor, als ob gerade ein Beschuldigter seinen Anwalt verlangt hätte. Simon machte Anstalten, zurück ins Esszimmer zu gehen. Doch Christophe stellte sich ihm in den Weg.

»Sie gehen da jetzt nicht hinaus!«

»Drohen Sie mir etwa?«

Der Friede zwischen den beiden hatte nicht lange gehalten. Doch Alex war Christophes Meinung. Er versuchte, die Wogen zu glätten.

»Monsieur Simon, bitte lassen Sie Suzanne noch so lange ungestört, bis die letzten Gäste gegangen sind«, sagte er in beschwichtigendem Ton. »Sie sind der Einzige, der uns helfen kann. Wir müssen wissen, was in diesem Testament stand. Bitte setzen Sie sich, ich bringe Ihnen etwas zu trinken. Sobald die Trauerfeier vorüber ist, werden wir Suzanne und Natalie hinzuholen. Bis dahin, schlage ich vor, bleiben wir hier und warten.«

Es dauerte über eine Stunde. Alex und Christophe ließen sich abwechselnd immer wieder im Wohnzimmer blicken. Ansonsten saßen sie schweigend in der Bibliothek. Es gab nichts zu bereden, ehe Suzanne und Natalie dabei waren.

Die letzten Gäste waren der Rabbiner und seine Frau. Alex war gerade im Esszimmer und goss neue Getränke ein, als Suzanne und Natalie die Haustür hinter dem Ehepaar schlossen. Er nahm ein Tablett und ging zu ihnen.

»Fünf Gläser?«, fragte Natalie und deutete auf das Tablett. »Vier hätten für uns auch gereicht. Oder erwartest du noch jemanden?« Sie lächelte.

»Ein Gast ist geblieben«, antwortete er ernst.

Sie blickten ihn überrascht an.

»Wer ist denn noch da?«, fragte Suzanne. »Ich hatte gehofft, wir sind endlich allein.« Ihr Gesicht war blass. Sie sah müde aus. Doch der anstrengendste Teil des Tages lag noch vor ihnen, fürchtete Alex.

»Es ist wichtig. Monsieur Simon und Christophe warten auf uns. Sie sind in der Bibliothek.«

Suzannes Augen weiteten sich. Einen Augenblick sagte sie nichts. Dann nickte sie.

Fünf Minuten später saß Suzanne in einem der Sessel in der Bibliothek und weinte. Ihr Brustkorb hob und senkte sich schnell. Alex sah ihre Tränen. Aber er hörte nichts. Lautlose Tränen. Er wusste, dass sie das im KZ gelernt hatte. Kein Laut, oder es drohte der Tod.

Natalie hockte vor Suzanne und hielt ihre Hände. Auch ihre Augen waren rot, auch sie hatte geweint, als Simon ihnen gebeichtet hatte, was passiert war. Jetzt drehte sie sich zum Notar herum.

»Sagen Sie uns, was in dem Testament stand!«, forderte sie ihn auf. Ihre Stimme klang ruhig. Aber Alex kannte diesen Klang gut. Natalie war wütend.

»Ich kann euch nicht viel sagen. Schließlich habe ich es nur einmal gelesen. Und das ist schon lange her«, begann Simon.

»Hören Sie auf mit dem Geschwafel«, unterbrach ihn Natalie barsch und stand auf. »Sie sehen doch, dass uns schonende Antworten jetzt nicht mehr weiterbringen, oder?«

Simon blickte sie überrascht an. »Natalie, ich –«

»Reden Sie!«

Natalies Aufforderung war unmissverständlich. Alex kannte diesen Befehlston. Er hatte ihn schon einmal gehört, als er Natalie bei ihrer Arbeit besucht hatte. Sie war Architektin, allerdings keine solche, die nur im Büro Pläne zeichnete. Sie war diejenige, die diese Pläne auf dem Bau umsetzte. Christophe hatte sie inspiriert und ihr nach dem Studium mit seinen Beziehungen zum Einstieg verholfen. Den Erfolg, den sie mittlerweile hatte, konnte sie sich aber ganz allein zuschreiben. Sie war zäh und hatte gelernt, sich durchzusetzen. Weibliche Reize zählten auf Baustellen nicht. Wer ernst genommen werden wollte, musste den richtigen Ton treffen. So wie Natalie jetzt bei Simon.

»Okay«, sagte der Notar nach einem Moment. »Aber es wird euch nicht viel helfen. Dein Vater hat euch vier in seinem letzten Willen bedacht.« Er blickte sie nacheinander an.

»Vier?«, fragte Alex irritiert. »Mich auch?«

»Ja, Sie auch, Monsieur Kauffmann. Sie waren für ihn ein ganz natürlicher Teil der Familie. Aber das spielt jetzt keine Rolle.« Er räusperte sich. »Darüber hinaus hat er verfügt, dass den Synagogengemeinden in Paris und Bordeaux etwas zukommt. Das ist alles, was ich sagen kann.«

»Mehr stand nicht drin?«, hakte Natalie nach.

»Nein, tut mir leid. Er hatte das Testament schon zu einer Zeit aufgesetzt, in der mein Vater die Kanzlei leitete. Ich hätte es nie zu Gesicht bekommen, wenn er nicht noch etwas hätte hinzufügen wollen.«

»*Papa* hat es noch einmal geändert?«

»Nicht geändert, sondern ergänzt«, erklärte Simon. »Er kam zu mir und bat mich, dem Testament noch eine Seite hinzuzufügen.

Der Wille blieb davon unberührt. Er wollte lediglich, dass dir, Natalie, das Papier am Tag der Testamentseröffnung mit vorgelegt werde.«

»Mir? Und Sie haben es nicht für nötig gehalten, uns bereits gestern davon zu erzählen, als wir bei Ihnen waren?«, schnappte Natalie.

Simon wollte etwas erwidern, aber Alex ging dazwischen.

»Was stand auf dem Papier?«, fragte er.

»Das weiß ich leider nicht. Er hatte es in einem versiegelten Umschlag dabei und nahm mir das Versprechen ab, das Siegel erst am Tag der Testamentseröffnung zu brechen. Ich habe nie gesehen, was drinstand. Ich habe ihn eine Erklärung unterschreiben lassen, dass der Inhalt des Papiers keinen Einfluss auf das gültige Testament haben dürfe und notariell nicht beurkundet worden sei. Somit gab es keine Probleme mehr, und ich habe den Umschlag dem Testament hinzugefügt. Es tut mir leid«, schloss Simon, »aber das war wirklich alles, was ich weiß.«

»Das bedeutet, dass der Umschlag mit dem Testament gestohlen wurde, richtig?«, mischte sich auch Christophe wieder ein.

»Das ist korrekt«, bestätigte Simon. »Beide Dokumente sind jetzt im Besitz der Einbrecher.«

»Also haben wir nichts.« Alle blickten zu Suzanne, die sich wieder gefasst hatte. Sie erhob sich und ging auf Simon zu.

»David«, sagte sie und sah dem Notar in die Augen. »Ich werde dich jetzt etwas fragen, und du musst mir zwei Dinge versprechen. Erstens, bitte antworte ehrlich! Und zweitens, du darfst mit dem, was du aus dieser Frage schließt, nicht zur Polizei gehen.«

»Zur Polizei? Warum sollte ich? Um was handelt es sich hier überhaupt?«

»Versprichst du es mir?«

Simon sah Suzanne verständnislos an. Dann sagte er: »Versprochen!«

»Hat Régis dir gegenüber jemals geäußert, dass er bedroht oder erpresst wurde?«

»Mein Gott, nein!«

»Könnte er deinem Vater etwas anvertraut haben?«

»Das glaube ich kaum. Wie du weißt, leidet er an Demenz. Gespräche mit ihm sind über die Jahre sehr mühsam geworden. An die guten alten Zeiten kann er sich noch bestens erinnern. Sein Kurzzeitgedächtnis ist aber schon seit einigen Jahren nicht mehr in Ordnung. Selbst wenn Régis ihm etwas gesagt hätte, wird er es kaum mehr wissen. Tut mir leid. Aber ich verstehe noch immer nicht, worum es geht.«

Suzanne blickte sich zu den anderen um. Alex nahm ihre stumme Bitte auf. In wenigen Sätzen berichtete er Simon von dem Erpresserschreiben, ihrer Suche in der Wohnung und der Hoffnung, Antworten im Testament zu finden.

»Stattdessen ist es gestohlen worden«, schloss er. »Und hat damit nur noch mehr Fragen aufgeworfen.«

»Müssen wir jetzt nicht davon ausgehen, dass dieselben Leute, die Régis erpresst haben, auch das Testament gestohlen haben?« Natalie sprach die Frage aus, die Alex sich bereits seit dem Moment gestellt hatte, in dem er vom Einbruch in die Kanzlei erfahren hatte.

»Ja«, antwortete Alex bestimmt.

Auch Christophe nickte.

»Das heißt: Wir haben einen Erpresserbrief, eine Puppe ohne Kopf, ein gestohlenes Testament, einen versiegelten Brief, dessen Inhalt wir nicht kennen, und einen oder mehrere Täter. Aber nichts, was uns weiterhelfen könnte«, fasste Alex zusammen.

»Und jetzt?«, fragte Natalie.

»Jetzt mache ich uns erst einmal einen frischen Tee.« Suzanne entschwand in die Küche. Alex wechselte einen Blick mit Natalie. Vermutlich war das Suzannes Weg, zu zeigen, dass sie keine Kraft mehr für diese Diskussion hatte. Sie entschieden, sie erst mal auf andere Gedanken zu bringen und später wieder darüber zu sprechen.

Während sich die anderen ins Wohnzimmer setzten, ging Alex ins Bad. Er wusch sich gerade das Gesicht mit kaltem Wasser, als Natalie klopfte.

»Könntest du mir bitte aus dem Spiegelschrank eine Kopfschmerztablette mitbringen?«, sagte sie durch die Tür.

»Natürlich!« Alex griff in eines der Fächer und zog nacheinander diverse Tablettendöschen heraus. Ein Schlafmittel, ein Mittel gegen Magensäure, ein Kräuterextrakt gegen Rheuma. Schließlich fand er die Schmerztabletten versteckt in der hintersten Ecke. Als er sie hervorgeholt hatte, stutzte er.

Er öffnete Natalie und gab ihr die Pillen.

»Sag mal, wo genau hat Suzanne eigentlich die Box mit der Puppe und dem Schreiben gefunden?«

»In *papas* Schreibtisch. Wieso? Hast du eine Idee?«

»Vielleicht.«

Der Schreibtisch stand im Wohnzimmer vor einem der Fenster. Es war eine Antiquität aus dunklem Holz mit zwei schweren Seitenkästen. Die Beine waren mit aufwendigen Schnitzereien verziert, die Türen der Kästen mit Schlössern gesichert. Alex bat Christophe, ihm zu zeigen, wo sie die Schachtel entdeckt hatten.

»Hier!« Christophe öffnete die rechte Tür und holte einen grauen Schuhkarton hervor.

Ausführlich durchsuchte Alex den Seitenkasten. Ohne Erfolg. Er hatte gehofft, ein Geheimfach wie bei seinem Schreibtisch zu finden.

»Nichts«, sagte er schließlich verärgert.

»Warte«, entfuhr es Natalie in diesem Moment. Sie eilte in die Diele und kam mit dem Gedichtband wieder, aus dem sie auf dem Friedhof vorgelesen hatte. »Das Buch war auch in dem Fach. Ich hatte es zuerst nicht gefunden. Als *maman* dann das Fach durchsucht hat, hat sie es auf den Schreibtisch gelegt. Hier!« Sie drückte Alex das Buch in die Hand.

Alex nahm auf dem Schreibtischstuhl Platz. Er blätterte die Seiten durch und hielt bei dem Gedicht an, das Natalie vorgetragen hatte. Als Lesezeichen hatte sie einen Umschlag verwendet.

»Ist der Umschlag von dir?«, fragte er.

»Nein, der war im Buch. Er hat sogar zwischen den richtigen Seiten gelegen.«

Alex blickte auf. Er nahm den Umschlag und betrachtete ihn genauer. Es war ein handelsübliches weißes Kuvert. Vorn drauf klebten ein Adressetikett mit Régis' Anschrift und eine Briefmarke. Der Poststempel war auf den 28. April dieses Jahres datiert. Alex öffnete es.

Es war ein Schreiben des Justizministeriums. Er überflog es und reichte es dann an Simon weiter.

»Was halten Sie davon?«

Nach einem kurzen Blick sagte der Notar: »Es geht dabei um einen Antrag auf Akteneinsicht eines Strafverfahrens. Manche Verfahrensakten dürfen erst nach einer bestimmten Zeit der Öffentlichkeit zugänglich gemacht werden. So scheint es hier zu sein.«

»Kann man herausfinden, um welchen Fall es sich handelt?«

»Das müsste möglich sein. Das Aktenzeichen ist genannt. Ich könnte am Montag im Ministerium anrufen und um eine entsprechende Auskunft ersuchen.«

In diesem Moment kam Suzanne mit frischem Tee ins Zimmer. Alle sahen sie an.

»Wusstest du, dass Régis einen Antrag gestellt hat, um eine Strafakte einsehen zu dürfen?«, fragte Christophe.

»Wovon redest du?«

»Alex hat gerade dieses Schreiben des Justizministeriums gefunden.« Christophe nahm den Brief von Simon und reichte ihn ihr.

Suzanne überflog ihn und schüttelte dabei langsam den Kopf.

»Was hat der alte Sturkopf da schon wieder gemacht?«

Natalie ging zu ihr hinüber. »Vielleicht hat der Brief gar nichts mit alledem zu tun, *maman*«, sagte sie. Aber ihr Blick verriet, dass sie daran selbst nicht glaubte.

Während Natalie Suzanne zu einem Sessel neben dem Sofa führte, nahm Alex das Buch erneut in die Hand. Ihm war noch etwas aufgefallen. Im rechten oberen Eck über dem Gedicht war handschriftlich eine Telefonnummer notiert. Es war eine Handynummer.

Alex überlegte einen Moment und entschied dann, es zu riskieren. Er fingerte in seiner Umhängetasche nach seinem französischen Handy. Er hatte sich vor Jahren neben seinem Schweizer Smartphone ein Prepaidhandy eines französischen Anbieters gekauft, um nicht die horrenden Roaminggebühren zahlen zu müssen, wenn er im Land war. Jetzt entschuldigte er sich, ging mit dem Handy in die Bibliothek und wählte die Nummer.

Alex ließ es fast eine Minute lang klingeln. Als er es schon aufgeben und auflegen wollte, hörte er eine Stimme am anderen Ende.

»*Oui?*«

Es war die tiefe, sanfte Stimme eines älteren Mannes. Alex atmete durch und antwortete.

»*Bonsoir*, Monsieur, mein Name ist Alexander Kauffmann. Es tut mir leid, wenn ich Sie störe. Vielleicht ist alles nur ein Missverständnis, aber ich habe Ihre Nummer von Régis Villeneuve. Ich –«

»Oh, Monsieur Kauffmann! *Pardon*, Professor Kauffmann, wenn ich mich recht erinnere. Ich habe Ihren Anruf erwartet!«

7

Freitag, 6. Juni 2014, Paris, Frankreich

»Wie bitte?« Alex versuchte fieberhaft, sich daran zu erinnern, ob er die Stimme schon einmal gehört hatte.

»Nicht dass ich ausgerechnet heute damit gerechnet hätte. Aber Régis hat mir gesagt, dass im Falle des Falles entweder seine Tochter oder Sie sich an mich wenden würden. Deswegen fürchte ich, dass Sie mir schlechte Neuigkeiten zu überbringen haben.«

Alex brauchte einen Augenblick, um zu verstehen, worauf der Mann am Telefon anspielte.

»Sie meinen, Monsieur Villeneuve wollte, dass ...«

»... dass Sie mich finden, sollte er einmal nicht mehr sein«, sagte die Stimme am anderen Ende.

Alex schwieg.

»Ist es also wahr, dass Régis von uns gegangen ist?«

»Wir haben ihn heute beerdigt«, entgegnete Alex vorsichtig. »Aber wären Sie jetzt so freundlich, mir zu sagen, mit wem ich spreche?«

»Oh, wie unhöflich von mir! Natürlich! Ich bin Pastor Thomas, ein alter Freund von Régis. Ich stehe der Kirche Saint-Pierre-le-Jeune in Strasbourg vor.«

»Und wie konnten Sie ahnen, dass ich anrufen würde?«

»Das ist eine lange Geschichte. Und ich muss Sie bitten, sich noch etwas zu gedulden. Wir werden bald darüber sprechen. Aber persönlich. Lassen Sie es mich so sagen: Régis hat mich beauftragt, Ihnen Fragen zu beantworten, die Sie und Natalie ohne jeden Zweifel haben werden.«

»Sie kennen Natalie?«

»Oh, man könnte fast meinen, ich würde sie so gut wie meine eigene Tochter kennen, wenn mein Beruf es mir gestatten würde.« Alex vernahm ein kurzes Kichern. »Ich habe schon so viel von ihr gehört. Aber leider habe ich sie noch nicht kennengelernt. Es wird mir eine große Freude sein, ihr endlich persönlich gegenüberzutreten.« Pastor Thomas machte eine Pause. »Professor Kauffmann, ich muss Sie bitten, so schnell wie möglich zu mir nach Strasbourg zu kommen. Mit Natalie.«

»Verstehen Sie mich nicht falsch, Monsieur le Pasteur ...«

»Bitte, wenn Sie nichts dagegen haben, lassen Sie uns die Förmlichkeiten ablegen. Thomas ist völlig ausreichend. Alex, ich weiß, dass Sie etwas gefunden haben, das Ihnen bislang ein großes Rätsel ist. Ich kann am Telefon nur so viel sagen: Sie sollten es finden. Und Sie sollten mich finden. Das war Régis' Wunsch. Man könnte fast sagen, es war sein Plan.«

»Aber wie konnte er das vorhersagen? Wie konnte er wissen, dass ich darin involviert sein würde?«

»Vertrauen, Alex, Vertrauen! Er kannte Sie sehr gut. Auch ich weiß eine ganze Menge über Sie. Sie werden staunen. Mehr noch wird aber Natalie staunen. Daher ist es sehr wichtig, dass Sie beide hierherkommen. Können Sie das einrichten?«

»Ich denke schon.«

»Fein. Dann erwarte ich Sie morgen Mittag in meiner Kirche. Und noch eins, Alex: Reden Sie mit niemandem außerhalb der Familie darüber. Das ist von essenzieller Bedeutung!«

»Verstanden.«

Alex blieb nach dem Gespräch noch einen Moment in der Bibliothek. Seine Gedanken rasten. Régis hatte alles vorhergesehen. Er hatte ihnen eine Spur gelegt und sie zu Thomas geführt. Aber warum? Alex brannte darauf, mit dem Pastor zu sprechen. Was hatte Régis dem Geistlichen anvertraut? Und warum gerade ihm? Er musste so schnell wie möglich mit den anderen sprechen. Aber dafür musste erst einmal Simon gehen.

Als er wieder ins Wohnzimmer trat, versuchte Alex, sich nichts anmerken zu lassen. In ihm kribbelte alles, und er konnte es nicht erwarten, Simon aus dem Haus zu haben. Zum Glück verabschiedete sich der Notar bald. Er wollte Schabbat im Kreise seiner eigenen Familie feiern. Auf dem Weg nach draußen versprach er Alex, sich umgehend am Montag zu melden, wenn er etwas über den Antrag zur Akteneinsicht herausgefunden hatte.

Dann waren sie allein.

»Raus damit, was hast du erfahren?« Natalie schaute ihn erwartungsvoll an. »Seit du aus der Bibliothek zurückgekommen bist, sitzt du da wie auf heißen Kohlen. Du hast telefoniert. Was ist los?«

»Wir haben morgen Mittag eine Verabredung in Strasbourg. Nur wir zwei. Mit einem Pastor.«

Alex berichtete von seinem Gespräch. Natalie, Suzanne und Christophe blickten ihn erst zweifelnd, dann verblüfft an. Selbst Suzanne hatte alle Müdigkeit abgeschüttelt und hörte konzentriert zu. Wie musste sie sich fühlen?, fragte sich Alex. Ihr Mann, mit dem sie gerade erst ihren fünfundsechzigsten Hochzeitstag gefeiert hatte, hatte über Jahre hinweg ein großes Geheimnis vor ihr gehabt. Etwas, das er mit anderen geteilt, aber vor ihr verborgen hatte. Trotzdem war in Suzannes Gesichtszügen kein bisschen Verbitterung zu erkennen.

Als er geendet hatte, ergriff sie sofort das Wort. »Fahrt! Egal, was es mit diesem Pastor auf sich hat, ihr müsst morgen nach Strasbourg fahren und ihn treffen.« Sie streichelte Natalie über ihr Haar. »Ich spüre, dass es mit dir zu tun hat, mein Kind. Für dich hat Régis alles getan. Und er hat stets versucht, dich zu beschützen. Was auch immer Thomas zu sagen hat, hört es euch an! Ich bin mir sicher, mein Liebster hatte einen guten Grund, ein solch großes Geheimnis daraus zu machen.«

8

Freitag, 6. Juni 2014, Bordeaux, Frankreich

Von außen sah es aus wie die meisten Häuser am Quai des Chartrons. Ein vierstöckiges Gebäude aus Sandstein mit Schieferdach, einem langen Balkon in der ersten Etage mit Blick über die Garonne und liebevollen Steinmetzarbeiten an den Fensterstürzen. Es brauchte schon den geübten Blick eines echten Bordelais, wie sich die Einwohner Bordeaux' nannten, um die Besonderheiten dieses Eckhauses an der Rue Raze zu erkennen: dass dieses Haus, wenngleich nur minimal, das höchste in der Straße war. Gerade eben so hoch, dass niemand von den benachbarten Häusern auf die durch Giebelfenster getarnte Dachterrasse blicken konnte. Auch das Tor zur Einfahrt in den Innenhof glich nur im blauen Anstrich denen der anderen. Tatsächlich handelte es sich um ein stahlverstärktes Tor, das, so der Hersteller, dem Angriff mit einer Panzerfaust standhielt. Dann waren da die zugemauerten Fenster zur engen Gasse der Rue Razé hin. Und nicht zuletzt die Metallpfosten, die das Haus umgaben und den Bürgersteig von der Fahrbahn trennten. Sie waren doppelt so dick wie die restlichen am Quai. Und, was man mit bloßem Auge nicht sah, ebenfalls stahlverstärkt und fast zwei Meter tief im Boden verankert.

Überhaupt machte erst das, was man von außen nicht sah, das Haus so besonders. Die von einer privaten Rüstungsfirma installierte Überwachungsanlage. Die abhörsichere Kommunikationseinheit. Der zu einem Konferenzraum umgebaute Luftschutzbunker. Und vor allem das Arbeitszimmer des Hausherrn.

Hier, im zweiten Stock, saß der Kanzler mit dem Rücken zu den Fenstern aus Panzerglas an seinem Schreibtisch. Die Wände waren vollständig mahagonivertäfelt. Die eine Seite als Bücherregal, die andere zum Teil als Bar, vor der eine Ledergarnitur stand, und zum anderen als Multimediawand mit zwei Flatscreens. Auf dem linken lief stumm ein Nachrichtensender, auf dem rechten waren die acht wichtigsten Bilder der Überwachungskameras zu sehen. Von der Decke hing ein Kronleuchter aus Muranoglas, vier Spots warfen ein perfekt gedimmtes Licht auf einen Picasso.

Doch für nichts davon hatte der Mann mit den silbergrauen Haaren und dem Clark-Gable-Bart einen Blick. Er war gerade von einer Charity-Veranstaltung nach Hause gekommen und saß, noch immer im Smoking, in seinem Sessel. Wie er diese Abende hasste. Die Schmeicheleien, um ihm Geld zu entlocken. Die immer lächelnden Gesichter, die so falsch waren wie jedes Wort, das sie in den Mund nahmen. Es gab nur noch wenige Ehrenmänner. Nicht dass er selbst einer von ihnen gewesen wäre. So vermessen war er nicht. Aber wenigstens war er seinen Prinzipien immer treu geblieben. Seiner Identität. Sie hatte er nie verraten. Im Gegensatz zu diesen Heuchlern, die bereit waren, selbst ihre Familie zu verkaufen, wenn sie als Gegenleistung nur genug Einfluss erhielten. Oder das, was sie Einfluss nannten. Wirklichen Einfluss, wirkliche Macht konnte man sich nicht erkaufen. Macht erwuchs aus der Geschichte. Niemand wusste das so gut wie er.

Er hatte sich seine Fliege abgebunden und locker um den Kragen gehängt. Gerade öffnete er die obersten beiden Knöpfe seines Hemdes, als eines der beiden Telefone auf seinem Schreibtisch klingelte. Es war Raoul. Er hätte sich eigentlich erst morgen melden sollen.

»Was gibt's?«

»Kauffmann hat etwas herausgefunden. Er und das Mädchen fahren morgen nach Strasbourg. Sie treffen sich dort mit einem Pastor.«

»Warum das?«

»Der Professor hat eine Telefonnummer gefunden und sie angerufen. Es war die Nummer dieses Geistlichen. Der hat ihn und Natalie gebeten, sofort nach Strasbourg zu kommen. Er könne ihnen einige Fragen beantworten.«

»Woher weißt du das?«

»Ich konnte das Gespräch zwar nicht abfangen, aber die Wanzen liefern ein klares Signal. Kauffmann hat den anderen vom Telefonat erzählt. Sie brechen morgen früh auf.«

»Hat Kauffmann verraten, was ihm der Pastor noch gesagt hat?«

»Nicht viel. Nur, dass er nicht am Telefon darüber sprechen wollte. Und dass der alte Villeneuve das so geplant habe.«

»Wie war das?« Der Kanzler setzte sich auf.

»Das waren seine Worte. Kauffmann sagte, der Pastor sei davon überzeugt, dass Villeneuve es so eingerichtet habe, dass sie die Nummer des Typen finden und ihn anrufen würden.«

»Wir müssen unbedingt erfahren, was der Pastor zu sagen hat.«

»Soll ich ihn mir schnappen?«

»Nein. Das wäre nicht gut. Unsere andere Befragung dauert noch immer an. Wir können so etwas nicht an mehreren Standorten gleichzeitig durchführen. Wir müssen vorsichtig sein. Sieh zu, dass du vor den beiden vor Ort bist und das Gespräch aufnehmen kannst. Sobald du ein gutes Signal hast, stell eine Verbindung zu mir her! Ich will mithören. Danach erteile ich dir Anweisung, wie wir weiter verfahren.«

»Verstanden.«

»Und, Raoul: keine Fehler!«

»Keine Sorge, Vater, du kannst dich auf mich verlassen.«

9

Samstag, 7. Juni 2014, Paris/Strasbourg, Frankreich

Sie fuhren am frühen Morgen los. Bis nach Strasbourg waren es fast fünfhundert Kilometer. Obwohl Christophe ihnen seine Limousine geliehen hatte, würde die Fahrt gute fünf Stunden dauern. Alex hatte Pastor Thomas gesagt, sie würden versuchen, gegen ein Uhr in der Kirche zu sein. Vorher wollte er in einem Hotel einchecken, das er noch in der Nacht für Natalie und sich gebucht hatte. Er hatte keine Ahnung, was sie in Strasbourg erwartete. Aber er verspürte keine Lust, die Strecke gleich wieder zurückzufahren.

Die turbulenten Ereignisse des gestrigen Tages steckten ihm noch in den Knochen. Erst die Beerdigung. Dann die Nachricht des gestohlenen Testaments und des versiegelten Umschlags. Und schließlich der Antrag auf Akteneinsicht und der Anruf bei Pastor Thomas. Nachdem sie den Entschluss gefasst hatten, nach Strasbourg zu fahren, hatten sie noch Schabbat feiern wollen. Aber zu mehr, als dass Suzanne die Kerzen auf dem Fenstersims entzündete, hatten sie sich nicht mehr aufraffen können. Alex war ins Hotel gegangen, hatte seine Sachen gepackt und war anschließend während einer Fernsehdokumentation eingeschlafen.

Auch Natalie wirkte noch nicht fit. Sie saß neben ihm auf dem Beifahrersitz und hatte die Augen geschlossen. Ihre langen Haare fielen ihr ins Gesicht. Sie trug Caprihosen, ein sommerliches Top, einen Cardigan und Sneaker. Auch ihre goldene Kette hatte sie wieder um ihren Hals, obwohl Trauernde eigentlich keinen Schmuck tragen sollten. Alex bemerkte, dass sie gleichmäßig atmete. Natalie schlief tief und fest. Er betrachtete sie einen langen Moment. Was wohl in ihr vorging? Er verspürte den Drang, ihre Hand zu nehmen. Natalie war mehr als nur eine Freundin. Sie gehörte zur Familie. Ihre Welt geriet ins Wanken. Er würde ihr helfen, dass sie nicht über ihr einstürzte.

Sie erreichten Strasbourg um kurz nach zwölf. Natalie hatte die meiste Zeit der Fahrt geschlafen. So hatte sich Alex in aller Ruhe auf das bevorstehende Treffen vorbereiten können. Er war noch mal jedes Detail der letzten achtundvierzig Stunden durchgegangen und hatte versucht zu rekonstruieren, wie Régis sie hierhergeführt haben konnte. Alles lief darauf hinaus, dass er sich explizit dieses eine Gedicht zu seiner Beerdigung gewünscht hatte. Dort hatte er alle Hinweise platziert. Das Buch neben der Schachtel mit der Puppe und dem Erpresserschreiben. Der Umschlag mit dem Antrag zur Akteneinsicht als Lesezeichen. Thomas' Telefonnummer auf der entsprechenden Seite notiert. Was würde ihnen der Pastor nun zu sagen haben? Warum hatte Régis ausgerechnet Thomas als Mittelsmann ausgewählt? Wie hatte er sich so sicher sein können, dass sie die Nummer finden und Thomas anrufen würden? Und welche Rolle sollte er selbst, Alex, spielen?

Er parkte den Wagen in der Tiefgarage des Place Gutenberg. Zu Fuß gingen sie von dort die wenigen Meter zu ihrem kleinen Hotel. Das Hotel Gutenberg lag im Herzen der Altstadt unweit der berühmten Kathedrale. Alex hatte ein Doppelzimmer reserviert. Sie stellten ihre Koffer ab und machten sich kurz frisch. Alex wechselte sein Hemd, ließ sein Sakko aber auf dem Zimmer. Draußen war es schon wieder über fünfundzwanzig Grad warm. Sie verließen das Hotel und schlugen den Weg nach Osten ein.

»Du hast mir gar nicht verraten, dass wir heute Nacht in einem Bett schlafen werden«, sagte Natalie süffisant. Sie stieß ihn mit der Schulter an.

»Du bist ganz offensichtlich wieder wach und gut gelaunt«, antwortete Alex.

»Wenn ich den Jungs auf dem Bau am Montag erzähle, dass ich mit einem Mann in einem Bett geschlafen habe, werden sie mich fragen, was passiert ist. Mit allen Details.«

»Ich bin mir sicher, deine Phantasie wird sie nicht enttäuschen.«

»Du könntest der Phantasie ja ein bisschen nachhelfen«, konterte Natalie.

»In meiner Welt wäre das fast schon Inzest«, erwiderte Alex.

»Und in meiner Welt die Pointe einer guten Geschichte.«

Sie lachten das erste Mal seit Tagen, und Natalie hakte sich bei Alex unter. Die lange Turmspitze der Kathedrale ragte weit über die Häuserfassaden hinaus. Auf dem Vorplatz der Kirche hatte sich eine riesige Menschenmenge um ein Jazztrio versammelt. Doch sie waren mittlerweile zu nervös und neugierig auf Pastor Thomas, als dass sie Lust verspürt hätten, stehen zu bleiben und zuzuhören. Stattdessen ließen sie die Kathedrale rechts liegen und wandten sich auf der Rue du Dôme nordwärts. Alex wusste genau, wie sie zur Kirche Saint-Pierre-le-Jeune kommen würden. Er kannte Strasbourg gut. Abgesehen davon hatte Thomas ihm noch mal beschrieben, welchen Weg sie aus dem Zentrum nehmen sollten.

Die enge Gasse mit den vielen kleinen Geschäften führte sie vorbei am Place Broglie in Richtung der Ill. Der Kanal umschloss die Altstadt vollständig und bescherte Strasbourg so selbst an heißen Tagen wie heute eine kühle Brise. Alex und Natalie kamen an einer weiteren Kirche vorbei und überquerten einen Augenblick später eine Brücke. Auf der anderen Seite des Kanals liefen sie einige Meter am Ufer entlang und passierten den Justizpalast, auf dem die französische Flagge im Wind wehte. Dann hatten sie ihren Bestimmungsort erreicht.

Sie blieben einen Augenblick stehen und betrachteten die Kirche. Sie war aus rotem Vogesensandstein erbaut worden. Zwei Glockentürme rahmten das Mittelschiff ein, dessen Vierung von einer riesigen, kupferbedachten Kuppel gekrönt wurde. Alex hatte irgendwo gelesen, dass es die größte Kuppel im Elsass war.

Das Hauptportal hatte drei schwere Holzpforten. Alex öffnete eine, hielt Natalie die Tür auf, und sie traten ein.

10

Samstag, 7. Juni 2014, Strasbourg, Frankreich

Raoul hörte, wie sich das Portal der Kirche geräuschvoll öffnete und wieder schloss. Er kauerte hinter der Brüstung über dem Chor. In seinem Rücken ragten die Pfeifen der Orgel empor. Durch das Geländer hatte er zwar keinen optimalen Blick ins Mittelschiff, war von unten aber praktisch nicht zu erkennen.

Er war schon seit zwei Stunden hier. Zunächst hatte er die Chance genutzt, im Büro des Pastors eine Wanze zu platzieren. Dann hatte er an vier Punkten in der Kirche und im Kreuzgang hochsensible Sendemikrofone versteckt, deren Signale er auf einen Empfänger in seinem rechten Ohr zuschalten konnte. Er selbst hielt das wichtigste Instrument in seiner Hand. Ein Richtmikrofon, mit dem er alle Gespräche, die in seiner Sichtweite geführt wurden, aufnehmen konnte. Jedes Flüstern würde klar und deutlich zu hören sein. In seiner anderen Hand hielt er ein Smartphone, mit dem er die anderen Mikrofone steuern konnte. Darüber hinaus war es mit einem zweiten Empfänger in seinem anderen Ohr verbunden. Der Kanzler hörte mit.

»Zielpersonen betreten das Gebäude«, flüsterte Raoul und blickte durchs Geländer. »Mikrofon ausgerichtet.«

Zunächst hörte er nur Schritte. Er sah, wie der Mann und die Frau durch den Mittelgang in Richtung Chor gingen, langsam, fast schon vorsichtig. Noch konnte er sie nicht richtig erkennen. Er ärgerte sich, dass er keinen besseren Überwachungsposten hatte finden können. Aber eine Kirche bot nun mal nicht viele Möglichkeiten, unbemerkt zu bleiben.

In diesem Moment hörte Raoul unten ein Geräusch. Die Tür, durch die er sich zu Beginn seines Besuchs Zugang zum Büro des Pastors verschafft hatte, öffnete sich. Die Schritte einer dritten Person waren zu hören. Einen Augenblick später trat ein Mann in Schwarz in Raouls Blickfeld. Der Geistliche und das Paar gaben sich die Hand und tauschten Höflichkeiten aus.

Raoul hatte klaren Empfang.

Die drei wandten sich ihm zu und machten sich offenbar auf den Weg ins Büro des Pastors. Raouls Augen verengten sich. Irgendetwas stimmte nicht. Er sah angestrengt durch das Geländer.

Dann erkannte er seinen Fehler.

11

Samstag, 7. Juni 2014, Strasbourg, Frankreich

Die Kirche war schmal, doch die Wirkung des Raumes war imposant. Säulen aus schwarzem Marmor markierten die Gewölbe auf dem Weg in den Kuppelraum. Über dem Eingang sah Alex die große Orgel, deren Form um ein Rundfenster angelegt war. Natalie ging voraus, bis sie unter einem riesigen Kronleuchter inmitten der Vierung stehen blieb.

Kaum hatte er sich im Herzen der Kirche zu ihr gesellt, öffnete sich neben dem Chor eine Tür. Ein älterer Mann in Soutane und Kollar erschien. Weißgraue Haare, ein schneeweißer Bart, buschige, dunkle Augenbrauen, leuchtende, wache blaue Augen, faltige Stirn. Ein weiser Mann, der schon alles gesehen hat, dachte Alex. Der Pastor strahlte eine natürliche Autorität aus, die Aura eines Mannes, dessen Ratschläge gehört wurden. Er kam mit breitem Lächeln auf sie zu.

»Herzlich willkommen in Strasbourg«, sagte Pastor Thomas. Als er näher trat, blieben seine Augen auf Natalie haften. Seine Schritte verlangsamten sich. »Unglaublich!« Sein Lächeln wich einem Staunen. »Wenn ich nicht damit gerechnet hätte ... Oh, bitte, verzeihen Sie!« Er stellte sich vor und gab erst Natalie und dann Alex die Hand.

»Ich bin froh, dass Sie mir noch einmal gesagt haben, in welcher Kirche wir Sie finden«, sagte Alex.

»Oh ja, das mache ich immer«, antwortete Thomas. »Die Menschen verwechseln oft unsere beiden Kirchen.«

Natalie blickte sie fragend an.

»Es gibt zwei Saint-Pierre-le-Jeune in Strasbourg«, erläuterte er. »Diese hier, die katholische, und die protestantische auf der anderen Seite des Kanals. Sie dürften an ihr vorbeigelaufen sein, kurz bevor sie die Ill überquert haben.«

Alex nickte.

»Aber nun wollen wir keine Zeit mehr verlieren«, sagte der Pastor und führte sie in sein Büro.

Es war ein kleiner, spartanisch eingerichteter quadratischer Raum. Steinmauern an allen vier Seiten, eine mit einem Teppich behangen, an einer anderen ein einfaches, prall gefülltes Bücherregal. Alex erkannte mehrere Ausgaben der Bibel, einige theologische Standardwerke und zu seiner Überraschung in einer Ecke Trivialliteratur und praktische Ratgeber. Er hob eine Augenbraue, sagte aber nichts. Der Pastor hatte sich inzwischen hinter einen Tisch gesetzt, der Alex an eine Schulbank erinnerte. Über Thomas hing ein einfaches Kreuz an der Wand. Ein Fenster gab es nicht. Für Natalie und ihn standen zwei Besucherstühle bereit. Sie nahmen Platz.

»Ich kann Ihnen gar nicht sagen, wie froh ich bin, dass Sie gekommen sind«, begann Thomas. »Zunächst, meine liebe Natalie, möchte ich, dass Sie wissen, wie sehr ich mit Ihnen um Ihren Vater trauere. Er war mir stets ein treuer Freund. Meine Gebete sind mit ihm und der ganzen Familie Villeneuve.«

»Vielen Dank, Pastor«, entgegnete Natalie vorsichtig. »Aber sehen Sie mir nach, wenn ich verwirrt bin. Sie sagen, mein Vater sei ein treuer Freund gewesen. Sie scheinen mich zu kennen. Ich habe sogar das Gefühl, Sie kennen mich so gut, dass es mir etwas unheimlich ist. Ich hingegen habe noch nie von Ihnen gehört. Wie kann das sein?«

Der Pastor lächelte. »Die Antwort auf diese Frage ist kompliziert. Und Sie müssen mir ein wenig Zeit geben, sie zufriedenstellend zu beantworten. Lassen Sie mich vorwegschicken, dass ich nur ein kleines Rädchen in diesem Konstrukt bin, das Ihr Vater aufgebaut hat. Ich kenne nicht alle Facetten. So wollte er es. Aber gut«, er räusperte sich, »lassen Sie mich mit dem Moment beginnen, da ich Sie, liebe Natalie, vorhin in meine Kirche habe kommen sehen. Ich habe Sie sofort erkannt. Und hätte es auch, wenn ich nicht gewusst hätte, dass Sie heute hier erscheinen würden. Dafür gibt es einen guten Grund. Eigentlich gibt es sogar zwei gute Gründe. Den einen tragen Sie an sich.«

Er deutete auf Natalie.

Alex wandte sich ihr zu. Sie blickte an sich herunter.

»Ich verstehe nicht«, sagte sie unsicher.

»Ihre Kette!« Er lächelte. »Wissen Sie noch, wann Sie sie geschenkt bekommen haben?«

»Ich trage sie, seit ich denken kann. Schon im Waisenhaus.«

»In Haguenau«, erwiderte Thomas.

Alex und Natalie sahen ihn verblüfft an.

»Woher wissen Sie das?«, fragte Natalie.

»Von Ihrem Vater, Natalie. Oder besser, Ihrem *Adoptivvater*. Für das, was ich Ihnen nun zu sagen habe, ist dieser Unterschied unerlässlich. Es geht um Ihre Eltern, Natalie, um Ihre leiblichen Eltern!«

Alex blickte zu Natalie hinüber. Das Waisenhaus. Das war ihre gemeinsame Geschichte. Ihre Welt, der sie entkommen waren. So hatten sie gehofft. Sie hatte ihm einmal gesagt, sie wolle nie mehr an die Menschen denken, die ihre Familie hätten sein sollen. Als Baby vor einem Heim abgelegt, ungewollt, ungeliebt. Das war es, was Natalie als Botschaft mit in ihr Leben bekommen hatte. Und nun saß sie hier, vor einem Mann, den sie nie zuvor gesehen hatte, der aber offensichtlich mehr über sie wusste als sie selbst.

»Die Halskette, die Sie tragen, Natalie, haben Sie von Ihrer Mutter erhalten. Sie hat sie Ihnen überlassen.«

»Das können Sie nicht wissen«, sagte Natalie grob. Unwillkürlich berührte sie mit einer Hand ihre Kette.

»Aber es stimmt, habe ich recht?«

»Nur eine Person wusste davon«, antwortete Natalie. »Nicht mal du, Alex!« Sie drehte sich zu ihm. »Das war immer ein Geheimnis zwischen Madame Muller und mir.«

Bei dem Gedanken an die Heimleiterin zog es Alex den Magen zusammen.

»Es stimmt also, die Kette gehörte deiner Mutter?«, versicherte sich Alex.

Natalie nickte. Ihr Blick richtete sich wieder auf Thomas. »Madame Muller hat mich damals vor dem Heim gefunden. Sie entdeckte einen Brief neben mir, in dem stand, dass die Kette das Einzige sei, was meine Mutter mir geben könne. Deswegen sollte ich sie behalten und immer bei mir tragen. Als Talisman.«

»Ja, das sind auch meine Informationen«, bestätigte der Pastor.

»Ihre *Informationen?*«, fragte Alex.

»Nun, ich fürchte, die Sache mit der Halskette ist noch viel komplizierter. Ich möchte Ihnen beiden eine Geschichte erzählen. Die Geschichte handelt von einem kleinen Buben in Strasbourg. Von mir, präzise gesagt. Wie Sie sehen, bin ich nicht mehr der Jüngste.« Er lächelte bescheiden. »Ich sehe es noch vor mir, als ob es gestern gewesen wäre. Kurz vor meinem zehnten Geburtstag, im Mai 1944. Ein dunkler Monat nach noch viel dunkleren Jahren. Die Deutschen hatten Wind davon bekommen, dass die Landung der Alliierten kurz bevorstand. Und dass die Mitglieder der Résistance den Angriff mit vorbereiteten. Deswegen starteten sie eine brutale Jagd auf alle, die in ihren Augen verdächtig aussahen. Für viele Mitglieder der Widerstandsbewegung nahmen diese Tage kein gutes Ende. Viele versuchten, sich zu verstecken. Aber es gelang nicht allen. Auch hier, in der Kirche, haben zahlreiche Menschen um Hilfe gebeten. Alle wurden abgewiesen. Bis auf drei. Zwei Männer und eine Frau. Auch sie waren Mitglieder der Résistance. Ich war an diesem Tag in der Kirche. Wie an den meisten. Ich lebte quasi hier. Sie kamen am frühen Morgen. Die beiden Männer stützten die Frau. Sie konnte kaum mehr laufen. Sie war schwanger. Die Wehen hatten schon eingesetzt. Ärzte gab es in der Gegend nicht, nur eine Hebamme. Wir holten sie. Nur eine Stunde später kamen die Zwillinge. Ein Mädchen und ein Junge. Wir kümmerten uns um die Neugeborenen und die Frau. Aber die Männer mussten wir sofort wieder wegschicken. Wenn die Gestapo von den Schreien der Mutter und der Babys angelockt worden wäre, wären wir alle verhaftet und die Babys getötet worden. Die Männer versprachen, sich zu verstecken und einige Tage später zurückzukehren. Als sie wiederkamen, war die Mutter tot. Sie hatte zu viel Blut verloren. Die ersten Stunden nach der Geburt hatte sie ihre Babys noch stillen können. Doch dann wurde sie immer schwächer.«

Pastor Thomas machte eine kurze Pause. Alex beobachtete ihn. Die Erinnerungen schienen ihn noch immer aufzuwühlen. Nach einem Moment fuhr er fort.

»Natalie, was, meinen Sie, hat die Mutter am Abend, bevor sie starb, ihrer neugeborenen Tochter um den Hals gehängt?«

Natalie rutschte unruhig auf ihrem Stuhl herum.

»Eine goldene Kette!«

Natalie brachte kein Wort heraus. Tränen traten ihr in die Augen. Ihre Hände krampften sich um die Stuhllehnen.

»Warum erzählen Sie mir das?«, fragte sie, als sie ihre Emotionen wieder im Griff hatte.

»Sie sollten etwas über die beiden Männer erfahren, die die Frau zu uns brachten«, antwortete Thomas ruhig. »Ihre Großmutter hieß Rahel Étoile. Sie hatte vor dem Krieg ganz jung geheiratet. Einen gewissen Jacob Hinault. Er war einer der beiden Männer. Der Vater der Zwillinge. Ihr Großvater, Natalie.«

In Alex' Gedanken fielen jetzt die Dominosteine. Soldat im Krieg. Flucht nach England. Rückkehr nach Frankreich mit der Résistance. Verhaftet im Juni 1944. Zusammen mit einem guten Freund. »Der zweite Mann war Régis«, schloss er.

Pastor Thomas sah ihn anerkennend an.

»Ja, in der Tat.«

»Doch damit ist die Geschichte noch nicht zu Ende, habe ich recht?«, fuhr Alex fort. Wenn das alles stimmte und wenn ihm sein Hirn keinen Streich spielte, dann war die Konsequenz so unglaublich wie völlig unmöglich.

»Das würde bedeuten, dass Régis Natalie im Waisenhaus erkannt hat.«

12

Samstag, 7. Juni 2014, Strasbourg, Frankreich

Nachdem das unbekannte Paar mit dem Pastor in dessen Büro verschwunden war, räumte Raoul in Windeseile seinen Posten und sammelte die Sendemikrofone ein. Nur die Wanze im Büro musste er zurücklassen. Doch die war egal. Er schnappte sich seinen Rucksack und verließ schnellen Schrittes die Kirche.

Noch immer hörte er die Stimme des Kanzlers in seinen Ohren. Nachdem er ihm das Dilemma erklärt hatte, hatte einige Sekunden eisiges Schweigen geherrscht.

Dann zischte der Kanzler: »Das machst du wieder gut. Sofort!«

Er musste es zumindest versuchen. Aber wie? Als er wenige Minuten später an der richtigen, der katholischen Kirche ankam, umrundete er sie und suchte einen Nebeneingang. Alle Türen waren verschlossen. Es war zu spät. Er durfte es nicht riskieren, entdeckt zu werden. Eine der Türen zu knacken stand nicht zur Debatte. Da er keine Ahnung hatte, wo in der Kirche sich die Zielpersonen befanden, konnte er auch nicht einfach so hineinspazieren. Touristen gab es hier kaum. Er würde in jedem Fall auffallen. Auffallen war keine Option.

Er hatte keine andere Wahl, als in Sichtweite des Portals zu warten und zu hoffen, dass der Professor und die Frau auf dem Rückweg über das, was sie erfahren hatten, sprachen. Aber selbst dann würde es schwer werden. Kauffmann hatte sein Sakko mit der Wanze im Hotel gelassen. Also blieb ihm nur die Möglichkeit, ihnen unauffällig zu folgen, das Richtmikrofon versteckt auf sie gerichtet.

Er setzte sich auf eine Bank am Ufer der Ill und bereitete sich vor. Jetzt durfte nichts mehr schiefgehen. Der Kanzler würde es nicht akzeptieren.

13

Samstag, 7. Juni 2014, Strasbourg, Frankreich

Natalie drehte ihren Kopf langsam zu Alex. Sie wusste nicht, wie ihr geschah. In wenigen Minuten hatte der Pastor ihre Welt auf den Kopf gestellt. Nicht nur, dass sie jetzt wusste, wer ihre Großeltern und ihre leibliche Mutter waren. Ihr Vater, ihr Adoptivvater, den sie so sehr geliebt hatte und den sie erst gestern beerdigt hatte, hatte ihre wahre Familie gekannt. Und es ihr verheimlicht.

»Aber ... das würde bedeuten, dass *papa* mir über all die Jahre etwas vorgemacht hat«, begann Natalie.

»Ja und nein«, antwortete Pastor Thomas vorsichtig. »Zunächst einmal sollten Sie wissen, dass Régis und Suzanne nur durch pures Glück in jenes Waisenhaus gingen, in dem Sie beide gelebt haben, um sich ihren Kinderwunsch zu erfüllen.« Er machte eine kurze Pause und ließ seine Worte wirken. »Verstehen Sie mich nicht falsch, Régis hat vom Tag seiner Rückkehr nach Frankreich an nach Ihrer Mutter gesucht. Er war immer davon überzeugt, sie irgendwann zu finden. Aber dass er ausgerechnet auf Sie stieß, in einem Waisenhaus in Haguenau, hatte er sich nicht einmal in den kühnsten Träumen ausgemalt.«

»Trotzdem«, erwiderte Natalie trotzig. »Die Kette beweist nichts. Vielleicht hat diese Frau sie später verloren, verkauft oder verschenkt. Es gibt tausend Möglichkeiten, wie meine Mutter an die Kette gekommen sein könnte.«

Doch Natalie merkte selbst, wie hohl ihre Worte klangen. Der Pastor schien genau zu wissen, was er sagte.

Er lächelte. »Lassen Sie mich Ihnen etwas zeigen!«

Er erhob sich und kam um den Schreibtisch herum. Er hockte sich neben Natalie und sprach mit gedämpfter Stimme.

»Sie erinnern sich, ich hatte gesagt, es gebe *zwei* Gründe, warum ich Sie heute wiedererkannt habe, obwohl ich Sie nie zuvor gesehen hatte. Der eine Grund ist die Kette. Der andere Grund ist dieses hier.«

Thomas reichte Natalie eine Schwarz-Weiß-Fotografie. Alex lehnte sich hinüber und betrachtete das Bild ebenfalls. Es zeigte zwei Männer und eine Frau. Natalie erkannte Régis sofort. Und sie erkannte sich selbst. Oder besser eine Frau, die ihr zum Verwechseln ähnlich sah, nur aus einer anderen Zeit zu stammen schien. Der gleiche südländische Einschlag, die gleichen schwarzen Locken, nur etwas kürzer, als Natalie sie heute trug, die gleiche Nase, die gleichen Augen. Ihre Großmutter! Das musste Rahel Étoile sein, zusammen mit ihrem Mann Jacob Hinault und Régis.

»Das Bild ist offenbar wenige Wochen vor der Geburt aufgenommen worden. Schauen Sie, Rahels Bauch ist nicht zu übersehen.« Thomas deutete auf die Rundung, die sich unter dem Kleid abzeichnete.

Natalie hörte Alex eine Frage stellen, konnte den Blick aber nicht von der Aufnahme abwenden. Ihre Gedanken überschlugen sich. Ihr Magen verkrampfte sich. Sie fühlte sich alldem auf einmal nicht mehr gewachsen.

»Sie haben uns gesagt, warum sie hier waren«, drang Thomas' Stimme an ihr Ohr. »Alle drei waren Teil eines Zerstörungskommandos der Résistance, das Lieferungen der Nazis von einem Stützpunkt zum nächsten sabotierte. Soweit ich mich erinnere, besorgte Rahel die Informationen über Truppenbewegungen. So konnten sie Transporte von Waffen und Verpflegung vorhersehen. Jacob war für die Anschläge selbst verantwortlich. Er war technisch sehr begabt. Und Régis war der Quartiermacher. Seine Aufgabe war es, die Flucht zu planen. Ich weiß noch, wie ich am ersten Abend, als Rahel noch bei Bewusstsein war, mit ihr am Feuer saß und sie mir erzählte, wie sie an die Informationen kam: Sie hat sich mit den Weinbauern unterhalten. Die Nazis haben immer große Mengen Wein bestellt, wenn sie ihre Truppen verlegten und an den neuen Standorten verpflegen mussten.«

Thomas erzählte nun mit der Begeisterung des kleinen Jungen, der 1944 die wohl spannendste Gutenachtgeschichte seines Lebens gehört hatte.

»Wenn Rahel herausgefunden hatte, wohin die Lieferungen gingen, wusste die Résistance, wo die Deutschen gerade ihre Soldaten zusammenzogen. Und sie wussten, wo sie zuschlagen konnten.«

»Sie haben gesagt, als Régis und Jacob wiedergekommen sind, war Rahel schon tot. Was ist dann passiert?«, fragte Alex.

»Sie waren wie betäubt. Besonders Jacob. Aber für diese Leute war der Tod nichts Unbekanntes. Sie fingen sich schnell wieder und besprachen, was sie tun sollten. Sie sagten etwas von einer Aufgabe, die sie zu erledigen hatten. Sie sind noch am selben Tag wieder gegangen.«

»Und was wurde aus den Zwillingen?«

Natalie war unfähig, sich an dem Frage-und-Antwort-Spiel zu beteiligen. Sie hörte zu und versuchte verzweifelt, sich wieder zu konzentrieren. Thomas und Alex unterhielten sich über ihre Familie. Sie wollte mitreden. Sie musste wissen, was aus ihrer Mutter geworden war. Sie hatte so viele Fragen.

»Wir mussten ihnen versprechen, dass wir uns um sie kümmern würden. Pfarrer Paul, der damals die Kirche geführt hat, hat keine Sekunde gezögert. Irgendwie fand er eine Familie, in der die Mutter gerade eine Fehlgeburt erlitten hatte. Er sprach mit ihr. Er sagte, vielleicht sei es Gottes Wille, dass ihr das eigene Kind genommen wurde, aber Zwillinge geschenkt werden sollten. Sie versprach, die beiden wie ihre eigenen Kinder zu lieben.«

»Wie hießen die Zwillinge?«

»Marie und Fabrice. Eigentlich sollte Marie wie ihre Mutter Rahel heißen. Aber ein jüdischer Name für ein Kind katholischer Eltern? Das war in einem Frankreich unter der Nazi-Herrschaft undenkbar. Also entschied man, sie Marie zu taufen.«

»Was wurde aus der Familie? Wie hießen die Leute überhaupt?«

»Mannarino. Sie sind nach Amerika ausgewandert und haben die beiden Kleinen mitgenommen.«

»Nach Amerika?« Natalie raffte sich auf. Sie musste sich wieder einschalten. »Aber wie ist meine Mutter dann wieder nach Frankreich gekommen?«

»Soviel ich weiß, haben Fabrice und sie zum achtzehnten Geburtstag die Wahrheit über ihre Eltern erfahren. Die Mannarinos wollten es so. Was dann genau passiert ist, hat mir Régis nie verraten. Ich weiß nur, dass Marie nach der Schule zurück nach Frankreich gegangen ist und Sie, Natalie, im Alter von sechsunddreißig Jahren geboren hat.«

»Und das wissen Sie von …«

»Ja, Régis hat versucht, Marie zu finden.«

»Und?« Natalie spürte eine Ungeduld, wie sie sie noch nie verspürt hatte. Sie wusste nicht, ob sie die Antwort hören wollte. Aber jetzt war es zu spät.

»Sie ist kurz nach Ihrer Geburt an Krebs gestorben. Es tut mir sehr leid.«

Natalie schwieg. Das war also die Geschichte ihrer Mutter. Das war der Grund, warum sie ihre neugeborene Tochter in ein Heim gegeben hatte. Sie musste um ihre Krankheit gewusst und befürchtet haben, nicht mehr lange für Natalie da sein zu können. Wie absurd!, dachte Natalie. All die Jahre hatte sie ihre Mutter verteufelt. War sie doch ein guter Mensch gewesen? Vielleicht hatte sie wirklich nur das Beste für ihr Kind gewollt. Konnte es so einfach sein? War Krebs der Grund für all das, was Natalie in ihrer Kindheit erlebt hatte? Hatte Krebs ihre Familie auseinandergerissen? Aber warum hatte ihre Mutter nicht die Mannarinos um Hilfe gebeten? Oder ihren Bruder? Vielleicht hätte Natalie dort aufwachsen können? Sekunden nachdem sie geglaubt hatte, eine Antwort auf all ihre Fragen bekommen zu haben, tauchten tausend neue Fragezeichen auf. Sie fühlte sich elend.

»Und der leibliche Vater?« Alex stellte die Frage, die Natalie nicht zu stellen wagte.

Thomas schüttelte den Kopf. »Unbekannt. Soweit es Régis nachvollziehen konnte, hat Marie in keiner Beziehung gelebt.«

Alex schien Natalies innere Zerrissenheit zu spüren. Er hielt das Gespräch am Laufen. »Okay, Régis hat also die leibliche Familie Natalies gekannt und sie adoptiert, weil er sie an der Kette erkannt hat. Ich frage mich allerdings noch immer, wie das mit dem zusammenhängen könnte, was in den letzten zwei Tagen passiert ist. Thomas, wussten Sie, dass Régis erpresst worden ist?«

»Ja. Régis hat mir aber nie gesagt, worum es ging. Er meinte, er werde einen Brief schreiben, der alles erklären werde.«

»Der Brief, der mit seinem Testament geklaut wurde.«

»Wie bitte?«

Alex berichtete ihm in knappen Worten von den Ereignissen in Paris. Von dem Erpresserschreiben, dem gestohlenen Testament und dem versiegelten Brief, vom Antrag auf Akteneinsicht und dem glücklichen Zufall, seine Telefonnummer gewählt zu haben.

»Zwischen alldem gibt es eine Verbindung«, schloss er. »Nur welche?«

»Vielleicht kann ich mit einem Hinweis helfen. Régis hat mich beauftragt, Ihnen alles zu erzählen, was ich weiß. Das habe ich getan. Ich sollte Ihnen aber auch noch etwas geben. Hier!«

Thomas holte aus einer Schublade seines Schreibtischs einen Schlüsselbund heraus und reichte ihn Natalie.

Sie betrachtete ihn. Es waren zwei Schlüssel. Der erste sah am ehesten nach einem Haustürschlüssel aus. Der zweite war kleiner und konnte für alles Mögliche sein. Was Natalie irritierte, war der Anhänger. Er war oval, aus Holz, mit Schnitzereien verziert und hatte auf einer Seite die Nummer 58 sowie auf der anderen das Logo des Grand Hôtel d'Aix-les-Bains eingebrannt. Sie reichte den Schlüssel an Alex weiter, der ihn eingehend musterte.

»Aix-les-Bains? Der Kurort?«, fragte Alex.

»Ja, so viel hat Régis mir verraten. Mehr leider nicht. Wobei ich fürchte, dass Sie den Schlüssel nicht als Aufforderung für einen Wellness-Urlaub verstehen sollten.« Thomas lächelte schwach.

Natalie und Alex blieben noch einige Minuten, dann begleitete Pastor Thomas sie durch das Kirchenschiff in Richtung Ausgang. Unter dem mächtigen Kronleuchter blieben sie noch einmal stehen. Thomas wandte sich an Natalie.

»Ich vermag mir nicht vorzustellen, wie Sie sich fühlen. Ich habe diesen Tag schon viele Male vor meinem inneren Auge durchlebt, und nie habe ich anschließend geglaubt, die richtigen Worte gefunden zu haben. So empfinde ich auch heute.«

Natalie sah berührt zu Boden. Dann sah sie dem Pastor in die

Augen. »Mein Vater hat Ihnen vertraut. Sie haben all die Jahre ein Geheimnis für ihn bewahrt, und als es so weit war, haben Sie uns geholfen. Danke!« Sie machte einen Schritt auf ihn zu und gab ihm einen Kuss auf die Wange.

Thomas blickte etwas verlegen drein, schien sich aber über ihre Worte zu freuen. »Was Sie heute erfahren haben«, erwiderte er einen Moment später, »muss Ihr Leben schwer erschüttert haben. Und ich war derjenige, der dafür gesorgt hat. Es tut mir leid, dass ich nicht imstande war, es Ihnen schonender beizubringen. Lassen Sie mich aber noch eines sagen: In den wenigen Stunden, die ich die Ehre hatte, Ihre Großmutter kennenzulernen, war sie wie eine Mutter zu mir. Sie sagte all das, was sich ein kleiner Junge nur wünschen kann in einer so schweren Zeit wie der damaligen. Ich habe sie nie vergessen und werde es auch nicht. Und ich bin heute ein glücklicher Mann, da ich der Enkelin dieser großartigen Frau begegnet bin.«

Natalie hatte einen Kloß im Hals. »Danke«, sagte sie erneut. »Ich bin froh, dass mein Vater uns zu Ihnen geführt hat. Und ich hoffe, dass wir uns wiedersehen werden.«

»Die Hoffnung ist ganz meinerseits«, antwortete Thomas. »Und vergessen Sie nicht, Natalie: Wenn ich Ihnen auch nicht sagen kann, wo er heute lebt – irgendwo auf dieser Welt haben Sie noch einen direkten Verwandten. Ihren Onkel Fabrice.«

14

Samstag, 7. Juni 2014, Strasbourg, Frankreich

Sie verließen die Kirche und machten sich auf den Weg zurück ins Hotel. Die mittägliche Hitze hatte sich etwas gelegt, und die Straßen und Gassen der Altstadt füllten sich immer mehr mit Menschen, die ihren täglichen Erledigungen nachgingen oder als Touristen unterwegs waren.

Natalie war wenig gesprächig. Alex wollte sie mit ihren Gedanken allein lassen. Da klingelte sein Schweizer Handy. Es war Suzanne. Sie rief von seinem französischen Mobiltelefon an, das er in ihrer Wohnung gelassen hatte. Er hatte ihr erklärt, wie sie ihn mit einer Kurzwahltaste erreichte. Régis hatte zwar auch ein Handy gehabt, Suzanne hatte aber nie damit umzugehen gelernt. Alex hatte jedoch darauf bestanden, dass Suzanne immer ein Telefon bei sich trug für den Fall, dass sie Natalie oder ihn sprechen wollte. Sie hatte es zwar mit einem Achselzucken abgetan, doch die nächsten Minuten zeigten, dass Alex recht behalten sollte.

»Was für ein Glück, dass es gleich funktioniert hat«, sprudelte sie sofort hervor, als er sich gemeldet hatte. »Ich traue doch diesen Dingern nicht über den Weg. Kannst du mich verstehen?«

»Ich höre dich gut, Suzanne. Was ist passiert? Du klingst aufgeregt.«

Sie waren gerade am Place Broglie angekommen. Der Wochenmarkt war in vollem Gange. Hunderte Menschen tummelten sich zwischen den Ständen. Alex zog Natalie hinter einen Stand, wo es etwas ruhiger war. Dann schaltete er den Lautsprecher seines Telefons an und hielt es zwischen sich und Natalie.

»Natalie ist bei mir. Ich habe den Lautsprecher eingeschaltet.«

»Hallo, *maman*!«, sagte Natalie.

»Hallo, Kind! Wie schön, deine Stimme zu hören! Es tut mir leid, dass ich euch störe. Aber ich werde hier meschugge. Christophe ist nicht da, ich habe ihn heimgeschickt, weil ich meine Ruhe haben wollte. Und nun gehe ich vorhin zum Briefkasten und dann das.«

»Was ist passiert?«, fragte Natalie.

»Im Briefkasten war ein Brief an Régis. Von Serge.«

Alex und Natalie tauschten verständnislose Blicke.

»Wer ist Serge, *maman*?«

»Oh Gott, das ist so kompliziert, mein Kind. Du hast ihn nie kennengelernt. Ich selbst habe schon seit Jahrzehnten nichts mehr von ihm gehört. Er ist ein alter … Freund.«

»Und er hat *papa* jetzt einfach so geschrieben?«

»Nicht einfach so, das ist es ja. Er hat ihm geschrieben, dass er noch nichts vom Justizministerium gehört hat. Er glaubt, dass die Zeit knapp werden könnte.«

»Moment, Moment«, unterbrach Alex. »Liest du uns den Brief bitte mal vor?«

»Oh, natürlich. Eine Sekunde …« Suzanne klang aufgeregt und verwirrt. Sie hörten ein Rascheln. »›Mein lieber Régis‹«, begann sie dann, »›in aller Kürze, weil ich gerade in Eile bin: Ich habe noch nichts vom Justizministerium wegen der Akte gehört. Aber ich glaube, dass wir hingehalten werden. Selbst wenn die Frist abgelaufen ist, bin ich mir nicht sicher, ob wir je einen Blick werden hineinwerfen dürfen. Die haben überall ihre Finger im Spiel, das weißt du so gut wie ich. Viel Zeit bleibt uns nicht mehr. Ich habe alles wie besprochen vorbereitet. Hoffen wir, dass es reicht. In Verbundenheit, dein Serge‹.«

»Das ist alles?«, fragte Natalie.

»Reicht das nicht?« Suzannes Stimme klang verzweifelt. »Geht es schon wieder um diese Gerichtsakte? Und was hat Serge damit zu schaffen?«

»Wer ist denn dieser Serge überhaupt?«, hakte Alex nach.

Einen Augenblick blieb es still am anderen Ende der Leitung. Dann sagte sie: »Er heißt Serge Clement. Er war auch … in Auschwitz.«

Weder Alex noch Natalie sagten ein Wort.

»Ich habe ihn dort kennengelernt. Régis kannte ihn noch von

früher aus Bordeaux. Nach dem Krieg ist er in die Provence gegangen. Anfangs hielten wir noch Kontakt, der hat sich dann aber über die Jahre verlaufen.«

»Régis scheint ihn wieder aufgenommen zu haben«, sagte Alex.

»Wieder etwas, wovon ich nichts wusste«, antwortete Suzanne bedrückt.

»Hast du seine Telefonnummer oder Adresse?«

»Eine Telefonnummer nicht, aber seine Adresse steht auf dem Briefumschlag. Eine Sekunde …«

Sie gab sie durch, und Alex notierte sie sich.

»Das Vallée de Vauvenargues liegt in der Nähe von Marseille«, sagte Alex. »Wir könnten von Aix-les-Bains aus dorthin weiterfahren.« Er blickte Natalie fragend an, die zustimmend nickte.

»Was wollt ihr denn in Aix?«

Alex sah Natalie an. Die schüttelte heftig den Kopf. Alex verstand.

»Wir haben von Pastor Thomas einen Tipp bekommen. Er meinte, wir könnten dort mit etwas Glück etwas finden, das uns weiterhilft.«

»In Aix? Régis war nie in Aix. Zumindest nicht dass ich wüsste. Aber was weiß ich schon noch von meinem Mann … Ja, nu! Dann müsst ihr da wohl hin. Mehr hat euch der Pastor nicht verraten können?«

»Den Rest erzählen wir dir in Ruhe, wenn wir wieder zu Hause sind«, antwortete Alex. »Mach dir keine Sorgen! Wir fahren gleich weiter und sind in ein paar Tagen wieder zurück.«

Plötzlich dämmerte Alex etwas. Serge Clement. Er hatte den Namen schon einmal gehört. »Suzanne, ich reiche dich jetzt an Natalie weiter. Wenn irgendetwas ist, melde dich jederzeit unter dieser Nummer.«

Er stellte den Lautsprecher aus, drückte Natalie das Handy in die Hand und bedeutete ihr, ihm zu folgen. Er führte sie zu einem Café am Rande des Place Broglie, und sie nahmen an einem der Tische am Straßenrand Platz. Während Natalie das Gespräch beendete, kramte Alex in seiner Umhängetasche und holte sein Tablet hervor.

Das WLAN des Cafés war kostenlos, und so öffnete er den Internetbrowser und gab den Namen »Serge Clement« in eine Suchmaschine ein. Zwei Minuten später fand er, wonach er gesucht hatte.

Clement war nach dem Krieg Ahnenforscher geworden. Er hatte Geschichte und Linguistik studiert und bis vor wenigen Jahren eine Agentur geführt, die auf die Suche nach vermissten Familienangehörigen spezialisiert gewesen war. Hatte Régis Serge eingespannt, um mehr über Natalies Eltern in Erfahrung zu bringen? Alex zeigte Natalie seine Entdeckung.

»Woher wusstest du das?«, fragte sie.

»Ich hatte seinen Namen schon mal gehört, war mir aber nicht mehr sicher, in welchem Zusammenhang. Dann fiel mir etwas ein. Zu Hause habe ich selbst einige Nachschlagewerke zur Genealogie. Schau mal hier ...« Er nahm das Tablet, scrollte auf der Webseite runter und zeigte Natalie eine Liste von Büchern. »Diese Bücher hat er veröffentlicht. Erkennst du einen Namen wieder?«

Natalie las die Titel und Autoren und schüttelte den Kopf. Alex bedeutete ihr, sich den Co-Autor eines bestimmten Buches noch einmal anzusehen.

»Hugo von Arx. Moment, heißt nicht so dein Chef?«

»Ganz genau.« Alex griff zu seinem Handy.

»Was hast du vor?«, fragte Natalie.

»Ich rufe ihn an und frage, ob wir uns treffen können. Fribourg liegt auf dem Weg nach Aix-les-Bains. Wenn uns jemand etwas über Serge Clement sagen kann, dann Professor von Arx.«

Das Gespräch dauerte keine fünf Minuten. Als Alex aufgelegt hatte, schaute ihn Natalie erwartungsvoll an.

»Wir treffen ihn also?«

»Ja, morgen um elf.«

»Und was machen wir heute Abend?«

Alex lächelte. »Ich kenne ein hervorragendes Restaurant.«

15

Samstag, 7. Juni 2014, Bordeaux, Frankreich

Seine Hand glitt über den dunklen hölzernen Humidor. Mit einer geübten Bewegung ließ er die goldene Schnalle aufschnappen und klappte den Deckel hoch. Er liebte den Moment, wenn der Duft der getrockneten Tabakblätter an seine Nase drang. In dem Kästchen herrschten perfekte tropische Bedingungen. Siebzig Prozent Luftfeuchtigkeit waren gerade hoch genug, damit die Blätter nicht austrockneten, und gerade niedrig genug, damit sich kein Schimmel bildete. Darin lagen acht handgerollte Cohibas, jede für sich gut einhundert Euro teuer. Es gab teurere, dachte der Kanzler, aber das Teuerste war nicht immer das Beste. Vorsichtig entnahm er dem Humidor eine Zigarre und verschloss ihn wieder.

An der Bar schenkte er sich aus einer Kristallflasche einen Single Malt ein. Es war der Whisky einer kleinen Destillerie in den schottischen Highlands. Einzelabfüllung, zwölf Jahre im Bourbon-Fass gereift. Er sah zu, wie die goldene Flüssigkeit sanft in den Tumbler glitt. Die Zigarre in der Rechten, das Glas in der Linken, setzte er sich auf das Sofa seines Arbeitszimmers. Ein kräftezehrender Tag voller Rückschläge lag hinter ihm. Er wollte gerade zum Zigarrenschneider greifen, als das Telefon klingelte. Mit wenigen Schritten war er am Schreibtisch.

»Ja?«, bellte er.

»Hier Raoul. Wir haben ein Problem.«

»Noch eins?«

»Kauffmann hat sich für morgen Vormittag mit seinem Professor in der Schweiz verabredet.«

»Warum das?«

»Es geht um Clement.«

»Was soll das heißen?«, fragte der Kanzler scharf.

»Als die beiden aus der Kirche raus sind, habe ich sie verfolgt«, erklärte Raoul. »Sie haben kein Wort über das Gespräch mit dem

Pastor verloren. Aber Kauffmann hat telefoniert. Ich habe es teilweise aufschnappen können.«

»Warum nur teilweise? Haben wir das Telefonat wieder nicht abhören können?«

»Nein, Kauffmann benutzt sein Schweizer Handy. Da kommen wir nicht ran. Aber er hat mit der alten Villeneuve gesprochen.«

»Wir hören doch ihr Telefon ab. Wo ist also das Problem?«

»Das Problem ist, dass sie mit dem Zweithandy des Professors telefoniert hat.«

Der Kanzler stieß einen leisen Fluch aus.

»Worum ging es?«

»Sie waren auf einem Marktplatz, die Nebengeräusche waren stark. Aber ich habe verstanden, dass sie von einem Brief berichtet hat, den sie bekommen hat. Von Clement. Es ging um Akteneinsicht.«

Der Kanzler riss die Augen auf. »Wie hat der Kerl ...?« Er überlegte eine Sekunde. »Egal! Warum trifft sich der eine Professor jetzt mit dem anderen?«

»Weil es wohl eine Verbindung zwischen Kauffmanns Chef und Serge Clement gibt.«

»Was?«

»Wenn ich das richtig mitbekommen habe, haben die ein Buch zusammen geschrieben.«

Der Kanzler rieb sich mit der freien Hand die Augen. Das durfte alles nicht wahr sein. Das Ganze entwickelte sich zu einem Alptraum.

»Wann soll das Treffen stattfinden?«

»Morgen um elf in Fribourg.«

Er dachte einen Moment nach. Dann gab er Raoul Anweisungen.

»Hast du verstanden?«, schloss er.

»Jawohl!«

»Ich kümmere mich um den Kontakt in der Schweiz. Er macht den Anfang, du erledigst den Rest. Was du dafür brauchst, wird er dir besorgen. Er ist nicht billig, aber zuverlässig.«

»Geht klar.«

»Wo sind die beiden gerade?«
»Im L'Ancienne Douane.«
»Hast du Empfang?«
»Nein. Er hat sein Sakko im Hotel gelassen.«
»Konntest du dich nicht in die Nähe setzen?«
»Nicht ohne gesehen zu werden.«
»Die beiden können sich also gerade unterhalten, wie es ihnen beliebt, und wir erfahren nichts.« Dem Kanzler schwoll der Kamm. »Hast du wenigstens noch irgendwas über das Gespräch mit dem Pastor in Erfahrung bringen können?«
»Nein, nur, dass sie nach Aix-les-Bains weiterfahren wollen. Der Pastor hat ihnen einen Tipp gegeben, dass sie dort weitere Antworten finden könnten.«
»Was sagt Villeneuves Akte? Irgendwas über Aix?«
»Negativ. Keine direkte Verbindung, von der wir wissen.«
Der Kanzler atmete tief durch. Die Geschichte gefiel ihm nicht. Vielleicht musste er schon bald zu anderen Maßnahmen greifen.
»Lass dir eins gesagt sein, Raoul: Wir haben keinen Platz mehr für irgendwelche Fehler oder Probleme. Ich habe für Montag eine Versammlung einberufen. Dort werden wir darüber befinden, was mit dem Professor und der kleinen Villeneuve passiert. Das Beste wäre also, wenn die beiden bis dahin bereits aus dem Spiel wären!«
Der Kanzler legte auf und wählte eine Nummer in der Schweiz. Als er am anderen Ende der Leitung eine holprig französisch sprechende Stimme hörte, hob sich seine Laune. Der Mann war die Zuverlässigkeit in Person. In knappen Sätzen schilderte er seinem Gesprächspartner das Problem. Die Schweiz-Sache musste funktionieren.

16

Sonntag, 8. Juni 2014, Fribourg, Schweiz

Alex und Natalie brachen früh in Strasbourg auf und durchquerten nicht einmal zweieinhalb Stunden später das Murtentor der alten Stadtmauern Fribourgs. Alex parkte den Wagen in der Rue Pierre-Aeby. Von hier aus waren es nur wenige Meter zu seiner Wohnung. Es hatte geregnet über Nacht, die Luft war angenehm kühl, doch der Himmel wolkenfrei. Ein herrlicher Sommertag kündigte sich an. Er nahm seine Tasche mit und würde frische Kleidung einpacken.

Sie hatten einen entspannten Abend im L'Ancienne Douane genossen, guten Wein getrunken und sich über eine elsässische Schlachterplatte hergemacht. Unkoscheres Essen war manchmal eben doch das beste. Sie hatten den ganzen Abend über alles Mögliche gesprochen, nur nicht über das, was sie in den Stunden zuvor gehört hatten. Natalie hatte ihn gebeten, den Abend nicht mit anstrengenden Fragen zu stören. Zu gerne hatte er ihr diesen Wunsch erfüllt.

Später im Hotel hatte er trotzdem noch gearbeitet. Als Natalie eingeschlafen war, hatte er auf seinem Tablet eine Übersicht angelegt mit allen Personen, die in Régis' Plan bisher eine Rolle gespielt hatten. Und er hatte versucht, über eine Webseite für Genealogie etwas über Natalies Großeltern herauszufinden.

Er war sich nicht sicher, aber er glaubte, etwas gefunden zu haben. Allerdings gab es noch viel zu viele lose und unerklärliche Enden. Er hoffte, dass Professor von Arx einige Punkte sinnvoll miteinander verknüpfen konnte.

Er sah auf die Uhr. Sie waren gut in der Zeit. Sie nahmen den Aufzug und gingen die letzten Stufen zu seiner Wohnung hinauf. Oben angekommen stockte ihm der Atem. Die Tür war offen und hing nur noch lose in ihren Angeln.

»Verdammte Scheiße«, entfuhr es Natalie.

Alex stand regungslos da. Ein Impuls in ihm forderte ihn auf, sofort in die Wohnung zu stürzen und nachzusehen, was passiert war. Obwohl es offensichtlich war. Jemand war in seine Wohnung eingebrochen. Aber sein Verstand hielt ihn zurück. Natalie wollte vorsichtig eintreten, doch er griff nach ihrem Arm und zog sie zurück.

»Nicht«, sagte er. Dann klingelte er bei seiner Nachbarin. Sekunden später bereute er es.

»Oh, guten Morgen, Herr Professor«, flötete eine blonde junge Frau. Es war die Studentin, der er noch am Mittwoch nach dem Fechttraining hüftsteif aus dem Weg gegangen war. Sie stand in einem bauchfreien Top und knappem Höschen vor ihm, die maximal das Nötigste ihrer Figur verbargen. Alex hätte sich am liebsten die Treppe hinuntergestürzt, zwang sich aber, Augenkontakt zu halten. Hoffentlich kam er aus dieser Nummer heil raus. Mit einem Seitenblick sah er, dass Natalie die Studentin mit offenem Mund anstarrte. Jetzt bemerkte auch die Blondine, dass noch jemand vor ihr stand. Das schien ihr nichts auszumachen. Im Gegenteil.

»Ach, wie nett, Sie haben … Ihre Cousine zu Besuch«, sagte sie zuckersüß. »Ich bin die Lydia!«

Alex stellten sich beim Klang ihrer Stimme die Nackenhaare auf. Dass er ausgerechnet an ihrer Tür geklingelt hatte, würde er sich nie verzeihen. Wie konnte er ihr jemals wieder in einer Vorlesung begegnen, ohne an diesen Morgen zu denken? Oder noch schlimmer: ihr in einer mündlichen Prüfung die Fragen stellen?

Er drängte den Gedanken beiseite und setzte eine ernste Miene auf.

»Entschuldigen Sie, aber wir haben ein Problem. Bei mir wurde offenbar eingebrochen.«

Das strahlende Lächeln auf dem Gesicht der jungen Frau wich einem Ausdruck puren Unverständnisses. Um ihr auf die Sprünge zu helfen, deutete er auf seine Eingangstür. Sie streckte den Kopf aus ihrer Wohnung und beugte sich dabei so weit vor, dass sich Alex klare Sicht auf ihr Dekolleté bot. Die Blondine bemerkte seinen Blick und grinste. Auch Natalie war er nicht entgangen. Ihr Gesichtsausdruck war vernichtend.

»Oh, offenbar nicht die Cousine!«, jauchzte die junge Frau. Ihr schien diese Begegnung äußersten Spaß zu bereiten. Dann fiel ihr ein, dass dieser Kommentar angesichts eines Einbruchs vielleicht doch nicht passend gewesen war, und sie verzog ihr Gesicht zu einer Miene tiefsten Bedauerns.

»Wissen Sie, ob die Tür schon gestern Abend offen gestanden hat?«

»Oh, das weiß ich ganz bestimmt: Sie war fest verschlossen. Wenn sie offen gewesen wäre, hätte ich doch mal nach Ihnen gesehen, meinen Sie nicht?« Schon war ihr Lächeln wieder da.

Alex sah im Augenwinkel Natalies missbilligendes Kopfschütteln.

»Das heißt, es muss heute Nacht passiert sein. Haben Sie irgendetwas gehört? Irgendwelche Geräusche, die von einem Einbruch hätten herrühren können?«

»Geräusche?« Blondie kicherte. »Also bitte, Herr Professor! Nein, weder von Ihnen noch von irgendwem sonst habe ich in der letzten Zeit nachts jemals irgendwelche Geräusche gehört.«

Alex schluckte schwer und versuchte, das Gehörte aus seinem Kopf zu verbannen.

»Dann rufen wir jetzt wohl besser die Polizei. Vielen Dank für Ihre Hilfe.«

Er wandte sich ab und hörte nur noch ein geschnurrtes »Für Sie immer gerne, Herr Professor!«.

Alex holte sein Handy aus der Tasche und wählte die 117. Nachdem er der Frau am anderen Ende erklärt hatte, was passiert war, und ihr seine Adresse gegeben hatte, setzten sich Natalie und er auf die Stufen vor seinem Appartement und warteten.

»Keine Geräusche in der letzten Zeit, hm?«, raunte ihm Natalie zu. Wenigstens sie schien sich zu amüsieren. »Tut mir leid, Alex, aber was war denn das bitte für ein dämliches Huhn?«

»Eine Studentin von mir. Viertes Semester.«

Zum Glück hatte Natalie keine Möglichkeit, sich noch allzu lange über Lydia auszulassen. Wenige Minuten später stapften zwei Polizisten der Kantonspolizei die Treppen hoch. Sie waren das perfekte

Abbild zweier Stadtpolizisten, die nie über Streifefahren hinausgekommen waren. Beide dicklich, der eine groß, der andere klein, beide in Uniformen, die ihnen bald zu eng sein würden. Und beide schon von den wenigen Stufen, die sie hatten erklimmen müssen, außer Atem.

Sie gingen zunächst die Personalien durch. Alex wies nach, dass er tatsächlich in diesem Haus wohnte. Auch Lydia erschien noch einmal, um zu bestätigen, dass Professor Alexander Kauffmann diese Wohnung gemietet hatte. Die Polizeibeamten konnten sich nur schwer von ihrem Anblick losreißen und warfen einander vielsagende Blicke zu. Schließlich betraten sie zu viert den Tatort.

Ihnen bot sich ein fürchterlicher Anblick. In Flur, Küche, Bad, Wohn- und Schlafzimmer waren Schubladen herausgezogen und ausgeleert worden, Bücher aus den Regalen gerissen und auf dem Boden verstreut worden. Kissen lagen aufgeschlitzt auf dem Sofa. Im Schlafzimmer war Kleidung kreuz und quer verstreut. Das Schlimmste aber war der Moment, als Alex seinen geliebten Sekretär sah. Nicht nur, dass die Einbrecher die Geheimfächer gefunden und das Geld mitgenommen hatten. An der Wand über dem Sekretär hing seine Adoptionsurkunde. Aus ihr ragte ein langes Küchenmesser. Die Einbrecher hatten die Urkunde mit dem Messer praktisch an die Wand genagelt.

Die Polizisten schenkten der Urkunde nur wenig Beachtung. Sie forderten Alex auf, nachzuprüfen, was die Einbrecher hatten mitgehen lassen.

»Wie soll ich das so schnell machen?«, fragte er. »Sie sehen doch, was hier für ein Chaos herrscht. Und wollen Sie nicht erst mal jemanden von der Spurensicherung kommen lassen, bevor ich aufräume?«

Die beiden Polizisten brachen in Gelächter aus.

»Verzeihen Sie, wir wollen nicht despektierlich erscheinen. Aber Spurensicherung? Es ist kein Mord geschehen. Und wir sind hier auch nicht in den Staaten«, antwortete der Kleine. »Wir werden alles genau aufnehmen, was abhandengekommen ist. Darüber hinaus werden wir offensichtliche Spuren, die der oder die Täter hinterlassen haben, festhalten und katalogisieren. Das Wichtigste wird aber sein, dass wir die weiteren Bewohner des Hauses befragen, ob sie etwas gesehen haben.«

»Wie lange wird das dauern?«, fragte Alex.

»Na, wenn jeder Bewohner so aussieht wie Ihre Nachbarin, lassen wir uns gerne etwas mehr Zeit«, antwortete der Große.

Alex begann, sich über die beiden Gesetzeshüter zu ärgern, wollte sich mit ihnen aber nicht anlegen.

»Okay, ich werde eine Liste der offensichtlich fehlenden Dinge machen.«

»Wenn Ihnen im Nachhinein noch mehr einfällt, was fehlt, können Sie es nachtragen lassen. Aber versuchen Sie nicht, etwas zu drehen. Versicherungsbetrug ist kein Kavaliersdelikt.«

»Vielen Dank für den Hinweis! Das wusste ich ja gar nicht«, entgegnete Alex und ging ins Schlafzimmer zurück. Dort fand er auch Natalie. Sie stand vor der Adoptionsurkunde.

»Glaubst du an Zufälle?«, fragte sie.

»Ebenso wenig wie du. Da können mir die Knallköpfe nebenan erzählen, was sie wollen. Natürlich fehlt eine Menge. Die haben mein ganzes Bargeld mitgenommen, meinen Laptop, meinen Fernseher. Aber das hier«, Alex deutete auf die aufgespießte Urkunde, »ist der eigentliche Grund für den Einbruch. Es ist eine Warnung.«

»Nur wer warnt uns hier vor was, Alex?«

»Dieselben Leute, die Régis erpresst haben. Wir müssen uns unbedingt mit Professor von Arx treffen. Ich bin mir sicher, er kann uns weiterhelfen.«

Alex schaute auf die Uhr.

»Verdammt, er wartet bestimmt schon auf uns. Wir sollten los.«

»Und was ist mit der Wohnung?«

»Die Polizei, dein Freund und Helfer. Ich nehme noch ein paar Sachen mit. Dann sollen die die Wohnung versiegeln, und ich kümmere mich um alles, wenn ich wieder da bin.«

17

Sonntag, 8. Juni 2014, Fribourg, Schweiz

Sie betraten die Brasserie du Belvédère um kurz vor halb zwölf. An schönen Tagen hatte man von der Terrasse des Cafés die schönste Aussicht über die Altstadt Fribourgs. Alex durchquerte mit Natalie im Schlepptau das Lokal und trat hinaus, nach seinem Chef Ausschau haltend. Er war noch nicht da. Während Natalie sich an einem Tisch in der Sonne niederließ, ging Alex zur Bar und bestellte Kaffee und Croissants.

Einige Minuten später, als Alex und Natalie sich schon etwas vom Schock des Einbruchs erholt hatten, kam er. Ein Mann von Anfang sechzig, knapp eins fünfundsiebzig groß, mit dunklem, lichter werdendem Haar, an den Schläfen ergraut, einer randlosen Brille auf der großen Nase und einem freundlichen Lächeln, für das die Wangen bereitwillig Platz machten und das das eigentlich schmale Gesicht mondartig rund formte.

Alex winkte ihm, und sie begrüßten sich.

»Natalie, das ist mein Professor, Hugo von Arx.«

»Alex, Sie müssen aufhören, mich als Ihren Professor vorzustellen«, entgegnete er. »Das ist längst Vergangenheit.«

»Ich habe bei Ihnen promoviert. Deswegen werden Sie es wohl immer bleiben«, antwortete Alex. Es war eine beinahe schon rituelle Zeremonie zwischen ihnen, eine Diskussion, die sie schon häufig geführt hatten.

»Sie müssen mir meine Verspätung verzeihen«, eröffnete von Arx, nachdem er sich einen Milchkaffee bestellt hatte. Er sprach abgehackt, jede Silbe betonend. »Ich hatte eine sehr unerfreuliche Nacht. Bei mir ist gestern Abend eingebrochen worden, während ich auf einer Feier in Bern war. Ich hatte noch tief in der Nacht Besuch von der Polizei. Und heute Morgen musste ich erst einmal die gröbsten Schäden beseitigen. Darüber habe ich die Zeit aus den Augen verloren.«

Alex und Natalie tauschten Blicke. Wieder einer dieser Zufälle. Alex wählte seine Worte mit Bedacht.

»Hugo, ich glaube, ich kann das erklären. Auch bei mir ist heute Nacht eingebrochen worden.«

»Was sagen Sie da?«

»Bei Ihnen und mir wurde eingebrochen, weil ich Sie gestern kontaktiert und gebeten habe, sich mit uns zu treffen. Wir sind da in etwas hineingeraten, das wir noch nicht ganz verstehen. Wir haben die Hoffnung, dass Sie uns weiterhelfen können.«

»Was hat das mit mir und meinem Haus zu tun?«

Alex wusste, dass Professor von Arx in einem ansehnlichen Haus in Villars-sur-Glâne wohnte, einem beschaulichen Vorort Fribourgs, besonders beliebt bei wohlhabenden Familien mit Kindern.

»Haben Sie eine Alarmanlage?«

»Aber natürlich. Die hat nur leider nicht geholfen. Die Einbrecher haben sie deaktiviert. Zum Teufel, wie sie das auch immer geschafft haben.«

»Ich bin davon überzeugt, dass wir es mit Profis zu tun haben«, erwiderte Alex.

In den nächsten zehn Minuten gab er von Arx eine ausführliche Zusammenfassung der Geschehnisse.

»Und nun würden wir gerne von Ihnen etwas über Serge Clement erfahren«, endete er.

»Lassen Sie mich kurz resümieren«, bat von Arx um etwas Geduld. »Sie, Natalie, sind die Enkelin von Rahel Étoile und Jacob Hinault, guten Freunden Ihres Adoptivvaters Régis. Dieser wiederum kannte Serge Clement aus Bordeaux und war mit ihm in Auschwitz. Offiziell hatten sie keinen Kontakt mehr. Beide haben aber zuletzt Informationen über eine Akte an einem französischen Gericht ausgetauscht, die sie einzusehen ersuchten. Dies wurde abgelehnt. Kurz nach dem tragischen Tod Ihres Vaters kam heraus, dass er vor Jahren erpresst worden ist und einen Brief an Sie verfasst hat, der mitsamt dem Testament gestohlen wurde. Die einzige Hilfe sind nun der gute Serge und ein Schlüssel, dessen Spur Sie noch nachgehen werden. So weit korrekt?«

Professor von Arx hatte sich, während Alex gesprochen hatte, keine Notizen gemacht. Dennoch war er in der Lage gewesen, alles präzise und chronologisch richtig zusammenzufassen.

Alex nickte.

»Nun denn«, setzte von Arx an, nachdem er einen Augenblick überlegt hatte. »Dann will ich versuchen, ein paar weitere Puzzleteile in Ihr Bild einzubauen. Serge Clement war kein einfacher Ahnenforscher. Ja, er hat versucht, Familien wieder zusammenzubringen, die durch den Krieg auseinandergerissen worden waren. Vor allem aber hat er sich dafür eingesetzt, dass diese Familien entschädigt wurden. Alex, Sie wissen aus eigener Erfahrung, wie schwer es ist, mit einem Franzosen über das Schicksal jüdischer Familien zu diskutieren.« An Natalie gewandt sagte er: »Es läuft nach einem einfachen Motto: Frag einen Franzosen nie, was im Zweiten Weltkrieg wirklich passiert ist. Er wird es nicht mögen ...«

»... und dich auch nicht«, schloss Alex.

»Précisément!« Von Arx hob mahnend den Zeigefinger. »Die Juden haben jahrzehntelang um Wiedergutmachung gekämpft. Was sie unterm Strich bekommen haben, hat die Regierung vor ein paar Jahren in einem Bericht zusammengefasst. Es war erbärmlich. Serge wollte sich damit nicht zufriedengeben.«

»Ist seine Familie im Krieg auch enteignet worden?«, wollte Alex wissen.

»Oh ja. Und zwar nicht zu knapp. Sie besaßen ein großes Weingut im Haut-Médoc. Ein Schloss. Viele Hektar Weinberge. Beste Lage. Ein riesiger Weinkeller. Flaschen und Fässer aus mehreren Jahrzehnten Produktion. Nicht zu vergessen die Firmenkonten. Alles wurde ihnen genommen, Unterlagen wurden vernichtet. Serge hat nach dem Krieg eine Ewigkeit mit den Behörden gerungen. Das Schwerste war, überhaupt nachzuweisen, dass er derjenige war, der er vorgab zu sein. Er hatte doch nichts, als er aus dem KZ kam. Keinen Ausweis. Keinen Pass. Keine Geburtsurkunde. Die Behörden sagten, da könne ja jeder auftauchen und behaupten, er habe Anrecht auf dieses und jenes.«

»Aber er wurde entschädigt?«

»Ja und nein! Die Familie hatte neben dem Weingut auch ein Ferienhaus an der Küste vor Marseille. Das war ihnen vom Vichy-Regime weggenommen worden. Weil es Privatbesitz war, bekam Serge es aber zurück. Er verkaufte es und erwarb für das Geld sein heutiges Haus in der Provence. Aber an das Weingut kam er nie mehr heran.«

»Warum das?«

»Weil seine Familie Betrügern aufgesessen war. Viele Juden wussten, dass sie ihr privates Eigentum nur schwer würden retten können, sobald die Nazis Frankreich eingenommen hätten. Sie glaubten aber, zumindest ihre Firmen schützen zu können. Deshalb übertrugen sie ihre Unternehmen juristisch korrekt an Freunde, die nicht jüdisch waren und die die Nazis als Eigentümer akzeptieren würden.«

»Und diese Freunde haben sie dann an die Nazis verraten?«

»Exakt. Rothschild hat einmal gesagt: ›Wenn Blut auf den Straßen fließt, kauf, so viel du kannst!‹ Und die sogenannten Freunde der Juden hatten gerade einen großen Deal abgeschlossen. Mit juristisch absolut wasserdichten Verträgen. Sie brauchten nur noch die Juden loszuwerden, um ein echtes Schnäppchen zu machen.«

»Dafür sorgten die Nazis.«

»Bingo! Das hat vielen in der Bevölkerung zwar nicht gefallen, aber die meisten Juden kamen nach dem Krieg ja auch nicht wieder. Und die wenigen, die überlebt hatten, mussten nachweisen, dass sie überhaupt irgendwelche rechtlichen Ansprüche erheben konnten. Was nahezu unmöglich war.«

»Verzeihen Sie, wenn ich an der Stelle unterbreche«, hakte Natalie ein. »Wie in aller Welt soll uns das mit Blick auf Serge und meinen Vater weiterhelfen?«

Alex räusperte sich.

»Ich habe gestern Nacht noch etwas recherchiert«, begann er. »Du hast schon geschlafen. Ich wollte es dir heute früh noch sagen. Aber als ich dann das Chaos in meiner Wohnung gesehen habe, habe ich es vergessen.«

Natalie sah ihn mit einer Mischung aus Irritation und aufsteigendem Ärger an.

»Ich habe gestern versucht, etwas über deine Großeltern herauszufinden.«

»Und was hast du gefunden?«

»Ich habe im ›Bulletin des lois‹ nachgeschlagen, einer offiziellen Publikation der Regierung …«

»… in der alle Gesetze und Erlasse veröffentlicht wurden. Ja, ich kenne mich auch ein wenig in französischer Geschichte aus«, sagte Natalie gereizt.

»Ja, genau …« Alex hatte den Faden verloren. »Ähm, auf jeden Fall erschien parallel dazu immer auch eine Beilage, die unter anderem auch über die Pensionen der staatlichen Angestellten Auskunft erteilte. Das war wichtig, weil darin die Ansprüche für Witwen vermerkt waren.«

»Aber meine Großeltern sind, wenn sie gleich alt waren wie Régis, erst nach 1919 geboren. Also können sie darin gar nicht auftauchen. Und warum sollen sie überhaupt für den Staat gearbeitet haben?«

»Weil während des Ersten Weltkrieges praktisch alle Männer im Militär waren«, schaltete sich von Arx ein. »Das war eine sehr kluge Überlegung, Alex.« Der Professor sah seinen jüngeren Kollegen über die Brillenränder belustigt, aber voller Respekt an.

»Danke. Wo war ich stehen geblieben? Natürlich. Deine Großeltern hätte ich nicht finden können. Aber deren Eltern. Es war reine Spekulation. Vielleicht hatten deine Urgroßeltern den Kindern ihre eigenen Vornamen gegeben. Das war zu der Zeit üblich. Ich habe in den Militärlisten nachgeschaut. Erst bei Jacob Hinault, habe aber nichts gefunden. Dann bin ich alle männlichen Étoiles durchgegangen.«

»In der Hoffnung, einen zu finden, der als Ehefrau eine Rahel Étoile angegeben hatte.« Jetzt wusste Natalie, worauf Alex hinauswollte. Sie sah ihn erstaunt an. »Und du hast sie gefunden?«

»Ich habe nur eine einzige Rahel Étoile gefunden. Ob sie wirklich deine Urgroßmutter war, weiß ich natürlich nicht. Aber ihr Wohnsitz lautete Margaux.«

»Bei Bordeaux.«

»Besser gesagt: im Herzen des Bordelais. Und erinnerst du dich noch, was Suzanne uns über Serge verraten hat? Régis habe ihn aus Bordeaux gekannt. Serge sei zwar noch jung, aber sehr stark gewesen, weil er seinen Eltern in den Weinbergen geholfen habe. Es ist zwar nur eine Vermutung, aber vielleicht hat ja auch deine Familie ein Weingut besessen. Und Régis hat Serge genauso gekannt wie Rahel und Jacob.«

»Aber dann müsste Régis ja gewusst haben, um welches Weingut es sich handelt.«

»Und er müsste gewusst haben, dass Sie die rechtmäßige Erbin sind«, vollendete von Arx.

Sie nippten einen Moment schweigend an ihren Kaffeetassen. Alex betrachtete die Sarine im Tal unter ihnen. Es war die einzige plausible Erklärung. Régis musste von allem gewusst haben und, als er Natalie im Waisenhaus fand, alles darangesetzt haben, die Wahrheit ans Licht zu bringen.

»Aber warum ist Régis erpresst worden?«, brach Natalie das Schweigen. »Warum hat jemand sein Testament gestohlen? Und warum brechen die Leute hier in der Schweiz in zwei Wohnungen ein?«

»Ich glaube, die drei Fragen lassen sich zusammen beantworten«, entgegnete von Arx. Er lehnte sich zurück, rückte seine Brille zurecht und faltete seine Hände auf seinem Bauch. »Weil Ihr Adoptivvater offenbar jemandem zu nahe gekommen ist. Sehen Sie, sollten Sie wirklich die Erbin eines ansehnlichen Weinguts im wunderschönen Margaux sein, dann würde ich Ihnen gratulieren. Und ich würde alles versuchen, mit Ihnen gut Freund zu werden.« Er lächelte verschmitzt. »Das Weingut wäre Millionen wert. Allein die Weinberge könnten Sie wahrscheinlich zu einem Preis veräußern, der Ihnen ein komfortables Leben garantieren würde. Oder Sie würden damit hervorragenden Wein produzieren. Meine bevorzugte Variante, wenn ich das bescheiden anmerken darf. Aber verstehen Sie mich nicht falsch: Was fehlt, sind die Beweise. Das alles ist bislang reine Spekulation. Möglich ist es jedoch. Vor allem ist es möglich, dass diejenigen, die Ihnen da Angst einjagen wollen, noch gar nicht wissen, wer Sie, liebe Natalie, wirklich sind. Halten wir fest: Die Einbrüche bei mir und bei Ihnen, Alex, waren mit Sicherheit Warnschüsse. Wenn wir noch tiefer bohren, dürfte ein Einbruch unsere geringste Sorge sein. Was mir aber noch mehr Sorgen macht, ist, dass diese Leute über unser Treffen Bescheid wussten.«

»Daran habe ich auch schon gedacht«, meinte Alex. »Uns muss jemand in Strasbourg belauscht haben.«

In diesem Moment trat eine Kellnerin an den Tisch. Sie hielt Alex' Sakko in der Hand.

»Verzeihen Sie, gehört das Ihnen?«

Alex blickte überrascht erst sie an und dann hinter sich. Er war sich sicher gewesen, es über die Stuhllehne gehängt zu haben. Jetzt erinnerte er sich, dass er es an der Bar ausgezogen hatte, als er bestellt hatte. Er musste es dort liegen gelassen haben.

»Vielen Dank«, sagte er. »Das hätte unangenehm werden können.« Mit wenigen Griffen suchte er die Taschen nach Portemonnaie und Handy ab. Seine Schlüssel hatte er in der Hosentasche. Alles war noch da. »Glück gehabt«, sagte er erleichtert. Nach dem Einbruch hätte er einen weiteren Verlust nur schwer verdaut. Er checkte kurz, ob Suzanne versucht hatte, ihn zu erreichen. Nichts. Dann widmete er sich wieder seinem Chef.

»Ich würde sogar noch weiter gehen«, nahm von Arx den Faden nach einigen Sekunden wieder auf. »Ich glaube, Sie sind nicht nur belauscht worden. Mich würde es auch nicht wundern, wenn Sie beschattet werden.«

»Sie meinen, wir werden verfolgt?« Natalie sah ihn ungläubig an.

»Es gibt keine andere Erklärung«, pflichtete Alex dem Professor bei. »Auf jeden Fall wussten die, dass wir uns treffen. Deswegen haben sie unsere Wohnungen verwüstet.«

»Eine klare Botschaft«, sagte von Arx nickend. »Bis hierhin und nicht weiter!«

»Aber wer sind *die* überhaupt?«, fragte Natalie.

Der Professor schielte zu Alex hinüber.

»Ich glaube, Alex kennt die Antwort bereits«, sagte er schließlich. Er machte eine kurze Pause. Dann sagte er: »Sie nennen sich ›Les Gar–‹«

In diesem Augenblick wurde Hugo von Arx wie von einer unsichtbaren Hand vom Stuhl gerissen. Er landete mit einem Krachen in einem Servierwagen, der umkippte und unter ohrenbetäubendem Lärm Gläser, Besteck und Teller über den Boden verteilte.

Alex und Natalie sprangen fast gleichzeitig auf. Andere Gäste drehten sich erschrocken um und blickten auf den am Boden liegenden Mann. Dann brachen Chaos und Geschrei los.

Zwischen den Augen des Professors klaffte ein Loch.

18

Sonntag, 8. Juni 2014, Fribourg, Schweiz

Sechshundert Meter Luftlinie entfernt blickte Raoul noch einige Sekunden durch den Sucher seines AWM-F. Was er sah, gefiel ihm. Der präzise Treffer war eine Wohltat gewesen für seine Seele. Hier oben, in einem Gebüsch neben der Pont du Gottéron liegend, hatte er einige Zeit gebraucht, um sich auf den Schuss vorzubereiten. Der Wind hatte ihm Probleme bereitet. Daher war er zufrieden, die .300 Winchester Magnum genau ins Ziel gebracht zu haben.

Trotzdem konnte er kaum glauben, dass Kauffmann sein Sakko an der Bar hatte liegen lassen. Als die Kellnerin es endlich an den Tisch brachte und er das Gespräch mithören konnte, wusste er, dass er den entscheidenden Part verpasst hatte. Und er wusste, dass er sofort handeln musste.

Er hatte Chaos geschaffen. Jetzt galt es, das Chaos zu kontrollieren. Alles war vorbereitet. Jetzt mussten Kauffmann und das Mädchen nur noch das tun, was er von ihnen erwartete. Doch das würden sie. Ihnen blieb keine andere Wahl.

Er klappte den Kolben des Scharfschützengewehrs ein, das er vom Kontaktmann seines Vaters erhalten hatte, verstaute es im Koffer und ging zurück zu seinem Wagen. Er blickte auf den Monitor auf dem Beifahrersitz und nickte zufrieden. Der rote Punkt auf dem Bildschirm hatte sich in Bewegung gesetzt.

19

Sonntag, 8. Juni 2014, Fribourg, Schweiz

Alex saß am Steuer, Natalie neben ihm. Beide waren außer Atem. Sie waren wie alle anderen Gäste von Panik getrieben aus dem Café gestürmt. Doch im Gegensatz zu den anderen Gästen wussten Alex und Natalie, dass ihr Leben ernsthaft in Gefahr war. Ohne nachzudenken waren sie zum Auto gerannt, Alex hatte den Schlüssel ins Zündschloss gerammt, und sie waren mit quietschenden Reifen davongefahren.

Minuten später befanden sie sich auf der Autobahn Richtung Genf. Die französische Grenze war keine hundertfünfzig Kilometer entfernt. Aix-les-Bains war das einzige Ziel, an das Alex denken konnte. Er hoffte, dass sie in dem Chaos unerkannt hatten fliehen können und dass niemand hinter ihnen her war.

Er kontrollierte ständig den Rückspiegel und spürte die Versuchung, alles aus dem Wagen rauszuholen, das Gaspedal durchzudrücken und an den vor ihm fahrenden Autos vorbeizuschießen. Trotzdem hielt er sich präzise an die Geschwindigkeitsbegrenzung. Er wollte unter keinen Umständen angehalten werden. Es ging einzig und allein darum, wieder nach Frankreich zu gelangen. Würde die Schweizer Polizei sie suchen, weil sie sich mit von Arx getroffen hatten, würde es Tage dauern, ehe sie sich wieder frei bewegen konnten. Und sie würden einiges zu erklären haben. Schließlich konnten sie der Polizei sagen, nach wem sie zu suchen hatte. Oder zumindest war sich Alex nun sicher, dass sie das konnten. Mit dem letzten Wort, das sein Professor versucht hatte auszusprechen, hatten sich Alex' Befürchtungen bestätigt.

»Les Gardiens«, vollendete Alex den Namen der Organisation, den Hugo von Arx ihnen hatte nennen wollen. Dabei sah er seinen Chef wieder vor sich, am Boden liegend, die Augen weit geöffnet, der Blick leer, das Einschussloch zwischen den Augen. Dieses Bild, das wusste Alex, würde er nie vergessen.

»Die Wächter?«, fragte Natalie. Sie sprach leise, kühl. In ihrer Stimme schwang etwas mit, das Alex noch nie bei ihr vernommen hatte. Hass. Er registrierte, dass ihm dieses Gefühl lieber war als ein hysterischer Anfall. So blieb Natalie fokussiert. Sie mussten beide unbedingt die Nerven bewahren. Sonst kamen sie nicht einmal über die Grenze. »Sind das die Schweine, die von Arx gerade hingerichtet haben?«

»Ich fürchte, ja«, erwiderte er. »Ich habe nie wirklich an sie geglaubt. Es kursieren die bizarrsten Geschichten. Bis gestern hätte ich die meisten davon ins Reich der Fabeln verwiesen.«

»Aber der Mord an deinem Professor war alles andere als ein Märchen, Alex. Der Typ muss ein Scharfschütze gewesen sein. Ich bin es gerade durchgegangen. So, wie wir gesessen haben, kann der Mörder nur von der Brücke aus geschossen haben. Du weißt, welche ich meine? Die war über fünfhundert Meter entfernt.«

Alex nickte.

Natalie hatte in all dem Chaos offenbar nicht nur die Ruhe bewahrt, sondern auch ihren Verstand arbeiten lassen. Er wusste, dass sie von Berufs wegen Stadtbilder, Distanzen und Winkel ganz natürlich in sich aufnahm und abspeicherte. Dass sie jedoch in dieser Situation in der Lage gewesen war, den Standort des Mörders auszumachen, ohne noch einmal an den Tatort zurückzukehren, nötigte ihm Respekt ab. Sie war nicht nur weit von Hysterie entfernt. Ihr Verstand schien gerade erst anzufangen, auf Hochtouren zu laufen.

»Wer also sind diese Wächter?«

»Sie sind, was man wohl einen Geheimbund nennen würde. Ein Zusammenschluss von Verrätern. Ehemalige Kollaborateure. Nazi-Helfer. Verräter. Profiteure. Rechtsverdreher. Mörder. Früher, vor dem Zweiten Weltkrieg, hatte ›Kollaborateur‹ noch keine negative Bedeutung. Damals meinte man damit einfach nur jemanden, der mit jemand anderem zusammenarbeitete. Das hat sich erst durch Leute wie die Wächter geändert. Durch Franzosen, die ihr Land zugunsten des eigenen Profits verrieten. Unternehmer, die mit den Nazis Geschäfte machten und sich dadurch am Leid des eigenen Volkes bereicherten. Regionalpolitiker, die sich von den Nazis dulden ließen, um in ihren Städten für Ordnung im Sinne der Deutschen zu sorgen und die Juden der Gestapo zu überlassen. Polizisten und Militärs, die ihre eigenen Einheiten verrieten.«

»Kurz: Raffzähne und Opportunisten.«

»Genau. Und das französische Volk mochte sie ganz und gar nicht. Aber als der Krieg vorbei war, wollte niemand mehr so recht etwas gegen sie unternehmen. Natürlich wurden viele von ihnen angeklagt. Ihnen wurde der Prozess gemacht. Urteile wurden gefällt. Doch die Franzosen wurden ihres eigenen Hasses müde, kann man sagen. Die Prozesse wurden schneller beendet. Die Strafen wurden milder. Lange Gefängnisstrafen seltener. Eher mussten die Verräter Strafen zahlen und durften für ein paar Jahre nicht ihrem Beruf nachgehen. Das war's. Charles de Gaulle höchstselbst sorgte dafür, dass der Reinigungsprozess ein Ende nahm. Aus den Kollaborateuren wurden wieder ehrbare Kaufleute.«

»Und die Wächter hatten gewonnen?«, mutmaßte Natalie.

»So ist es. Die Mächtigsten unter ihnen hatten sich längst in einem Bündnis zusammengeschlossen. Sie würden sich und ihre Institution schützen, koste es, was es wolle. Sie waren noch immer einflussreich, noch immer wohlhabend. Sie hatten überall Komplizen. Die französische Gesellschaft war von ihnen durchsetzt. Politik, Wirtschaft, Militär. Eine politische Partei, die keine Partei zu sein brauchte. Eine Wirtschaftsmacht, ohne ein eigenes Unternehmen führen zu müssen. Und alles familiär organisiert. Starb ein Mitglied, rückte automatisch ein anderes männliches Familienmitglied nach.«

»Das heißt, es gibt sie tatsächlich noch heute.«

»Ja! Und ich glaube, dein Vater kannte sie.«

»Was meinst du damit?«

»Dass er ganz genau um die Existenz und Macht der Wächter wusste. Er muss ihnen zu nahe gekommen sein. Erinnere dich an die Puppe und das Erpresserschreiben. Damals muss er erkannt haben, dass er selbst nichts mehr ausrichten konnte. Ich nehme an, er hat deshalb entschieden, Spuren zu legen, die dich nach seinem Tod zur Wahrheit führen sollten.«

»Glaubst du etwa, er hatte Beweise, um die Wächter in Gefahr zu bringen?«

»Ich glaube sogar, dass du selbst der Schlüssel dazu bist, Natalie.« Damit sprach Alex aus, was er seit gestern Abend dachte, als er zu Natalies Familie recherchiert hatte.

»Wie meinst du das?«

»Ich denke, dass deine Familiengeschichte die Wächter in Gefahr bringen könnte. Wie, weiß ich noch nicht. Aber wir müssen unter allen Umständen verhindern, dass irgendjemand von deiner wahren Herkunft erfährt.«

»Wenn die Wächter davon nicht ohnehin schon wissen.«

»Ich glaube, wenn sie davon wüssten ...«

»... wäre ich schon längst tot«, vollendete Natalie seinen Gedanken.

Er sah zu ihr hinüber. Ihre Miene hatte sich verfinstert. Sie blickte stur geradeaus.

Mit einem Male fragte sie: »Gibt es Gerüchte, wer sich hinter den Wächtern verbirgt?«

»Nicht wirklich. Der Vorsitzende des Rates der Wächter wird von den Mitgliedern angeblich als Kanzler angeredet. Man sagt, dass der heutige Boss der Sohn des ersten Kanzlers ist. Aber auch das ist nur das, was man sich unter Forschern und Verrückten erzählt.«

»Unter Verrückten wie dir«, gab sie zurück.

Alex warf Natalie einen kurzen Blick zu. Sie sah noch immer geradeaus. Doch nun lächelte sie und wandte sich zu ihm.

»Alex, ich weiß, dass du dir Sorgen um mich machst. Du magst es nicht zeigen, aber ich weiß es.« Sie griff nach seiner Hand, die auf dem Schaltknauf lag. »Ich bin okay. Zumindest glaube ich das. Seit Thomas mir gestern von meiner Familie erzählt hat, spüre ich, dass das alles eher mit mir anstatt mit meinem Vater zu tun hat. Wenn dem so ist, können wir jetzt nichts mehr daran ändern. Wir können nur dafür sorgen, dass niemand von meiner Familie erfährt. Solange wir uns daran halten, bin ich fürs Erste sicher.«

Alex nickte. »Einverstanden. Lass uns nach Aix fahren und schauen, was wir dort herausfinden. Dann sehen wir weiter.«

Als sie sich der Grenze näherten, wurde Alex nervös. Im Normalfall waren die Grenzen unbesetzt, und man konnte einfach durchfahren. Jetzt fürchtete Alex, dass die Schweiz nach dem Vorfall in Fribourg die Grenzposten verstärkt hatte und jeden Wagen anhielt, der das Land verlassen wollte.

»Gib mir deinen Personalausweis«, bat Alex Natalie und wollte selbst nach seinem greifen, als ihm mit einem Male schlecht wurde.

»Was ist?«, fragte Natalie.

»Mein Sakko«, antwortete Alex und steuerte den Wagen gerade noch rechtzeitig auf den letzten Rastplatz vor dem Grenzübergang. Nachdem es ihm die Kellnerin im Café gereicht hatte, hatte er es wie üblich über die Stuhllehne gehängt. Doch als von Arx erschossen vor ihnen gelegen hatte, waren sie einfach losgerannt. Er hatte das Sakko zurückgelassen und damit sein Portemonnaie samt Ausweis, Geld und Kreditkarten. Wenn die Polizei es gefunden hatte, würde sie längst nach ihm suchen.

Natalie sah ihn einen Augenblick an, dann griff sie nach ihrer Handtasche. Sie kramte darin herum, dann zog sie einen Reisepass heraus. Es war seiner.

»Wo hast du den denn her?«, fragte Alex erstaunt.

»Er lag in deiner Wohnung auf dem Boden. Er muss in deinem Sekretär gewesen sein. Ich habe ihn entdeckt, als du deinen Koffer gepackt hast. Ich dachte, ich stecke ihn lieber ein. Sicher ist sicher.«

Alex wusste nicht, was er sagen sollte. Das war ihre einzige Chance. Vielleicht hatten sie Glück. Er nahm den Pass, betrachtete ihn eine Sekunde, dann sah er Natalie an, die zufrieden lächelte. Er ließ den Wagen wieder an, und wenige Augenblicke später standen sie in der Schlange vor der Grenze. Die Schweizer hielten tatsächlich jedes Auto an.

20

Sonntag, 8. Juni 2014, Grenzübergang Schweiz/Frankreich

Alex und Natalie beobachteten, wie die Schweizer Grenzpolizisten jedes Auto, jeden Insassen, jeden Pass in aller Ruhe kontrollierten. Aber nicht nur das. Mit Maschinengewehren bewaffnete Sondereinsatzkommandos standen an jedem Grenzhäuschen. Die kleine Schweiz riegelte sich ab. Nur wer unbedingt rausmusste, durfte auch raus.

Die lassen uns nie durch, dachte Alex. Doch es war zu spät. Nur noch ein Auto, dann waren sie an der Reihe. Vor ihnen fuhr ein alter Peugeot. In ihm saßen drei Leute. Ein Beamter kontrollierte die Papiere, ein zweiter schritt langsam um das Auto herum und inspizierte es. Dann ging alles ganz schnell.

Der zweite Polizist blieb stehen, griff zu seinem Funkgerät und rief etwas hinein. Schon zogen er und sein Kollege ihre Waffen. Sekunden später stürmten vier schwer bewaffnete Polizisten auf das Auto zu.

»Scheiße, was ist denn jetzt los?«, entfuhr es Natalie.

Beide starrten wie gebannt auf die nun sechs Beamten, die allesamt ihre Waffen auf die drei Insassen des Peugeot gerichtet hatten. Alex hörte in mehreren Sprachen gerufene Kommandos, ehe sich die Türen des Autos langsam öffneten. Erst kamen die Hände zum Vorschein, dann die Arme, die Köpfe und schließlich der Rest. Ganz langsam, ohne ruckartige Bewegungen. Alex schätzte, dass es sich um Osteuropäer handelte, die nun wohl einiges zu erklären hatten. Aber was? Die Antwort folgte Sekunden später, als einer der Polizisten auf die Rückbank des Autos griff und einen Revolver zutage förderte.

Die drei Verhafteten wurden sofort abgeführt, der Peugeot wurde zur Seite gefahren, und kurz darauf waren fünf der sechs Polizisten mitsamt den drei Insassen verschwunden.

Der verbliebene Polizist winkte Alex und Natalie heran. Als ob nichts geschehen wäre, nahm er ihre Papiere und besah sie sich. Doch er schien nicht bei der Sache. Ein kurzer Blick auf Ausweise und Fahrzeugschein reichte, dann ließ er sie passieren.

Erst einige Minuten später, als sie sicher auf französischem Boden Richtung Aix-les-Bains weiterfuhren, wagten sie es, wieder zu sprechen.

»Was für ein Tag«, sagte Natalie. »Wenn ich das auf dem Bau erzähle, schaut mir endgültig niemand mehr auf den Arsch.« Sie lachte, doch Alex hörte an ihrer Stimme, dass sie versuchte, ihre wahren Gefühle zu kaschieren.

»Bedanken wir uns einfach bei den freundlichen Herren im Auto vor uns, die uns wahrscheinlich eine Menge Ärger erspart haben«, erwiderte er.

Sie benötigten noch eine Stunde, ehe sie in Aix eintrafen. Alex hoffte, dass sie einen Vorsprung vor den Wächtern hatten. Wussten die überhaupt von ihrem nächsten Ziel? Wenn ja, blieb ihnen nicht viel Zeit. Wenn überhaupt. Vielleicht wartete im Grand Hôtel ja schon ein Empfangskomitee. Was Alex am meisten beunruhigte, waren die immensen Ressourcen, über die ihre Gegenspieler verfügen mussten. Die Erpressung. Der perfekt getimte Einbruch in eine gesicherte Kanzlei. Die Überwachung. Die Einbrüche in Fribourg, nur wenige Stunden nach dem Telefonat zwischen Alex und Hugo. Der Mord. Das waren Leute, die Menschen wie Figuren auf einem Schachbrett hin und her schoben und genau zu wissen schienen, was Natalie und er planten. Mit einem Male fand er es eine törichte Idee, nach Aix gekommen zu sein.

Natalie schien seine Besorgnis zu teilen. Doch nach einigen Minuten waren sie sich einig, dass ihre Neugier zu groß war. Sie mussten in dieses Hotel. Wobei, »Hotel« schien nicht der richtige Ausdruck. Sie hatten herausgefunden, dass es im Kurort das Logis Grand Hôtel du Parc gab. Der Ort, den sie suchten, war aber mit an Sicherheit grenzender Wahrscheinlichkeit ein anderer.

Alex hatte über sein Smartphone im Internet einen Bericht über ein altes Gebäude gefunden, das früher einmal das Grand Hôtel d'Aix-les-Bains gewesen war. Unmittelbar neben dem großen

Casino der Stadt hatte das 1853 erbaute Hotel seine Türen geöffnet und die Gäste mit jedem erdenklichen Luxus der damaligen Zeit empfangen. Dieses Gebäude stand noch heute, war aber mittlerweile zu einem Wohnhaus umfunktioniert worden.

Alex parkte Christophes Limousine in der Rue Victor Hugo. Sie gingen die wenigen Meter zum Place du Revard zu Fuß. Natalie entdeckte das Haus sofort. Ein sechsstöckiger Prachtbau im klassischen französischen Baustil. Die Fassade aus rosa getünchtem Sandstein, das obligatorische Mansardenschieferdach, dazu ein auf der vierten Etage das Haus vollständig umlaufender Balkon. Über dem Eingang ein steinerner Präsidentenbalkon.

Alex sah sich um, konnte aber niemanden entdecken. Sie gingen die Stufen zur Eingangspforte hinauf und betraten das Foyer. Auch dort wartete niemand auf sie.

Auf den ersten Blick sprang ihnen der Wohlstand nur so entgegen. Der Boden der Eingangshalle war mit schwarzen und weißen Marmorplatten im Schachbrettmuster ausgelegt. Säulen aus gelbem Marmor bildeten ein atemberaubendes Atrium. Als sie einige Schritte nach vorn wagten, konnten sie hoch oben über sich das Glasdach sehen, durch das Sonnenlicht bis auf den Schachbrettboden fiel.

Auf den zweiten Blick jedoch erkannten sie, dass das Haus seine besten Tage lange hinter sich hatte. Die ehemalige Rezeption war mit einem einfachen Verschlag geschlossen worden. Im hinteren Teil entdeckte Alex Briefkästen aus Holz, deren Furniere an den Kanten aufbrachen und abblätterten. Ein dreckiger dunkelroter Läufer führte die Stufen hinauf in die oberen Etagen. Ein Deckenfluter neben dem Treppenaufgang hatte sich aus der Wand gelöst und hing an drei Kabeln herab. Eine Schraube lag verloren auf dem Boden.

»Appartement 58«, sagte Alex und deutete auf die Treppe.

»Briefkasten Nummer 58«, antwortete Natalie und ging bereits auf die trostlosen Holzkästen zu. »Der kleine Schlüssel, du erinnerst dich?«

Er folgte ihr. Der Schlüssel passte tatsächlich. Aber bis auf Werbeprospekte von Pizzalieferanten fanden sie nichts.

»Dann also weiter in die Wohnung«, sagte Alex.

Nach einem kurzen Blick auf den in die Jahre gekommenen Aufzug entschieden sie sich, die Treppe zu nehmen.

Appartement 58 lag im fünften Stock auf der anderen Seite der Galerie. Sie blieben vor der grau lackierten Tür stehen. Alex kramte den Schlüssel hervor. Er passte. Das Schloss gab nach, die Tür schwang auf, und sie betraten eine Wohnung, von der sie weder wussten, wem sie gehörte, noch, warum Régis ihnen den Schlüssel dafür hinterlassen hatte. Weder hier oben an der Klingel noch unten am Briefkasten oder vor dem Eingang hatten sie ein Namensschild entdecken können. Rein rechtlich gesehen begingen sie soeben Hausfriedensbruch.

»Hallo?«, rief Natalie.

Niemand antwortete. Die Wohnung war leer.

Alex schloss die Tür hinter sich. Dann stutzte er.

»Schau mal an«, murmelte er, nachdem er das Licht eingeschaltet hatte. Von außen hatte die Tür wie jede andere Holztür auf der Etage ausgesehen. Ein einfaches Schloss, ein Türspion, fertig. Von innen jedoch konnte man die Tür noch durch einen Panzerriegel sichern, der links und rechts in zwei Metallfassungen glitt. Es war offenbar eine Konstruktion, die lediglich der Sicherung von innen diente. Von außen gab es kein Schloss, um den Riegel zu bedienen. Innen steckte ein Schlüssel. Alex überlegte nicht lange und verriegelte die Tür vollständig.

»Beruhigend«, sagte Natalie, die ihn beobachtet hatte. »Zumindest solange vor der Tür niemand auf uns wartet.«

»Dann lass uns mal schauen, warum wir hier sind.«

Unten auf der Straße stand Raoul im Schatten einer Hauswand und blickte nach oben zu den Fenstern im fünften Stock, wo vor wenigen Sekunden das Licht angegangen war. Der Sender am Auto hatte ihn ohne Probleme zu ihnen geführt. Jetzt war es an der Zeit, die richtigen Leute zu rufen. Sie waren schon in Bereitschaft. Alexander Kauffmann und Natalie Villeneuve würden schon bald in guten Händen sein.

21

Sonntag, 8. Juni 2014, Aix-les-Bains, Frankreich

Die Wohnung roch, als ob lange nicht mehr gelüftet worden war. Natalie hatte das Gefühl, dass hier nur unregelmäßig jemand lebte. Sie blickte sich um. Viel gab es auf den ersten Blick nicht zu sehen. Es war eine typische Zwei-Zimmer-Wohnung. Im ersten Raum, in dem sie sich gerade befanden, standen ein Sofa, ein Esstisch mit zwei Stühlen und ein Sideboard mit einem Fernseher darauf. Eine Küchenzeile gab es nicht. Hohe Decken, zwei Fenster mit Blick auf das Casino und ein dunkelroter Teppichboden, allerdings sauber und in einem deutlich besseren Zustand als der Treppenläufer. Überhaupt machte das Appartement einen einfachen, aber gepflegten Eindruck.

Zwei Türen führten nach nebenan. Durch die eine sah Natalie ein Doppelbett. Die andere führte in ein kleines Duschbad und von dort durch eine weitere Tür ebenfalls ins Schlafzimmer. Auch hier zwei Fenster zum Casino, auch hier der rote Teppich, dazu ein Wandschrank. Sie öffnete ihn.

»Herrenkleidung!«

»Vielleicht gehörte die Wohnung ja Régis, und er hat euch nichts davon gesagt«, schlug Alex vor.

Natalie griff sich einen dunkelblauen Anzug und betrachtete das Etikett.

»Viel zu groß für *papa*. Das sind nicht seine Klamotten.«

Während sie sich weiter mit dem Schlafzimmer befasste, ging Alex zurück ins Wohnzimmer. Als sie gerade eine Schublade mit Unterhosen geöffnet hatte, hörte sie Alex' Stimme von nebenan.

»Sieh dir das an!«

Sie eilte zu ihm. Er stand vor dem Sideboard.

»Hier!«

Er reichte ihr eine Klarsichthülle. Darin steckte ein vergilbtes Blatt Papier.

Natalie las das Dokument mit wachsendem Erstaunen. Es war

ihre Geburtsurkunde. Nicht die, die das Waisenhaus im Namen von Madame Muller beim Amt für sie beantragt hatte. Sondern die des Krankenhauses, in dem Natalie geboren worden war.

»Das ist doch nicht möglich«, flüsterte sie und las das Dokument noch einmal. »Wie ist *papa* in ihren Besitz gekommen?«

»Die viel spannendere Frage ist«, sagte Alex, »warum hat deine Mutter ihren richtigen Namen angegeben? Nicht Marie Mannarino, sondern Rahel Hinault? Sie muss eine Namensänderung beantragt haben, als sie nach Frankreich zurückgekehrt ist.«

»Weißt du, was das bedeutet?«, fragte Natalie. »*Papa* muss eine Möglichkeit gefunden haben, zu beweisen, dass ich die rechtmäßige Erbin des Weinguts bin. Diese Urkunde ist der Schlüssel.«

Alex nickte. »Genau. Diese Urkunde ist der Beweis, dass du eine Hinault bist.«

Natalie sah ihn fast erschrocken an. Alex hatte sie gerade erstmals mit ihrem eigentlichen Nachnamen angesprochen. Es klang völlig fremd.

»Ich muss mich vielleicht wirklich mit dem Gedanken anfreunden, dass ich einen anderen Namen habe«, sagte sie nach einem Moment der Stille. »Dass ich Anspruch auf ein Erbe habe, bedeutet diese Urkunde allerdings noch nicht.«

Alex pflichtete ihr bei. Dazu bedurfte es noch weiterer, viel wichtigerer Dokumente. Aber wo zum Teufel waren die?

»Hast du noch etwas gefunden?«

»Den hier.«

Er hielt etwas hoch, das an einer Kette baumelte.

»Noch ein Schlüssel? Lass mal sehen!« Sie nahm das Fundstück hoch und hielt es gegen das Licht. »Das ist ein Messingschlüssel. Ich habe solche schon ein paarmal gesehen. Sie gehören zu antiken Möbeln, zu Vitrinen, Schubladen oder dergleichen. Sieh mal, wie aufwendig sein Kopf verziert ist. Das ist Handarbeit, Ende 19. Jahrhundert, würde ich sagen.«

Alex hob die Augenbrauen.

»Ich wusste nicht, dass du dich derart gut mit alten Möbeln auskennst.«

»Irgendwas muss ein Architekturstudium ja bringen. Ich hab immer in den Möbeldesign-Kursen bei den Innenarchitekten gesessen. Nur weil ich auf dem Bau rumlungere, heißt das nicht, dass ich keinen Blick für die schönen Dinge im Leben habe.«

»Na, dann findest du hier in der Wohnung aber nicht allzu viel.«

Sie schmunzelte. »Das stimmt. Nennen wir die Einrichtung funktional. Und jüdisch.«

»Jüdisch?«

Sie bedeutete ihm, sich umzudrehen. Im offenen Sideboard stand eine Menora, ein silberner, siebenarmiger Leuchter, in dessen Fuß ein Davidstern eingraviert war.

»*Papa* hatte offenbar einen weiteren guten Freund, der ihm geholfen und für diese Wohnung einen Zweitschlüssel gegeben hat. Das alles hier sieht mir ohnehin eher nach einer Ferienwohnung aus.«

Beide ließen ihre Augen durch die Wohnung wandern. »Funktional« traf es am ehesten. Das Einzige, das etwas Leben versprühte, war die Schwarz-Weiß-Zeichnung eines mittelalterlichen Segelschiffes auf rauer See, das über dem Sofa an der Wand hing. Ansonsten gab es nichts, was auf den Inhaber oder Bewohner schließen ließ. Keine Fotos. Keine persönlichen Gegenstände. Nichts.

»Die Ferienwohnung eines älteren Mannes, der hin und wieder mal eine Kur benötigt«, sagte Alex.

»Oder der gerne spielt«, entgegnete Natalie und trat ans Fenster. Als sie den Vorhang zur Seite schieben und ihm den Blick auf das Casino zeigen wollte, zuckte sie zusammen.

»Alex, wir müssen weg! Sofort!«

»Was ist denn los?«

Der Spalt, den die Vorhänge geöffnet waren, hatte gereicht, um sie zu sehen.

»Zwei Streifenwagen. Sie haben vor dem Haus geparkt. Ein Polizist hat zu unserem Fenster hochgeschaut.«

»Was?« Alex trat neben das Fenster und schielte durch den Vorhang. »So ein Mist! Wie haben die uns gefunden?«

Natalie überlegte. Sie hatte etwas in der Wohnung gesehen, das ihnen helfen konnte. Aber wo? Sie wirbelte herum. Da! In einer Schüssel im Sideboard lagen Autoschlüssel.

»Hat das Haus eine Tiefgarage?«, rief sie.

»Auf jeden Fall einen Keller«, erwiderte Alex, der offenbar verstand, worauf sie hinauswollte. »Die Treppe führt noch eine Etage tiefer.«

»Dann nichts wie los!«

Sie rafften ihre Sachen zusammen, Alex verstaute Natalies Geburtsurkunde und den Messingschlüssel in seiner Umhängetasche. Sie prüften durch den Spion, ob die Luft vor der Tür rein war, entriegelten das Schloss und schlüpften auf den Gang. Natalie lauschte, ob sich unten bereits etwas tat. Nichts.

»Lass uns den Aufzug nehmen«, schlug sie vor. »Vielleicht haben wir noch ein paar Sekunden Vorsprung.«

»Dann sitzen wir in der Falle«, widersprach Alex.

»Das tun wir auch so, wenn wir uns nicht beeilen.«

Sie zog ihn entschlossen hinter sich her. Der Aufzug kam, sie sprangen rein und warteten darauf, dass sich die Türen schlossen.

Es war ein alter Fahrstuhl, er brauchte eine Ewigkeit. Über der Tür konnten sie ablesen, in welchem Stockwerk sie sich gerade befanden. Fünf, vier, drei, zwei. Mit einem Ruck blieb der Aufzug bei eins stehen. Natalie stockte der Atem. Die Türen glitten geräuschvoll auf. Davor stand ein Mann.

Er lächelte sie fröhlich an. »Auch in die Tiefgarage?«

Natalie und Alex tauschten einen erleichterten Blick. Sie nickten, und der Mann trat zu ihnen in die Kabine.

Sie mussten nur noch das Erdgeschoss überstehen, dann hatten sie es fast geschafft. Doch als sich die Türen schlossen, hörten sie Geräusche und Rufe von unten. Die Polizei hatte das Foyer betreten.

Natalie und Alex richteten ihre Blicke gebannt auf die Anzeige. Eins. Knirschend setzte sich das Gefährt wieder in Bewegung. Erdgeschoss. Natalie hielt den Atem an. Wenn der Aufzug jetzt hielt und die Türen sich öffneten, liefen sie den Polizisten direkt in die Arme.

Kellergeschoss. Die Türen öffneten sich.

Der ältere Herr zeigte sich wohlerzogen und ließ Natalie als Erste aussteigen. Auch Alex gewährte er den Vortritt. Sie verfielen in Laufschritt. Der Gang führte sie durch zwei Türen hindurch, dann standen sie in der Tiefgarage. Der Schlüssel gehörte zu einem Smart. Sie fanden das Auto sofort. Natalie kletterte hinter das Steuer, Alex nahm auf dem Beifahrersitz Platz.

Natalie fuhr vorsichtig die Auffahrt hinauf. Sie kamen an der Rückseite des Hauses auf die Straße. Niemand zu sehen. Keine Polizei.

Sie hatten es geschafft.

ZWEITER TEIL

1

Montag, 9. Juni 2014, Marseille, Frankreich

Pascal Bernard fluchte, als sein Handy klingelte. Es war nicht einmal halb acht. Wenn es einer seiner Mitarbeiter war, würde er ihn in einen sehr langen Urlaub schicken. Er sah aufs Display. De Rozier. Okay, den konnte er nicht in die Hölle schicken. Obwohl er es sich von Herzen wünschte. Schlimmer konnte der Tag kaum beginnen. Dachte er zumindest.

»Bernard«, meldete er sich mit seiner tiefen, harten Stimme, als wäre er schon seit Stunden wach und aktiv.

»De Rozier hier«, meldete sich der Staatsanwalt. »Guten Morgen, Bernard! Ich hoffe, ich habe Sie nicht geweckt.«

Bernard sparte sich eine Antwort. Dem Mistkerl war es sowieso scheißegal.

»Wir haben einen Toten im Vallée de Vauvenargues«, fuhr de Rozier fort. »Sie übernehmen. Informieren Sie Ihr Team und fahren Sie hin.«

»Da draußen? Das ist die Spielwiese der schweren Jungs. Keine Panzerbrigade, die in der Nähe ist?«

»Sparen Sie sich Ihren Sarkasmus. Die Gendarmerie ist schon da und hat alles abgeriegelt. Die wollen den Fall natürlich selbst. Aber ich habe dafür gesorgt, dass wir ihn kriegen. Und ich will Sie vor Ort, verstanden?«, knurrte de Rozier.

Bernard schnaufte verächtlich ins Telefon. »Gibt es keinen anderen, der den Job übernehmen kann? Wenn's schlecht läuft, muss ich den Fall sowieso delegieren.«

»Ich weiß, dass Sie ab nächstem Monat was Besseres zu tun haben. Aber nur weil Sie bald Pensionär sind, müssen Sie sich nicht jetzt schon wie einer verhalten. Keine Diskussion, Bernard! Ich habe Sie den Leuten bereits angekündigt. Sie finden alle nötigen Infos in Ihrem Mail-Account.«

Bernard atmete tief durch. »Wer ist schon da?«

»Dr. Dalmasso.«

»Gut.« Frederic Dalmasso war der fähigste Pathologe im Departement. »Weiß bereits ein GSI Bescheid?«

»Nein.«

»Ich rufe Lang an. Soll er das übernehmen. Kann am besten mit den Forensikern.«

»Einverstanden.«

»Wer hat die Leitung?«

»Bislang Capitaine Diaz.«

Es kam immer besser. Carlos Diaz war der Letzte, dem Bernard begegnen wollte. Leider passierte es viel zu häufig. Aber wenigstens versprach es so etwas amüsanter zu werden.

»Sie übernehmen, Bernard! Wenn der Capitaine damit ein Problem hat, verweisen Sie ihn an mich.«

Worauf du dich verlassen kannst, du Hundesohn.

Das Gespräch war beendet. Und der Tag für Bernard gelaufen, bevor er angefangen hatte.

Schon beim Telefonieren war er aufgestanden und hatte begonnen, sich anzuziehen. Duschen würde er sich heute Mittag im Tribunal, wenn sie den Tatort umgewälzt hatten. Bei den Temperaturen, die in seinem Schlafzimmer bereits jetzt herrschten, versprach der Tag brüllend heiß zu werden. Er zog ein blaues kurzärmliges Hemd über ein weißes T-Shirt, schlüpfte in eine Blue Jeans und nahm sein graues Sakko vom Haken. Wenn die Klimaanlage im Büro wieder auf arktische Kälte geschaltet war, würde er es brauchen.

Mit wenigen, mittlerweile geübten Handgriffen machte er seine Seite des Bettes. Früher hatte das immer Zoé erledigt, wenn er mal wieder in der Nacht oder am frühen Morgen rausgeklingelt worden war. Doch seit dem Tod seiner Frau vor zwei Jahren hatte er sich angewöhnt, zumindest das Gröbste in der Wohnung stets in Ordnung zu halten.

Er rief seine Teammitglieder an und leitete ihnen de Roziers Mail weiter. Dann ging er ins Bad und griff zum Rasierapparat. Mittlerweile war alles an ihm ergraut. Die Haare, deren Schnitt er als praktisch, seine Mitarbeiter als einfallslos bezeichneten. Seine

Augenbrauen. Seine Augen. Selbst seine schmalen Lippen verloren mittlerweile ihre Farbe und schienen mit dem Gesicht zu verschmelzen. Es war an der Zeit, die Arbeit hinter sich zu lassen und mehr Zeit auf seinem Segelboot zu verbringen. In diesem Sommer hatte er es bisher nur ein einziges Mal aus dem Hafen von Cassis gesteuert.

Der Tote im Vallée de Vauvenargues würde wohl sein letzter Fall werden. Bei dem Gedanken spürte Bernard das vertraute Kribbeln, das sich immer in ihm ausbreitete, wenn er an einen Tatort gerufen wurde. Sein Adrenalinpegel stieg. Ob er dieses Gefühl vermissen würde?

Bernard war der erfolgreichste Juge d'Instruction am Tribunal de Grande Instance in Marseille. Untersuchungsrichter wie er waren mit weitreichenden Befugnissen ausgestattet und konnten direkt in die polizeilichen Ermittlungen eingreifen. Aber im Gegensatz zu den meisten seiner Kollegen verstand er sein Handwerk. Vor allem konnte er sich auf seinen nahezu untrüglichen Instinkt verlassen. In den vergangenen zwei Jahrzehnten hatte er fast alles gesehen. Es gab nichts, was ihn mit seinen einundsechzig Jahren noch überraschen konnte.

Zumindest glaubte er das. Bis er im Vallée de Vauvenargues eintraf.

2

Montag, 9. Juni 2014, Vallée de Vauvenargues, Frankreich

Es war kurz nach neun, als er die knapp vierzig Kilometer von Marseille in das Tal östlich von Aix-en-Provence zurückgelegt hatte. Im Radio hatte er Nachrichten gehört. In der Schweiz hatte ein Heckenschütze zugeschlagen. Frankreichs Norden wurde von stürmischen Winden heimgesucht. Und in Brasilien gab es Demonstrationen gegen die bevorstehende Fußballweltmeisterschaft. Der ganz normale Wahnsinn also.

Bernard steuerte seinen alten Peugeot auf einen engen Feldweg, der einige hundert Meter in einen Wald hineinführte. Dann sah der Richter das gelb-schwarze Absperrband. Die Warnleuchten von Polizeiautos und Krankenwagen brachen durch den dichten Bewuchs. Er zeigte einem Gendarmen seinen Ausweis. Dieser hob das Band und ließ ihn durchfahren. Nach einer Kurve kam er auf eine Lichtung, wo die restlichen Autos geparkt waren. Er stellte seinen Wagen ab und stieg aus.

Er hatte Zweifel, ob er mit seiner Klapperkiste später überhaupt wieder heil auf die Straße gelangen würde. Er hätte sich schon längst einen neuen Wagen kaufen können. Leisten konnte er ihn sich allemal, spätestens seit er die Lebensversicherung seiner Frau ausgezahlt bekommen hatte. Aber von diesem Reichtum sollte niemand etwas wissen. Und schon gar nicht wollte er einen für ihn hinderlichen Eindruck erwecken. Sollten sie über sein Auto lästern. Sollten sie ihn unterschätzen. Am Ende, das wusste Bernard, würde es mancher bereuen.

Außer vielleicht Capitaine Diaz.

Der größte Unsympath der Gendarmerie kam mit einem schmierigen Lächeln auf Bernard zu. Wie immer an Tatorten trug er das maximal mögliche Militäroutfit, das seine Kaserne für ihn bereithielt. Schwarze Kampfstiefel, eine weite dunkelblaue Hose mit möglichst vielen Taschen für allerlei unsinnige Werkzeuge sowie ein hellblaues

Hemd, auf dem der Schriftzug »Gendarmerie« prangte und die drei weißen Streifen auf dunklem Blau unübersehbar »Ich bin der Capitaine« schrien. Das Beste aber war das Barett. Ein lächerliches Militärhütchen auf dem kurz geschorenen Kopf, demonstrativ schief in die Stirn gezogen.

»Monsieur Bernard, welche Freude, Sie zu sehen! Und Sie bleiben noch immer Ihrem Auto treu! Da können wir ja froh sein, dass Sie heil hierhergefunden haben!«

»Monsieur Diaz«, entgegnete Bernard mit einem breiten Lächeln. Er genoss es, diesem Idioten die Ehre zu verweigern, mit seinem Rang angesprochen zu werden. »Sie haben sicher schon mit de Rozier geredet. Also, was haben wir?«

»Kein Small Talk? Kein ›Schön, Sie wiederzusehen‹? Wo sind Ihre guten Umgangsformen geblieben, Bernard?«

»Die bewahre ich mir auf. Für die Zeit nach meiner Pensionierung.«

»Oh ja, richtig. Ende des Monats verlassen Sie uns. Wirklich schade. Das Tribunal verliert seinen besten Mann. Vielleicht können Sie ja ein gutes Wort für meinen Bruder einlegen. Sie wissen, er ist ein guter Richter und hat seinen Hut in den Ring geworfen.«

»Ja, das habe ich gehört«, entgegnete Bernard und verzog keine Miene. Wenn Diaz erfahren würde, dass seine Nachfolge längst geregelt war, würde er einen noch größeren Hass auf ihn haben. Bernard hatte schon vor Jahren damit begonnen, seinen Nachfolger aufzubauen. Es war längst beschlossene Sache.

»Also?«

»Sind Sie sicher, dass Sie den Fall übernehmen wollen? Noch kann sich die Gendarmerie darum kümmern. Dann haben Sie Ihre Ruhe.«

»Ich denke, de Rozier war überdeutlich. Sollten Sie damit ein Problem haben, kann sich ja Ihr Colonel an den Staatsanwalt wenden. Oder Ihr Bruder! Würde sich bestimmt gut auf seine Bewerbung auswirken.«

Nach einem kurzen Moment eisigen Schweigens sagte Diaz: »Der Tote ist männlich. Alter zwischen fünfundsiebzig und fünfundachtzig. Identität unbekannt. Nackt begraben. Folterspuren. Keine Zähne. Keine Hände.«

Bernard war überrascht, ließ sich aber nichts anmerken.

»Wer hat ihn gefunden?«

»Ein Knollenfresser mit seinem Hund.«

»Ein Trüffelsucher?«

»Genau. Ist zwar nicht die perfekte Gegend hier, aber in der letzten Zeit haben sie immer wieder Glück gehabt.«

»Ein Zufallsfund?«

»Absolut. Der Köter hat seine Nase immer weiter in die Erde gebohrt. Der Besitzer hat wohl gedacht, sein Hund habe was entdeckt und er könne sich bald zur Ruhe setzen. Aber statt eines Zehntausend-Euro-Trüffels hat er einen Arm ausgegraben. Hat sofort die 117 angerufen.«

»Wer ist von der BT gekommen?«

Die Brigade Territoriale übernahm in solchen Fällen die Erstbegehung und Sicherung des Tatorts. Diaz deutete zu einem der Polizeiautos hinüber. Ein junger Mann saß geistesabwesend auf der Motorhaube.

»Hat ihn ziemlich mitgenommen. Ist aber auch ein übler Anblick. Er hat noch das Nötigste gemacht und dann sofort Verstärkung gerufen.«

»De Rozier hat mich um halb acht rausgeklingelt. Wann ist die Leiche gefunden worden?«

»Um kurz vor fünf. Nicht jeder ist so ein Langschläfer wie Sie.«

Bernard ignorierte den Kommentar und deutete in die Richtung, wo die Fundstelle liegen musste.

»Dann sehen wir uns die Schweinerei mal an.«

Sie gingen etwa fünfzig Meter tiefer in den Wald hinein. Mehrmals mussten sie aufpassen, nicht über Zweige zu stolpern. An der Fundstelle bot sich ein bizarres Bild. Vier Halogenstrahler waren wie Flutlichtmasten in einem Fußballstadion um ein etwa ein mal zwei Meter großes Erdloch aufgestellt und tauchten die Szenerie in ein grelles weißes Licht. Vier Männer in weißen Ganzkörperanzügen, Überschuhen und Haarnetzen wuselten umher und sammelten alles auf, was nicht hierhergehörte. Ein fünfter Mann, im gleichen Outfit, hockte am Boden und untersuchte den Leichnam.

»Guten Morgen, Doc«, sagte Bernard.

»Pascal, hat man dich etwa kurz vor deinem Ende noch mal ins Feld geschickt?«

»Im wahrsten Sinne des Wortes, ja! Was hast du bisher?«

»Nicht viel, um ehrlich zu sein.«

»Kannst du schon sagen, wie lange er tot ist?«

»Unter Berücksichtigung der Beschaffenheit des Bodens und der klimatischen Bedingungen der letzten achtundvierzig Stunden würde ich schätzen, es ist irgendwann zwischen Samstagmittag und Samstagabend passiert. Genaueres erst nach der Autopsie.«

»Wie ist er gestorben?«

»Du meinst, abgesehen vom Offensichtlichen?« Dalmasso deutete auf die beiden verdreckten Stümpfe an den Armen. »Ich würde sagen, wenn er nicht verblutet ist, ist sein Herz irgendwann stehen geblieben. Er ist gefoltert worden. Und das nicht zu knapp. Die Zähne wurden entfernt, als er noch gelebt hat. Das Einzige, was ich dir bisher sagen kann, ist, dass er unsägliche Schmerzen erlitten haben muss.«

»Okay. Ruf mich, wenn du mehr weißt.«

Bernard wandte sich einem anderen Mann in Weiß zu, der gerade dabei war, etwas, das aussah wie ein Kothaufen, in eine Plastiktüte zu packen.

»Dein Frühstück, Gerry?«

»Du mich auch, Chef.« Der Mann war noch keine dreißig, hatte einen pechschwarzen Vollbart und ständig ein fast schon unverschämtes Grinsen im Gesicht. Außer heute. Der Tatort schien ihm den Spaß verdorben zu haben. Gerard Lang war der Gestionnaire de Scène d'Infraction, kurz GSI. Er war für die Spurensicherung verantwortlich und koordinierte im Namen der Police Nationale die Arbeit des INPS, des wissenschaftlichen Labors.

»Wie hast du es geschafft, vor mir hier zu sein?«, wollte Bernard wissen. Gerry sah so aus, als ob er schon über eine Stunde im Dreck wühlte.

»Hab gestern ein Mädel abgeschleppt. Hat mich zu sich nach Hause genommen. Wohnt nicht weit von hier«, gab er zurück, während er weiter Proben des Erdreiches eintütete. »Wollte sowieso gerade gehen, als du anriefst. Danke, Mann, hast mir eine gute Ausrede geliefert.«

»Gern geschehen.«

»Leider habe ich noch nichts, womit ich dir den Tag versüßen kann. Wir sieben uns hier schon seit einer Stunde durchs Unterholz. Bisher nichts.«

»Hast du Frey oder Nivello schon gesehen?«

»Schau mal hinter dich«, ertönte eine weibliche Stimme.

Bernard drehte sich um.

Vor ihm stand eine schlanke Frau Mitte dreißig mit roten Haaren und Sommersprossen. Neben ihr ein Mann Anfang vierzig mit schwarzen Haaren, markanten Augenbrauen, einem stets bösen Blick und einer Narbe unterhalb der Nase. Commandant Dominique Frey und Capitaine Paolo Nivello. Beide waren von der Police Nationale. Beide kannten den Gendarmen Carlos Diaz. Und alle hassten sich.

Traditionell war die Gendarmerie dem Verteidigungsministerium unterstellt gewesen, während die Police Nationale vom Innenminister ihre Befehle erhalten hatte. Die Gendarmerie arbeitete in den ländlichen Gebieten Frankreichs, die PN, wie die Police Nationale auch genannt wurde, in den Städten. Ehrliche Zusammenarbeit gab es nicht. Jeder spielte seine Beziehungen gegen die andere Seite aus. Informationen zwischen den Dienststellen wurden, wenn überhaupt, nur sehr gemächlich ausgetauscht. Wenn die PN nach einem Renault fahndete und die Gendarmerie im selben Fall herausfand, dass ein blaues Auto in die Tat verwickelt war, konnte es Tage oder gar Wochen dauern, bis letztendlich nach einem blauen Renault gesucht wurde. Vor einigen Jahren hatte die Politik entschieden, beide Organisationen dem Innenministerium zu unterstellen. Hatte es geholfen? Darüber stritten die Politiker noch immer. Sicher war nur, dass die Feindseligkeit zwischen den Gesetzeshütern weiterbestand. Die Gendarmen, Mitglieder des Militärs, sahen es nicht ein, die Beamten der PN mit ihrem Rang anzusprechen. Also machten es ihre Konkurrenten von der Police Nationale auch nicht.

Bernard war das egal. Er war nach seinem Jurastudium zunächst bei der PN gewesen, ehe er in die Position des Juge d'Instruction berufen worden war. Er unterstand dem Staatsanwalt und konnte wählen, ob er mit der PN oder der Gendarmerie zusammenarbeitete. Jeder wusste, dass ein ehemaliges Mitglied der Police Nationale nur eine Wahl treffen konnte. Und so hatte er in den letzten Jahren Frey und Nivello zu seinem persönlichen Team herangezogen. Und was seine eigene Nachfolge als Juge anging: Frey war diejenige, die dem Bruder des Möchtegern-Generals Diaz vorgezogen werden würde. Sie hatte es Bernard nachgemacht. Erst das Studium, dann die Arbeit im Feld bei der Police Nationale. Sie war rasant aufgestiegen und hatte in Bernard den perfekten Lehrmeister.

Er brachte Frey und Nivello in wenigen, präzisen Sätzen auf den neuesten Stand.

»Heißt im Klartext: Wir müssen herausfinden, wer der Tote ist. Vorher haben wir gar nichts.«

In diesem Augenblick rief Dr. Dalmasso ihn zu sich.

»Pascal, das hier solltet ihr euch ansehen. Ich hatte es im ersten Moment nicht bemerkt, weil sein Arm so verdreckt war. Aber schaut mal hier!«

Sie traten an den Leichnam heran. Auch Gerry kam hinzu. Der Pathologe nahm ein Tuch und rieb damit über den linken Unterarm des Toten. Bernard erkannte sechs Zahlen.

»Ist es das, was ich denke?«, fragte er.

»Ja, das ist es«, antwortete Dalmasso. »Das Zeichen für eines der schlimmsten Verbrechen, die je begangen worden sind.«

3

Montag, 9. Juni 2014, Bordeaux, Frankreich

Die Stimmung unter den Versammelten war angespannt. Der Kanzler saß am Kopfende des Konferenztisches und blickte in die Runde. Der Raum lag tief unter der Erde. Ein ehemaliger Luftschutzbunker, kupferverstärkte Wände, abhörsicher. Die Ausstattung elegant, der Klientel angepasst. Sechzehn der einflussreichsten Männer des Landes waren anwesend, ausnahmslos unverschämt vermögend, ausnahmslos perfekt und sündhaft teuer gekleidet, ausnahmslos weißer Hautfarbe. Es waren die Feinheiten, die sie unterschieden.

Sie waren die Wächter. Sie konnten sich leisten, was immer sie wollten. Sie hoben Politiker ins Amt und stürzten sie wieder. Sie kauften Unternehmen auf oder ließen sie in Konkurs gehen. Sie vergaben Kredite und steuerten Aktienkurse. Sie hörten ihre Feinde ab und ihre Freunde. Sie beeinflussten Prozesse und kauften Urteile vor Gericht. Sie ließen Menschen verschwinden oder inszenierten ihre Selbstmorde. Sie waren die Wächter und schützten, was ihnen lieb und teuer war.

Sich selbst.

Sich selbst und damit Frankreich. Die Wächter waren das wahre Frankreich. Das selbstbewusste, das intelligente, das stolze Frankreich, das den Krieg überlebt hatte. Sie hatten das Selbstmitleid vertrieben, hatten den politischen und wirtschaftlichen Aufschwung vorangetrieben, der den Menschen wieder das Gefühl gegeben hatte, etwas wert zu sein. Die Wächter, das war einer der Grundpfeiler ihres Handelns, hatten das Land geheilt.

Und doch hatten die Ereignisse der letzten Tage das überbordende Selbstbewusstsein einiger Mitglieder ins Wanken gebracht. Der Kanzler spürte ihre Unsicherheit. Er roch ihre Angst. Einige waren schwach. Unvorbereitet. Sie waren blind gewesen für die Gefahr. Er hatte sie gewarnt. Er hatte es kommen sehen. Deswegen, das wusste er, musste er handeln. Handeln, um das große Ganze zu schützen.

»Meine Freunde, wir haben Rückschläge erlitten«, begann er. »Schwere Rückschläge, die uns ernsthafte Probleme bereiten.« Er berichtete von den Ereignissen in Paris. Von der Beschattung des Professors und des Mädchens. Von Serge Clements Verhör. »Wir wissen jetzt, dass Kauffmann und die kleine Villeneuve uns näher gekommen sind, als wir es je für möglich gehalten hätten. Sie wissen von uns. Und wir müssen davon ausgehen, dass sie versuchen, an Beweise zu kommen, um unsere Existenz offenzulegen. Deswegen sind wir heute hier. Wir müssen wichtige Entscheidungen treffen, um unser Geheimnis zu bewahren. Um unser Fortbestehen zu sichern.«

Fünfzehn Gesichter sahen ihn an. Fünfzehn Machtmenschen, die als Erben ihrer Väter an diesen Tisch gelangt waren. Hätte sich der Kanzler seine Mitstreiter aussuchen können, hätten einige von ihnen nicht hier gesessen. Aber die Wächter waren ein Bündnis, dessen Werte sie alle teilten, dessen Geschichte sie alle verinnerlicht hatten, dessen Macht sie zu bewahren geschworen hatten. Sie waren untrennbar miteinander verbunden.

Für den heutigen Tag waren sie aus ganz Frankreich angereist. Die Sache war nicht ungefährlich gewesen. Fast alle hatten Vorkehrungen treffen müssen, um ihr wahres Reiseziel zu verschleiern. Einige von ihnen waren sogar mit der Straßenbahn am Quai vorgefahren, um nicht aufzufallen. Sie hatten Risiken auf sich genommen. Und nun konfrontierte sie der Hausherr mit noch größeren Risiken.

»Was ist mit dem Brief, der beim Testament gelegen hat?«, fragte einer von ihnen.

»Wir haben ihn bisher noch nicht entschlüsseln können«, antwortete der Kanzler.

»Wo liegt das Problem?«, wollte der Mann weiter wissen.

»Das Problem ist die Struktur des Codes. Dreißig Zeilen. Sechzig Ziffern pro Zeile. Wir arbeiten dran.«

Dann meldete sich ein Zweiter.

»Es sind in den letzten zwei Tagen offensichtlich einige Fehler passiert. Wer ist dafür verantwortlich?«

»Wir alle«, gab der Kanzler zurück. »Weil es unser aller Projekt ist. Es spielt keine Rolle, ob einzelne Personen versagt haben. Dass dem so ist, steht außer Frage. Sonst würden wir hier nicht sitzen. Aber wir müssen damit leben. Sie werden Clements Leiche identifizieren können. Das war nicht geplant. Genauso wenig, dass sie überhaupt gefunden wurde. Kauffmann und die kleine Villeneuve sind uns durch die Lappen gegangen. Doch sie werden noch Probleme bekommen. Dennoch folgen sie wohl erst mal weiter den Spuren unseres alten Freundes Régis.«

»Wie können wir sie stoppen?«, wollte der Erste wissen.

»Erst einmal müssen wir sie finden. Aber das ist nur eine Frage der Zeit. Ich gehe davon aus, dass sie uns in die Arme laufen werden, und das schon sehr bald. Bis dahin sollten wir entschieden haben, wie wir sie stoppen. Und wann! Ziehen wir sie endgültig aus dem Verkehr? Oder sollen wir uns weiter in Geduld üben und herausfinden, was sie wissen?«

»Das hat Raoul schon probiert«, erwiderte der Zweite. »Das Ergebnis ist bekannt. Bei allem Respekt, Kanzler: Raoul hat uns enttäuscht. Ich stelle mir die Frage, ob er würdig ist, weiter unser Vertrauen für diese Aufgabe zu genießen.«

Der Kanzler fixierte den Mann. Er war jünger als die meisten, ehrgeiziger als die meisten – und dümmer als die meisten. Dass er gerade versucht hatte, den Sohn des Kanzlers an die Wand zu nageln, war der Beweis. Das würde ihm der Kanzler nie verzeihen.

»Der Mann, den du gerade als unwürdig bezeichnet hast, im Dienste der Wächter zu stehen, wird selbst einmal ein Wächter sein«, erwiderte der Kanzler scharf. »Du solltest dir ins Gedächtnis rufen, welche Prinzipien und Werte unserem Bündnis zugrunde liegen: Familie. Blut. Loyalität. Sag so etwas nie wieder in meinem Beisein!«

Der Mann erbleichte und senkte den Blick.

»Das gilt für jeden, der hier im Raum sitzt«, fuhr der Kanzler mit harter Stimme fort. »Diese Gemeinschaft wird nur dann weiterleben, wenn wir bedingungslos loyal bleiben. Schert einer aus, stürzen wir alle.«

»Wir wissen, dass Raoul gute Arbeit geleistet hat und die Panne in Aix nicht seine Schuld war«, sagte einer, der dem Kanzler treu ergeben war. »Was schlägst du jetzt vor?«

»Wir dürfen nicht blind sein für die Gefahr, mit der wir konfrontiert sind.«

»Aber wir können uns keine weiteren Fehler mehr erlauben. Und vor allem keine weiteren Leichen, die am Ende doch wieder irgendwo auftauchen«, kam es vom anderen Ende des Tisches. Edouard Guibert, dachte der Kanzler, der Angsthase ohne Courage.

»Edouard, was, meinst du, passiert, wenn unsere beiden Spürnasen erfahren, dass Clement ermordet wurde?« Er sprach nun wie mit einem Kleinkind. »Meinst du, sie werden zurück nach Paris fahren und es beim Gebet für ihre verstorbenen Freunde belassen? Oder hältst du es für möglich, dass sie mit der Polizei zusammenarbeiten und ihr die Verbindung liefern zwischen Clement und von Arx?«

»Wir haben doch Leute im Tribunal, die das kontrollieren können«, gab Guibert zurück.

Der Kanzler sah ihn an wie der Lehrer einen Schüler, der ausnahmsweise die richtige Antwort gegeben hatte. »Danke schön, das war der erste konstruktive Beitrag, den ich von dir seit Langem erhalten habe. Natürlich haben wir Leute im Tribunal. Und die werden wir auch nutzen. Aber jedem von uns muss klar sein, dass die Erkenntnisse, die sie uns liefern werden, eigentlich nur zu einem Ergebnis führen können.«

Er betrachtete die Gesichter in der Runde. Niemand wagte, etwas zu erwidern. Guibert und einige andere sahen nicht glücklich aus. Doch die Entscheidung war gefallen. Eine Abstimmung war nicht mehr nötig.

»Danke, meine Herren, das wäre dann alles. Ich werde mich um alles kümmern.«

Die Sitzung war beendet.

Die Gäste verließen den Konferenzraum. Sie würden noch eine

Weile im Salon über Tagespolitik diskutieren und sich dann voneinander verabschieden.

Als alle Wächter den Raum verlassen hatten, schloss der Kanzler die Tür und holte ein Telefon unter dem Tisch hervor.

»Hast du alles mitbekommen?«, fragte er.

»Ja, Bruder«, drang eine vertraute Stimme an sein Ohr.

»Ich möchte, dass du vorbereitet bist, falls eine diskrete Lösung nicht mehr möglich ist. Unser Erbe muss unter allen Umständen gerettet werden.«

»Sind sämtliche Spuren verwischt?«

»Vollständig. Das ist deine Chance. Nutze sie!«

»Ja, Bruder!«

4

Montag, 9. Juni 2014, Vallée de Vauvenargues, Frankreich

»Monsieur? Sie müssen Ihren Wagen wegfahren.«

Bernard war gerade dabei, das Erdloch zu begutachten, in dem der Leichnam begraben worden war. Er hob den Kopf und sah einen Gendarmen, der sich vor ihm aufgebaut hatte. Er war jung, trug volle Motorraduniform und blickte ihn überheblich an.

Bernard erhob sich, klopfte die Hände an seiner Jeans ab und strich sein Hemd glatt.

»Ist Ihnen kalt, so dick, wie Sie angezogen sind?«

Der Gendarm verzog keine Miene. Bernard wusste, dass der Typ ihm am liebsten seinen Helm über den Schädel gezogen hätte. Dem Mann liefen die Schweißperlen in Bächen die Stirn hinab.

»Ach, mein Auto!«, fuhr er fort. »Steht es im Weg? Sie wollen sicher los und die Leiche in die Pathologie fahren. Stimmt's? Wichtiger Job, wichtiger Job! Da will ich Sie mal nicht aufhalten. Aber geben Sie gut acht, Monsieur. Wir brauchen die Leiche noch.«

»Major! Nicht Monsieur!«

Bernards Lächeln gefror. »Wirklich? Ich sag Ihnen mal was. Mir ist es scheißegal, wie Sie heißen oder welchen Rang Sie in Ihrem komischen Verein haben. Das Einzige, was ich weiß und was Sie sich hinter die Ohren schreiben sollten, ist: Der Staatsanwalt persönlich hat angeordnet, dass ich hier das Sagen habe. Solange Sie also an meinem Tatort rumlungern, stehen Sie stramm, wenn Sie mit mir reden. Habe ich mich klar ausgedrückt, Soldat?« Seine Stimme war mit jedem Wort lauter geworden. Den letzten Satz brüllte er ihm ins Gesicht.

Prompt nahm der Gendarm Haltung an. »Jawohl!«

»Gut«, sagte Bernard. Militär war Militär. Er sprach wieder in normaler Stimmlage. »Und jetzt setze ich selbstverständlich mein Auto weg. Denn auch ich habe ein Interesse daran, dass die Leiche so schnell wie möglich bei Dr. Dalmasso auf dem Tisch liegt.«

Mittlerweile war es nach elf. Die Presse hatte bereits Wind von der Sache bekommen, und Reporter belagerten an der Absperrung seine Leute. In dieser Hinsicht waren Gendarmen, die auf Soldaten machten, genau die Richtigen. Trotzdem wusste Bernard, wie findig Journalisten waren. Es würde nicht lange dauern, bis sie versuchten, sich von einer anderen Seite des Waldes zu nähern und mit ihren Kameras Aufnahmen vom Fundort der Leiche zu schießen. Er hatte längst Trupps ausgeschickt, die im Umkreis von zweihundert Metern patrouillierten.

Was ihm aber noch mehr Kopfzerbrechen bereitete, war die eintätowierte Nummer des Toten. Dalmasso hatte ihnen in einem kurzen Vortrag erklärt, woher sie stammte. Bernard hatte es schon geahnt. Der Ermordete war ein ehemaliger Auschwitz-Häftling.

»Die Nazis haben ihnen ihre Identität geraubt. Wer in ein Lager kam, verlor seine Kleidung, seine Haare, seinen letzten Besitz und seinen Namen«, hatte der Pathologe erklärt. »Stattdessen bekamen sie Nummern. Mehr waren sie nicht mehr wert. Eine Nummer unter vielen.« Auschwitz sei das einzige Lager gewesen, in dem die Nummern den Gefangenen eintätowiert worden seien. »Nirgendwo sonst haben sie so viele getötet. Die Nazis haben ihnen die Nummern gestochen, um Verwechslungen zu vermeiden. In ihrer Abartigkeit wollten die sichergehen, dass sie nachvollziehen konnten, wen sie da gerade vergast oder abgeknallt hatten.«

Bernard hatte gehofft, dass sie seinen letzten Fall schnell lösen konnten. Aber das hier war schon jetzt ein Alptraum. Ein Opfer der Nazis, ein ehemaliger Auschwitz-Häftling, gefoltert, ermordet, zerstückelt und in einem Waldstück begraben. Das konnte schnell zu einer schmutzigen Schlacht werden. Ein gefundenes Fressen für die Medien, wenn erst mal Details ans Licht kamen. Und sie kamen immer ans Licht.

Zumindest konnte er hoffen, den Toten mit Hilfe der Nummer schnell zu identifizieren. Dalmasso hatte einen Freund bei Yad Vashem, der Holocaust-Gedenkstätte. Dort lagerten Unmengen an Listen mit den Namen und Nummern einstiger Häftlinge. Mit etwas Glück würden sie bald erfahren, wer das Opfer war.

»Hat sich der Doc schon gemeldet?«, fragte Frey. Sie strich sich eine Strähne ihrer roten Mähne aus dem Gesicht und kam mit Gerry herüber. Sie sah genervt aus.

»Noch nicht. Habt ihr was?«

»Nichts«, entgegnete Frey. Noch immer kämpfte sie mit der Strähne. Schließlich gab sie es auf und band sich ihre langen Haare zu einem Pferdeschwanz.

»Rein gar nichts«, schimpfte Gerry. »Rotkäppchen hier ist mit mir gerade alle Fundstücke durchgegangen, die meine Männer und ich in den letzten Stunden gesammelt haben. Nichts dabei, was auch nur annähernd nach einem Treffer aussieht. Ich fahre jetzt mit dem ganzen Ramsch zum INPS und werde unseren Laborratten Feuer unterm Hintern machen. Aber ich fürchte, dass unsere einzige Hoffnung auf dem Boden liegt. Dass jemand irgendwo hingepinkelt hat oder wir ein Haar herausfiltern. Nur glaube ich nicht daran. Abgesehen davon haben der Hund und sein Herrchen ohnehin das meiste kontaminiert.«

Das war das große Problem mit Fundorten. Wann entdeckte schon mal jemand eine Leiche, der wusste, dass er mit jedem weiteren Schritt, den er machte, Spuren zerstörte? Und ein Hund, der an allem schnüffelte und, wenn man Pech hatte, auch noch sein Revier markierte, machte es nur schlimmer.

»Wo ist eigentlich Nivello?«, fragte Bernard.

»Der ist mit meinen Jungs unterwegs«, antwortete Gerry. »Die durchkämmen den Wald noch mal in einem weiteren Radius. Vielleicht haben wir da draußen noch was übersehen.«

»Gut. Dann hau jetzt ab und mach im Labor Druck.«

»Geht klar, Chef!«

In diesem Moment klingelte Bernards Handy. Es war Dalmasso.

»Na endlich«, sagte er.

Er hörte einige Sekunden zu, schrieb etwas auf einen Notizblock und bedankte sich.

»Wir haben den Namen!«

5

Montag, 9. Juni 2014, Vallée de Vauvenargues, Frankreich

Sirenen ertönten, dann rasten zwei Motorräder an ihnen vorbei. Das Blaulicht leuchtete grell in der Mittagssonne. Auf den Bikes saßen Gendarmen in dunkelblauer Kluft. Mit Trillerpfeifen verschafften sie sich zusätzlich Gehör und dirigierten die Fahrzeuge vor ihnen an den Straßenrand. Ihnen folgten drei dunkelblaue Kastenwagen. Auch sie hatten blaue Sirenen auf ihren Dächern.

»Wenigstens scheinen sie diesmal kein Interesse an uns zu haben«, sagte Alex, der am Steuer des Smart saß, während Natalie dem Polizeiaufgebot nachsah.

Sie hatten eine anstrengende Nacht hinter sich und fühlten sich gerädert von zu wenig Schlaf und zu viel Zeit in dieser Sardinenbüchse. Nach ihrer erfolgreichen Flucht aus Aix-les-Bains hatte Natalie entschieden, in die Alpen zu fahren, in der Hoffnung, dass man dort am wenigsten nach ihnen suchen würde. In dem kleinen Ort La Bâthie in der Nähe des in der Nebensaison kaum besuchten Skigebiets um Albertville fanden sie ein Bed and Breakfast, das sie einließ, Barzahlung akzeptierte und noch nicht einmal nach einem Ausweis fragte. Natalie hätte mit Kreditkarte zahlen können, doch Alex fürchtete, dass die Wächter zu allem fähig waren, auch zum Verfolgen von Kreditkartenbewegungen. Sie hatten sogar Natalies Handy weggeschmissen. Nur Alex hatte sein Telefon noch bei sich, weil es der einzige Weg war, über den Suzanne sie erreichen konnte. Er hoffte, dass es kein Fehler war, sich daran festzuklammern. Sie mussten unauffindbar werden.

Beide hatten in der Nacht kaum ein Auge zugetan. Stattdessen standen sie früh wieder auf, frühstückten in aller Eile und machten sich auf die lange Fahrt gen Süden.

Schon seit Längerem drehten sich ihre Gedanken nur noch um das bevorstehende Gespräch mit Serge Clement. Er war ihr einzig verbliebener Hinweis. Ihre beiden Fundstücke aus Aix, Natalies

Geburtsurkunde und der Messingschlüssel, lieferten ihnen keine Anhaltspunkte, wie es weitergehen sollte. Das konnte ihnen nur Clement sagen.

Sie fuhren an Feldern und Ortschaften vorbei. Als sie ein hügeliges Waldstück passiert hatten und über eine Anhöhe kamen, tauchte ein Schild vor ihnen auf: »Bienvenue dans la Vallée de Vauvenargues«.

Dann sahen sie es. Keine dreihundert Meter vor ihnen, in einer Senke des Tals, entdeckten sie die Dächer eines Anwesens. Hinter hohen Bäumen und dichten Sträuchern konnten Alex und Natalie ein Haupthaus sowie zwei kleinere Nebengebäude erkennen. Steinerne, unregelmäßig verputzte Fassaden, hölzerne Fensterläden, mit roten Ziegelsteinen gedeckte Dächer. Eine typisch provenzalische *jolie villa*.

Ein gepflegter Kiesweg schlängelte sich zum Haus hinauf. Alex steuerte den Wagen in die Auffahrt, trat dann jedoch abrupt auf die Bremse. Vor dem Haus standen mehrere Autos und Einsatzwagen der Police Nationale.

»Verdammt«, entwich es Natalie.

Ein Beamter in Zivil hatte sie bereits entdeckt und trat an ihr Auto. Sein Gesichtsausdruck verriet Anspannung und ein Höchstmaß an schlechter Laune. Eine Narbe unter der Nase komplettierte sein unsympathisches Erscheinungsbild. Er bedeutete Alex, das Fenster herunterzulassen. Es gab kein Zurück mehr.

»Wer sind Sie, und was wollen Sie hier?« Der Ton war schroff und machte klar, dass Alex besser die Wahrheit sagte und keine Spielchen trieb.

»Mein Name ist Professor Alexander Kauffmann«, entgegnete Alex ruhig. Falsche Namen würden ihnen jetzt auch nicht mehr helfen. Sie würden sich ausweisen müssen. Er deutete neben sich. »Das ist Natalie Villeneuve. Wir kommen aus Paris und haben eine Verabredung mit Serge Clement. Wenn die Adresse stimmt, die wir von ihm haben, müssten wir hier richtig sein.«

Der Polizist funkelte sie einen Augenblick an, als ob Alex etwas Falsches gesagt hätte. »Eine Verabredung mit Monsieur Clement, sagen Sie? Darf ich fragen, worum es geht?«

»Das dürfen Sie. Ich werde Ihnen darauf allerdings keine Antwort geben, solange ich nicht weiß, wer Sie sind und was hier vor sich geht.«

Alex verspürte keinen Drang, diesem Mann mit Respekt zu begegnen. Er schien ihm zu einfach gestrickt, als dass er hier eine wichtige Rolle spielen konnte.

»Sie stellen hier gar keine Bedingungen«, gab der Mann patzig zurück. »Ich bin Capitaine Paolo Nivello von der Police Nationale.« Er zückte ein ledernes Etui und hielt Alex seinen Ausweis unter die Nase. »Und Sie zeigen mir jetzt Ihre Ausweise.«

Alex und Natalie kramten nach ihren Papieren.

»Einen Moment«, sagte der Capitaine, nachdem sie ihm ihre Pässe ausgehändigt hatten. Dann sahen sie, wie dieser Nivello zu einem Mann mit grauen Haaren ging, der sich gerade mit einer jüngeren Rothaarigen unterhielt. Alex hatte sofort das Gefühl, dass der Grauhaarige hier das Kommando hatte. Er wirkte autoritär, ohne dass er es hätte raushängen lassen müssen. Die schlanke Frau neben ihm gehörte sicher zu seinem Team. Sie trug figurbetonte, aber zweckmäßige Kleidung, war jünger als der unfreundliche Capitaine. Alex hatte aber das Gefühl, dass sie bereits im Rang über ihm stand. Die drei wechselten ein paar Worte, dann blickten sie zu ihnen herüber. Der Grauhaarige gab dem unfreundlichen Capitaine Anweisungen. Dann verschwand Nivello aus Alex' und Natalies Sichtfeld.

Es dauerte fünf Minuten, ehe er sich wieder blicken ließ.

»In Ordnung«, sagte er und gab ihnen ihre Papiere zurück. »Begleiten Sie mich! Wir haben einige Fragen an Sie.«

»Darf ich fragen, worum es geht?« Alex gefiel die Situation nicht.

»Ja, dürfen Sie. Ich werde Ihnen darauf allerdings keine Antwort geben«, äffte er Alex nach. »Kommen Sie mit.«

Ihnen blieb keine Wahl. Sie stiegen aus und folgten dem Polizisten über den Vorplatz und am Haupthaus vorbei. Über einen Pfad durch ein Gemüsebeet gelangten sie zum Gästehaus.

»Mein Chef wird gleich bei Ihnen sein. Bis dahin bleiben Sie hier, ist das klar?«

Alex und Natalie nickten.

Das Gästehaus hätte man auch als Ein-Zimmer-Appartement vermieten können. Es war ausgestattet wie ein anständiges Hotelzimmer auf dem Land. Terrakottafliesen, ein großes Bett aus Kiefernholz, Kleiderschrank, ein kleiner Esstisch mit zwei Stühlen, Badezimmer mit Wanne. In einer Ecke stand sogar ein einzelner Sessel mit Hocker und Stehlampe. Einfach, rustikal, bequem. Doch Alex wurde das Gefühl nicht los, dass es für sie hier alles andere als bequem werden würde.

»Was, glaubst du, ist passiert?«, fragte Natalie.

»Ich fürchte, dass wir zu spät sind.«

»Zu spät? Du meinst …?«

»Wir haben diesem Polizisten gesagt, wir wollten mit Clement sprechen. Daraufhin ist er zu seinem Chef. Ich war mir erst nicht sicher, ob er unsere Namen erkannt hat. Aber ich glaube, dass wir hier nicht wegen von Arx sitzen, sondern weil Clement etwas zugestoßen ist.«

»Glaubst du, die Polizeiflotte, die vorhin an uns vorbeigeschossen ist, kam von hier?«

»Das wäre nur logisch, oder? Auf dem Land hat die Gendarmerie das Sagen. Die werden zuerst hier gewesen sein. Dass jetzt die Police Nationale die Leitung übernommen hat, kann nur bedeuten, dass es sich um eine üble Sache handelt.«

»Da haben Sie vollkommen recht«, ertönte eine tiefe Stimme hinter ihnen.

Ein grauhaariger und blasser Mann stand vor ihnen. Alex fand ihn unscheinbar, ahnte aber, dass dieses Gefühl trügerisch war. Wenn dieser Mann der leitende Ermittler war, dann musste er entweder über eine ziemlich erfolgreiche Vita oder über ziemlich mächtige Freunde verfügen.

»Pascal Bernard, Juge d'Instruction am Tribunal de Grande Instance in Marseille.« Er gab ihnen die Hand. »Madame Villeneuve und Professor Kauffmann, nehme ich an. Ich wurde unterrichtet, dass Sie eine Verabredung mit dem Mann hatten, dem dieses Anwesen gehört hat. Ist das korrekt?«

»Gehört hat?«, fragte Alex sofort. »Heißt das, er ist tot?«

»Ich fürchte, ja, Monsieur le Professeur!«

»Putain de merde«, entfuhr es Natalie. Sie ließ sich in den Sessel fallen und rieb sich mit ihren Händen das müde Gesicht.

Bernard blickte erstaunt, erwiderte aber nichts.

»War es Mord?«, fragte Alex geradeheraus.

»Davon gehen wir im Moment aus«, bestätigte Bernard.

»Monsieur le Juge«, begann Alex vorsichtig, der merkte, dass er mit seiner Frage etwas zu voreilig gewesen war. Bernard musste sich bereits wundern, warum sie nicht überraschter auf diese Nachricht reagierten. »Sie müssen wissen, wir kannten Monsieur Clement nicht. Aber wir hatten die Hoffnung, dass er uns weiterhelfen könnte.«

»Inwiefern, wenn ich fragen darf? Worum ging es bei Ihrer Verabredung?«

»Serge Clement war ein Freund meiner Eltern«, sagte Natalie. Ihr Blick richtete sich starr auf eine Ecke des Zimmers. Als sie weitersprach, schien es, als sei sie in Gedanken ganz woanders. »Ich habe ihn nicht persönlich gekannt. Aber er hat meinem Vater vor wenigen Tagen einen Brief geschickt. Mein Vater selbst ist vergangene Woche gestorben.« Natalie stockte einen Moment, bevor sie weitersprach. »Als der Brief eintraf, bat mich meine Mutter, zu Monsieur Clement zu fahren und mit ihm zu reden.«

»Mein herzliches Beileid, Madame Villeneuve«, entgegnete Bernard, und Alex hatte das Gefühl, dass der Richter es ernst meinte. »Darf ich fragen, woher Sie kommen?«

»Paris.«

»Sie sagen also, Sie sind extra wegen des Inhalts eines Briefes die – wie viele sind es? – achthundert Kilometer von Paris mit dem Auto hierhergefahren? Das muss ein ziemlich wichtiger Brief gewesen sein.«

»Das stimmt«, sagte Natalie fest. »Wir haben Monsieur Clement telefonisch nicht erreicht. Daher habe ich Alex gebeten, mich zu begleiten.«

»In welcher Beziehung stehen Sie zueinander, wenn ich fragen darf?«

»Wir sind Freunde«, antworteten sie fast gleichzeitig.

»Ah ja«, sagte Bernard und zog einen Notizblock aus seiner Hosentasche. »Ihre Personalien haben wir ja schon aufgenommen. Ich hätte da zunächst ein paar Standardfragen, dann lasse ich Sie erst mal in Ruhe den Schock verdauen. Professor Kauffmann, in Ihren Papieren steht, Sie leben in der Schweiz. Ist das korrekt?«

»Das ist korrekt. Ich bin Professor an der Université de Fribourg.« In dem Moment, in dem Alex es ausgesprochen hatte, glaubte er, eine Regung bei Bernard zu erkennen. Hatte der Juge bereits von den Vorfällen in Fribourg gehört? Vielleicht in den Nachrichten? Oder war er gebrieft worden? Alex konnte es nicht sagen, und Bernard ging nicht weiter darauf ein.

»Mit Verlaub, Sie sind ein ziemlicher junger Professor. Wie alt sind Sie?«

»Sechsunddreißig.«

»*Bon sang!* Mit sechsunddreißig war ich noch frisch bei der Polizei. Meinen Respekt!« Er blickte Alex freundlich an. »Ich nehme an, Sie waren wegen der Beerdigung in Paris?«

»Auch das ist korrekt.«

»Und auch Sie haben das Opfer, Monsieur Clement, nicht gekannt?«

»Das stimmt. Ich –«

In dem Moment erschien Capitaine Nivello im Türrahmen. Er blickte düster drein. Als Bernard ihn sah, entschuldigte er sich und sagte, er werde in wenigen Minuten zurück sein. Alex und Natalie waren wieder allein.

»Hätten wir ihm von Fribourg erzählen sollen?«, fragte Natalie.

Alex sah Bernard und Nivello nach, die über den Rasen zurück in Richtung Haupthaus gingen. Der Capitaine redete eindringlich auf den Juge ein.

»Ich fürchte, dass wir schon bald keine andere Wahl mehr haben, als ihnen die Wahrheit zu sagen«, entgegnete Alex. »Aber eben nur so viel von der Wahrheit wie nötig.«

6

Montag, 9. Juni 2014, Vallée de Vauvenargues, Frankreich

Es dauerte fast eine Viertelstunde, ehe Bernard zurückkam. Im Schlepptau hatte er den Capitaine und die Rothaarige. Alex sah sofort, dass sich etwas verändert hatte. Bernards Gesicht hatte alle Freundlichkeit verloren.

»Madame Villeneuve, Monsieur Kauffmann, Sie haben jetzt genau eine Möglichkeit, mir zu erklären, warum Sie hier sind. Ich höre mir an, was Sie mir zu sagen haben. Dann werde ich entscheiden, ob ich Ihnen glaube oder nicht. Wenn ich das Gefühl habe, Sie sagen mir die Wahrheit, sehen wir weiter. Wenn ich aber glaube, dass Sie mich verarschen wollen, werde ich Sie wegen Behinderung der Justiz verhaften lassen und mir überlegen, wie lange ich Sie festhalte, bevor ich Sie den Schweizer Kollegen überstelle. Haben Sie mich verstanden?«

Alex blieb ruhig. Er hatte damit gerechnet, nachdem sowohl Bernard als auch Nivello nach ihrer Unterhaltung angefangen hatten zu telefonieren. Auch die Rothaarige, die Bernard nun als Commandante Dominique Frey vorstellte, war dazugekommen. Alle drei hatten auf dem Rasen gestanden, Gespräche geführt und Informationen ausgetauscht. Es war offensichtlich gewesen, worüber. Deswegen wusste Alex bereits, was er sagen würde. Natalie und er hatten sich beraten und eine Entscheidung getroffen.

»Monsieur Bernard, wenn Ihr Kollege mich vorhin nicht unterbrochen hätte, hätte ich Ihnen gesagt, dass ich selbst Serge Clement nicht persönlich gekannt habe, allerdings Professor Hugo von Arx, mein Doktorvater in Fribourg. Gehe ich recht in der Annahme, dass Sie vorhin die Bestätigung erhalten haben, dass in Fribourg gestern ein Mord geschehen ist? Wir waren Zeugen, Monsieur Bernard. Wir saßen mit Hugo von Arx beim Kaffee, als er vor unseren Augen erschossen wurde.«

»In der Tat, Professor, wir haben uns vor wenigen Minuten

ausführlich von den Kollegen ins Bild setzen lassen. Sie fanden es einigermaßen interessant, zu erfahren, dass der Hauptzeuge des Verbrechens in Fribourg vierundzwanzig Stunden später an einem weiteren Tatort auftaucht.«

»Ich gehe davon aus, dass die Polizei meinen Namen kannte, weil sie mein Sakko mit meiner Brieftasche am Tatort gefunden hat.«

»Korrekt. Außerdem hat die völlig verstörte Kellnerin eine ziemlich treffende Beschreibung Ihrer reizenden Begleitung abgegeben.« Bernard sah zu Natalie hinüber. »Sind Sie nicht der Meinung, dass Sie mir einiges zu erzählen haben?«

»Ich bin der Meinung, dass ich zunächst einmal festhalten möchte, dass wir Zeugen sind, keine Verdächtigen.«

»Das zu beurteilen lassen Sie mal meine Sorge sein, Professor Kauffmann«, entgegnete Bernard. »Also, fangen wir noch einmal von vorn an!«

Er bedeutete Alex, sich an den Esstisch zu setzen. Bernard nahm ihm gegenüber Platz, Nivello postierte sich hinter seinem Chef, während die Polizistin im Türrahmen stehen blieb.

»Woher kannten sich Ihr Doktorvater und Serge Clement?«, begann Bernard.

»Sie haben vor Jahren zusammen ein Buch veröffentlicht«, antwortete Alex knapp.

Bernard legte seinen Kopf schief und verengte fragend seine Augenbrauen. »Über was haben die beiden geschrieben?«

»Wenn ich mich recht entsinne, lautet der Titel ›Frankreichs verlorene Familien‹. Fachliteratur zur Genealogie.«

Bernard nickte, während Nivello etwas auf einen Block kritzelte. »Und diese Verbindung ist Ihnen zufällig aufgefallen?«

»Als wir von Clements Brief an Natalies Vater erfahren haben.«

»Wann war das?«

»Am Samstagnachmittag«, entgegnete Alex nach einem kurzen Moment. Er tat sich schwer, die Geschehnisse der letzten Tage in seinem Gedächtnis zu ordnen. Er schob es auf die Müdigkeit, doch er ärgerte sich. Bernard würde nicht lockerlassen, ehe er das Gefühl hatte, alles erfahren zu haben. Alex musste hellwach sein.

»Wo waren Sie am besagten Samstag?«

»Wir waren in Strasbourg«, sagte Alex wahrheitsgemäß.

»In Strasbourg?« Bernard schien überrascht und wandte sich an Natalie. »Aber Sie sagten doch eben noch, dass Sie heute aus Paris gekommen seien?«

»Das stimmt so nicht ganz«, entgegnete sie. »Sie wollten wissen, woher ich komme. Deswegen sagte ich Paris.«

In Bernards grauen Augen erschien ein Ausdruck, den Alex nicht deuten konnte. Doch erfreut schien er nicht zu sein.

»Also gut, Strasbourg. Warum?«

»Wir haben einen Bekannten meines Vaters aufgesucht«, antwortete Natalie ruhig. »Wir haben in einem Hotel übernachtet, sind am Sonntag zu Alex nach Fribourg gefahren und heute hierher.«

»Der Name Ihres Freundes in Strasbourg?«

»Thomas. Er ist Pastor in der Kirche Saint-Pierre-le-Jeune.«

»Die protestantische oder die katholische?«, fragte Bernard, ohne zu zögern.

»Die katholische«, gab Natalie ebenso rasch zurück.

»Warum waren Sie dort?«

Alex sah die Zeit gekommen, einige Schritte auf einmal zu nehmen. Er wollte das Gespräch voranbringen und dem Juge so das Gefühl geben, dass sie ihm alles erzählten. Nichts dergleichen hatte Alex vor, doch er musste es versuchen.

Er berichtete vom Einbruch in Simons Kanzlei, vom gestohlenen Testament und von dem Brief. Natalie nannte ihnen Simons Telefonnummer, und die rothaarige Polizistin verschwand, um die Angaben zu prüfen. Anschließend erklärte Alex, Régis habe bei Thomas den Schlüssel zu einer Wohnung in Aix-les-Bains hinterlegt, den sie abgeholt hätten. In der Wohnung hätten sie aber nichts gefunden, das ihnen eine Erklärung für all die Vorgänge hätte liefern können. Sie seien von Strasbourg nach Fribourg weitergefahren, um mit Hugo von Arx zu reden. Dort hätten sie festgestellt, dass bei Alex eingebrochen worden sei, ehe sie sich mit dem Professor getroffen hätten.

»Und dann wurde er vor unseren Augen erschossen«, beendete Alex seinen Monolog.

Bernard stellte einige Fragen, besonders zum Einbruch und zum Mord an von Arx.

»Warum haben Sie sich nicht der Polizei gestellt, wenn Sie nichts zu befürchten hatten?«, fragte Bernard.

»Wem konnten wir denn noch vertrauen?«, entgegnete Alex. Er wollte unter keinen Umständen ihre Theorie der Wächter preisgeben. Verschwörungstheorien und Geheimbünde waren jetzt nicht die Themen, die ihnen halfen, Bernards Vertrauen zu gewinnen. »Erst wird in eine Kanzlei in Paris und später in zwei Häuser in der Schweiz eingebrochen. Jemand muss uns gefolgt sein. Und schließlich wird ein Freund von mir vor unseren Augen von einem Scharfschützen aus über fünfhundert Metern Entfernung erschossen. Glauben Sie, dass wir dann einfach in der Stadt bleiben und auf die Herren der Kantonspolizei warten?«

»Stattdessen sind Sie weiter nach Aix-les-Bains gefahren.«

Alex nickte. »Doch da hatte man offenbar schon auf uns gewartet.« Er erzählte vom Auftauchen der Polizeiwagen.

»Sie haben sich einer Verhaftung widersetzt?«

»Wann kapieren Sie endlich, dass wir nichts verbrochen haben?«, schoss es aus Natalie heraus. Sie funkelte Bernard wütend an. »Fragen Sie sich lieber, wie die allseits so beliebte Staatsmacht wissen konnte, wo wir uns aufhielten! Haben Sie schon einmal daran gedacht, dass uns jemand gefolgt sein und der Polizei einen Tipp gegeben haben muss?«

Bernard tauschte einen erneuten Blick mit Nivello. Dann flüsterte er ihm etwas zu.

Der Capitaine schien nicht erfreut, doch auch er verschwand mit gezücktem Handy.

»Wir werden Ihre Aussagen überprüfen. Bis dahin, Madame Villeneuve, erklären Sie mir bitte, woher sich Serge Clement und Ihr Vater kannten.«

»Aus dem KZ«, blaffte Natalie. »Sie waren in Auschwitz. Wie meine Mutter. Oder Adoptivmutter, wie ich korrekterweise sagen müsste. Sie ist schon alt, wissen Sie? Mein Adoptivvater war dreiundneunzig, als er letzte Woche gestorben ist. Jetzt kennen Sie die

Wahrheit. Die wollten Sie doch hören, nicht wahr? Ich habe keine Eltern. Meine Familie sind meine Adoptiveltern. Und Alex.«

Alex betrachtete sie. Sie war mit ihrer Geduld und ihrer Kraft am Ende. Er hatte damit gerechnet, dass dieser Punkt kommen würde. Die Ereignisse der letzten Tage drangen offenbar von Minute zu Minute stärker an die Oberfläche ihres Bewusstseins. Er hoffte, dass das Gespräch bald zu Ende war.

Bernard jedoch nahm den Ausbruch äußerlich emotionslos zur Kenntnis. Er hatte es wahrscheinlich sogar darauf angelegt, einen von beiden aus der Fassung zu bringen.

»Wir haben an Serge Clements Leiche die eintätowierte Nummer am Arm gefunden«, fuhr er ungerührt fort. »So haben wir ihn identifizieren können.«

»Dafür war die Nummer ja gedacht. Zum Identifizieren von Leichen«, ätzte Natalie. »Da hat sie ja ihren Zweck erfüllt.«

»Madame Villeneuve, ich habe nichts davon, Sie oder Ihre Familie zu beleidigen. Aber ich muss verstehen, warum Sie hier sind und was Serge Clement Ihrem verstorbenen Vater geschrieben hat.«

»Sie wollen wissen, warum wir hier sind?«, fragte sie energisch. »Weil wir herausgefunden haben, dass mein Vater vor Jahren erpresst worden ist. Weil wir nicht wissen, weswegen. Weil die Erpresser damals damit gedroht haben, mir etwas anzutun, wenn mein Vater redet, worüber auch immer. Und weil Serge Clement in seinem Brief angedeutet hat, mehr darüber zu wissen.«

Alex griff ein. Er erklärte Bernard, was es mit der Erpressung auf sich hatte, erzählte vom Brief und von der kopflosen Puppe in der Schuhschachtel. Das war der Punkt, an dem Bernard ihre Geschichte schlucken musste. Alex und Natalie waren sich einig gewesen, nichts von der Gerichtsakte zu erwähnen, die Serge und Régis hatten einsehen wollen. Sie waren sich sicher, dass genau diese Akte sie zu den Wächtern führen würde. Wie, das wussten sie nicht. Aber sie hofften, dass Simon ihnen bald weiterhalf. Wenn er ihnen erst einmal verraten konnte, worum es ging, konnten sie sich immer noch an Bernard wenden. Wenn sie ihm denn vertrauen konnten. Daran jedoch hatte Alex noch seine Zweifel. Wenn die Wächter wirklich so mächtig waren, wie es hieß, dann hatten sie ihre Leute überall. Auch und erst recht in der Justiz.

Bernard schien den Brocken zu schlucken. Zumindest vorerst. Er machte sich letzte Notizen, ehe er Block und Bleistift verstaute und sie eingehend musterte.

»Ich muss Sie bitten, mit nach Marseille zu kommen. Ob Sie die Wahrheit sagen oder nicht, kann ich zum jetzigen Zeitpunkt nicht beurteilen. Wir werden Ihre Angaben prüfen und uns morgen wieder unterhalten. Ich habe keinen Grund zur Annahme, dass Ihre Geschichte erfunden ist. Sie müssen aber zugeben, dass noch viele Fragen offen sind. Nicht zuletzt, wer die beiden Morde begangen hat. Und Ihre Geschichte scheint mir derzeit der beste Ansatzpunkt zu sein. Daher schlage ich vor, Sie suchen sich ein Hotel in Marseille und richten sich darauf ein, ein paar Tage lang Gäste in unserer Stadt zu sein.«

»Ist das eine Einladung?«, fragte Alex.

»Nein«, sagte der Juge und verließ den Raum.

7

Montag, 9. Juni 2014, Vallée de Vauvenargues, Frankreich

Auf dem Weg zurück ins Haupthaus ließ Bernard das Gehörte auf sich wirken. Zwei Juden, die sich seit Jahrzehnten kennen. Einer von ihnen wird erpresst. Womit? Offen. Von wem? Offen. Die Erpressung wirkt. Er schweigt. Erst als er im hohen Alter stirbt, bricht alles hervor. Sein Testament wird gestohlen und sein alter Freund, der von der Erpressung weiß, brutal ermordet. Und der tote Professor in Fribourg? Wahrscheinlich weiß auch er zu viel und muss dafür sterben.

Bernard war zwar noch nicht klar, worum es genau ging. Aber er hatte einen Ansatzpunkt.

Er betrat das Haus. Hier also hatte Serge Clement gelebt. In die Privatsphäre eines Opfers einzudringen machte ihm schon lange nichts mehr aus. Er hatte sich daran gewöhnt, die intimsten Details zu erfahren, um daraus Rückschlüsse auf den Fall ziehen zu können. An den Polizeischulen und Universitäten wurde das Sammeln dieser Informationen mittlerweile als Viktimologie gelehrt. Bernard hatte es sich über die Jahrzehnte selbst beigebracht. Kein Lehrbuch der Welt konnte die Erfahrung Hunderter Ermittlungen ersetzen.

Es lief immer auf die gleiche Frage hinaus: Warum wurde ein spezieller Mensch zu einem speziellen Zeitpunkt an einem speziellen Ort zum Opfer? Dank Professor Kauffmann und Natalie Villeneuve kam er der Antwort nun schon ein bedeutendes Stück näher. Zumindest hoffte er das. Der Zustand der Leiche jedenfalls ließ darauf schließen, dass Clement etwas gewusst hatte und es hatte preisgeben sollen.

Jetzt ging es darum, herauszufinden, was. Und wer Clement überhaupt war. Sie wussten, dass er vierundachtzig Jahre alt geworden war und zwei Söhne hinterließ. Seine Frau war bereits tot. Weitere Familienangehörige unbekannt. Die Zentrale in Marseille kümmerte sich um die Telefondaten, die Auskünfte vom Finanzamt und um das Testament. Bernards Leute vor Ort suchten nach weiteren Hinweisen. Um die forensischen Spuren kümmerte sich Gerard Lang, der eigentlich nach Marseille ins Labor wollte, dann aber doch lieber einen Boten losgeschickt hatte und zum Haus des Toten weitergefahren war.

Die Spuren zu finden, die man nicht in Tüten packen und im Labor untersuchen konnte, war Nivellos Spezialität. Der hatte seine Telefonate mittlerweile beendet und war Bernard gefolgt.

»Paolo«, sagte der Juge, als sie in der Diele waren, »mach dir ein Bild von Clement! Ich will wissen, wie er zu seiner Familie stand, mit wem er sich zuletzt getroffen hat und woran er gearbeitet hat. Versuch, etwas über seine Beziehung zu dem alten Villeneuve herauszufinden. Je mehr Puzzleteile wir haben, desto besser.«

»Alles klar.« Nivello zog sich Überschuhe und ein Haarnetz an und ging ins Wohnzimmer. Bernard tat es ihm gleich. Das Haus war im typischen Landhausstil gebaut und eingerichtet. Das Wohnzimmer war das Herz des Hauses, die Küche geräumig, das Esszimmer bot genug Platz für Gäste, auf der Terrasse standen Gartenmöbel, die erste Etage war klassisch aufgeteilt für eine Familie mit zwei Kindern. Bernards Interesse konzentrierte sich auf das Arbeitszimmer.

»Gerry, kann ich mir das Arbeitszimmer schon vornehmen?«

»Nee, Chef, da waren wir noch nicht. Gib uns noch eine Stunde, dann hast du freie Bahn!«

»Es ist wichtig.«

»Ist es das nicht immer?«

»Weißt du, wo Dominique ist?«

»Oben oder unten.«

»Im Keller«, rief Frey im selben Moment, und Bernard stieg die Treppen hinab.

Unten gingen alle Räume von einem schmalen Gang ab. Am Ende befanden sich eine Waschküche und ein Weinkeller mit einer beachtlichen Sammlung, wie Bernard anerkennend feststellte. Auf halber Strecke lagerten in einem Zimmer alte Kisten und Möbel, für die sich offensichtlich schon jahrelang niemand mehr interessiert hatte. Gegenüber ein Arbeitsraum mit einer Werkbank. An der Treppe führte eine Tür zur Heizung und eine zweite zu einem Fitnessraum. Allerdings standen dort nur ein in die Jahre gekommenes Rudergerät und eine Hantelbank. Beides eingestaubt und lange nicht mehr benutzt.

Sie gingen jedes Zimmer ab. Keine Auffälligkeiten. Als sie schon wieder auf dem Weg nach oben waren, blieb Bernard stehen.

»Warte mal«, sagte er und machte kehrt.

Etwas arbeitete in ihm. Er hatte etwas gesehen. Oder besser, er glaubte, etwas nicht gesehen zu haben. Etwas hatte in einem Raum nicht gestimmt. Er trat wieder in den Raum, in dem die Werkbank stand, und machte Licht.

»Was fällt dir auf?«, fragte er Frey.

Sie blickte sich um. »Eine kleine Werkstatt. Eine Werkbank, Werkzeug, Holzbretter, ein Tisch. Alles relativ neu und gut in Schuss. Sieht so aus, als ob er hier regelmäßig gearbeitet hätte.« Dann erkannte sie, worauf er hinauswollte. »Kein Stuhl. Kein Hocker. Clement war vierundachtzig. Wenn er wirklich häufig hier unten war, hat er bestimmt nicht die ganze Zeit gestanden. Vor allem nicht am Tisch.«

»Genau. Warum fehlt hier jede Sitzgelegenheit? Das ergibt keinen Sinn.«

Bernard ging in den Flur und rief: »Gerry!«

Sekunden später standen sie zu dritt im Raum.

»Habt ihr hier irgendwas gefunden?«, fragte Bernard.

Gerry schüttelte den Kopf. »Nein. Für ’ne Werkstatt nur verdammt sauber hier.«

»Genau das meine ich. Zu sauber! Leute, schaut mal genauer hin! Der Fliesenboden, frisch gewischt. Die Werkbank, kein Staub, keine Späne, nichts. Der Tisch, auch nichts. Hier hat jemand klinisch rein geputzt.«

»Das ganze Haus ist sehr sauber«, gab Gerry zu bedenken.

»Mag sein. Vielleicht hatte er eine Putzfrau. Aber putzt jemand einen Raum wie diesen hier so penibel? Wenn ich hier arbeite und Dreck mache, räume ich anschließend auf und kehre alles zusammen. Aber dieser Raum ist beinahe steril. Hier ist professionell gereinigt worden.«

Frey sah ihn schräg an. Sie schien zu ahnen, was er meinte. »Du glaubst, wir haben den Tatort gefunden?«

»Wenn ich mich als Täter fragen würde, welcher Raum ideal für das Foltern eines Menschen wäre, dann würde ich mein Opfer hierherbringen. Ich setze es auf einen Stuhl, und schon kann es losgehen. Danach mache ich alles sauber, werfe den Stuhl weg und kann die Fliesen sogar noch mit Wasser abspritzen.«

Gerry ging wortlos aus dem Zimmer.

Eine Minute später kam er mit einem Koffer zurück. Er zog sich frische Handschuhe an, entnahm dem Koffer eine Sprühflasche und machte sich ans Werk. Nach wenigen Sekunden hatte er den Abfluss im Boden im Umkreis von einem Meter mit einer Flüssigkeit besprüht. Bernard wusste, dass das Zeug Luminol hieß und hochgradig ätzend war. Gerry trat einen Schritt zurück, holte eine Schwarzlichtlampe aus seinem Koffer, knipste sie an und löschte das Deckenlicht. Hätte jemand Blut weggewischt und den Abfluss hinuntergespült, hätten die Spuren davon im Schwarzlicht fluoresziert. Doch sie sahen nichts.

»Kein Blut«, stellte Gerry fest.

»Wir müssen den Raum noch mal vollständig absuchen«, erklärte Frey.

Bernard nickte und schaltete das Licht wieder ein. Die Helligkeit ließ ihn einen Moment blinzeln. Da sah er ihn. Er trat näher an die Lampe heran, die an Kabeln von der Betondecke herabhing. Eine einzelne Glühbirne war in die Fassung geschraubt. Mit zusammengekniffenen Augen blickte Bernard direkt ins Licht. Ein dunkler Fleck auf dem Glas der Birne.

»Da haben wir dich«, sagte er.

Lang und Frey kamen näher.

»Oh Mann«, sagte der Techniker. »Tut mir leid, Chef. Ich kümmere mich sofort darum.«

Lang holte einige Utensilien aus seinem Koffer und bedeckte die Werkbank mit einem sterilen Tuch. Dann nahm er mit einem Wattestäbchen eine Probe des Flecks auf der Glühbirne. Während Bernard und Frey im Türrahmen standen, arbeitete sich Lang konzentriert Schritt für Schritt vor. Nach einigen Minuten drehte er sich um.

»Kein Zweifel. Blut.«

»Das ist der Tatort«, sagte Bernard bestimmt. »Dominique, wie ist es abgelaufen?«

Sie überlegte einen Moment. »Kein Blut im Ausguss. Ein einzelner Tropfen an der Glühbirne. Der Rest blitzeblank. Wenn er hier gefoltert und getötet worden ist, schließe ich auf zwei Dinge.«

»Erstens?«

»Der oder die Täter haben den Raum komplett mit Folie ausgelegt, um keine forensischen Spuren zurückzulassen. Vielleicht haben sie sogar die Decke abgehängt und nur die Lampe für die bessere Sicht ausgelassen.«

»Und zweitens?«

»So etwas bedarf der Vorbereitung und Hilfe. Das macht niemand allein. Das waren Profis. Wir suchen mehrere Täter, hochgradig organisiert, erfahren in dem, was sie tun. Keine Anfänger. Gut ausgestattet, vielleicht sogar mit einem entsprechenden Netzwerk. Sie wollten die Leiche unkenntlich machen und haben die KZ-Nummer übersehen. Ein Fehler, den sie sicher unter allen Umständen vermeiden wollten. Auch hier sollte nichts auf sie hindeuten. Deswegen würde es mich nicht wundern, wenn wir auch oben nichts fänden.«

Bernard nickte. »Genau so sehe ich es auch.«

Einige hundert Kilometer nordwestlich raste Raoul über die A7 Richtung Süden. Neben ihm auf dem Sitz lag sein Handy. Die Nachricht, die er vor wenigen Sekunden bekommen hatte, leuchtete noch auf.

»Zielpersonen im Vallée aufgetaucht. Befragung abgeschlossen. Unterwegs nach Marseille.«

8

Montag, 9. Juni 2014, Marseille, Frankreich

Natalie saß mit Alex auf dem Rücksitz eines Polizeiwagens. Sie waren auf dem Weg nach Marseille. Der Smart würde ihnen gebracht werden, hatte Bernard ihnen versichert. Doch das war ihr egal.

Sie fühlte sich elend. Sie war müde, weil sie seit Tagen nicht mehr richtig geschlafen hatte. In ihrem Magen klaffte ein riesiges Loch, da sie seit dem Frühstück nichts mehr gegessen hatte. Sie war wütend auf Bernard, auf seine Fragen und vor allem auf die Antworten, die sie in ihrer Wut gegeben hatte. Sie war traurig, weil jede Begegnung, jedes Gespräch, jeder Moment ihr zeigte, dass ihr Vater nie wieder da sein würde. Und sie wusste, dass die härteste Prüfung noch bevorstand: der Schock, der irgendwann kommen würde, wenn sie zu verarbeiten begann, wie sie Hugo von Arx hatte sterben sehen.

Sie fühlte sich ohnmächtig. Sie hatte Angst, ihre Augen zu schließen, weil sie sich vor den Bildern fürchtete, die dann vor ihrem inneren Auge auftauchen würden. Sie wollte einfach vergessen. Doch das war unmöglich.

Aus dem Augenwinkel sah sie Alex, der gedankenverloren aus dem Fenster blickte. Er hatte sich verändert, seit sie sich wiedergesehen hatten. In den wenigen Tagen hatte er mehr Emotionen gezeigt als in den letzten zehn Jahren. Kleine, kurze Augenblicke, in denen so etwas wie Sorge oder Ärger in ihm aufflackerte. Sie spürte, dass er versuchte, sie zu beschützen. Diese Augenblicke gaben ihr das Gefühl, nicht allein zu sein.

Sie hatte gedacht, die jahrelange Arbeit auf dem Bau habe sie abgehärtet. Sie hatte sich immer die schwersten Projekte ausgesucht, immer die Orte, an denen Konflikte vorprogrammiert waren. Sie wollte lernen, Stärke zu zeigen und mit Kritik umzugehen, die unter die Gürtellinie zielte. Doch nichts hätte sie auf das vorbereiten können, was in den letzten Tagen über sie hereingebrochen war.

Das, was Alex und sie erlebten, überstieg alles, was sie in ihrem

Leben je hatte aushalten müssen. Sie hatte ihr Leben in einer Oase aus Geborgenheit verbracht. Zumindest ihr zweites Leben bei Régis und Suzanne. Gott, wie sehr sie ihren Vater vermisste! Wenn das alles vorbei war, wollte sie für ihre Mutter da sein. Alles andere war zweitrangig. Niemand würde sie mehr brauchen als Suzanne.

In diesem Moment berührte Alex sie am Arm. Sie zuckte zusammen, fing sich aber sofort wieder.

»Entschuldige, ich wollte dich nicht erschrecken«, sagte er mit leiser Stimme. Er sah unsicher nach vorn. Ein junger Beamter steuerte den Wagen, während Nivello sie entweder im Rückspiegel beobachtete, mit seinem Handy herumhantierte oder seinen Notizblock malträtierte. Er sprach kein Wort.

Sie hatten noch eine Stunde im Gästehaus warten müssen, ehe sie aufgebrochen waren. Die Zeit hatten sie genutzt, um zu Hause anzurufen. Christophe war ans Telefon gegangen, was Natalie ganz lieb gewesen war. So hatte sie das Gespräch kurz halten können. Hätte sie ihre Mutter in der Leitung gehabt, wäre wohl alles zu spät gewesen. Und vor allem hätte sie ihr nicht so viel verschweigen können. So erzählte sie Christophe nur das Nötigste und ließ alle grausamen Details weg. Das Wichtigste war, dass es ihnen gut ging und dass sich Suzanne und Christophe keine Sorgen machen mussten. Immerhin würden sie jetzt, da waren sich Natalie und Alex sicher, unter ständiger Aufsicht der Polizei stehen.

Einzig dass sie Christophes Wagen in Aix-les-Bains hatten stehen lassen müssen, war ihr unangenehm. Aber Christophe hatte nur gelacht und gesagt, dass er mit Suzanne dann eben ein Wochenende dort verbringen müsse, um den Wagen abzuholen. Er nannte ihnen den Namen eines Hotels am Alten Hafen in Marseille, in dem er immer abstieg, wenn er beruflich dort war. Er würde sie beim Concierge ankündigen, sodass sie sich nicht um ein Zimmer kümmern mussten.

Als Natalie Alex davon erzählte, huschte ein Lächeln über sein Gesicht.

»Dann werden wir wenigstens nicht in Armut leben die nächsten Tage«, meinte er.

Oder sterben, dachte Natalie.

Sie erreichten Marseille nach einer guten Stunde. Christophe hatte für sie ein Zimmer im Grand Hôtel Beauvau reserviert. Im Gegensatz zu dem Grand Hôtel in Aix-les-Bains strotzte dieses Haus auch beim zweiten Blick noch vor Luxus. Direkt am Alten Hafen der Mittelmeerbucht gelegen, schien es den historischen Glanz der zweitgrößten Stadt des Landes aufrechterhalten zu wollen. Massalia, die antike Stadt der Griechen und Kelten. Marseille, die geschichtsträchtige Stadt der Seefahrer. Marseille, die wichtigste Hafenstadt des modernen Frankreichs. Aber auch das andere Marseille, das Tor zum afrikanischen Kontinent, das Synonym für unkontrollierte Einwanderung, für Kriminalität und soziale Ungerechtigkeit. Der Alte Hafen war das perfekte Beispiel dafür. Yachten und Segelboote im Wasser, eine gepflegte Promenade, aber Armut in den Sozialwohnungen zwei Straßen weiter.

In der Rue Beauvau sah noch alles nach viel Geld aus. Ihr Wagen hielt hinter Bernards Auto. Ein Page in schwarzer Uniform trat aus den gläsernen Türen des Hotels und war enttäuscht, dass weder Natalie noch Alex Koffer dabeihatten. Die lagen noch in Christophes Auto. Einzig Alex' Umhängetasche und Natalies Handtasche hatten die Jagd aus Fribourg in die Provence überstanden.

Bernard kam auf sie zu. Der Untersuchungsrichter wirkte nun freundlicher.

»Wir haben Ihre Angaben inzwischen überprüft. Alle Personen haben Ihre Aussagen bestätigt. Ich soll Ihnen von Pastor Thomas ausrichten, dass er Ihnen viel Kraft wünscht.«

»Vielen Dank«, erwiderte Natalie.

»Wie Sie sich denken können, werden wir Sie hier nicht allein lassen«, fuhr er fort. »Bitte halten Sie sich ab morgen Mittag bereit, ins Tribunal zu kommen. Sollte Ihnen bis dahin etwas einfallen oder sollten Sie etwas beobachten, das Sie beunruhigt, rufen Sie mich jederzeit an. Zögern Sie nicht!« Er drückte Alex eine Visitenkarte in die Hand. »Und wenn ich Ihnen noch einen Tipp geben darf: Verzichten Sie auf das Essen im Restaurant Ihres Hotels!«

»Danke, wir werden es uns merken«, sagte Alex.

Sie verabschiedeten sich und sahen Bernard nach, als die beiden Polizeiautos davonfuhren. Bei allem Ärger, den sie heute gehabt hatten, hatte Natalie Verständnis für Bernard. Letztlich war er fair zu ihnen gewesen. Er musste seinen Job machen und hatte einen ziemlich hässlichen Fall am Hals, um den ihn sicher niemand beneidete.

Sie betraten das Foyer. Im ersten Moment war Natalie überrascht, und Alex schien es ebenfalls. Keine riesige Eingangshalle, keine hohen Decken, keine hellen, spiegelbehangenen, ausladenden Sitzecken, keine pompöse Bar und keine Rezeption, hinter der fünf Angestellte auf Gäste warteten. Im Gegenteil. Das Foyer war klein, aber fein. Am Empfang stand hinter einer edlen Holzverkleidung ein älterer Herr in der traditionellen Uniform eines Concierge. Die drei kleinen Sitzgruppen mit Ohrensesseln neben dem Eingang waren unbesetzt. Die Hutablagen über den Sofas waren mit klassischen Sonnenschirmen und Bowlern dekoriert. Am Fenster ruhten alte Reisekoffer, und es schien, als ob im Hotel die Zeit stehen geblieben und es darauf stolz wäre. Einzig der Computer an der Rezeption deutete darauf hin, dass die Abläufe in diesem Etablissement auf das Niveau des 21. Jahrhunderts gehievt worden waren.

Der Concierge begrüßte sie herzlich. Sie seien die erwarteten Gäste des Monsieur Christophe Wagner, richtig? Er habe persönlich dafür gesorgt, dass sie das beste verfügbare Zimmer erhielten.

Natalie, die der Concierge überschwänglich als Teil der Familie des Hotels willkommen hieß, nahm die Schlüsselkarte in Empfang, und sie wurden zum Aufzug geleitet. Sie fuhren in den fünften Stock und blieben vor Zimmer 514 stehen.

»›Suite Jean Cocteau‹«, las Alex vor. Das Messingschild zierte die dunkelbraune Tür. Rechts neben dem Eingang hing ein Bild des Schriftstellers und Regisseurs.

Sie betraten das Zimmer. Im ersten Moment war Natalie irritiert. Sie sah einen Schreibtisch, ein Sofa und einen Sessel. An einer Wand stand ein Sideboard. Die Vorhänge vor den Fenstern waren zurückgezogen. Es war ein wunderschönes Zimmer, elegant eingerichtet, in warmen Farbtönen von Dunkelrot und Beige. Was fehlte, waren ein Bett und das Badezimmer. Erst im zweiten Moment nahm sie die kleine Treppe wahr, die von einem hinteren Eck des Zimmers auf eine Empore über ihnen führte. Nun sah sie über sich hinter einem Geländer ein großes Bett und die Tür zum Badezimmer.

»Erst das Luxembourg Parc in Paris, jetzt das Grand Hôtel von Marseille. Deine Familie meint es wirklich gut«, sagte Alex zu Natalie.

»Sieh es als kleine Entschädigung dafür, dass du das alles mitmachst«, erwiderte Natalie, die auf einmal eine unendliche Dankbarkeit für Alex empfand. In was hatte sie ihn da nur mit reingezogen? Wenn ihm etwas zustieße, würde sie sich das nie verzeihen. Sie trat an seine Seite und legte den Kopf auf seine Brust. »Ich bin dir unendlich dankbar, dass du mich mit dem ganzen Mist nicht allein gelassen hast.«

Sie löste sich nur widerwillig und stieg die Treppe hinauf. Das Hotel hatte ihnen sogar zwei Pyjamas auf dem Bett bereitgelegt. Selig, das Zimmer heute nicht mehr verlassen zu müssen, machten sich beide frisch, bestellten beim Zimmerservice etwas zu essen und ließen sich mit Pasta und Salat auf dem Bett nieder. Das Essen schmeckte nicht so schlecht wie nach Bernards Warnung befürchtet, doch Natalie glaubte, dass ihr nach diesem Tag alles wie Haute Cuisine vorgekommen wäre.

Während Natalie noch aß, holte Alex sein Tablet hervor.

»Was hast du vor?«

Er tippte ein paarmal auf den Bildschirm, dann tauchte eine Übersicht auf. Natalie erkannte eine Mindmap. In der Mitte stand ihr Vater. Von ihm führten Querverbindungen zu allen Namen, mit denen sie in den letzten Tagen zu tun gehabt hatten. Es wirkte wie ein Spinnennetz, in dem sie sich zu verheddern drohten.

Alex schien nicht mehr zu gefallen, was er sah. Er schob Régis nach links und stellte ihm ein zweites Netz gegenüber. Er nannte es »Die Wächter«. Dazwischen packte er ein drittes. Er nannte es »Natalies Familie«.

Sie spürte ein ungutes Gefühl in sich aufsteigen. Sie stand im Mittelpunkt von alledem. Sie war der Grund, warum Serge Clement und Hugo von Arx hatten sterben müssen. Sie war der Grund, weshalb Régis vor vielen Jahren bedroht worden war. Was hatten andere Menschen ihretwegen aushalten müssen? All das nur, weil sie die Nachfahrin einer jüdischen Familie war, die ein Weingut besessen hatte? Was war mit ihrem Onkel, der noch irgendwo in der Welt herumturnte? Wie konnte sie allein durch ihre Existenz die Wächter bedrohen? Das einzig Beruhigende war, dass die Wächter von ihrer Blutlinie bislang offenbar keine Ahnung hatten. Sonst, da war sie sich sicher, hätte die Kugel des Scharfschützen in ihren Kopf eingeschlagen.

Im nächsten Moment sprang sie auf und rannte ins Bad. Sie schaffte es gerade noch rechtzeitig zur Toilette, ehe sie sich übergab.

9

Dienstag, 10. Juni 2014, Marseille, Frankreich

Im Büro 406 im vierten Stock des Tribunal de Grande Instance herrschte dicke Luft. Einerseits, weil Pascal Bernard ausgenommen schlechte Laune hatte. Andererseits, weil in seinem winzigen Büro die Luft immer schlecht war. Was war er froh, wenn er endlich nicht mehr in diesem Abstellraum arbeiten musste. Wenn nicht mehr von ihm erwartet wurde, dass er sich in dieser unwürdigen Kammer die Nächte um die Ohren schlug. So wie die letzte Nacht.

Um vier Uhr hatte Bernard entschieden, sich im Aufenthaltsraum aufs Sofa zu legen, um wenigstens ein bisschen Schlaf zu finden. Drei Stunden später war er mit Rückenschmerzen hochgeschreckt, hatte sich im Keller des Gebäudes geduscht und saß nun wieder an seinem Schreibtisch. Die Papiere vor ihm ergaben auch jetzt noch keinen Sinn. Zum Glück fand gleich das erste Briefing mit seinem Team statt. Dann sahen sie hoffentlich klarer.

Als Bernard den Konferenzraum betrat, waren die meisten seiner Mitarbeiter schon um einen großen, hufeisenförmigen Tisch versammelt. Was für ein trostloser Anblick, dachte er. Büromöbel, so uninspiriert, wie sie nur von staatlichen Einrichtungen genutzt werden konnten. Eine Fensterfront zur Nordseite, durch die nie Sonnenlicht fallen und ihre Gemüter erwärmen würde. Dafür eine Klimaanlage, die derart schlecht zu programmieren war, dass die Temperaturen stets zwischen Frost und Hitze schwankten. Heute war Bernard froh, dass er sein Sakko dabeihatte.

Er nahm seinen Platz am Kopfende ein und blickte in die Runde. Dominique Frey und Paolo Nivello saßen links und rechts von ihm. Gerry Lang, der GSI, hatte wie üblich neben Frey Platz genommen. Neben ihm eine junge Laborantin vom INPS. Auf der anderen Seite folgten neben dem Capitaine zwei Unteroffiziere, die sich Nivello als Laufburschen hielt. Und am Ende der Reihe Ulrico de Rozier. Bernard war nicht überrascht, dass der Staatsanwalt, sonst ein eher seltener Gast, bei dieser Besprechung anwesend war. Es gab eine Verbindung zum Fall in der Schweiz. Und dann war da noch Serge Clements Geschichte. Ein Überlebender des Holocaust. Wenn sie den Fall schnell lösten, würde sich de Rozier als unbarmherziger Kämpfer für die Gerechtigkeit präsentieren. Egal, ob es jemand hören wollte oder nicht. Nahm der Fall hingegen dramatische Wendungen und würde in der Boulevardpresse ausgeschlachtet, wusste Bernard schon jetzt, dass nicht de Rozier, sondern er, der Leiter der Ermittlungen, als Sündenbock herhalten musste. Dass de Rozier nun hier war, sollte allen Anwesenden zeigen, auf welch dünnem Eis sie sich bewegten. Sie standen unter Beobachtung.

Es war auch die Rolle des Beobachters, die de Rozier während der Sitzung einnehmen würde. Das wusste Bernard. De Rozier würde nichts sagen oder fragen. Er würde sich alles anhören und Bernard anschließend zu sich ins Büro zitieren. Dort würde es die obligatorische Kopfwäsche geben, die ihr Verhältnis noch einmal verschlechtern würde.

Bernard eröffnete die Sitzung mit einer Zusammenfassung dessen, was seit dem gestrigen Morgen geschehen war. Der Fund einer zunächst nicht identifizierbaren, verstümmelten Leiche. Die Häftlingsnummer auf dem Unterarm des Opfers. Namen und Adresse durch die Hilfe von Yad Vashem. Die Durchsuchung des Anwesens von Serge Clement. Die Entdeckung des mutmaßlichen Tatorts im Keller des Haupthauses. Das Auftauchen von Professor Alexander Kauffmann und Natalie Villeneuve. Der Mord an Professor Hugo von Arx in der Schweiz. Die Verbindung zwischen Régis Villeneuve und Serge Clement. Der Erpressungsversuch und der Diebstahl des Testaments. Der Transport aller gesicherten Spuren, der Leiche und der beiden potenziellen Zeugen Kauffmann und Villeneuve nach Marseille. Und schließlich die Erstellung eines ersten Täterprofils, das Frey und er noch im Keller des Hauses erarbeitet hatten.

»Hier sind wir also. Gehen wir der Reihe nach durch, was unsere Nachforschungen ergeben haben. Gerry, leg los!«

Der junge Bursche mit den schwarzen Haaren und dem Bart hatte

Unmengen an Papier vor sich gestapelt. Bernard wusste aber, dass er nichts davon brauchen würde. Er hatte alle Daten im Kopf.

»Okay, hier ein kurzer Abriss der bisherigen Laborergebnisse. Erstens, das Blut an der Lampe im Kellerraum ist eindeutig das des Toten. Zweitens, wir haben im ganzen Haus keine weiteren Spuren gefunden, die uns weiterhelfen könnten.«

Gerry war Pedant. Wenn er sagte, dass es nichts gab, dann war das so.

»Hast du dafür eine Erklärung?«, hakte Bernard nach.

»Ganz einfach. Die Leute, die im Haus waren, sind keine einfachen Killer. Sie müssen geschult worden sein, Spuren zu vermeiden. Und die Ausrüstung dafür haben.«

»Das bedeutet«, sagte Bernard, »dass wir mit unserer ersten Einschätzung recht hatten. Wir haben es mit einer hoch organisierten Gruppe zu tun, die genau weiß, wie sie unerkannt bleibt.«

»Dafür haben sie sich ein lausiges Versteck für die Leiche ausgesucht«, merkte Frey an.

»Da bin ich anderer Meinung«, erwiderte Nivello. »Wie groß waren die Chancen, dass an diesem Ort ein Trüffelhund seine Nase in die Erde steckt?«

Bernard ging dazwischen. Er wollte an diesem Punkt noch keine Diskussion aufkommen lassen, sondern zunächst die Fakten klären.

»Gerry, was habt ihr sonst gefunden?«

»Die Spuren im Wald waren ein Schlag ins Wasser. Wir filtern zwar noch die Erde, aber bisher haben wir nichts. Ich fürchte, es ist so, wie du gesagt hast. Die Jungs verstehen ihr Handwerk und haben nichts hinterlassen.«

Nachdem Lang seinen ernüchternden Bericht abgeschlossen hatte, war Nivello an der Reihe. Er gab einen Abriss der Vita von Serge Clement. Von seiner Familie im Bordelais, der Zeit in Auschwitz, der Wiedergutmachung und dem Erwerb des Hauses im Vallée de Vauvenargues.

»Er hatte zwei Söhne, die wir aber noch nicht erreicht haben. Zu ihrem Verhältnis untereinander habe ich keine eindeutigen Hinweise gefunden. Ich gehe aber davon aus, dass es intakt war.

Die Telefondaten zeigen, dass sie in unregelmäßigen Abständen telefoniert haben. Mit dem verstorbenen Villeneuve hat er nicht telefoniert. Und auch sonst kaum. Mit seinem Arzt. Mit Leuten im Tal. Das war's.«

»Wie sah sein Tagesablauf aus? Irgendwelche Abweichungen in den letzten Wochen?«

»Das kann ich nicht sagen. Im ganzen Haus gab es keine Aufzeichnungen. Ich habe weder einen Kalender noch ein Adressbuch gefunden. Wir können davon ausgehen, dass die Täter alle wichtigen Unterlagen eingesackt haben, bevor sie abgehauen sind.«

»Computer? Laptop? Tablet? Smartphone? Handy?«

»Nichts.«

»Was ist mit den Finanzen?«

»Keine Unregelmäßigkeiten oder Auffälligkeiten. Er hat das meiste Geld, das ihm der Staat nachgeschmissen hat, ins Haus gesteckt. War offenbar nicht zu wenig. Den Rest hat er angelegt. Wusste mit Geld umzugehen. Habe aber auch nichts anderes erwartet.«

Bernard verstand die Anspielung sofort.

»Um das von vornherein klarzustellen«, sagte er in scharfem Ton. »Dieser Fall ist von höchster Brisanz. Ein jüdisches Opfer, zu Tode gefoltert. Ich erwarte hier von jedem, dass er mit dem Thema sensibel umgeht und seine politischen Ansichten für sich behält. Haben wir uns verstanden?«

Das war der Grund, weshalb Nivello nicht über den Rang des Capitaine hinauskommen würde, dachte Bernard. Selbst wenn er als Richter abtrat und Frey ihm nachfolgte, würde Nivello nicht zum Commandante befördert werden. Das hatte sich der impulsive Polizist mit seinen extremen Ansichten selbst versaut.

Als Nächstes war der pathologische Befund an der Reihe. Bernard hatte bereits mit Dr. Dalmasso telefoniert und war ihn mit ihm durchgegangen. Die Ergebnisse waren schnell präsentiert: Clement war an den Folgen massiver Gewalteinwirkung gestorben. Multiple Frakturen an allen Körperteilen. Schnittwunden überall, die Haut an vielen Stellen angesengt. Einige Laborergebnisse standen noch aus, es war aber so gut wie sicher, dass Clement auch unter Drogen gesetzt worden war. Die Zähne waren ihm gezogen worden, als er noch gelebt hatte. Die Hände waren ihm abgehackt worden. Ob die Todesursache der hohe Blutverlust oder ein Herzinfarkt war, hatte Dalmasso nicht abschließend klären können. Für Bernards Arbeit spielte das aber keine Rolle.

Nur eine Aussage des Pathologen war relevant: Man hatte Clement über mehrere Tage am Leben gehalten. Das bedeutete, dass die Täter über eine medizinische Ausrüstung und das entsprechende Wissen verfügten. Sie hatten gewusst, wie weit sie gehen durften. Sie hatten abschätzen können, was ihr Opfer noch aushalten würde und wie sie es zur Not ins Leben zurückholen konnten. Dalmasso war sich ziemlich sicher, dass sie einen Defibrillator benutzt hatten. Wieder ein Hinweis mehr, der auf die Professionalität und Skrupellosigkeit der Mörder hindeutete. Und doch nichts über ihre Identität verriet.

Als Nächstes war Dominique Frey an der Reihe. Zunächst gingen sie die Szenarien durch, die der Commandante für die Tage der Folter und des Mordes erstellt hatte. Dann kamen sie auf die Villeneuves zu sprechen. Frey schilderte die überschaubaren Familienverhältnisse, bestehend aus dem Ehepaar Régis und Suzanne Villeneuve, der Adoptivtochter Natalie und dem Bruder der Mutter, Christophe Wagner. Sie erwähnte die Beziehung der Familie zu Professor Kauffmann. Anschließend leitete sie zu den Vorfällen in der Schweiz über.

»Die Kriminalpolizei hat uns alle Unterlagen zukommen lassen und verlangt im Gegenzug die Protokolle der Vernehmung von Kauffmann und Villeneuve«, sagte Frey. Sie griff nach einer Fernbedienung und erweckte einen Overheadprojektor zum Leben, der nun Bilder des Tatorts in Fribourg an die Wand warf.

»Die forensische Analyse ist abgeschlossen. Der Schütze hat sich hier befunden.« Sie deutete auf die Position des Täters unweit einer Brücke. »Die Entfernung zum Opfer betrug sechshundertsiebzehn Meter. Die Distanz ist weniger beeindruckend als die Windverhältnisse. Der Schuss war außergewöhnlich.«

Sie zeigte ein Bild des Toten. Bernard stimmte ihr zu. Die Kugel hatte genau dort eingeschlagen, wo der Schütze sie haben wollte.

Frey fasste die Geschehnisse auf der Terrasse des Cafés zusammen und skizzierte die Flucht der beiden Hauptzeugen über Aix-les-Bains in ihre Hände.

»Ich habe noch etwas anderes herausgefunden.« Sie machte eine kurze Pause. »Kauffmann und Villeneuve haben ausgesagt, sie hätten französische Polizisten vor dem Haus in Aix gesehen. Ich habe mit den zuständigen Kollegen gesprochen. Einen solchen Einsatz hat es nie gegeben.«

»Was?«, fragte Bernard scharf.

»Also haben die beiden doch gelogen«, sagte Nivello.

»Oder ...« Frey blickte erst Bernard, dann de Rozier an.

»Was denkst du?«, hakte Bernard nach.

»Wäre es nach allem, was wir über die Täter wissen, nicht auch möglich, dass es gar keine Polizisten waren?«

»Du meinst, die haben sich nur als Polizisten ausgegeben, um die beiden einzukassieren und verschwinden zu lassen?«, erwiderte Nivello skeptisch.

»Eine Entführung hätte für Aufsehen gesorgt«, sagte Frey. »Eine Verhaftung dagegen hätte niemanden groß interessiert.«

Bernard nickte. »Check das! Ich will alles über diesen vermeintlichen Polizeieinsatz wissen. Wenn es Überwachungskameras gibt, will ich die Aufnahmen. Wenn es Aussagen von Passanten gibt, will ich die haben. Wenn es einen Notruf oder irgendeinen Anruf bei der Polizei in Aix gegeben hat, will ich auch den haben. Mach den Jungs in Aix Dampf, die sollen sich dahinterklemmen. Wenn jemand sich als Polizist ausgegeben hat, dürften die selbst am ehesten ein Interesse daran haben, den Fall zu lösen.«

Bernard verteilte die weiteren Aufgaben. Nach wenigen Minuten wusste jeder, was er zu tun hatte. Priorität hatte die Sache in Aix, vor allem aber die beiden Söhne des Verstorbenen. Sie mussten umgehend informiert und hergebracht werden. Darüber hinaus mussten sie so schnell wie möglich den Brief Clements an Villeneuve und den alten Erpresserbrief bekommen. Bernard würde die Pariser Kollegen darauf ansetzen. Gleichzeitig sollten sie ihm die Unterlagen zum Einbruch in der Kanzlei liefern.

»Wir haben nicht einen, sondern mehrere Tatorte. Die Kanzlei, die Wohnungen und das Café in Fribourg, Aix-les-Bains, Clements Haus! Es muss Spuren geben. Findet sie!«

Alle erhoben sich und verließen den Raum. Als der Staatsanwalt an Bernard vorüberging, vernahm der Richter ein undeutliches und doch unmissverständliches Nuscheln.

»Mitkommen!«

10

Dienstag, 10. Juni 2014, Marseille, Frankreich

Das Büro des Staatsanwaltes hatte nichts gemein mit dem, was Bernard sein Eigen nannte. De Rozier hielt in einem geräumigen Büro Hof, das nicht nur mit einem Fenster gen Süden und einer funktionierenden Klimaanlage, sondern auch mit stilvollen Möbeln ausgestattet war.

Hinter einem mit Akten vollgepackten Schreibtisch – Bernard vermutete, dass die meisten Unterlagen nur Archivmaterial waren und zeigen sollten, wie viel Arbeit der Mann hatte – nahm de Rozier in einem Ledersessel mit hoher Rückenlehne Platz. Dann bedeutete er seinem Untergebenen, sich zu setzen. Bernard ließ sich bereitwillig auf den Besucherstuhl fallen, wohl wissend, dass dieser um Längen bequemer war als der in die Jahre gekommene Untersatz hinter seinem eigenen Schreibtisch.

Er musste zu de Rozier aufsehen. So mochte es der Staatsanwalt. Wie er da saß, in seinem Dreiteiler aus schwarzer Hose, schwarzem Sakko und roter Weste. Das weiße Hemd mit gestärktem Kragen hielt eine graue Krawatte akkurat an ihrem Platz. De Rozier rückte sich zurecht, sodass die goldenen Manschettenknöpfe ebenso zum Vorschein kamen wie seine Rolex und sein Siegelring.

Bernard dagegen lümmelte sich in eine bequeme Position, musterte seinen Vorgesetzten und blickte ihn erwartungsvoll an.

De Rozier ließ ihn sich noch einen Augenblick gedulden, ehe er sich durch sein schwarzes, nach hinten gekämmtes Haar strich und zum erwarteten Monolog ansetzte.

»Die bisher geleistete Arbeit in dem Fall gefällt mir nicht«, begann er. »Sie müssen die Täter fassen, bevor es hier richtig rundgeht. Die Medien haben schon Witterung aufgenommen. Im Internet kursieren die wildesten Gerüchte. Zum Glück hat noch niemand was von der KZ-Nummer mitbekommen. Wenn Sie nicht aufpassen, fliegt Ihnen das Ding um die Ohren.«

Sie. Nicht wir. Ihnen. Nicht uns. Bernard hätte am liebsten die Augen geschlossen und die Zeit für ein kleines Nickerchen genutzt. Stattdessen hörte er weiter zu.

»Das wollen Sie bestimmt nicht, so kurz vor Ihrer Pensionierung.« Ganz der Denker und Lenker des Hauses, faltete de Rozier die Hände und gestikulierte wie ein Geistlicher, der den armen Unwissenden den Weg zur Erlösung aufzeigte. Er forderte Bernard auf, niemanden zu schonen, um die Täter zu überführen. Er sprach von der Pflicht des Staates, die Bevölkerung zu schützen. Von der Herausforderung, Gefahren abzuwenden, bevor sie entstanden. Er erwähnte die geschichtliche Verantwortung, die nun auf Bernard laste, mit dem Mord an einem ehemaligen KZ-Häftling umzugehen. Er verurteilte die Journalisten oder, wie er sie nannte, die Medienmafia, die sich auf sie stürzen werde. Und er vergaß nicht, zu erwähnen, dass gerade in diesem Falle Bernard sich zu rechtfertigen haben werde. Aber wenn sie den Fall lösten, am besten so schnell wie möglich, dann würden sie als Retter dastehen.

»Das, Bernard, muss das Ziel sein«, schloss er seine Predigt. »Daran müssen Sie immer denken. Mit einem Erfolg können wir das Vertrauen der Öffentlichkeit in unsere Arbeit dauerhaft sichern.«

»Und ich dachte, ich soll einfach nur den Fall lösen«, entgegnete Bernard trocken. Er hatte das alles schon dutzendfach gehört. Nur die Intensität der Worte, die de Rozier gewählt hatte, war dieses Mal eine andere.

Der Gesichtsausdruck des Staatsanwalts veränderte sich. »Fordern Sie mich nicht heraus, Bernard!«, drohte de Rozier. »Machen Sie Ihre Arbeit! Und machen Sie sie richtig! Keine Gnade mit diesen beiden Möchtegern-Zeugen. Woher wollen Sie wissen, dass die beiden nicht selbst die Auftraggeber dieses ganzen Chaos sind? Nehmen Sie sich die Villeneuve allein vor, ohne ihren Schutzpatron! Und holen Sie den Professor von seinem hohen Ross! Haben Sie mich verstanden?«

»Wie stellen Sie sich das vor?«

»Behandeln Sie sie wie Verdächtige! Nur weil sie ein Alibi haben, heißt das nicht, dass sie nichts damit zu tun hatten. Bevor nicht bewiesen ist, dass sie unschuldig sind, stehen sie ganz oben auf unserer Liste. Ist das klar?«

»Ja, Monsieur le Procureur! Glasklar.«

11

Dienstag, 10. Juni 2014, Marseille, Frankreich

Eine Stunde später erhielt Bernard erste Rückmeldungen seiner Mitarbeiter. Das Wichtigste war, dass sie die Söhne des Opfers erreicht hatten. Ariel und Yaron Clement, zwei Winzer aus dem Languedoc, waren über den Tod ihres Vaters telefonisch informiert worden. Diese undankbare Aufgabe war Nivello zugefallen. Der Capitaine hatte sich mit seinem inakzeptablen Verhalten im morgendlichen Meeting geradezu aufgedrängt, das zu übernehmen.

Nun hatte Nivello sein Werk getan und sogar noch einen Erfolg erzielen können. Er hatte die Söhne während einer Konferenz in Montpellier erreicht. Sie hatten sich bereit erklärt, auf der Stelle nach Marseille zu kommen. Bernard rechnete damit, dass sie in zwei Stunden hier sein würden. Sie würden ihnen helfen, mehr über die täglichen Routinen des Ermordeten herauszufinden. Dass die Täter den Kalender, das Adressbuch und alle technischen Geräte mitgenommen und wahrscheinlich längst vernichtet hatten, war ein Rückschlag für die Ermittler. Ohne diese Informationen klaffte ein großes Loch in Bernards »Hängematte«.

So nannte er alles, was sie über einen Fall hatten. Je mehr Details sie sammelten, desto enger wurden die Maschen der Hängematte. Je mehr sie wussten, desto sicherer fühlten sie sich, wenn sie die Hängematte belasteten. Wollten sie einen Fall lösen, mussten sie dafür sorgen, die Maschen durchgängig eng zu halten. Jedes zu große Loch war ein gefundenes Fressen für die Anwälte der Gegenseite, wenn es zum Prozess kam.

Dass die Söhne auf dem Weg waren, war aber auch schon die einzige gute Neuigkeit. Bernards Kollegen in Paris hatten bislang noch niemanden im Hause der Villeneuves erreicht oder angetroffen, um Clements Brief und das Erpresserschreiben abzuholen. Wenigstens würden sie noch heute die Unterlagen zum Kanzlei-Einbruch erhalten. Die Schweizer Kollegen hatten keinen Beitrag mehr leisten können. Wenigstens hatte Frey die Leitstelle in Aix aufgeschreckt. Aber vor morgen rechnete Bernard nicht mit einem Feedback.

Er entschied sich, Professor Kauffmann zu kontaktieren. Er rief im Hotel an und wurde ins Zimmer verbunden. Niemand nahm ab. Er schaute auf die Uhr. Es war mittlerweile Mittag, nicht unwahrscheinlich, dass die zwei am Hafen in irgendeinem Café saßen. Was sollten sie auch sonst tun? Für eine ausgedehnte Shoppingtour waren sie sicher nicht in der richtigen Stimmung. Bernard tat sich schwer, einzuschätzen, was wirklich zwischen den beiden lief. Sie wirkten auf ihn eigentlich wie Bruder und Schwester, wie Mitglieder einer Familie, die auf sich aufpassten. Wären da nicht die kleinen Augenblicke gewesen, die auf etwas anderes hindeuteten. Die Sorge in Kauffmanns Blick, als Natalie in der Befragung emotional geworden war. Oder ihre Art, wie sie Dominique Frey beobachtet hatte, als diese vom Professor nur ein paar Daten wissen wollte. So reagierte keine Schwester. Davon war Bernard überzeugt. Allerdings glaubte er auch, dass Kauffmann die Antenne für solche Botschaften fehlte.

Eigentlich konnte es Bernard egal sein. Er hoffte nur, dass sich diese Gefühle nicht auf ihre Ermittlungen auswirkten. Er hatte längst beschlossen, dass weder der Mann noch die Frau mit dem Mord an Clement auch nur das Geringste zu tun hatten. Da konnte de Rozier von ihm verlangen, was er wollte. Natürlich würde er beide noch mal in die Mangel nehmen. Er war sich sicher, dass sie ihm etwas verschwiegen. Aber unter dem Strich stand für ihn fest, dass er die Mörder woanders suchen musste. Wenngleich ganz in ihrer Nähe.

Gerade als er Kauffmanns Handynummer wählen wollte, klingelte sein eigenes Mobiltelefon. Die Nummer war unterdrückt. Er meldete sich ohne Namen.

»*Oui, allô?*«

»Monsieur Bernard?«

»Wer will das wissen?«

»Xavier Haas von der DCRI.«

Der französische Inlandsgeheimdienst? Bernard sagte einen Augenblick nichts. Was ging hier vor?

»Sind Sie noch dran?«

»Natürlich. Wie kann ich Ihnen behilflich sein?«

»Mir wurde mitgeteilt, dass Sie die Ermittlungen in der Mordsache Serge Clement leiten. Ist das korrekt?«

»So ist es.«

»Ich habe Informationen für Sie, die Sie interessieren dürften.«

»Was kann mir der Geheimdienst unseres Landes über einen Vierundachtzigjährigen aus dem Vallée de Vauvenargues sagen?«

Bernard sprach in einem gelassenen Ton, aber er war bis in die Haarspitzen angespannt.

»Können wir uns treffen? Ich bin in einer Stunde bei Ihnen im Tribunal.«

»Sie sind in Marseille?«

»Wir sind überall, Monsieur Bernard.«

12

Dienstag, 10. Juni 2014, Marseille, Frankreich

»Warum bist du eigentlich nicht verheiratet?«

Die Frage traf ihn völlig unvorbereitet. Sie liefen am Alten Hafen über die Uferpromenade. Außer ihnen waren nur wenige Menschen unterwegs. Die Sonne hatte entschieden, alles aus sich herauszuholen, und damit die meisten *marseillais* aus der Mittagshitze in den Schatten oder die klimatisierten Gebäude getrieben. Alex und Natalie hingegen hatten das Gefühl, durch die Wärme zu neuen Kräften zu kommen.

Natalie hatte sich nach ihrer Flucht ins Badezimmer nur langsam wieder gefangen. Alex hatte hilflos im Türrahmen gestanden, während sie sich, auf dem Boden sitzend, wieder gesammelt hatte. Nach einigen Minuten und einigen zaghaften Schlucken Wasser hatte sie sich aufgerichtet und war mit wackeligen Beinen an ihm vorbei ins Bett gegangen. Sie hatte sich wortlos hingelegt und war wenige Minuten später eingeschlafen.

Am Morgen war Alex aufgewacht, als Natalie sich im Schneidersitz neben ihn gesetzt und ihn angesehen hatte. Sie hatte beinahe fröhlich gewirkt und gesagt, dass sie bis zu Bernards Anruf nichts von alledem hören wolle, was passiert sei. Sie hatten im Café Mistral gefrühstückt, sich dann im Kaufhaus Lafayette mit dem Nötigsten eingedeckt, das sie für die nächsten Tage brauchten, und flanierten nun am Wasser entlang. Wie Perlenketten zogen sich die Bootreihen in Richtung Hafenausfahrt. Hier lagen mehrere hundert Millionen Euro in Form von Yachten vor Anker. In der Ferne auf einer Anhöhe konnten sie den Palais du Pharo erkennen, den sich Napoleon III. Mitte des 19. Jahrhunderts hatte errichten lassen, als *le vieux port* noch das Zentrum des Seehandels gewesen war. Heute war er das kulturelle und touristische Herz der Stadt.

»Verheiratet?«, fragte Alex überrascht. »Ich lebe nicht einmal in einer Beziehung. Wenn man so will, bin ich mit meiner Forschung verheiratet und damit ziemlich glücklich. Zumindest war ich das bis vor wenigen Tagen.«

»Ich bin mit meiner Forschung verheiratet …«, äffte sie ihn nach. »Bist du so spießig, oder tust du nur so?«

Er blieb stehen und drehte sich zu ihr um. Sie trug eine Caprihose und ein trägerloses Top. Ihre Augen versteckte sie hinter einer großen Sonnenbrille, die Lockenmähne hatte sie mit einer Spange hochgesteckt. Ihre goldene Halskette, die in den letzten Tagen zum Symbol ihrer Reise geworden war, glänzte in der Sonne.

»Meinst du das ernst?«, fragte er. Er wusste nicht, ob er sich über ihren Kommentar ärgern oder ihn sich zu Herzen nehmen sollte.

»Alex, du bist sechsunddreißig. Du hast beruflich schon jetzt mehr Erfolg, als viele andere je haben werden. Aber wenn ich dich ansehe, habe ich nicht das Gefühl, dass du glücklich bist.«

»Ich bin glücklich«, versicherte er.

»Du bist zufrieden«, konterte sie. »Das würde ich dir abnehmen. Aber du bist nicht glücklich. Vergiss nicht, ich kenne dich mein ganzes Leben lang.«

Er mochte es nicht, dass sie ihm den Spiegel vorhielt. Aber er wollte jetzt auch nicht abrupt das Thema wechseln.

»Ich könnte ja Lydia fragen, ob sie mit mir ausgehen würde«, gab er zurück.

»Dann kannst du auch direkt in den Puff gehen«, sagte sie verächtlich.

»Siehst du, deshalb bevorzuge ich die Uni. Da prostituieren sich die Leute auch, können aber nach außen den Schein wahren, unabhängige Forscher zu sein.«

»Die Uni als Puff für Hochbegabte! Soso …« Lachend zog sie ihn weiter.

Sie betrachteten die Boote im Hafen, die von den Wellen hin- und hergeschaukelt wurden. Alex schwante bei diesem Anblick nichts Gutes. Irgendwie schien es, als ob sie dieser Morgen in Sicherheit wiegen sollte. Er ahnte, dass irgendwo hinter ihnen ein Polizist in Zivil folgte. Die Gedanken an die Aufgabe, die noch vor ihnen lag, ließen ihn nicht los. Andererseits empfand er das erste Mal seit Tagen, ja vielleicht sogar seit Monaten oder gar Jahren einen Gleichmut, den er von sich eigentlich nicht kannte. Er realisierte, dass es Jahre her war, seit Natalie und er so viel Zeit miteinander verbracht hatten. Nach all dem Chaos der letzten Tage kam er an diesem Morgen das erste Mal zur Ruhe. Wenngleich es eine trügerische war, dessen war er sich wohl bewusst.

»Und was ist mit dir?«, fragte er.

»Was soll mit mir sein? Ich kann mir jeden Bauarbeiter in Paris aussuchen, den ich will.«

»Und, willst du?«

»Ich habe bisher noch keinen jüdischen Bauarbeiter getroffen.«

»Du suchst einen Juden als Freund?«

»Überrascht dich das? Wenn ich einfach nur Spaß haben wollte, wäre mir das egal. Aber der Mann, mit dem ich mehr als einmal ins Bett gehe, sollte beschnitten sein.«

Alex schwieg.

»Was denn?«, fragte Natalie. »Bin ich dir wieder zu vulgär?«

Ein Lächeln huschte über sein Gesicht.

»Tut mir leid, aber das bringt mein Beruf mit sich. Du machst dir keine Vorstellungen, was auf dem Bau los ist. Mit akademischer Korrektheit könnte ich da nicht punkten.«

»Und, gibt die Gemeinde in Paris keinen beschnittenen Mann adäquater Herkunft her?«

»Pfff«, ertönte es neben ihm. »Du kennst ein paar dieser Flöten doch selbst.«

»Na, da waren doch immer einige Nette dabei.«

»Nett ja, aber ich will keinen netten Typen, der immer Ja und Amen sagt.«

»Sondern?«

Sie zögerte. »Versteh mich nicht falsch, ich habe keinen Vaterkomplex oder so. Aber ich will jemanden wie *papa*. *Maman* und ich sind uns sehr ähnlich. *Papa* hat sie immer auf Händen getragen und trotzdem immer gesagt, was er gedacht hat. Warum sollte ich mir dann nicht jemanden wünschen, der so ähnlich ist wie er?«

»Hast du das Régis mal gesagt?«

»Natürlich.«

»Und?«

»Er hat gesagt, er kenne jemanden, der so sein könnte.«

»Ach ja? Wen denn?«

»Dich!«

Sie sah ihn an.

Als er etwas erwidern wollte, klingelte es. Alex brauchte einen Moment, um zu realisieren, dass es sein Handy war. Er riss sich von Natalies Blick los und fummelte umständlich nach seinem Telefon. Das Display zeigte eine französische Nummer an.

»Bernard, nehme ich an«, sagte er leise und wollte das Gespräch schon annehmen, als Natalie ihm das Telefon aus der Hand nahm.

»Ich rede mit ihm«, sagte sie tonlos.

Alex sah sie an. Sie senkte ihren Blick und drehte sich von ihm weg. Mit Daumen und Zeigefinger massierte sie ihren Nasenrücken, während sie dem Anrufer zuhörte.

»Um vier Uhr bei Ihnen im Tribunal, geht klar«, hörte Alex sie sagen. Er blickte auf die Uhr. Also in etwas mehr als zwei Stunden.

»Da wäre noch etwas«, erklang auf einmal Bernards Stimme. Natalie hatte den Lautsprecher eingeschaltet und sich Alex wieder zugewandt, vermied aber weiter, ihn anzusehen. »Sie müssten mir einen Gefallen tun.«

»Wie können wir helfen?«, fragte Natalie.

»Wir versuchen schon den ganzen Tag, Ihre Mutter in Paris zu erreichen. Bislang ohne Erfolg.«

»Suzanne? Warum wollen Sie sie sprechen?«

»Wir müssen unbedingt den Brief von Serge Clement und den alten Erpresserbrief untersuchen lassen. Die Chancen sind gering, aber vielleicht haben wir Glück und finden etwas. Ich habe bereits meine Kollegen in Paris und das dortige Labor verständigt. Sie könnten die Briefe sofort abholen, wenn Madame Villeneuve zu Hause wäre. Aber wie gesagt, unglücklicherweise erreichen wir sie nicht.«

»Ich verstehe«, erwiderte Natalie. Sie überlegte einen Moment. »Lassen Sie es mich versuchen«, fuhr sie fort. »Es gibt noch eine andere Möglichkeit, sie zu erreichen. Sie dürfte ein Handy bei sich haben.«

»Dann geben Sie mir einfach die Nummer, und ich übernehme den Anruf.«

»Wenn Sie nichts dagegen haben, mache ich das lieber selbst.«

Alex schaute Natalie erstaunt an. Eine solche Abfuhr würde Bernard nicht gefallen.

»Bei allem Respekt, ich kann verstehen, dass Sie Ihre Mutter schützen wollen. Aber es geht hier um eine Mordermittlung und –«

»Ehrlich gesagt, Monsieur Bernard, will ich eher *Sie* schützen«, fiel ihm Natalie ins Wort. »Meine Mutter hat ein äußerst schlechtes Bild von Polizisten im Allgemeinen und von französischen Polizisten im Besonderen. Sie können sich vielleicht vorstellen, womit das zusammenhängt. Jedenfalls schicken Sie wohl besser jemanden, der keine Uniform trägt.«

Einen Moment war es still. Unverblümt wie immer, dachte Alex bewundernd.

»Ich verstehe«, erklang Bernards Stimme. Der Juge schien nicht recht zu wissen, wie ihm gerade geschah. Dennoch diktierte er ihnen eine Telefonnummer und nannte einen Namen. »Sie ist die Schwester meiner Frau. Sie lebt in Paris. Ich werde sie anrufen und bitten, den Botendienst zu übernehmen.«

Natalie bedankte sich höflich und versprach Bernard, sich darum zu kümmern und ihn wissen zu lassen, wann die Übergabe stattfinden konnte.

Dann legte sie auf und sah Alex provozierend an.

»Zufrieden?«

13

Dienstag, 10. Juni 2014, Marseille, Frankreich

Bernard legte den Hörer auf die Gabel und lehnte sich in seinem Stuhl zurück. Der Anruf war unerfreulich gewesen. Er mochte es nicht, derart herumkommandiert zu werden. Und das von einer Zeugin, die froh sein konnte, von ihm nicht wie eine Verdächtige behandelt zu werden.

Und er mochte den Ausblick nicht, mit Paulette telefonieren zu müssen. Schon gar nicht, wenn er sie um etwas bitten musste. Seit Zoés Tod war ihr Verhältnis nicht mehr das beste. Nicht dass sie ihm eine Mitschuld gegeben hätte. Hirntumor war nun mal Hirntumor. Aber Paulettes fluchtartiger Umzug von Marseille nach Paris war ein Zeichen gewesen, dass sie sich nach dem Tod ihrer Schwester von allen alten Verbindungen trennen wollte. So auch von Bernard. Trotzdem würde sie einwilligen, ihm zu helfen und die Briefe bei Suzanne Villeneuve abzuholen. Da war er sich sicher.

Als Xavier Haas das Büro 406 betrat, hätte Bernard es beinahe nicht bemerkt. Der Mann, der nun vor ihm stand, war in jeder Hinsicht durchschnittlich. Durchschnittlich groß, nicht schlank, nicht dick, ein Allerweltsgesicht, das man sofort wieder vergaß, Kleidung, die man in jedem Kaufhaus tausendfach sah. Es gab absolut nichts, das an diesem Mann hervorstach. Einzig, dass Xavier Haas nichts zu entgehen schien. Und das merkte Bernard auch nur, weil ihm ebenfalls nur selten etwas entging.

Wenn er einen Mitarbeiter des Geheimdienstes hätte beschreiben müssen, wäre wohl Xavier Haas dabei herausgekommen. Dieser Mann verdiente sein Geld damit, unscheinbar zu sein. Und nun stand er im Büro des Richters und lächelte unverbindlich.

»Monsieur Haas, nehme ich an«, begrüßte ihn Bernard.

»Ganz recht. Und Sie sind der Mann, der die undankbare Aufgabe hat, die Mörder eines ehemaligen KZ-Häftlings zu fassen, ehe er pensioniert wird. Sie hätten es ruhiger haben können.«

»Treffend formuliert. Aber ich werde es noch früh genug ruhig haben. Gehe ich recht in der Annahme, dass Sie weit mehr über den Fall wissen, als Sie eigentlich dürften?«

»Sagen wir es so: Ich fühle mich umfassend informiert. Auch von den Schweizer Kollegen.«

»Schön, das erspart mir das Wiederholen von Fakten, die mich mittlerweile ermüden, weil sie nicht zusammenpassen.«

»Noch nicht«, erwiderte Haas. »Aber ich habe etwas für Sie, das Sie interessieren wird.« Er setzte sich in einen der Besucherstühle. »Vielleicht hilft es Ihnen weiter. Wenngleich ich eingestehen muss, dass es mir unangenehm ist.«

»Schießen Sie los!«

»Serge Clement wurde von uns überwacht.«

Bernard hatte sich auf das Treffen vorbereitet. Er hatte in der DCRI angerufen und sich bestätigen lassen, dass Haas einer der ihren war. Dann hatte er sich alle möglichen Szenarien überlegt, warum der französische Geheimdienst an Clement interessiert sein konnte. Dass Haas eingestand, den Toten überwacht zu haben, wunderte ihn daher nicht.

»Und warum?«

»Das wissen wir leider auch nicht.«

Damit hatte Bernard allerdings nicht gerechnet.

»Wir prüfen routinemäßig alle unnatürlichen Todesfälle in Frankreich. Mitarbeiter geben die Namen in unser System ein und kontrollieren, ob wir direkt oder indirekt mit dem Toten in Verbindung stehen.«

»Und bei dieser Prüfung sind Sie auf Clement gestoßen.«

»Genau. Wir haben Clements Telefon und Handy abgehört. Seit Jahren.«

»Wer ist ›wir‹?«

»Das ist das Problem. Niemand.«

»Was soll das heißen?«

»Dass niemand dafür verantwortlich ist. Alle Telefonate wurden automatisch aufgezeichnet und auf unserem Server gespeichert. Wir haben die Spur der Dateien zurückverfolgen können. Die Abhörprotokolle wurden sofort auf einen lokalen Rechner überspielt und dann vom Server gelöscht. Sie existieren nicht mehr.«

»Und wem gehört der Rechner?«

»Einem Mitarbeiter, den es nicht gibt.«

Bernard fixierte sein Gegenüber. »Sie wollen mir sagen, Sie haben einen Maulwurf bei sich? Jemanden, der Leute mit Ihren Mitteln abgehört und diese Daten dann entwendet hat?«

»So ist es.« Haas schien es gewohnt, dass so etwas passierte. »Die Person hat sich einen echten Ausweis der DCRI besorgt, einen Zugang und ein Passwort für den Rechner und den Server. Damit konnte sie sich frei bewegen. Und kann es wahrscheinlich noch immer.«

»Sie meinen, er ist noch immer bei Ihnen?«

»Davon gehen wir aus. Ein Doppelagent. Für wen auch immer er arbeitet. Aber er ist so gut, dass wir bislang keine Spur haben.«

»Im Klartext: Sie haben einen Spion bei sich. Und wir haben die Gewissheit, dass die Mörder von Serge Clement noch viel mächtiger sind, als wir angenommen haben.«

»Ich war noch nicht fertig. Ich habe in Ihrer Fallakte gelesen, dass Sie sich auch mit Régis Villeneuve beschäftigen.«

Bernard hob eine Augenbraue. »Das stimmt.«

»Wir haben auf dem besagten Rechner nicht nur Fragmente von Clements Dateien gefunden. Es wurde noch ein zweiter Anschluss abgehört: der von Régis Villeneuve.«

Keines der Szenarien, die sich Bernard überlegt hatte, hatte diese Wendung vorgesehen. Zwei alte Herren, die vom Geheimdienst abgehört worden waren. Es klang zu lächerlich, um wahr zu sein. Und doch passte es ins Bild.

14

Dienstag, 10. Juni 2014, Marseille, Frankreich

»Was war das denn gerade?«, fragte Alex, der noch immer nicht glauben konnte, was er da eben gehört hatte.

»Mir war halt nicht nach Freundlichkeit«, entgegnete Natalie.

Für einen sehr langen Moment sahen sie sich in die Augen. Bis Natalies harte Gesichtszüge wieder etwas weicher wurden.

»Danke«, sagte Alex schließlich.

»Wofür?«, wollte Natalie wissen.

»Dafür, dass du uns ein wenig mehr Zeit verschafft hast.«

»So, wie wir es besprochen hatten«, sagte sie und lächelte schwach.

Sie hatten Bernard belogen. Sie hatten ihm gesagt, dass Clement in seinem Brief etwas über die Erpressung geschrieben hatte. Dabei war es um diese Strafakte gegangen. Lieferten sie den Brief an Bernard aus, flog ihre Lüge auf. Aber war das wirklich so schlimm?

Alex dachte nach. Sie hatten immer noch nichts von David Simon gehört. Der Anwalt wollte sie anrufen, sobald er etwas über die Akte herausgefunden hatte. Sein Anruf war längst überfällig. Und in der Kanzlei hatte Alex niemanden erreicht.

»Ich mache dir einen Vorschlag«, begann Natalie. »Ich weiß, du traust keinem mehr. Mir geht es ähnlich. Aber ich glaube, dass Bernard uns helfen will. Ich rufe *maman* an und bitte sie, die Briefe dieser Frau, die Bernard genannt hat, zu übergeben. Aber erst morgen früh. Dann haben wir noch etwas Zeit, Simon zu erreichen. Und vielleicht ergibt sich ja nachher im Tribunal etwas, das uns weiterhilft.«

»Und wie willst du erklären, dass Suzanne die Briefe erst morgen rausrückt?«

»Da fällt mir schon was ein.«

Sie nahm das Handy und rief ihre Mutter an. Alex hörte, wie sie Suzanne bat, heute zu Hause nicht mehr ans Telefon zu gehen. Egal, wer sich meldete. Wenn Alex oder Natalie anrufen würden, dann auf dem Handy. Sie sprachen noch einige Zeit, in der Natalie ihrer Mutter behutsam beibrachte, was in den letzten zwei Tagen vorgefallen war. Alex hatte zwar das Gefühl, dass sie eigentlich so gut wie alles ausließ, aber am Ende schien sie ihre Mutter besänftigt und halbwegs informiert zu haben, sodass sie sich keine Sorgen mehr machte.

Während des Gesprächs schlenderten Alex und Natalie über die Uferpromenade zum Hotel zurück. Sie würden sich umziehen und dann zu ihrer Verabredung mit Bernard aufbrechen. Das Tribunal lag nicht weit vom Hotel entfernt, sie konnten zu Fuß gehen.

Als sie gerade in die Rue Beauvau einbogen, spürte es Alex. Er lief weiter, ohne sich umzudrehen. Doch er war sich sicher.

Sie waren nicht allein.

15

Dienstag, 10. Juni 2014, Marseille, Frankreich

Der Palais de Justice entsprach genau den Vorstellungen, die Alex von einem Justizgebäude hatte. Eine breite Treppe führte zu einer von Säulen gesäumten Eingangshalle hinauf. Die riesige Pforte zum Inneren der französischen Judikative war verschlossen, aber Alex und Natalie mussten auch nicht dort hinein. Ihr Ziel lag in einer Seitenstraße des Justizpalastes. In der Rue Joseph Autran befand sich das Tribunal de Grande Instance. In diesem Gebäude wurden alle großen Kriminalfälle der Region verhandelt. Hier saßen die Staatsanwälte und Richter, leiteten die Ermittlungen und trafen sich in den Gerichtssälen des Hauses.

Das Gebäude war das genaue Gegenteil des Justizpalastes. Es war modern und verglast, mit geschmacklich fragwürdigen, rot lackierten Metallverstrebungen. Wenn er es nicht besser gewusst hätte, hätte Alex eher auf eine runtergekommene Unternehmensberatung oder auf eine Jugendherberge getippt. Aber als er es sich recht überlegte, war diese architektonische Verirrung genau das, was zu einem öffentlichen Amt passte. Wahrscheinlich hatte es viel Geld gekostet, und jeder, der darin tätig sein musste, fluchte über unwürdige Arbeitsbedingungen.

Als sie durch die Schleuse in die Eingangshalle traten, fühlte sich Alex bestätigt. An einem Metalldetektor warteten schlecht gelaunte Beamte, die Natalies Handtasche und seine Umhängetasche durchleuchteten. Dann meldeten sie sich an einem Schalter an, in dessen Innerem unerträglich schlechte Luft zu herrschen schien und sich eine Dame an ihrem Schreibtisch hilflos mit einem Prospekt Luft zufächerte.

Bernard erwartete sie bereits. Sie wurden auf die andere Seite der Eingangshalle zu den Aufzügen verwiesen, um in die vierte Etage zu fahren. Dort, in Büro 406, würde sie Monsieur le Juge empfangen. Als sie oben ankamen, mussten sie noch einmal klingeln, um in den

Bürotrakt eingelassen zu werden. Dann trat Bernard auf den unansehnlichen Flur hinaus und hieß sie in seinem Reich willkommen.

Dieses Reich war alles andere als glamourös. Alte, abgenutzte Möbel, wenig einladende Besucherstühle, der Raum ließ jede Wärme vermissen. Abgesehen von der stickigen Luft. Eine Landkarte Frankreichs hing an der Wand, dazu das gerahmte Foto einer Frau auf dem Schreibtisch. Bernard schien sich entweder nichts aus einem gemütlichen Arbeitszimmer zu machen oder präferierte eine Umgebung so grau wie seine eigene Erscheinung.

Die Stimmung des Juge entsprach der Atmosphäre des Zimmers.

»Vielen Dank für Ihr Erscheinen«, begrüßte sie Bernard. »Ich komme gleich zur Sache. Es gibt mehrere Dinge, die wir zu besprechen haben. Zunächst einmal: Haben Sie Madame Villeneuve erreicht?«

»Ja«, antwortete Natalie. »Sie kehrt heute erst sehr spät nach Hause zurück, sie ist mit ihrem Bruder weggefahren. Aber sie erwartet morgen früh die Dame, die die Briefe in Empfang nehmen soll.«

»Gut«, sagte Bernard, schien sich aber über die erneute Verzögerung zu ärgern. »Dann sollten Sie wissen, dass die beiden Söhne des Verstorbenen eingetroffen sind. Sie stehen gerade meinen Kollegen Rede und Antwort. Ich möchte, dass wir uns im Anschluss an unser Gespräch zusammensetzen.«

Er machte eine kurze Pause und sah sie nacheinander an. »Und nun kommen wir zum unerfreulichen Teil. Zu Ihren Erlebnissen in Aix-les-Bains.«

Alex und Natalie sahen ihn überrascht an. »Wir haben Ihnen alles gesagt«, erwiderte Natalie.

»Davon gehe ich aus«, sagte Bernard. »Allerdings wissen wir mittlerweile etwas mehr. Und deshalb muss ich mit Ihnen reden. Ich muss Sie warnen. Wir haben Grund zu der Annahme, dass die Polizisten, die Sie in Aix aufsuchen wollten, keine unserer Beamten waren.«

»Was soll das heißen?«, fragte Alex. »Wir haben sie mit unseren eigenen Augen gesehen. Sie trugen –«

»Uniformen?«, unterbrach ihn Bernard. »Fuhren Streifenwagen? Ja, das sagten Sie bereits. Und doch hat unsere Zentrale vor Ort keinen solchen Einsatz durchgeführt. Zumindest nicht offiziell. Wir klären noch die Details, aber eines ist sicher: Das waren keine Polizisten, die Sie auf einem Revier befragen wollten.« Der Juge sah sie eindringlich an. »Wie gesagt, ich muss Sie warnen. Sie haben in den letzten Tagen Detektiv gespielt. Sie wollten ermitteln. Sie haben geglaubt, zu wissen, mit wem oder was Sie es zu tun haben. Aber nicht einmal uns hier ist das klar. Das Einzige, was mit jeder Minute deutlicher wird, ist, dass es sich um eine einflussreiche Organisation handelt. Ich kann Ihnen versichern, dass ich mittlerweile mehr weiß als Sie. Und dieses Wissen beunruhigt sogar mich. Wenn Sie also weiter vorhaben, auf eigene Faust loszuziehen, werde ich Ihnen nicht mehr helfen können. Haben Sie mich verstanden?«

Alex sah Natalie an. Bernards Ansprache hatte sie verblüfft, aber nicht wegen dem, was er gesagt, sondern wie er es gesagt hatte. Er wollte ihnen offenbar Angst einjagen. Er wollte ihnen mit allen Mitteln klarmachen, dass für sie die Reise hier zu Ende war. Wenn jemand weiterermittelte, dann waren es Bernard und seine Leute, nicht Natalie und er.

Mit einem Male nickte Natalie. Alex wusste, was das bedeutete. Sie hatte eine Entscheidung getroffen, die nur sie hatte treffen können. Eine Entscheidung, die einzig und allein auf Vertrauen basierte.

»Monsieur le Juge«, begann sie und setzte sich dabei noch aufrechter hin. »Ich glaube, es ist an der Zeit, Ihnen etwas über mich zu erzählen. Bevor ich anfange, müssen Sie mir aber etwas versprechen.«

Bernard sah sie überrascht an.

»Und was darf das sein?«

»Dass niemand, und ich meine wirklich niemand, etwas von dem erfährt, was ich Ihnen nun sagen werde.«

Bernard blickte erst Natalie und dann Alex an. Er schien einen Augenblick zu überlegen, dann stimmte er zu.

Natalie und Alex brauchten fast eine Stunde. Sie fingen noch einmal ganz von vorn an. Sie begannen bei Alex' Ankunft in Paris, berichteten vom Erpresserbrief, vom Versuch, das Testament früher öffnen zu lassen, und vom Einbruch in die Kanzlei des Notars während der Beerdigung. Sie erwähnten den versiegelten Brief, den Régis seinem Testament hinzugefügt hatte, und den Gedichtband, in dem sie die Telefonnummer des Pastors entdeckt hatten. Sie schilderten ihren Besuch bei Thomas in Strasbourg. Natalie wiederholte, was ihnen der Pastor über ihre Familie gesagt hatte. Wie Régis mit ihren Großeltern nach Strasbourg gekommen war. Dass irgendwo noch ein Onkel von ihr lebte. Warum Natalie ins Waisenhaus gekommen und wie sie anhand ihrer Halskette von Régis erkannt worden war.

Bernard hörte aufmerksam zu, stellte Fragen, machte sich aber keine Notizen. Er schien längst verstanden zu haben, dass es nicht nur um die Lösung des Falls ging, sondern auch um Natalies Leben.

Sie schilderten ihm die Stunden in Fribourg. Den Einbruch. Die Botschaft mit Alex' Adoptionsurkunde an der Wand. Die Erkenntnis, dass auch bei Professor von Arx eingebrochen worden war. Den Mord.

Vor allem aber, und alles schien die ganze Zeit auf diesen einen Augenblick hingeführt zu haben, wiederholte und vollendete Alex die letzten Worte seines Professors: »Les Gardiens!«

»Es gibt sie also wirklich«, erwiderte Bernard nach einem Moment der Stille.

»Sie haben von ihnen gehört?«, fragte Alex.

»In meiner Position hört man so manches über die Jahre. Aber man glaubt nicht alles. Ich habe die Existenz der Wächter für möglich, aber nicht für sehr wahrscheinlich gehalten.«

»Sie scheinen ziemlich real zu sein«, sagte Alex. Er erzählte, was er über sie wusste.

»Welche Rolle spielt Ihre Familie für die Wächter?«, fragte Bernard, an Natalie gerichtet.

»Alex ist sich sicher, dass meine Großeltern ein Weingut besessen haben, das sich die Wächter damals unter den Nagel rissen.«

»Und Serge Clement, dessen Eltern selbst Winzer waren, hätte Ihnen als Ahnenforscher die letzten Beweise liefern können.«

»Das hatten wir gehofft.«

Bernard dachte einen Moment nach. »Ein Weingut«, nahm er den Faden wieder auf. »Okay. Das ist ein Anfang. Ein Ansatzpunkt. Aber ich habe das Gefühl, dass es nur die Spitze des Eisbergs ist.«

Alex setzte sich vor. »Warum glauben Sie das?«

Bernard sah sie ernst an. »Wir wissen, dass Serge Clement und Régis Villeneuve von einem Spion innerhalb des französischen Geheimdienstes abgehört wurden.«

Er hob die Hände, als Alex bereits einhaken wollte. Dann erklärte er, was ihm ein Agent, dessen Namen er nicht nennen wollte, mitgeteilt hatte.

Mit einem Male legte sich eine bleierne Schwere über Alex. Er fühlte sich hilflos. Er wusste, dass sie hier im Tribunal eigentlich sicher sein sollten. Doch wo waren sie überhaupt noch sicher, wenn selbst der Geheimdienst unterwandert worden war? Was konnten sie allein überhaupt noch erreichen? Régis hatte ihnen eine Fährte gelegt. Doch diese Fährte war nichts mehr wert, wenn hinter jeder Biegung jemand mit einer Waffe auf sie warten konnte.

Bernard schien seine Unruhe zu spüren.

»Ich weiß, dass Sie besorgt sind. Es spricht einiges dafür, dass tatsächlich eine Organisation wie die Wächter hinter den Vorfällen steckt. Und ich habe das Gefühl, dass Ariel und Yaron Clement das bestätigen werden. Daher schlage ich vor, dass wir jetzt nach nebenan gehen und mit ihnen sprechen.«

16

Dienstag, 10. Juni 2014, Marseille, Frankreich

Ariel und Yaron Clement waren Winzer wie aus dem Lehrbuch. Beide waren um die fünfzig, hatten von der vielen Arbeit in den Weinbergen aber die sonnengegerbte Haut zweier deutlich älterer Männer. Sie sahen sich ähnlich mit ihren dunklen, an einigen Stellen ergrauten Haaren, dicken Knollennasen, die einen gewissen Alkoholkonsum nicht verleugnen konnten, und markanten Augenbogen, auf denen buschige Brauen wucherten.

Bernard schickte Commandante Frey und Capitaine Nivello, die sich bis dahin mit den Brüdern unterhalten hatten, wieder an die Arbeit. Er würde das Gespräch allein weiterführen. Alex registrierte einen irritierten Blick der Polizistin und einen verärgerten Gesichtsausdruck ihres männlichen Kollegen. Sie waren es vermutlich nicht gewohnt, bei einer solchen Besprechung außen vor zu bleiben.

Bernard stellte alle einander vor. Er erklärte, dass Régis Villeneuve und Serge Clement alte Freunde gewesen seien und warum sie nun alle hier waren. Dann setzten sie sich an einen Konferenztisch.

»Es geht um eine Organisation, die sich die Wächter nennt«, kam der Untersuchungsrichter direkt zum Punkt. »Es gibt Hinweise darauf, dass sie in den Mord an Ihrem Vater verwickelt sind.«

Die Brüder schienen nicht überrascht.

»Als wir hörten, was mit ihm passiert ist, war das unser erster Gedanke«, sagte Ariel Clement.

»Wir haben immer befürchtet, dass er es mit seinen Recherchen zu weit treiben würde«, pflichtete Yaron Clement bei.

»Das heißt, Messieurs, Sie sind sich sicher, dass die Wächter existieren?«, wollte Alex wissen.

»Nennen Sie uns Ariel und Yaron! Wir werden nur noch selten mit unserem Nachnamen angesprochen«, sagte Yaron. »Aber um Ihre Frage zu beantworten: Ja, sicher!«

Bernard fuhr sich mit einer Hand durch sein graues Haar. »Was können Sie uns über Ihren Vater und die Wächter sagen? Kannte Ihr Vater die Mitglieder?«

»Er kannte einige von ihnen«, antwortete Yaron. »Aber er hat uns nie verraten, wie sie heißen. Er sagte, wenn er uns ihre Namen nennen würde, wären wir in großer Gefahr.«

»Wir haben diese Warnung nie wirklich ernst genommen. Bis heute«, ergänzte Ariel.

»Professor Kauffmann und Madame Villeneuve haben Grund zu der Annahme, dass auch sie ins Visier der Wächter geraten sind«, sagte Bernard.

»Dann haben Sie einen ziemlich mächtigen Feind«, antwortete Ariel. »Wir wissen bei Weitem nicht so viel über die Wächter wie unser Vater. Aber als Winzer bekommt man ja einiges mit.«

»Warum gerade als Winzer?«, wollte Alex wissen.

»Weil die Gründer der Wächter Winzer waren. Oder solche, die mit dem Weinhandel ihr Geld verdient haben.«

»Sie meinen, die, die später als Kollaborateure gebrandmarkt wurden, waren Winzer?«

»So ist es. Sie müssen verstehen, was die Besetzung unseres Landes für die Winzer bedeutet hat. Châteaus wurden geplündert, Besitzer von ihren Gütern vertrieben, Weinberge dem Erdboden gleichgemacht. Die Nazis haben in den ersten Wochen nach der Besetzung mehrere Millionen Flaschen Wein und Champagner beschlagnahmt und ins Deutsche Reich gekarrt.«

»Für das Militär?«, fragte Natalie.

»Mitnichten«, schaltete sich Yaron ein. »Um den Krieg zu finanzieren. Hitler hat die Weine weiterverkaufen lassen. Natürlich nicht alles. Aber den Großteil. Dann hat er gemerkt, dass Plünderungen nicht das richtige Mittel waren. Denn so wurde ja nicht weiter produziert. Deswegen hat er die Beutezüge verboten und Leute in den Regionen eingesetzt. Die haben dann für einen organisierten Ankauf der Weine durch das Deutsche Reich gesorgt.«

»Das Problem war nur«, setzte Ariel hinzu, »dass es den Winzern verboten war, ihre Weine an jemand anderen als an die Deutschen zu verkaufen.«

»So konnten die Nazis die Preise diktieren«, warf Alex ein.

»Genau«, bestätigte Ariel. »Und hier kamen die Wächter ins Spiel. Oder zumindest diejenigen, die später zu den Wächtern wurden. Sie dürfen nicht vergessen, dass viele französische Weinbauern und Händler vor dem Krieg gute Beziehungen nach Deutschland hatten. Manche sogar familiär. Und umgekehrt genauso. Denken Sie an Joachim von Ribbentrop. Unter Hitler in der SS, später Außenminister. Vor dem Krieg war er Vertreter für französische Weine. Es gab viele solcher Verbindungen zwischen Winzern und der Nazi-Elite. Und die, die sie hatten, konnten höhere Preise erzielen und sehr gut von dem Geschäft mit den Deutschen leben.«

»Das allein macht sie aber noch nicht zu Kollaborateuren«, merkte Bernard an.

»Stimmt«, pflichtete ihm Yaron bei. »Vor allem, weil die Franzosen ja von der Vichy-Regierung dazu gedrängt wurden, gute wirtschaftliche Beziehungen mit Nazi-Deutschland zu unterhalten, um für die Zeit nach dem Krieg vorzusorgen.«

»Aber einige haben es übertrieben«, mutmaßte Alex.

»Und zwar nicht zu knapp«, bestätigte Ariel. »Vor allem dann, wenn Juden ihre Ländereien zwangsverkaufen mussten oder verhaftet wurden, immer dann haben die Wächter die Hand aufgehalten und sich alles für wenig Geld unter den Nagel gerissen.«

»Das ist der Grund, warum sich die Wächter gegründet haben«, fuhr Yaron fort. »Nach dem Krieg hat de Gaulle angeordnet, unerbittlich gegen Kollaborateure vorzugehen. Gleichzeitig sollten die Verfahren aber so schnell wie möglich abgehandelt werden. Die Wächter haben sich zusammengetan, um so wenig Schaden wie möglich durch die Urteile zu erleiden. Monsieur Bernard, Sie müssten als Richter eigentlich mit der Geschichte der Urteile vertraut sein.«

Bernard nickte. »Soweit ich mich erinnere, sind circa einhundertsechzigtausend Leute angeklagt worden.«

»Und wie viele wurden verurteilt?«

»Nicht mal ein Drittel. Am Anfang wurden noch viele Todesurteile ausgesprochen, aber kaum eines vollstreckt. Das Justizministerium wollte den Eindruck vermeiden, zu einer Instanz der Lynchjustiz zu verkommen. Deswegen hat es an die Richter appelliert, auf die viel zitierte Verhältnismäßigkeit zu achten. Seitdem ist das Wort bei jedem Richter ein rotes Tuch.«

»Lassen Sie mich das zu Ende führen«, bat Yaron. »Die Justiz bekam Angst, manche sagen auch, sie bekam Geld, und erklärte immer mehr Geschäfte für legitim. Einem Großteil der restlichen Angeklagten wurden nur Geldstrafen aufgebrummt.«

»Und das Beste kam noch obendrauf«, meldete sich Ariel noch einmal zu Wort. »Zum Schutz der Privatsphäre der Verurteilten wurden alle Prozessakten verschlossen. Sie durften erst sechzig Jahre nach dem Tod der betreffenden Person wieder geöffnet werden. Sie können gerne rechnen. Wenn jemand Mitte der fünfziger Jahre verurteilt wurde, können Sie heute langsam darüber nachdenken, mal einen Blick in die Akten zu werfen. Aber wen interessiert schon noch eine Akte aus der damaligen Zeit?«

Alex traf diese Information wie ein Vorschlaghammer. Schnell tauschte er einen Blick mit Natalie, die ebenfalls verstanden hatte.

»Stimmt etwas nicht?«, fragte Bernard.

Alex fing sich als Erster. »Nein. Ich frage mich nur, wieso die Justiz es zugelassen hat, dass so willkürlich mit den Fällen umgegangen wurde.«

»Seien wir doch ehrlich, Professor«, sagte Ariel. »Das ist unsere Mentalität. Wir Franzosen wühlen nicht gerne in unserer Vergangenheit, wenn sie uns nicht gefällt. Wir bringen die Sache hinter uns und begraben die Details. So haben es auch die Richter damals gemacht. Und damit den Wächtern einen großen Dienst erwiesen.«

17

Dienstag, 10. Juni 2014, Bordeaux, Frankreich

Mit nur mühsam unterdrückter Wut knallte der Kanzler den Hörer auf die Gabel. Er schloss die Augen und lehnte sich in seinem Sessel zurück. Natalie Villeneuve. Wie hatte er das nur übersehen können? Jetzt ergab alles einen Sinn. Es erklärte, was die beiden alten Männer in den letzten Jahren unternommen hatten.

Mit einem Male wurde ihm das ganze Ausmaß der Krise bewusst. Villeneuve. Clement. Hinault. Étoile. Hingen sie wirklich alle zusammen? Wenn ja, dann … Schlagartig richtete sich der Kanzler wieder auf und bedeutete seinem Leibwächter Samir, das Arbeitszimmer zu verlassen. Er betätigte einen Knopf an seinem Schreibtisch, und hinter der eindrucksvollen Silhouette Samirs glitt die schwere Tür ins Schloss.

Der Kanzler leistete sich mehrere Bodyguards, je nachdem, wohin er reiste. Hier im Hause hielten sich immer drei auf. Zwei an den Eingängen zum Innenhof und einer, meist Samir, in seiner unmittelbaren Nähe. Nicht dass er einen Angriff auf sein Leben erwartete, wenn er sich hier in diesen Gemäuern bewegte. Aber man konnte nie wissen.

Der Kanzler griff erneut zum Telefon und wählte Raouls Nummer.

»Wir haben ein Problem«, sagte er ohne Umschweife. »Die Polizei hat herausgefunden, dass wir Clement und Villeneuve abgehört haben.«

»Verstehe«, sagte Raoul ruhig. »Soll ich mich um unsere Quelle bei der DCRI kümmern?«

»Noch nicht. Sie haben keine Ahnung, wer die undichte Stelle ist.«

»Was soll ich tun?«

»Das Wichtigste ist, dass Bernard und seine Leute es nicht zu uns zurückverfolgen können. Das wird auch so bleiben. Dafür habe ich gesorgt. Aber das ist noch nicht alles.« Er machte eine kurze Pause und schloss die Augen. »Es ist das Mädchen.«

»Was ist mit ihr?«

»Du musst sie erledigen. Und den Professor auch.«

»Hat sich etwas verändert?«

»Alles.«

»Wann soll es passieren?«

»Heute Nacht.«

»Soll ich sie verschwinden lassen?«

»Nein. Ihr Hotel liegt mitten in Marseille, das Risiko ist zu groß. Sorg nur dafür, dass sie nicht so schnell gefunden werden. Jede Stunde, die wir mehr Zeit haben, unsere Spuren zu verwischen, ist kostbar. Ein Debakel wie das mit Clement können wir uns nicht noch mal erlauben. Und denk dran: Du darfst unter keinen Umständen gesehen werden. Verschwinde, sobald der Auftrag erledigt ist. Hast du verstanden?«

»Ja, Vater.«

18

Dienstag, 10. Juni 2014, Marseille, Frankreich

Alex war müde, als sie nach dem Abendessen im Hotel ankamen. Nach dem Treffen im Tribunal hatten sie beschlossen, am Hafen essen zu gehen. Sie waren aufgewühlt gewesen. Sie wussten jetzt, was für eine Gerichtsakte Régis hatte einsehen wollen. Wenn sich nur dieser verdammte Notar endlich melden und ihren Verdacht bestätigen würde!

Der Nachmittag lastete schwer auf ihnen. Die Nachricht, dass sogar der Geheimdienst in die Sache verwickelt war, steckte ihnen in den Knochen. Konnten sie es wirklich mit einem solchen Widersacher aufnehmen? Und wenn ja, wie? Irgendwann hatten sie es aufgegeben, darüber nachzudenken, und nur noch lustlos in ihren Essen rumgestochert.

Als sich Alex nun in ihrer Suite aufs Sofa fallen ließ, fühlte er Aggression in sich hochkochen. Die offensichtliche Unterlegenheit machte ihn wahnsinnig. Während Natalie im Bad war, zog er noch mal alle Unterlagen hervor, die sie über die letzten Tage gesammelt hatten. Er rekapitulierte, wie alles angefangen hatte. Wie sie hierhergekommen waren. Sie waren immer Régis' Hinweisen gefolgt. Das hatten sie zuletzt vernachlässigt. Sie hatten sich ablenken lassen.

Was also übersahen sie?

Was übersah er?

Alex ging in Gedanken noch mal alles durch. Der Brief der Erpresser. Die Puppe. Das Gedicht. Der Antrag auf Einsicht in die Strafakte. Der Pastor in Strasbourg. Der Hinweis auf Natalies Onkel. Die Fotos der Großeltern. Der Schlüssel für die Wohnung in Aix. Die Geburtsurkunde Natalies. Der alte Messingschlüssel.

Da tauchte ein Bild vor ihm auf. Das Bild über dem Sofa in der Wohnung in Aix-les-Bains. Die Zeichnung eines Segelschiffes. Er hatte dem Bild keine große Beachtung geschenkt. Jetzt aber sah er es wieder vor sich. Es war jedoch nicht das Schiff, das ihm in

Erinnerung geblieben war, sondern der Hintergrund. Ein Kompass. Norden. Süden. Westen. Osten. Die Himmelsrichtungen.

Das Gedicht.

Alex richtete sich schlagartig auf. Hastig griff er nach seiner Tasche und zog Régis' Gedichtband hervor. Er blätterte, bis er die richtige Seite gefunden hatte. Régis hatte sich gewünscht, dass Natalie es bei seiner Beerdigung verlesen sollte, und die Telefonnummer des Pastors aus Strasbourg oben auf das Blatt geschrieben. Vielleicht hatte Régis ja sogar dafür gesorgt, dass in dem Appartement in Aix-les-Bains dieses Bild an der Wand hing. Warum nicht?

Alex las die vier Strophen Wort für Wort:

Ja, oh Herr, du hast obsiegt,
Der Wunsch, zu reisen, ist erstarrt,
Der Norden mir am Herzen liegt,
Zu lange hab ich ausgeharrt.

Hast im Osten weggeschaut
Von Israel und seinen Söhnen,
Hast uns andren anvertraut,
Um uns von uns zu entwöhnen.

Wusstest du, dass tief im Süden
Das Tal der Tränen weiterlebt,
Treiben trotzdem neue Blüten,
Dass die Wahrheit aufersteht.

Horte, Vater, als Beleg,
Was uns lieb und teuer war,
Die Kotel weist uns dann den Weg
Zum Blut der Erde, sternenklar.

»Mein Gott«, entfuhr es Alex. Er las es erneut. Sein Gehirn arbeitete auf Hochtouren. Konnte es so einfach sein? Alex holte ein Blatt Papier und machte sich Notizen. Seine Wut war wie weggeblasen.

Er nahm nichts mehr um sich herum wahr. Mit dem Bleistift in der Hand ging er Zeile für Zeile durch. Das war es. Das musste es sein.

»Was machst du da?«

Alex fuhr zusammen. Natalie stand vor ihm. Er hatte sie nicht bemerkt. Alex' Blick glitt an ihren langen, schlanken Beinen empor. Sie hatte geduscht und sich lediglich ein Handtuch umgebunden. Er roch den Duft ihres Shampoos. Ihre nassen Haare hatte sie zurückgekämmt. Erwartungsvoll sah sie ihn an.

»Ich glaube, ich habe die Lösung gefunden.«

19

Dienstag, 10. Juni 2014, Marseille, Frankreich

Raoul saß auf einer Bank an der Promenade des Alten Hafens. Kurz vor Mitternacht waren noch immer viele Menschen unterwegs. Die Hitze hatte sich verflüchtigt, die Meeresluft kühlte die Straßen angenehm ab.

Er blickte hinüber zum Grand Hôtel, das keine hundert Meter von ihm entfernt lag. In den meisten Zimmern brannte kein Licht mehr. Auch nicht mehr hinter den Fenstern im fünften Stock, die Raoul seit fast zwei Stunden beobachtete.

Der Professor und das Mädchen waren nach ihrem Treffen mit Bernard vom Tribunal zum Hafen zurückgelaufen und hatten im La Samaritaine zu Abend gegessen. Raoul hatte das meiste mitgehört. Die einzig wichtigen Worte waren gegen Ende gefallen. Sie hatten sich entschieden, früh schlafen zu gehen. Mehr musste er nicht wissen.

Vor einer Stunde hatten sie das Licht in ihrem Zimmer gelöscht. Raoul sah ein letztes Mal auf seine Uhr. Dann stand er auf. Es war Zeit.

Er ging die Canebière hinauf und bog in die Rue Beauvau ein. Der Haupteingang des Hotels lag hell erleuchtet vor ihm. Mit einer Hand kontrollierte er den Sitz seiner Jacke, unter der er seine Beretta verborgen hatte, Modell 71, Kaliber .22. Eine kleine und leise Pistole. Den Schalldämpfer hatte er bereits montiert. Früher, dachte Raoul, hatte der israelische Mossad seine Killer mit diesen Waffen auf Reisen geschickt, um Feinde des jüdischen Volkes zu liquidieren. Heute würde er mit dem gleichen Modell zwei Juden das Leben nehmen.

Er betrat die Lobby des Hotels und ging auf den Nachtportier zu. Ohne ein Wort zu wechseln, holte der Mann hinter dem Tresen eine Schlüsselkarte hervor und reichte sie Raoul. Dieser nickte ihm zu und verschwand in Richtung Treppe.

Kurz vor dem Treppenabsatz zur fünften Etage hielt Raoul inne. Er lauschte. Nichts. Er nahm die letzten Stufen und durchquerte rasch den Flur. An Zimmer 514 blieb er stehen und lauschte erneut. Drinnen war nichts zu hören. Mit der einen Hand zog er die Beretta. Mit der anderen Hand schob er die Schlüsselkarte in den Schlitz. Ein leises Klicken ertönte. Vorsichtig drückte er die Klinke hinunter.

Durch das Fenster auf der gegenüberliegenden Seite des Raumes fiel nur schwaches Licht. Raoul verschloss lautlos die Tür und wartete einen Moment, bis sich seine Augen an die Dunkelheit gewöhnt hatten. Auf dem Boden vor dem Sofa konnte er ein Handtuch ausmachen. Wahrscheinlich hatte sich die Frau vor dem Schlafengehen noch geduscht. Ob sie und der Professor es miteinander getrieben hatten?

Raoul musste sich eingestehen, dass er Natalie überaus attraktiv fand. Er fragte sich, wie sie wohl im Bett war. Er hätte es gerne herausgefunden. Dass er sie nun umbringen musste, war eigentlich eine Schande.

Er konzentrierte sich. Leise schlich er zur Treppe, die auf die Empore führte. Dieser Moment war der gefährlichste. Die Holztreppe konnte bei jedem Schritt knarren. Sollte es dazu kommen, müsste er die letzten Stufen im Laufschritt nehmen und die beiden aus der Bewegung heraus über den Haufen schießen. Das war ein Risiko, das er nur ungern eingehen wollte.

Die Beretta in beiden Händen, begann er mit dem Aufstieg.

Raoul war auf der vorletzten Stufe angekommen, als das Holz unter seinem rechten Schuh knarrte. Sofort richtete er die Waffe auf das Bett. Es lag fast vollständig im Dunkeln. Nichts bewegte sich. Vorsichtig nahm er die letzte Stufe und trat vor.

Er zögerte keinen Moment. Sechs Schüsse, drei Kugeln pro Seite, jeweils auf Brusthöhe durch die Bettlaken. Die Beretta war so leise, dass niemand außerhalb des Zimmers die Schüsse gehört haben konnte.

Aber irgendetwas stimmte nicht.

Raoul beschlich ein ungutes Gefühl. Mit vorgehaltener Waffe

ging er zum Nachttisch und knipste die Lampe an. Er sah aufs Bett. Die sechs Einschusslöcher saßen perfekt und hätten jeden getötet, der dort gelegen hätte.

Doch das Bett war leer.

DRITTER TEIL

1

Mittwoch, 11. Juni 2014, Marseille, Frankreich

Er fuhr sich mit einer Hand über sein Gesicht und unterdrückte einen Fluch. Das zweite Mal diese Woche, dass sein Telefon am frühen Morgen geklingelt und ihn aus dem Schlaf gerissen hatte. Er hob ab. Fünf Sekunden später saß er aufrecht im Bett.

Bernard hörte eine halbe Minute zu, gab Anweisungen und legte auf. Dann schleuderte er sein Kopfkissen quer durchs Zimmer.

Eine halbe Stunde später stand er vor dem Hotel. Die Glastüren des Eingangs spiegelten im Licht der Außenbeleuchtung seine Erscheinung wider. Er sah so aus, wie er sich fühlte. Daheim hatte er sich hastig in sein Standardoutfit geschmissen. Erst jetzt merkte er, dass das Polohemd über dem T-Shirt zerknittert war, der Kragen seines Sakkos an einer Seite nach oben stand und ein Schnürsenkel offen umherbaumelte. Er blieb stehen und richtete sich her. Dann trank er den letzten Schluck seines Kaffees, den er sich an einem Kiosk geholt hatte, warf den Pappbecher in einen Mülleimer und betrat das Hotel.

Der Mann, der ihn angerufen hatte, saß in einem Ohrensessel. Er war jung und gekleidet wie jeder andere Tourist, der gerade in Marseille Urlaub machte. Nur dass er kein Tourist war. Er war Adjutant der Police Nationale, einer der Laufburschen Nivellos. Er hatte sich im Grand Hôtel eingemietet und die Aufgabe übernommen, Kauffmann und Villeneuve zu überwachen. Es war das letzte Mal, dass ihm eine Aufgabe dieser Art zugefallen war. Der Mann sah blass aus. Als er Bernard kommen sah, sprang er schlagartig auf.

Ein Sanitäter war bei ihm. Bernard bedeutete ihm, sie allein zu lassen.

»Monsieur le Juge ...«, begann der Adjutant.

»Bericht!«

Der Polizist fuhr sich mit einer Hand unsicher über die andere.

»Ich habe, wie befohlen, gestern Abend bis nach Mitternacht hier unten Wache gehalten«, sagte er mit zittriger Stimme. »Ich habe ein Buch gelesen, Tee getrunken und so getan, als ob ich noch nicht schlafen kann.«

»Kommen Sie zum Punkt«, donnerte Bernard.

»Die Sanitäter sagen, man habe mich betäubt.« Der Mann klang weinerlich. »Ich muss mehrere Stunden geschlafen haben. Ich kann mir das nicht erklären.«

Bernard sah sich um. Vor dem Adjutanten auf dem Tisch standen eine Kanne Tee und eine leere Tasse.

»Wer hat Ihnen den Tee serviert?«

»Der Nachtportier.«

»Und wo ist er jetzt?«

»Nicht da. Als ich aufgewacht bin, konnte ich ihn nicht finden. Da bin ich sofort hoch und habe die Tür zu ihrem Zimmer kontrolliert. Sie stand offen. Ich bin rein und habe nachgesehen. Dann habe ich Sie angerufen.«

In dem Augenblick kam Nivello die Treppe neben der Rezeption herunter. Auch ihm stand die Müdigkeit ins Gesicht geschrieben. Wohl der Grund, warum er seine Uniform und keine Zivilkleidung angezogen hatte. Den äußeren Schein wahren, wenn der Körper im Inneren nachzugeben droht. Dunkelblaue Hose mit Bügelfalte, schwarze, frisch polierte Schuhe, weißes Hemd mit allen Aufnähern, die auf einem Hemd der Police Nationale Platz hatten, und eine dunkelblaue Krawatte. Nur die dunkelblaue Jacke fehlte. Er hatte sie wahrscheinlich im Einsatzfahrzeug gelassen.

»Paolo! Der Nachtportier! Gib sofort eine Fahndung nach ihm raus!«

»Schon geschehen, Boss! Du solltest dir das da oben besser mal selbst ansehen.«

Bernard ließ den Adjutanten sitzen und ging mit Nivello die fünf Stockwerke nach oben.

»Bin ein paar Minuten vor dir eingetroffen. Dominique ist auch schon da. Wir lassen gerade den Flur absperren.«

»Was ist mit den Gästen?«

»Die meisten schlafen noch. Eine ältere Frau kam an die Tür. Wir haben sie wieder ins Bett geschickt.«

»Ist Gerry schon hier?«

»Dürfte in zehn Minuten kommen. Wir haben alles da, um den Tatort zu besichtigen.«

Sie passierten mehrere Polizisten, duckten sich unter einem Absperrband hindurch und standen schließlich vor Suite 514.

»Wie sieht es da drin aus?«

»Skurril!«

Bernard verzog das Gesicht. »Skurril« war nicht gerade das Wort, das er als Beschreibung eines Tatorts von einem seiner Mitarbeiter hören wollte.

»Die große Stärke der Narren ist es, dass sie keine Angst haben, Dummheiten zu sagen.«

»Wie bitte?«

»Jean Cocteau.« Bernard deutete auf das Messingschild an der Tür. Sie zogen sich Überschuhe, Latexhandschuhe und Haarnetze an und betraten das Zimmer.

Die Vorhänge waren aufgerissen, die Fenster standen offen. Draußen war es schon hell. Bernard stieg der salzige Geruch vom Hafen in die Nase. Nivello führte ihn auf direktem Wege auf die Empore. Dort wartete Frey.

»Und?«, fragte Bernard, ohne sie zu begrüßen.

»Sechs Einschusslöcher, drei auf jeder Seite«, antwortete sie. Sie leierte es hinunter und machte klar, dass auch sie keine große Lust verspürte, um diese Uhrzeit schon hier zu sein. »Kein Blut.«

»Bin gespannt, ob Gerry andere Körperflüssigkeiten finden wird«, ergänzte Nivello mit einem Grinsen.

»Sonst noch was?«, fragte Bernard genervt.

»Ihre Sachen sind weg. Keine Taschen, keine Kleidung, das Bad ist geräumt.«

»Ich sagte doch, skurril!«

»Da dran ist nichts skurril«, sagte Frey. »Die Sache ist eindeutig.«

»Ach ja?«, fragte Nivello.

»Der Nachtportier sorgt dafür, dass unser Adjutant tief und fest schläft, fertigt eine Schlüsselkarte an, schnappt sich seine Waffe, wahrscheinlich mit Schalldämpfer, und geht hoch. Er kennt sich aus, kann sich problemlos im Dunkeln bewegen, schleicht die Treppe zur Empore rauf und drückt ab. Dreimal links, dreimal rechts. Brusthöhe. Sechs sichere Treffer. Denkt er. Bis er feststellt, dass niemand im Bett liegt.«

»Bleiben nur drei Fragen«, sagte Bernard.

»Und die wären?«, fragte Nivello.

»Erstens, war es wirklich der Nachtportier, oder hat er dem Killer nur die Tür geöffnet und unseren Trottel da unten eingeschläfert?«

»Zweitens«, übernahm Frey, »wussten Kauffmann und Villeneuve, dass sie in Gefahr waren, und sind deshalb vor ihm geflohen, oder hatten sie einfach nur Glück?«

»Und drittens«, schloss Bernard, »wie sind sie unbemerkt aus dem Hotel gekommen? Wenn der Portier sie gesehen hätte, würden wir hier nicht stehen.«

»Ich glaube nicht, dass sie geflohen sind. Sie haben ihre Sachen mitgenommen. Wenn sie geflohen wären, würde es hier anders aussehen.«

»Vielleicht sind sie entführt worden«, warf Nivello ein.

»Das ergibt keinen Sinn«, erwiderte Frey. »Warum die Schüsse ins Bett? Wenn sie entführt worden wären, dann still und heimlich und so, dass wir erst viel später davon erfahren hätten.«

Bernard stimmte ihr zu. »Das bedeutet, Kauffmann und Villeneuve sind abgereist, ohne zu ahnen, dass sie getötet werden sollten.«

»Und der Attentäter ist noch immer hinter ihnen her«, ergänzte Frey.

»Genau. Aber es gibt noch etwas anderes, das mich beunruhigt.« Er machte eine kurze Pause und sah sich um. Außer ihnen war niemand auf der Empore. »Der Nachtportier hat einen unserer Männer ausgeschaltet, obwohl er als ganz normaler Tourist getarnt war. Niemand im Hotel wusste, dass er Polizist war. Und so dumm war er auch wieder nicht, dass er es dem Portier oder irgendwem hier im Haus auf die Nase gebunden hätte.«

»Jemand muss es dem Portier gesteckt haben«, folgerte Nivello.

Die erste kluge Bemerkung des Capitaine an diesem Morgen, dachte Bernard.

»Das heißt, wir haben einen Verräter in unseren Reihen«, schloss Frey.

2

Mittwoch, 11. Juni 2014, Marseille, Frankreich

Sie verließen das Zimmer wieder, durchquerten den abgesperrten Flur, gingen die fünf Stockwerke hinunter und trommelten die Einsatzkräfte in der Lobby zusammen. Gerry war inzwischen eingetroffen und nahm sich mit seinen Leuten das Zimmer vor. Bernard war sich sicher, dass er nichts finden würde. Wie an den anderen Tatorten auch.

»Erst der Schweizer, dann Clement, jetzt der Professor und das Mädchen«, sagte Nivello. »Am Ende womöglich noch einer von uns. Veranstalten diese Wächter eine Hexenjagd?«

»Ja, nur bin ich mir nicht sicher, wer den Zauberstab schwingt«, antwortete Bernard. Er hatte Nivello und Frey von den Wächtern berichtet, Natalies Verbindung aber für sich behalten.

Auch die Ermittler konnten jetzt ins Fadenkreuz geraten. Das war es aber nicht, was Bernard beunruhigte. Kauffmann und Villeneuve waren weg. Keiner wusste, wo sie waren. Eine Streife hatte ihr Auto im Parkhaus des Hotels gefunden. Wie waren sie dann geflohen? Und wo wollten sie hin? In Bernard rumorte es. Das Gespräch mit den beiden am Vortag war gut verlaufen. Er war mit dem Gefühl aus dem Treffen gegangen, dass sie ehrlich zueinander gewesen waren. Warum waren sie jetzt abgehauen? Hatten sie die Bedrohung wirklich geahnt? Wenn ja, warum hatten sie ihn nicht angerufen? Und wenn nein, warum begaben sie sich nach seiner dringlichen Warnung gestern auf einen Egotrip?

Die Ermittler brauchten schnell Antworten. Seine Leute standen nun beisammen. Bernard bat um Ruhe und erhob die Stimme.

»Damit das klar ist: Ich will, dass jeder verfügbare Polizist in dieser verdammten Stadt nach den beiden sucht. Schickt ihre Fotos an alle Einheiten! Wertet jede einzelne Verkehrskamera aus! Lasst Kauffmanns Handy orten! Befragt jeden, der euch über den Weg läuft, und wenn es ein bekiffter Alkoholiker ist. Es ist mir scheißegal. Ich will wissen, wo sie sind. Ich will wissen, wer der Killer ist. Und liefert mir diesen Schweinehund von Nachtportier! Und zwar schnell!«

Seine Leute stoben auseinander und machten sich an die Arbeit.

Mittlerweile war der Hoteldirektor eingetroffen, ein Herr, der sich offenbar einiges darauf einbildete, Chef dieses feinen Hauses zu sein. Er lamentierte, was der Polizei eingefallen sei, ein solches Unglück in seinem Hause heraufzubeschwören, indem man diese beiden verdächtigen Subjekte in die heiligen Hallen des Grand Hôtel eingeschleust und einen Polizisten als Touristen getarnt zur Überwachung eingeteilt habe. Nun habe er ein Zimmer, für das er wohl nie wieder Gäste finden werde. Die Presse werde sich mit Genuss auf diese Geschichte stürzen.

Mit Letzterem hatte der Mann wohl sogar recht, musste Bernard zugeben. Auch wenn sie bislang Glück gehabt hatten. Der Mord an Clement hatte zwar für Aufsehen gesorgt, bislang waren aber noch keine Details durchgesickert. Dieser Fall hier im Hotel würde anders verlaufen. Da war sich Bernard sicher. Der Direktor überlegte wahrscheinlich schon, wie er höchstselbst dafür sorgen konnte, dass der Presse jedes Detail der Tatnacht zugespielt wurde.

Als Monsieur le Directeur erfuhr, dass sein Nachtportier eine entscheidende Rolle im Komplott gespielt hatte, empörte er sich nur kurz wegen dieser Unterstellung, wurde dann aber kreidebleich und stammelte, als er das Ausmaß der Katastrophe abzusehen begann, einige schwer verständliche Worte der Entschuldigung. Wer wollte schon in einem Hotel nächtigen, dessen Mitarbeiter Gäste im Schlaf mit einer Pistole überraschten?

Den Horror einer derartigen Schlagzeile in den Boulevardmedien vor sich, ließ es der Direktor mit seinen Beschwerden bewenden und offerierte der französischen Polizei stattdessen seine volle Kooperation. Schließlich müsse ein schlimmes Verbrechen aufgeklärt werden.

Er sorgte dafür, dass Bernard und Frey sich in einem Nebenraum der Lobby einrichten konnten, um von dort aus die Suchaktion zu koordinieren. Nivello war mit den anderen Polizisten auf der Straße, und so saß Bernard wenig später mit Frey an einem Schreibtisch und nahm die Rückmeldungen der Patrouillen entgegen.

»Was denkst du?«, fragte sie ihn, nachdem über eine Stunde ohne Ergebnisse verstrichen war.

Bernard griff zu einem Glas Wasser und trank einen Schluck. »Ich frage mich, was ich übersehe. Jemand hat sie ans Messer geliefert. Jemand von uns.«

»Ich habe die Wächter immer für einen Mythos gehalten. Und nun soll einer von uns für sie arbeiten?« Frey nippte an einer Tasse Kaffee. »Was ich nicht verstehe: Warum haben die es ausgerechnet jetzt auf die beiden abgesehen? Warum haben sie sie nicht schon in Fribourg erledigt? Oder in der ersten Nacht hier?«

Das war es! Bernard knallte das Glas mit der Wucht der Erkenntnis auf den Tisch. Er stand auf und ging zu einem Fenster, von dem aus er die Rue Beauvau überblicken konnte. Anderen Menschen zuzusehen, die nicht wussten, dass sie beobachtet wurden. Das war ein Prinzip der Polizeiarbeit. Menschen, die glaubten, nicht gesehen oder gehört zu werden, taten Dinge, die sie später bereuten. Oder sagten Dinge, die für die Ohren anderer Leute eigentlich nicht bestimmt waren.

»Dominique, ruf Paolo zurück! Er soll dich hier ablösen.«

»Was ist los?«

»Ich brauche deine Hilfe! Ich weiß, wie wir an unseren Verräter rankommen können.«

»Und wie?«

»Es geht um etwas, das mir Kauffmann und Villeneuve gestern in meinem Büro gesagt haben. Es war absolut vertraulich, und ich habe bislang niemandem davon erzählt. Aber ich glaube, es ist der Grund, warum sie heute Nacht sterben sollten. Die Wächter müssen von diesem Gespräch erfahren haben. Und das heißt, sie haben es mit angehört. Und dafür gibt es nur eine Erklärung.«

»Jemand hat die Unterredung belauscht und die Wächter informiert.«

»Genau.«

»Du bittest mich, dein Büro nach einer Wanze zu durchsuchen?«

Bernard nickte.

»Und dann das Signal zurückzuverfolgen.«

Bernard nickte erneut.

»Geht klar. Ich kümmere mich darum.«

Sie funkte Nivello an und zitierte ihn ins Hotel zurück. Er war nicht begeistert, war aber fünf Minuten später da und Frey verschwunden.

Kurze Zeit später konnten sie einen ersten Teilerfolg verbuchen. Sie hatten mit Hilfe der Kollegen aus der Schweiz Alex Kauffmanns Handy geortet und in einem Mülleimer an der Gare Saint-Charles gefunden, dem wichtigsten Bahnhof der Stadt.

»Sie haben das Handy weggeworfen«, stellte Nivello fest.

Bernard nahm es zur Kenntnis.

»Glaubst du, sie sind mit dem Zug abgehauen?«

Er schüttelte den Kopf. »Sie haben das Handy weggeworfen, damit wir sie nicht orten können. Da werden sie nicht in einen Zug steigen, in dem sie nicht flexibel sind und das Risiko eingehen, dass am nächsten Bahnhof jemand auf sie wartet. Abgesehen davon dürften sie um eine Uhrzeit verschwunden sein, zu der ohnehin kaum ein Zug fuhr.« Er überlegte einen Moment. »Am Bahnhof … Da gibt es doch sicher Dutzende Autovermietungen, die rund um die Uhr aufhaben, oder?«

Es dauerte keine Viertelstunde, bis sie gefunden hatten, wonach sie suchten. Bernard und Nivello rasten mit einem Streifenwagen zum Bahnhof. Sie hielten vor einem Gebäude auf dem Boulevard Charles Nédelec und stürmten in die Filiale einer Autovermietung. Hinter dem Tresen saß, mit einem Headset auf dem Kopf, eine junge Frau und starrte sie mit verwunderten Augen an. Ein Polizist empfing Bernard und Nivello und zeigte triumphierend auf die Frau. Wie ein Hund, der das Stöckchen apportiert hatte, dachte Bernard.

»Guten Morgen! Pascal Bernard, Juge d'Instruction am Tribunal de Grande Instance Marseille«, stellte er sich mit vollem Namen und Rang vor. Er zeigte seinen Ausweis. Das, was er jetzt verlangen würde, war eine rechtliche Grauzone. Aber er war immerhin Richter. Und das sollte ihm hier nun zugutekommen.

»Sie haben heute Nacht ein Auto an eine gewisse Natalie Villeneuve vermietet. Ist das korrekt?«

»Nicht ganz. Ich bin die Frühschicht. Die Vermietung hat ein Kollege der Nachtschicht übernommen.«

»Ist der Kollege noch da?«

»Ja, aber er ist schon außer Dienst.«

»Wo finden wir ihn?«

»Unter der Dusche. Wenn Sie sich gedulden wollen, er dürfte gleich fertig sein.«

Bernard spürte ein Gefühl der Genugtuung. Sie waren wieder im Rennen. »Bis Ihr Kollege wieder da ist, könnten Sie uns schon einmal helfen, junge Frau! Können Sie mir sagen, für wie lange der Wagen gemietet wurde und wo er zurückgegeben werden soll?«

Sie zögerte einen Moment. »Ich bin mir nicht sicher, ob ich Ihnen diese Auskunft einfach so erteilen darf.«

»Seien Sie versichert, Sie dürfen. Wenn kein Richter, wer sollte Ihnen sonst erlauben dürfen, diese Information der Polizei herauszugeben?« Er blickte sie so freundlich an, wie er konnte. Am liebsten hätte er sie von ihrem Computer weggerissen und selbst im System nachgeschaut. Doch er musste sich eingestehen, dass er wahrscheinlich vor dem Rechner gesessen und keine Ahnung gehabt hätte, was er tun sollte.

Sie schien noch immer nicht ganz überzeugt, nickte aber. Sie tippte einen Moment auf ihrer Tastatur herum. Dann schien sie die Information gefunden zu haben.

»Sie hat das Auto für zwei Tage gemietet, mit Kreditkarte gezahlt und angegeben, dass sie den Wagen hier wieder abstellen werde.«

Bernard bezweifelte, dass die beiden das wirklich vorhatten. Aber warum hatte sie den Fehler gemacht, mit Kreditkarte zu bezahlen? Er hakte nach.

»Das ist bei uns Standard«, gab sie zur Antwort. »Wir buchen ja nicht nur den Mietpreis ab, sondern auch den Selbstbehalt.«

Das erklärte es. Kauffmann und Villeneuve waren vorsichtig geworden. Sonst hätten sie nicht das Handy weggeworfen. Dass sie den Wagen mit Karte gezahlt hatten, war zwar ein Risiko gewesen, aber ein vertretbares. Die Wächter hatten womöglich die nötigen Ressourcen, um alle Transaktionen zu überwachen. Auch sie würden bald wissen, dass die beiden mit einem Auto auf der Flucht waren. Allerdings würden sie die Reiseroute nicht kennen. Genauso wenig wie Bernard.

»Was ist denn hier los?«, ertönte es in diesem Moment. Ein Mann stand in einem Türrahmen neben dem Empfang. Hinter ihm lag offenbar der Mitarbeiterbereich.

»Oh, Nick, gut, dass du da bist«, sagte die Frau erleichtert. »Die Herren sind von der Polizei. Sie haben eine Frage wegen eines Autos, das du heute Nacht vermietet hast. Kannst du ihnen helfen?«

Der Mann war kaum älter als die Frau, hatte noch nasse Haare und trug Jeans mit einem weißen T-Shirt. »Polizei? Warum kommen Sie denn noch mal? Ich habe Ihnen doch schon alles gesagt.«

»Sie haben schon mit der Polizei gesprochen?«, fragte Bernard verwundert.

»Heute Nacht! So ein Typ mit Marke kam hier rein und hat mich über einen Mann und eine Frau ausgefragt. Er sagte, die beiden seien Verbrecher und er müsse sie finden.«

»Und Sie haben ihm dabei geholfen?«

»Na klar.«

»Haben Sie sich seinen Ausweis genau angesehen?«

»Na logo, ich bin doch kein Amateur. Der war echt, ganz bestimmt.«

»Wie war sein Name?«

»Nur weil ich den Ausweis gesehen habe, merke ich mir nicht alle Namen, die ich jeden Tag höre«, erwiderte Nick genervt.

»Wie sah der Typ aus?«

»Was soll die ganze Fragerei?«

»Antworten Sie!«, brüllte Bernard und knallte mit der Hand auf den Tresen, sodass die Frau am Computer erschrocken zusammenzuckte.

»Na, wie ein ziviler Ermittler eben«, gab der Typ vorsichtig zurück. »Hatte eine Waffe unter seiner Jacke.«

»Haben Sie Überwachungskameras?«

»Ja, schon, aber –«

»Wir brauchen die Aufnahmen. Sofort!«

Nick zuckte mit den Achseln. »Wie gesagt, ich hab ihm schon alles erzählt. Fragen Sie ihn! Ich bin hier fertig. Ich bin schon ein bisschen länger auf als Sie und verschwinde jetzt. Ich muss ins Bett.«

Bernard ging auf den Mann zu. Braun gebrannt, schlank, groß, unter dem T-Shirt zeichneten sich deutlich die Muskeln ab. Ein Schönling, wie man ihn in Modemagazinen fand. Bernard verspürte eine tiefe, ehrliche Abneigung in sich aufsteigen.

»Sie sind also müde, mein Freund?«, sagte er mit leiser Stimme. »Wissen Sie, was ich bin? Ich bin hinter einem Mörder her. Hinter dem Mörder, den Sie heute Nacht als Polizisten kennengelernt haben. Dem Sie geholfen haben, seine nächsten Opfer zu finden. Und ich bin mir ziemlich sicher, dass er auch Sie einfach abgeknallt hätte, wenn Sie ihm nicht erzählt hätten, was er hören wollte. Also setzen Sie sich gefälligst hin und helfen uns, eine Katastrophe abzuwenden. Haben wir uns verstanden?«

Bernard meinte zu sehen, wie etwas von der Bräune aus dem Gesicht des Jünglings wich. Seine Augen zuckten, dann blickte er zu seiner Kollegin, die mit offenem Mund auf ihrem Drehstuhl hockte.

Langsam setzte er sich in Bewegung und führte sie schließlich in ein Hinterzimmer, wo ein Computer stand. Auf dessen Bildschirm waren die Livebilder von vier Kameras zu sehen. Bernard interessierte sich nur für eine.

Nivello setzte sich davor und gab Befehle in die Tastatur ein. Das Bild einer Kamera gefror und lief dann zurück. Der Zeitstempel zeigte drei Uhr zweiunddreißig, als eine Gestalt am Tresen erschien. Nivello hielt an. Viel konnten sie nicht erkennen. Der Mann war schlank, normal groß, komplett in Schwarz gekleidet, trug einen Schnurrbart, eine Brille mit dicken Rändern und eine Baseballmütze. Er schien zu wissen, wo die Kamera hing. Nivello suchte nach einer Stelle der Aufnahme, auf der sein Gesicht zu erkennen war. Ohne Erfolg. Um die Aufnahmen mussten sich die Techniker kümmern. Vielleicht konnten die noch was rausholen.

»Okay, fangen wir von vorn an!«, sagte ein enttäuschter Bernard.

Sie gingen die Nacht noch einmal durch. Kauffmann und Villeneuve waren gegen halb eins aufgekreuzt und hatten einen Wagen gemietet. »Einen nigelnagelneuen SUV«, wie Nick zu Protokoll gab. Einen Peugeot 4008, in Weiß, bezahlt mit Kreditkarte, für zwei Tage, Rückgabe Marseille.

Bernard blickte auf die Uhr. Die beiden waren jetzt knapp sieben Stunden unterwegs. Sie konnten mittlerweile überall sein.

Zwei Stunden später war der vermeintliche Polizist hereinspaziert, hatte seine Marke auf den Tisch geknallt und nach einem Mann und einer Frau gefragt. Dann hatte er die Story von Bonnie und Clyde erzählt und Nick dazu überredet, ihm zu helfen.

»Er hat mich gebeten, das GPS der Karre einzuschalten.«

»Moment«, fuhr Bernard hoch. »Das Auto sendet ein Funksignal?«

»Klar, wenn jemand mal mit einem unserer Schlitten abhauen will, finden wir ihn so wieder.«

»Wo ist das Auto jetzt?«

»Sekunde …« Er ging zum Computer am Tresen. Nach einigen Sekunden sagte er: »Hier!«

Bernard sah eine Landkarte und einen roten Punkt, der aufleuchtete.

»Sie fahren auf der A 62«, sagte Nivello, der ihm über die Schulter geschaut hatte.

Bernard folgte der Autobahn weiter Richtung Nordwesten, aber er wusste längst, wo die Reise hinging.

»Bordeaux!«

3

Mittwoch, 11. Juni 2014, Bordeaux, Frankreich

Alex und Natalie fanden einen Parkplatz auf dem Cours Pasteur. Sie waren nach der langen Fahrt aus Marseille völlig übermüdet und hatten nur eine Stunde im Auto auf einer Raststätte geschlafen. Doch die Pause hatte die Müdigkeit nur noch verstärkt. Alex war froh, dass sie es bis nach Bordeaux geschafft hatten. Als Erstes steuerten sie eine Bäckerei auf dem Cours Victor Hugo an und gönnten sich ein Frühstück.

Sie hatten in Marseille hastig ihre Sachen gepackt und waren aufgebrochen. In der Lobby hatten sie einen Gast schlafend in einem der Sessel entdeckt. Doch vom Portier war nichts zu sehen gewesen. Deswegen waren sie einfach gegangen. Sie würden Christophe anrufen und ihn bitten, dem Hotel Bescheid zu geben. Dass sie einen Mietwagen genommen hatten anstelle des Smart, den die Polizei in der Tiefgarage des Hotels abgestellt hatte, war Natalies Idee gewesen. Sie war überzeugt, dass die Wächter längst einen Peilsender angebracht hatten. Also hatten sie am Bahnhof einen Wagen gemietet und sich von Alex' Telefon getrennt. Stattdessen hatte er am Bahnhof ein neues Prepaidhandy gekauft.

Alex war zufrieden. Endlich waren sie den Wächtern einen Schritt voraus. Endlich sah er logische Zusammenhänge zwischen allen Puzzleteilen, die sie in den letzten Tagen gefunden hatten. Das Gedicht war der Schlüssel gewesen. Zusammen mit etwas, worüber Alex und Régis früher bei einer Flasche Wein in der Bibliothek diskutiert hatten. PRDS.

»Du meinst das Torastudium?«, hatte Natalie ungläubig gefragt, als er begonnen hatte, ihr zu erklären, was er entdeckt hatte.

PRDS war ein Akronym und stand für PaRDeS, die vierstufige Interpretation der Thora im Judentum. Das P stand für »Pschat«, die wörtliche Bedeutung dessen, was in den fünf Büchern Moses geschrieben stand. Das R stand für »Remes«, für jede Form von verschleierten Aussagen, von Metaphern. Das D stand für »Drasch«, für eine grammatikalische, sprachliche Analyse des Geschriebenen, für das Zerlegen von Texten Buchstabe für Buchstabe. Das S stand schließlich für »Sod«, für das Überirdische, das Mystische.

»Régis war von dieser Methodik immer fasziniert gewesen«, erklärte Alex. »Er meinte einmal zu mir, er wolle Gedichte schreiben, die später auch einmal nach diesem Prinzip gelesen werden würden.«

Nach diesen Worten hatte Natalie schnell verstanden, was Alex im Gedicht entdeckt hatte.

Ja, oh Herr, du hast obsiegt,
Der Wunsch, zu reisen, ist erstarrt,
Der Norden mir am Herzen liegt,
Zu lange hab ich ausgeharrt.

Die erste Strophe war leicht zu entschlüsseln gewesen. Die Reise von Régis und Suzanne aus Auschwitz zurück in die Heimat. Régis hatte eigentlich nach Bordeaux zurückgewollt. Doch in Paris, im Norden Frankreichs, war er geblieben. Dort, wo er sein Herz an seine künftige Frau verloren hatte.

Hast im Osten weggeschaut
Von Israel und seinen Söhnen,
Hast uns andren anvertraut,
Um uns von uns zu entwöhnen.

Zunächst hatte Alex geglaubt, auch in der zweiten Strophe einen Hinweis auf Auschwitz gefunden zu haben. Die Klage, dass Gott im Osten weggeschaut hatte. Doch dann hatte er geschwankt. Konnte Régis Strasbourg gemeint haben? Die Stadt im Nordosten Frankreichs, wo Rahel gestorben, wo Marie geboren und einer anderen Familie anvertraut worden war? Natalie war zunächst nicht überzeugt gewesen. Doch Alex erinnerte sich an den Kronleuchter der Kirche, unter dem sie gestanden hatten. Es war ihm erst im Hotel in Marseille eingefallen. Der Kronleuchter symbolisierte die zwölf Stämme Israels. Israel und seine Söhne.

Wusstest du, dass tief im Süden
Das Tal der Tränen weiterlebt,
Treiben trotzdem neue Blüten,
Dass die Wahrheit aufersteht.

Von da an war alles ganz einfach gewesen. Das Tal im Süden, wo die Wahrheit auferstehen sollte. Régis' Finger zeigte ausgestreckt ins Vallée de Vauvenargues hinein, zu seinem Helfer Serge Clement. Und so war es nicht mehr schwer gewesen, mit Hilfe dieser Strophe auf die Bedeutung der letzten vier Verse zu stoßen und aus dem Süden Frankreichs in den Westen nach Bordeaux zu reisen.

Horte, Vater, als Beleg,
Was uns lieb und teuer war,
Die Kotel weist uns dann den Weg
Zum Blut der Erde, sternenklar.

Den Beleg für das, was Régis und seinen Freunden lieb und teuer war, würden sie an der Kotel finden. Zunächst hatte Natalie gezögert. »Kotel« war der hebräische Begriff für die Klagemauer in Jerusalem. Doch wörtlich übersetzt bedeutete das Wort einfach nur »westliche Mauer«. Régis hatte sicher die Mauer gemeint, vor der er und seine engsten Freunde einst gebetet hatten. Die Mauer der Synagoge von Bordeaux.

Sie standen mit einem Becher Kaffee und einem Brötchen in der Hand am Straßenrand, als Alex etwas einfiel. Er zückte sein neues Handy und rief David Simon an. Schon beim zweiten Klingeln ging der Notar dran.

»Alex, ich muss mich entschuldigen, dass ich mich nicht bei Ihnen gemeldet habe«, sagte Simon. Er sei gerade allein in der Kanzlei und wisse nicht, wo ihm der Kopf stehe. Aber, so der Notar, er habe endlich etwas erfahren. »Die Akte, die Régis Villeneuve hat einsehen wollen, ist eine sehr alte Strafakte. Der Verurteilte ist ein gewisser Vincent Guibert, verstorben am 13. Juni 1954. Was ihm zur Last gelegt wurde, kann ich Ihnen leider erst sagen, wenn die Akte freigegeben wurde. Aber das ist bald, denn …«

Alex schaltete sofort. »… die Öffnung der Akte erfolgt sechzig Jahre nach dem Tode. Also in zwei Tagen.«

»Ganz genau. Sie kennen sich gut mit dem französischen Recht aus. Sie müssen sich also nur noch zwei Tage gedulden.«

Wenn wir die zwei Tage noch bekommen, dachte Alex. Er hatte das Gefühl, dass sie der Wahrheit ganz nah waren. Aber auch, dass sie nur einen minimalen Vorsprung hatten. Und wenn dieser Vorsprung aufgebraucht war, würde es für sie gefährlich werden. Lebensgefährlich.

Er bedankte sich bei Simon und wählte Suzannes Nummer. Als er sie nicht erreichen konnte, versuchte er es auf Christophes Handy.

»Alex, wo steckst du? Was ist das für eine Nummer, von der du anrufst?«

Alex berichtete in knappen Worten, was sie nach Bordeaux geführt hatte.

»Verdammt, Alex! Ich bin hier!«

»Wo, hier?«

»In Bordeaux! Ich bin gestern hergeflogen. Die Universität kauft über mich einen Gebäudekomplex. Der Vertrag wird heute unterzeichnet.«

»Wir müssen uns treffen«, sagte Alex sofort.

»Auf jeden Fall. Ich bin gleich mit dem Rektor der Uni verabredet, kann aber in circa zwei Stunden bei euch sein. Wo seid ihr?«

Alex nannte ihm ihre Adresse.

»Und du glaubst, ihr werdet in der Synagoge fündig?«

»Keine Ahnung. Aber das Beste ist, wir treffen uns hier, sobald du kannst. Dann sehen wir weiter.«

Alex beendete das Gespräch und fasste für Natalie alles kurz zusammen.

»Vincent Guibert? Nie gehört«, sagte sie.

»Ich werde versuchen, im Netz etwas über ihn zu finden. Ich habe da schon eine Vorahnung.«

»Und die wäre?«

»Lass uns vorher überprüfen, ob ich mit der Synagoge recht hatte. Wenn wir Erfolg haben, kann ich mir die Suche vielleicht sparen.«

»Ich hasse es, wenn du das machst«, sagte Natalie genervt.

»Was denn?«

Statt einer Antwort ging sie los. Irritiert folgte er ihr.

Als sie in die Rue Honoré Tessier einbogen, tauchte vor ihnen die Fassade der Synagoge auf. Eine breite Steintreppe führte wenige Stufen zu drei schweren Holztüren hinauf. Darüber ragten schmale, bunte Fenster auf, von hellem Sandstein eingerahmt. Die Dachspitze zierte ein Davidstern und Steintafeln der Zehn Gebote. Als sie näher kamen, traten auch die beiden mächtigen Türme rechts und links ins Blickfeld.

Die Synagoge war nicht einfach zugänglich. Ein schweres Eisengitter versperrte jedem den Weg, der sich dem Haus weniger als zehn Meter nähern wollte. Sie klingelten an einer Tür eines Nebengebäudes, in dem Alex die Verwaltung vermutete. Er schaute auf die Uhr. Es war kurz nach neun.

»Oui?«, ertönte eine männliche Stimme aus der Gegensprechanlage.

»Bonjour! Mein Name ist Professor Alexander Kauffmann. Ich bin in Begleitung von Natalie Villeneuve. Wir würden gerne die Synagoge besichtigen.«

»Haben Sie einen Termin?«

»Nein, aber wir hatten gehofft, dass –«

»Wenden Sie sich bitte an das Touristenbüro! Dort können Sie eine Führung buchen.«

Alex und Natalie blickten sich ratlos an. Er hatte den Fehler begangen, zu glauben, sie könnten wie in die meisten christlichen Kirchen in Europa einfach hineinspazieren und sich frei bewegen. Doch bei Synagogen lag die Sache anders. Jeder Besucher musste sich wie am Flughafen einem Sicherheitscheck inklusive Passkontrolle unterziehen. Und hier war es offenbar so, dass man noch nicht einmal ohne Genehmigung des Touristenbüros hineingelangte.

Natalie drängte Alex zur Seite. »*Allô?* Hier spricht Natalie Villeneuve. Ich bin die Tochter von Régis Villeneuve. Er war vor langer Zeit hier Gemeindemitglied. Wir würden wirklich gerne reinkommen. Können Sie nachfragen, ob das möglich ist?«

Auf der anderen Seite blieb es ruhig. Nach einigen Sekunden fragte der Mann: »Wie war noch mal Ihr Name?«

»Natalie Villeneuve, die Tochter von Régis und Suzanne Villeneuve.«

»Einen Augenblick, bitte.«

»Danke.« Natalie sah Alex an und zwinkerte ihm zu. Sie schien ihm offenbar schon wieder verziehen zu haben.

Es vergingen fast fünf Minuten, bis es im Lautsprecher wieder knackte.

»Treten Sie ein! Sie werden erwartet.«

Alex schaute Natalie verblüfft an.

»Wir werden erwartet?«

Natalie zuckte mit den Schultern. »Na, dann mal nix wie rein! Zumindest sind wir hier sicher. In einer Synagoge wird uns wohl kaum etwas passieren.«

Alex hoffte, dass sie recht hatte.

4

Mittwoch, 11. Juni 2014, Bordeaux, Frankreich

Raoul stoppte mit quietschenden Reifen am Quai des Chartrons. Samir riss die Tür auf und warf seinen massigen Körper auf den Beifahrersitz. Dann rasten sie weiter.

Raoul fühlte sich trotz der langen Fahrt und keiner Sekunde Schlaf taufrisch. Die Anwesenheit des Bodyguards seines Vaters gefiel ihm allerdings überhaupt nicht. Hatte der Kanzler etwa kein Vertrauen mehr in ihn? Brauchte er, der selbst einmal oberster Wächter werden sollte, etwa einen Aufpasser? Das hatte er nicht verdient. Es war nicht sein Fehler gewesen, dass die beiden mitten in der Nacht abgehauen waren, ohne dass dieser dämliche Nachtportier davon irgendetwas mitbekam. Raoul fühlte sich in seiner Ehre gekränkt, dass nun dieser stinkende breitschultrige Muskelprotz neben ihm saß.

Sie begrüßten sich nicht, sprachen kein Wort, Raoul fuhr einfach nur stur in die Richtung, die ihm das GPS-Signal des Mietwagens vorgab. Sie hatten ihn fast erreicht. Der rote Punkt war zum Stillstand gekommen. Er leuchtete auf dem Display von Raouls Smartphone auf, das in einer Halterung am Armaturenbrett hing. Cours Pasteur, Ecke Cours Victor Hugo. Sicher hatten sie den Wagen am Straßenrand geparkt. Kauffmann und Villeneuve mussten mittlerweile zu Fuß unterwegs sein. Raoul ahnte bereits, wohin.

Das Signal des Wagens hatte ihn in den letzten Stunden sicher geleitet. Zwei Stunden Rückstand hatte er aufgeholt. Eine Stunde, weil er gefahren war wie ein Irrer. Eine zweite, weil die Zielpersonen wohl eine längere Pause eingelegt hatten.

Schwächlinge, dachte Raoul. Er hatte sich nicht ausgeruht. Trotzdem war er voller Adrenalin. Den Rückschlag im Hotel hatte er verdaut. Die Kreditkarte der Frau hatte ihn zur Mietwagenstation geführt. Er hätte dem Schönling hinter dem Tresen am liebsten eine Kugel in den Kopf gejagt. Aber er hatte sich als nützlich und kooperativ erwiesen. So war er mit dem Leben davongekommen. Dass allerdings auch der unfähige Nachtportier verschont geblieben war, missfiel Raoul. Doch der Kanzler hatte angeordnet, dass sich der Tölpel über die Grenze nach Italien absetzen sollte.

Vor fünf Minuten hatte sein Vater noch einmal angerufen. Raoul sollte Samir abholen und die Aufgabe mit ihm zusammen durchziehen. Er blickte zum Leibwächter. Man musste vor ihm Angst haben. Zwei Meter groß, die Statur eines Rugbyspielers, Glatze, Stiernacken. Raoul wusste, dass Samir von einer Beweglichkeit war, die ihm niemand zutraute. Das machte ihn noch gefährlicher. Raoul wurde es in seiner Gegenwart unwohl. Er fühlte sich schwach. Auch jetzt, da er sah, wie Samir zwei Brügger & Thomet TP9 durchlud. Neun Millimeter, Halbautomatik, fünfzehn Schuss.

Overkill, dachte Raoul.

Dieses Mal durfte nichts mehr schiefgehen. Dieses Mal musste es einfach funktionieren. Der Kanzler hatte sich unmissverständlich ausgedrückt. Sie hatten klare Anweisungen. Aber ihr Plan war ein Risiko. Es würde kompliziert werden.

Als sie den Cours Pasteur erreichten, verdrängte Raoul den Gedanken an ein Scheitern. Er verlangsamte die Fahrt, und schon kurze Zeit später passierten sie das Zielfahrzeug. Es war leer. Sie kreuzten den Cours Victor Hugo und fuhren einige Meter weiter. Raoul reduzierte das Tempo abermals. Sie glitten in Schrittgeschwindigkeit über den Asphalt. Dann blickten sie links in eine kleine Seitenstraße.

Da waren sie.

Raoul und Samir konnten gerade noch einen Blick auf den Professor und das Mädchen erhaschen, ehe sie in einem Gebäude verschwanden. Diese verdammten Juden hatten sich in die Synagoge geschlichen, dachte Raoul. Dort waren sie vor ihrem Zugriff sicher. In eine Synagoge einzufallen wäre eine geradezu törichte Idee gewesen. Es hätte ihm zwar Spaß gemacht, aber der staatliche Schutz dieser Einrichtungen war zu hoch. Sie mussten Geduld haben. Kauffmann und Villeneuve würden nicht ewig drinbleiben.

Er wendete und bog in die Rue Honoré Tessier ein. Die Synagoge lag unmittelbar vor ihnen. Raoul steuerte den Wagen bis ans Ende der Straße und parkte auf der rechten Seite.

Sie teilten sich auf. Samir blieb im Wagen sitzen und behielt die Synagoge im Auge. Raoul stieg aus und ging einmal um den Block. Als er sich anschließend wieder in den Fahrersitz fallen ließ, war er zufrieden. Keine Polizei. Keine Auffälligkeiten. Alles würde so laufen wie geplant.

Samir reichte ihm eine TP9. Er hielt sie in beiden Händen. Die Waffe wog ungefähr zwei Kilo. Eigentlich war er ein Freund kleiner, handlicher Waffen wie der Beretta. Aber die hatte ihm kein Glück gebracht. Sie lag inzwischen auf dem Grund des Hafenbeckens in Marseille. Jetzt musste es etwas Schwereres richten.

Raoul sah zur Tür hinüber, die sich vor wenigen Minuten hinter Alexander Kauffmann und Natalie Villeneuve geschlossen hatte. Wenn sie sich das nächste Mal öffnete, würde ein Schauspiel unbeschreiblichen Ausmaßes losbrechen.

5

Mittwoch, 11. Juni 2014, Marseille, Frankreich

»Sie können nicht einfach ein Flugzeug verlangen!«

»Doch.«

»Abgelehnt!«

Bernard stand seinem Chef, Staatsanwalt Ulrico de Rozier, im Konferenzraum gegenüber. Sein Team saß versammelt am Tisch und verfolgte gespannt den Machtkampf. Normalerweise hatte Bernard etwas dagegen, sich mit de Rozier vor den Augen seiner Mitarbeiter zu messen. Doch nicht heute.

»Dann werde ich mich eben an jemand anders wenden und einen Gefallen einfordern müssen«, konterte Bernard und drehte sich zu den anderen um.

Er hatte de Rozier schon öfter stehen lassen und gemacht, was er wollte. Doch stets hatten sie diese Reibereien unter sich ausgetragen. Noch nie hatte er den Staatsanwalt öffentlich bloßgestellt und zum Zuschauer degradiert. Irgendwann war immer das erste Mal. Und weil dieser Fall sein letzter sein würde, war es höchste Zeit!

Er sah im Augenwinkel, dass Frey sich ein Lachen verkniff. Lang quittierte das Geschehen mit einem zustimmenden Nicken. Nivello schien auf das Donnerwetter de Roziers zu warten. Die anderen waren auf einmal sehr an den Unterlagen vor ihnen interessiert.

Der Staatsanwalt trat langsam ganz nah an Bernard heran. Er beugte sich vor, bis seine Lippen nur noch Zentimeter von Bernards Ohr entfernt waren. Seine Stimme war nicht mehr als ein Flüstern.

»Betrachten Sie sich als gefeuert«, presste der oberste Anwalt des Tribunals hervor. »Aber erst, wenn dieser Fall abgeschlossen ist. Sie glauben, ich entlasse Sie aus dieser Verantwortung? Keine Chance! Dieser Fall wird Ihr Ende, das verspreche ich Ihnen. Sie stehen ab sofort ganz allein da. Erwarten Sie keine Hilfe mehr! Präsentieren Sie Ergebnisse, oder ich werfe Sie der Öffentlichkeit zum Fraß vor. Und glauben Sie mir, nach dem heutigen Morgen wird man Sie in der Luft zerreißen, wenn Sie nicht liefern. Sie wollen mich zum Feind? Sie haben es geschafft! Aber glauben Sie mir, Bernard, Sie haben keine Ahnung, worauf Sie sich da gerade eingelassen haben!«

Mit diesen Worten ging de Rozier davon. Bernard musste anerkennen, dass es eine seiner besseren Ansprachen gewesen war. Das Beste kam eben oft zum Schluss. Hoffentlich konnte er das auch von seiner Karriere behaupten. Doch er musste sich eingestehen, dass er von einer Lösung des Falls noch weit entfernt war.

Nur durfte er das seinem Team nicht zeigen. Er setzte ein süffisantes Lächeln auf. Doch zu lachen gab es nichts. Der Tag hätte nicht beschissener laufen können.

Erst die Schüsse im Hotel und die Flucht des Professors mit der mutmaßlichen Kronzeugin dieser riesigen Verschwörung. Dann der Killer, der sich als Polizist ausgegeben und schon wieder die Verfolgung aufgenommen hatte. Und dann noch das, was Bernard und seine Leute erst erfahren hatten, als sie im Tribunal angekommen waren, um die Reise nach Bordeaux vorzubereiten. Jemand hatte das Tor zur Hölle aufgestoßen.

Die Medien hatten Wind von der Geschichte Serge Clements bekommen. Der Mord an einem alten Mann war über Nacht zu einer brutalen Sensationsstory über einen ehemaligen KZ-Häftling geworden, der angeblich von einer Neonazi-Gruppierung im Blutrausch gefoltert und hingerichtet worden war. Ein Reporter hatte irgendwie von der Tätowierung erfahren, sich den Autopsiebericht organisiert und daraus das ganz große Ding gedreht. Viel Wahrheit war zwar nicht dabei, aber das spielte keine Rolle. Die zentralen Fakten stimmten: der Name und die Geschichte des Opfers und die Art, wie es zu Tode gekommen war.

Seitdem glühten die Drähte in der Medienstelle des Tribunals, und auch die Telefone in den Büros der Polizei und der Richter standen nicht mehr still.

Wenn die Medien im Laufe des Tages auch noch von den Schüssen im Hotel erführen, würde die Berichterstattung ab morgen eine

Richtung einschlagen, die ganz und gar nicht gut war für das Vorankommen der Ermittlungen.

Zu allem Überfluss würde sich de Rozier weigern, den Journalisten gegenüberzutreten. In großen Fällen, die gut vorankamen, wusste er sich perfekt zu inszenieren. Aber spätestens nach ihrer jüngsten Auseinandersetzung würde Bernard höchstselbst auf der Pressekonferenz erscheinen müssen. Viele Stunden wertvoller Arbeitszeit würden für das Eindämmen von Brandherden draufgehen, die nichts mit der eigentlichen Ermittlung zu tun hatten. Insofern hatte de Rozier recht. Dieser Fall konnte Bernards Reputation nachhaltig beschädigen. Über seine Pensionierung hinaus.

Noch scherte er sich aber nicht darum. Erst mal mussten sie so schnell wie möglich nach Bordeaux. Mit dem Auto würde es zu lange dauern. Auch der Zug war keine Option. Es gab nur eine Möglichkeit: Sie brauchten ein Flugzeug. Um das zu bekommen, würde Bernard an die Ehre eines Mannes appellieren müssen, den er eigentlich gar nicht kannte. Aber sein Gefühl sagte ihm, dass es klappen würde.

Er erteilte seinen Mitarbeitern Anweisungen, wie sie weiter verfahren sollten. Dann richtete er das Wort an seine engsten Vertrauten.

»Dominique, Paolo, ihr bleibt hier!«

Alle erhoben sich und verließen nach und nach den Raum. Bernard blieb mit Frey und Nivello zurück. Als sie allein waren, hielt Frey ihre Hand hoch. Zwischen Daumen und Zeigefinger befand sich ein centgroßes, dünnes Plättchen, wie sie alle es schon einmal gesehen hatten.

»Ich habe die Wanze unter deinem Schreibtisch gefunden«, sagte Frey. »Sie wurde eilig angebracht. Wahrscheinlich sogar während du im Raum warst. Einfach unter die Tischplatte geklebt. Unauffällig und effektiv.«

»Hast du was herausfinden können?«

»Gerry hat sie untersucht. Keine Fingerabdrücke oder andere Rückstände. Das Signal der Wanze ließ sich nicht zurückverfolgen. Wir haben sie deaktiviert.«

»Konnte er sagen, wer dieses Modell verwendet?«

Frey schüttelte den Kopf. »Nur, dass es keines ist, das unsere Dienste einsetzen.«

»Na, wenigstens klauen sie uns nicht noch unser eigenes Equipment.«

Bernard zückte sein Handy und rief Xavier Haas an.

6

Mittwoch, 11. Juni 2014, Bordeaux, Frankreich

Es dauerte fünf Minuten, bis sie den Sicherheitscheck bestanden hatten und das Herz der Synagoge betreten durften. Alex setzte eine Kippa auf, die ihm der Wachmann gegeben hatte, während Natalie bereits den großen Gebetsraum betrat.

Als Erstes fiel ihr die große Menora ins Auge, ein beinahe vier Meter hoher, siebenarmiger Leuchter aus Gold. Er thronte inmitten eines fast fünfzehn Meter hohen Raumes. Links und rechts reihten sich Säulen auf, die die Empore hielten. Wie in vielen konservativen Synagogen saßen die Frauen oben und die Männer unten. Natalie schätzte, dass die Synagoge fünfhundert Menschen Platz bot.

»Eine sephardische Synagoge«, flüsterte Alex ihr zu. »Schau, die Bima liegt dem Thoraschrank gegenüber.« Er deutete auf ein Podest mit einem großen Rednerpult, über dem eine dunkelblaue Decke aus Samt lag. Zwischen Bima und Thoraschrank befanden sich die Sitzreihen für die Männer. »So betet der Rabbiner über die Köpfe seiner Schäfchen hinweg.«

Sie drehte ihren Kopf zu ihm und rollte mit den Augen. »Tatsächlich, Professor? Glaubst du, ich habe im Religionsunterricht nur geschlafen?« Sie knuffte ihm mit dem Ellenbogen in die Seite.

»Das hätte deinem Vater bestimmt nicht gefallen, oder?«, ertönte eine Stimme hinter ihnen.

Sie fuhren herum. Ein Mann kam auf sie zu. Natalie hatte das Gefühl, ihm schon einmal begegnet zu sein. Er war etwa so groß wie Alex, hatte braunes, volles Haar, das er ähnlich wie Elvis Presley trug, allerdings ohne die schmierige Pomade. Im Gegensatz zum King of Rock 'n' Roll pflegte dieser Mann einen braunen Vollbart, der sein schmales Gesicht einrahmte. Aus blassblauen Augen blickte er sie freundlich, ja fast schon freudig an.

»Verzeihen Sie«, begann Natalie, die nicht sicher war, ob sie den Mann richtig verstanden hatte. »Ich hoffe, wir kommen nicht ungelegen. Wir haben keinen Termin zur Besichtigung vereinbart und –«

»Natalie, wenn ich dich an dieser Stelle unterbrechen darf«, warf der Mann ein. »Meine Nichte braucht keinen Termin, um ihren Onkel zu sehen.«

Einen langen Moment standen sie sich gegenüber. Ein unbeschreibliches Gefühl stieg in ihr auf. Sie legte beide Hände auf ihren Mund und riss die Augen auf. Eine Gänsehaut überzog ihren ganzen Körper. Tränen traten ihr in die Augen. Dieses Mal aber waren es Tränen des Glücks. Sie hatte ihn gefunden.

Der Mann strahlte über sein ganzes Gesicht.

»Das Foto«, sagte Alex leise. Auch er wusste nun, wo er den Mann schon einmal gesehen hatte: auf dem Bild, das ihnen Pastor Thomas in Strasbourg gezeigt hatte. Natürlich war nicht dieser Mann darauf zu sehen gewesen, sondern sein Vater, neben Régis und Rahel Étoile. Der Mann, der nun vor ihnen stand, war ohne jeden Zweifel Jacob Hinaults Sohn, der Zwillingsbruder von Natalies leiblicher Mutter. Er musste jetzt siebzig Jahre alt sein, aber er sah aus wie ein Mann von Anfang fünfzig.

»Du darfst mich Onkel Fabrice nennen, wenn du magst«, sagte er.

Im nächsten Augenblick fielen sie sich in die Arme. Natalie spürte die kräftigen Arme ihres Onkels, die sie festhielten und an sich drückten.

Sie schloss die Augen.

Alles, was geschehen war, verschwand aus ihrem Bewusstsein. Sie weinte hemmungslos. Minutenlang. Sie war unfähig, zu sprechen, unfähig, sich zu bewegen. Fabrice hielt sie die ganze Zeit. Ein einziges Wort kreiste in Natalies Kopf, ein Wort, das von diesem Augenblick an eine völlig neue Bedeutung für sie hatte.

Familie.

Sie brauchte fast zehn Minuten, um wieder sicher auf ihren Beinen stehen zu können. Sie spürte, wie ihr Lächeln nicht aus ihrem Gesicht weichen wollte, wie ihre Augen Fabrice überallhin folgten, sie ihn beobachtete, sich fragte, wie viel ihrer Mutter in ihm steckte, wie viel Fabrice in ihr selbst steckte.

Fabrice lud sie ein zu sich in eine gemütliche, geräumige Wohnung im Hinterhaus der Synagoge. Natalie setzte sich neben Alex aufs Sofa, während Fabrice Kaffee servierte und in einem Sessel Platz nahm.

»Das ist die Wohnung des Rabbiners der Synagoge«, begann er. »Meine Wohnung also.« Er lächelte. »Es ist eine lange Geschichte. Die Kurzfassung lautet: Als Régis mich gefunden hat, war ich Rabbiner in Israel. Fragt mich nicht, wie er es geschafft hat! Aber er hat mich eines Tages angerufen und gesagt, er sei der beste Freund meiner Eltern gewesen. Ich habe erst nicht verstanden. Dann haben wir lange gesprochen. Er hat mich gebeten, ihm zu helfen. Ich war skeptisch, aber er hat mich eingeladen, ihn zu besuchen. Also bin ich nach Paris geflogen, und wir haben uns getroffen. Dein Papa hat mir erklärt, worum es ging, und ich habe in seinen Plan eingewilligt. Er kannte hier in Bordeaux noch viele Leute, da hat er mich als Rabbiner vorgeschlagen. Der Vorstand hat zugestimmt, und so bin ich jetzt seit fast zwanzig Jahren hier.«

Natalie glaubte, sich verhört zu haben. »So lange? Und ich habe nie etwas von dir erfahren?« Sie hielt sich an einer Tasse Kaffee fest.

Fabrice trank einen Schluck aus seiner Tasse, bevor er antwortete. »Ich musste Régis versprechen, dass ich all die Jahre keinen Kontakt mit dir aufnehme. Stattdessen rang er mir ein zweites Versprechen ab.«

»Welches?«, fragte Natalie.

»Dir beizustehen und zu helfen, wenn er nicht mehr ist.«

Natalie schwieg.

»Du weißt, dass er gestorben ist?«, fragte Alex.

»Ich ahnte es, als ich von Serge Clements Tod in der Zeitung gelesen habe. Und ich war mir sicher in dem Augenblick, als ihr hier geklingelt habt. Sagt mir nur eins: Ist er friedlich eingeschlafen, oder haben ihn die Wächter am Ende ...?« Er wollte den Gedanken offenbar nicht aussprechen.

»Nein«, antwortete Alex, und Natalie war ihm dankbar, dass er diesen Part für sie übernahm. »Er hatte sich einen schweren Infekt eingefangen und ist letzten Mittwoch nicht wieder aufgewacht.«

Sie sah Fabrice an, dass er erleichtert war.

»Es war klar, dass dieser Tag, unser Kennenlernen, erst kommen würde, wenn Régis einmal von uns gegangen ist. Er war ein starrköpfiger Mensch«, sagte Fabrice entschuldigend. »Aber er war auch der gütigste Mensch, den ich je kennengelernt habe. Er hat mir und meiner Familie sehr geholfen, in Bordeaux heimisch zu werden.«

»Du hast eine Familie?«, fragte Natalie sofort.

Fabrice lächelte. »Meine Frau Esther und zwei Kinder. Sie sind gerade in Israel bei Esthers Eltern.«

Natalie brauchte eine Sekunde, bis sie realisierte, was das bedeutete. »Das heißt, ich habe Cousins?«

»Cousinen, ja«, lachte Fabrice. »Aber von ihnen erzähle ich euch ein andermal. Heute geht es um etwas Wichtigeres, und ich fürchte, wir dürfen keine Zeit verlieren.«

Natalies Begeisterung war augenblicklich verflogen. Sie stellte ihre Tasse ab und sah Fabrice ernst an.

»Berichtet mir bitte, was in den letzten Tagen passiert ist«, fuhr dieser fort. »Wie hat eure Reise angefangen? Wem seid ihr begegnet? Mit wem habt ihr gesprochen? Hattet ihr Probleme? Ihr dürft kein Detail auslassen! Alles kann wichtig sein.«

Sie registrierte eine Veränderung in Fabrice' Stimme. Vorhin noch hatte er im liebevollen Ton des Onkels zu ihr gesprochen, voller Verständnis und Zuneigung. Jetzt schwang etwas anderes mit: Wachsamkeit.

Natalie begann. Sie schilderte den Tag, an dem Régis gestorben war, und ihren Anruf bei Alex. Sie erzählte, wie sie ihn vom Bahnhof abgeholt, ins Hotel und später zu Suzanne gebracht hatte. Von dem Erpresserschreiben, das alles verändert hatte, und vom missglückten Versuch bei Notar Simon, das Testament einsehen zu dürfen. Sie erzählte von der Beerdigung, dem Diebstahl des Testaments und des versiegelten Briefes und erklärte, wie Alex den Antrag auf Akteneinsicht und schließlich die Nummer von Pastor Thomas gefunden und ihn angerufen hatte.

Die ganze Zeit über hörte Fabrice aufmerksam zu. Dann schien es ihm offenbar an der Zeit, Fragen zu stellen.

»Wer war in dieser Zeit über alles auf dem Laufenden?«

»Wir beide.« Natalie deutete auf sich und Alex. »*Maman* natürlich und Christophe.«

»Und der Notar«, ergänzte Alex.

»Stimmt. Er hat bis auf den Anruf bei Pastor Thomas alles mitbekommen.«

»Was ist mit Dr. Forêt?«

»Wieso fragst du?«

»Das erkläre ich später. Und?«

»Er konnte nur teilweise mitverfolgen, was lief«, antwortete Natalie. »Er hat immer wieder nach *maman* geschaut.«

»Hat sie mit ihm über die Geschehnisse gesprochen?«

»Ich denke schon. Aber sicher nicht im Detail. Was ist denn mit Dr. Forêt?«

»Lass uns erst mal weitersehen! Strasbourg!«

Alex übernahm. Er schilderte, wie ihnen der Pastor weitergeholfen hatte, berichtete vom Telefonat mit Suzanne und von Serge Clements Brief. Natalies Onkel runzelte die Stirn, schwieg aber. Dann kamen die Verbindung zwischen Serge Clement zu Professor von Arx, die Einbrüche in Fribourg und das, was schließlich auf der Terrasse der Brasserie du Belvédère geschehen war, an die Reihe.

Wenn ihn der Mord an Hugo von Arx in irgendeiner Weise schockierte, zeigte Fabrice dies nicht. Natalie hatte das ungute Gefühl, dass er bereits wusste oder zumindest ahnte, was passiert war.

»Und dann seid ihr in meine Wohnung nach Aix geflohen?«

»Die Wohnung gehört dir?«, fragte Natalie überrascht.

»Ja. Für mich und Esther ist sie perfekt, weil wir dort ausspannen können. Und wenn unsere Mädchen mal eine Auszeit brauchen, fahren sie allein hin. Ich hoffe, die Wohnung steht noch.«

»Wenn die Möchtegern-Polizisten sie nicht verwüstet haben, ja«, bemerkte Natalie unsicher.

»Ihr seid fündig geworden, nehme ich an«, fuhr Fabrice fort.

Natalie nickte. »Meine Geburtsurkunde geht mir noch immer

nicht aus dem Kopf. Vor allem ist es mir ein Rätsel, wie *papa* an sie rangekommen ist.«

»Da hat wohl Madame Muller eine entscheidende Rolle gespielt«, erwiderte Fabrice. »Sie muss Régis mit ihren Kontakten geholfen haben.«

Natalie sah zu Alex rüber. Er war genauso überrascht wie sie. Hilfsbereitschaft war nicht unbedingt das Erste, woran sie sich erinnerten, wenn der Name der Heimleiterin fiel.

»Machen wir weiter!«, drängte Fabrice. »Was passierte, nachdem ihr Aix-les-Bains hattet verlassen müssen?«

Alex und Natalie berichteten, was sie im Vallée de Vauvenargues und in Marseille erlebt hatten. Fabrice fragte nach, wollte genau wissen, wer an den Ermittlungen beteiligt war, was man ihnen verraten hatte, was Clements Söhne erzählt und wie sie von der Verstrickung des Geheimdienstes erfahren hatten. Schließlich erklärte Alex, dass sie das Gedicht nach Bordeaux geführt hatte.

»Und jetzt sind wir hier, haben dich gefunden, aber trotzdem das Gefühl, dass wir noch lange nicht am Ende sind.«

»Da habt ihr ganz recht«, pflichtete Fabrice ihm bei. »Ich habe vorhin gefragt, wer alles von Beginn an von den Geschehnissen wusste. Das hat einen einfachen Grund: Régis hat mir eingetrichtert, niemandem zu vertrauen. Das musste er zwar nicht, weil ich ohnehin ein misstrauischer Mensch bin und in Israel eine Menge gelernt habe. Aber er hat von mir verlangt, nur ihm, Suzanne und euch beiden zu trauen. Niemandem sonst! Die Wächter haben es über die Jahrzehnte geschafft, jedes Netzwerk zu infiltrieren, das ihnen von Nutzen sein oder ihnen gefährlich werden konnte. Kein Aufwand war ihnen zu hoch. Sie haben ihre Ressourcen eiskalt ausgenutzt. Man könnte fast sagen, sie haben einen eigenen kleinen Geheimdienst aufgebaut mit Spionen, Helfern, Schläfern und allem, was dazugehört.«

»Und du glaubst, sie haben versucht, jemanden in Régis' Umfeld einzuschleusen?«

»Davon war er überzeugt. Er war sich sogar sicher, dass eure Wohnung verwanzt worden war.«

»Dann haben die Wächter von Anfang an alles mitbekommen?«, fragte Natalie.

»Genau. Sie werden euch überallhin gefolgt sein.«

»Okay«, sagte Alex. »Gehen wir davon aus, dass die Wächter immer in unserer Nähe waren. Mit etwas Glück haben wir jetzt einen kleinen Vorsprung. Was sollen wir also tun? Du warst sicher nicht das letzte Puzzlestück!«

»Nein, sicher nicht. Ihr dürft nicht vergessen, auch ich bin Erbe dessen, was unsere Eltern und Großeltern durch den Krieg haben zurücklassen müssen. Ich habe Régis zwar erklärt, dass ich daran kein Interesse habe. Aber wir beide«, er blickte Natalie an, »du und ich, sind diejenigen, die den Wächtern gefährlich werden können. Auch ich bin letztlich nur ein Beweisstück.«

»Aber worum geht es wirklich?«, fragte sie. »Doch nicht einfach nur um ein Weingut?«

»Nein. Wobei ihr euch noch umschauen werdet, wenn ihr das Anwesen seht. Allein der Besitz ist viele Millionen Euro wert. Darum geht es aber nicht einmal. Es geht um das, was auf dem Weingut versteckt ist.«

»Und was soll das sein? Ein Schatz oder so was?«

»Ziemlich genau das! Es gibt etwas, das ihr noch nicht wisst. Ja, die Familie meiner Mutter hat ein Weingut besessen. So weit, so gut. Aber was ist mit der Familie meines Vaters?«

»Über ihn haben wir nichts rausfinden können«, gab Alex zu.

»Tragisch, aber so ist es leider«, sagte Fabrice. Er griff zu seiner Tasse, doch der Kaffee war längst kalt. Er stellte sie wieder zurück. »Prinzipiell müsste es Aufzeichnungen geben. Nur wurden sie vernichtet. Oder sie lagern in einem der Tresore der Banque Privée 1898.«

»Du meinst die Privatbank?«, fragte Natalie erstaunt.

»Genau die. Gegründet durch meinen Urgroßvater.«

»Das würde ja bedeuten«, sagte Alex fast im Flüsterton, »dass es hier um ein milliardenschweres Imperium geht.«

»Siehst du, und jetzt kommen wir der Sache näher«, gab Fabrice zurück. »Eine Bank würde alles verändern. Sie wäre weit mehr als ein Weingut.«

»Sie wäre das Finanzzentrum der Wächter.«

»Bingo. Aber gehen wir noch mal einen Schritt zurück. Die Geschichte des Zweiten Weltkriegs kennen wir alle. Die Nazis marschieren in Polen ein, die Franzosen und Engländer finden das nicht so toll, der Krieg ist da. Unsere Grande Nation mobilisiert ihre Streitmächte. Alles, was männlich ist und halbwegs laufen kann, wird eingezogen und an die Maginot-Linie geschickt. Auch Régis und Jacob. Der *drôle de guerre* ist euch ein Begriff?«

»Willst du mich beleidigen?«, fragte Alex.

»Oh, Monsieur le Professeur, *pardon*!« Fabrice grinste. »Gut! Also, der Sitzkrieg. Frankreich glaubt, dass es Deutschland mürbemachen und aufhalten kann. Das Ende kennen wir.« Er hielt kurz inne. »Was wäre, wenn Jacob und Régis das vorhergesagt haben?«

»Dann wären sie große Strategen und kein Fußvolk gewesen«, meinte Alex nüchtern.

»Sie waren aber reines Fußvolk, das nichts zu sagen hatte. Zumindest nicht auf dem Schlachtfeld. Trotzdem haben sie versucht, einen Kampf zu gewinnen. Den Kampf, alles in Sicherheit zu bringen, was ihnen lieb und teuer war, bevor es in die Hände der Nazis fiel.«

»Wie und wann sollen sie das gemacht haben?«

»Noch bevor das große Unglück über sie hereingebrochen ist. Jacob hat Rahel einen Brief von der Front geschrieben und sie aufgefordert, so schnell wie möglich alles, was ihre Familien als wertvoll erachteten, auf dem Weingut zu verstecken.«

»Und das hat sie getan?«, wollte Natalie wissen.

»So hat sie es Régis und Jacob später versichert.«

»Was war so Wertvolles dabei?«

»Régis hat es mir gegenüber so ausgedrückt: abgesehen vom Offensichtlichen, dem materiell Wertvollen, alles, was es heute brauche, um die Wächter zu Fall zu bringen.«

»Und das wäre?«

»Weitere Dokumente, schätze ich.«

Natalie lehnte sich zurück. Sollte das etwa bedeuten, dass ihre ganze Familiengeschichte irgendwo auf einem Weingut vergraben war? Mit allen Antworten auf die Fragen, die sie immer gehabt hatte? Woher sie kam, was ihre Eltern und Großeltern gemacht hatten, welchen Stammbäumen sie wirklich entsprang, wo ihre Familie gelebt hatte – all das hatten ihre Großeltern aufbewahrt und weggeschlossen?

»Wir suchen also eine Schatzkammer, verstehe ich das richtig?«, fragte Alex. In seiner Stimme schwangen große Zweifel mit. »Eine, die niemand auf dem Weingut in den letzten Jahren entdeckt hat und zu der wir rein zufällig den Schlüssel haben? Das klingt ziemlich verrückt, findest du nicht?«

»Pas tout à fait!«, erklärte Fabrice im Brustton der Überzeugung. »Kramen wir noch mal in den Akten! Vincent Guibert, Todestag 13. Juni 1954. Was wisst ihr über ihn?«

»Wir haben den Namen vorhin erst von David Simon genannt bekommen«, entgegnete Alex. »Eigentlich nichts, aber ich habe eine Ahnung.«

»Und die wäre?«

»Dass Vincent Guibert derjenige war, der sich das Weingut damals unter den Nagel gerissen hat, nachdem die Familie deiner Mutter enteignet worden war.«

»Langsam verstehe ich, warum Régis gehofft hatte, dass du Natalie helfen würdest«, erwiderte Fabrice anerkennend. »Ihr seht also, sobald wir die Akte haben und bewiesen ist, dass Vincent Guibert damals ein arisiertes Weingut übernommen hat, haben wir alles zusammen, um nach der Schatzkammer zu suchen.«

»Aber das einzig Handfeste ist Natalies Geburtsurkunde«, wandte Alex ein. »Fotos und Zeitzeugen helfen uns nicht weiter. Es gibt keine verbriefte Verbindung zwischen euch und eurer Familie.«

»Wie wäre es hiermit?« Fabrice griff in eine Schublade neben dem Sofa und holte ein Dokument hervor. Natalie sah sofort, dass es sehr alt war. Vergilbtes Papier, mit Schreibmaschine beschrieben. Fabrice reichte es ihr, sie überflog es, blickte ihn fassungslos an und gab es dann an Alex weiter.

»Die Erklärung ist ziemlich simpel«, begann Fabrice. »Als unsere Adoptiveltern meine Schwester und mich bei sich aufgenommen haben, mussten sie für die richtigen Papiere sorgen. Damals waren ja noch die Nazis an der Macht. Also haben sie Geburtsurkunden für ihre leiblichen Kinder ausstellen lassen. Als der Krieg dann vorbei war, wollten sie nach Amerika. Sie wollten aber auch, dass alles seine Richtigkeit hatte. Sie meinten, vielleicht würde es ja noch mal wichtig sein, von wem wir wirklich abstammten. Man könnte meinen, sie hätten es vorhergesehen. Also gingen sie mit Pfarrer Paul, der ja alles bezeugen konnte, zum Amt und ließen die Geburtsurkunden korrigieren.«

Alex las laut vor. »›Vater: Jacob Hinault. Mutter: Rahel Hinault, geb. Étoile. Tochter: Marie Mannarino. Sohn: Fabrice Mannarino.‹«

Damit gab es keinen Zweifel mehr, dachte Natalie. Es gab offizielle Papiere, die erklärten, dass sie und Fabrice verwandt waren und von Jacob und Rahel Hinault abstammten.

»Das heißt, alles, was wir jetzt noch tun können, ist, darauf zu warten, dass wir die Akte einsehen können«, schloss Alex.

Fabrice nickte. »Wenn sie noch existiert.«

»Was willst du damit sagen?«

»Die größte Angst von Régis war, dass die Wächter einen Weg finden würden, die Akte zu vernichten.«

Natürlich. Natalie ärgerte sich, dass sie nicht früher daran gedacht hatte. Die Wächter mussten eigentlich nur eines fürchten: dass eine solche Akte geöffnet wurde. An der Stelle der Wächter hätte sie alles versucht, sie verschwinden zu lassen.

»Was ist mit Bernard?«, schlug Natalie vor.

»Der Juge?«, fragte Fabrice misstrauisch.

»Meinst du, er würde uns helfen, nachdem wir einfach so aus Marseille abgehauen sind?«, merkte Alex an.

»Ich bin mir sogar sicher. Er wäre als Ermittlungsrichter in der Position, aufgrund des Mordes an Serge Clement eine sofortige Durchsuchung des Weinguts zu beantragen.«

»Du hast recht«, gab Fabrice zu. »Aber ich fürchte, wir dürfen es nicht riskieren. Zumindest nicht, solange es noch eine Chance gibt, dass die Akte noch existiert.«

»Wir sollten ihn trotzdem anrufen und ihm mitteilen, dass wir nicht mehr in Marseille sind«, sagte Natalie.

Alex kramte nach seinem neuen Handy.

»Du willst es jetzt gleich tun?«, fragte sie.

»Beim Gedanken an Bernard ist mir Christophe eingefallen. Er wollte sich melden, wenn er in der Nähe ist.«

Er sah auf das Display. Christophe hatte tatsächlich versucht, ihn zu erreichen. Er rief ihn zurück.

Christophe schlug vor, sie abzuholen und dann in einem Café in der Fußgängerzone Rue Sainte-Catherine unweit der Synagoge etwas zu essen.

7

Mittwoch, 11. Juni 2014, Le Castellet, Frankreich

Pascal Bernard saß das erste Mal in seinem Leben in einem privaten Flugzeug. Ein Learjet 40, wie der Pilot verkündet hatte, als er sie am Fuße der Gangway begrüßt hatte. Gerade mal sechs Passagiere fanden in der Maschine Platz, in bequemen Ledersesseln an lackierten Holztischen. Wäre eine Stewardess mit an Bord gewesen, hätten sich Bernard, Frey und Nivello sogar mit Leckereien aus einer kleinen Küche bedienen lassen können. Aber so entgegenkommend war Xavier Haas dann doch nicht gewesen.

Bernard hatte ihn angerufen und ihm die Lage erklärt. Haas hatte nicht lange rumlaviert und dem Juge Hilfe versprochen. Sie waren sofort zum Flughafen Le Castellet aufgebrochen und saßen nun in dieser Luxusmaschine des Geheimdienstes, die sie in weniger als einer Stunde nach Bordeaux bringen würde.

Er blickte hinüber zu Frey, die mit Marseille telefonierte. Als sie ihr Handy wegsteckte, sah sie wenig begeistert aus.

»Auf unserem Weg hierher haben unsere beiden Flüchtlinge offenbar angehalten.«

»Sind sie jetzt wieder unterwegs?«

»Nein, sie müssen den Wagen in Bordeaux geparkt haben.«

»Wann war das?«

»Vor einer halben Stunde.«

Bernard kniff die Augen zusammen. »Und warum hat uns niemand Bescheid gegeben?«

»Willst du die Ausrede hören oder den Standort des Autos?«

»Schieß los!«

»Das Auto steht auf dem Cours Pasteur in der Nähe der Kreuzung zum Cours Victor Hugo.«

Bernard rief sich den Stadtplan in Erinnerung. Er kannte Bordeaux gut. In der Nähe der Kreuzung befand sich die Kathedrale Saint-André. Auch ein zweites Gotteshaus lag ganz in der Nähe.

Vielleicht war es nur Zufall. Aber die beiden waren zu Fuß unterwegs. Wenn Bernard recht hatte, waren Kauffmann und Villeneuve weg, ehe dieses Flugzeug wieder den Boden berührte.

»Schick sofort einen Streifenwagen zu diesem Auto«, befahl Bernard. Frey zückte ihr Handy. »Und einen zweiten zur Synagoge. Die ist gleich um die Ecke. Sag ihnen, sie sollen die Fotos der zwei mitnehmen und sich umhören. Und zwar schnell. Wenn wir wissen, dass sie angehalten haben und ausgestiegen sind, dann weiß es der Attentäter auch.«

Er blickte auf die Uhr. Wenn sie wirklich nur eine Dreiviertelstunde brauchten, bis sie in Bordeaux landeten, waren sie mit etwas Glück in einer guten Stunde in der Innenstadt. Eine Polizeieskorte würde sie direkt vom Rollfeld aus die zehn Kilometer ins Zentrum bringen. Hoffentlich kamen sie nicht zu spät.

8

Mittwoch, 11. Juni 2014, Bordeaux, Frankreich

Sie merkten zu spät, dass etwas nicht stimmte. Alex, Natalie und Fabrice verließen die Synagoge und traten auf die Straße. Christophe stand schräg gegenüber an der Häuserfront und lächelte, als er sie sah. Fabrice bat Natalie, ihn und Alex einen kurzen Moment allein zu lassen. Als sie zu Christophe hinüberging, rückte er eng an Alex heran.

»Alex, es ist ungemein wichtig, dass wir nichts mehr riskieren«, sagte Fabrice eindringlich. »Wir sollten zusammenbleiben und hier in der Synagoge bis Freitag warten, bis die Akte freigegeben wird. Die Wohnung ist groß genug, ihr könnt hier übernachten. Wir haben alles im Haus. Hauptsache, wir … Verdammt!«

Alex stand mit dem Rücken zur Straße. Er hatte nicht sehen können, was Fabrice stocken ließ. Er fuhr herum. Ein Auto stand mit geöffneten Türen vor dem Hauptportal der Synagoge. Zwei maskierte Gestalten stürzten sich auf Natalie und Christophe. Im nächsten Augenblick waren sie hinter ihnen und pressten ihnen Pistolen an die Schläfen.

Natalie stieß einen gellenden Schrei aus, der Alex bis ins Mark traf.

»Oh Gott!«, rief er. »Was soll das? Lassen Sie sie –«

»Halt die Klappe!«, brüllte der Mann hinter Natalie und legte seinen Arm um ihren Hals.

Fabrice packte Alex am Arm. Der Griff war fest und bestimmt. Alex spürte, dass er sich ihm nicht würde entziehen können, selbst wenn er entgegen allen Überlebenschancen den Drang verspürt hätte, nach vorn zu springen und sich mit den beiden Bewaffneten anzulegen. Doch eine bleierne Angst lähmte ihn. Von Natalie war nur noch ein Röcheln zu hören. Der Mann erhob die Stimme. Alex stockte. Er hatte sie schon einmal gehört.

»Schon besser«, sagte der Mann, der offenbar der Anführer war.

Sein Kumpan hatte noch keinen Ton von sich gegeben. Er hatte Christophe mit massigen Armen fest im Griff. »Wenn ihr tut, was ich sage, passiert niemandem etwas. Du!« Er zeigte mit der Waffe auf Alex. »Wo sind die Unterlagen?«

Alex wusste nicht, was er antworten sollte. Er sah zwischen Natalie, ihrem Schatten, Christophe und der bedrohlichen Gestalt in dessen Rücken hin und her.

»Nicht hier«, antwortete neben ihm Fabrice mit fester Stimme. »Und ihr werdet sie auch nicht bekommen.« Er sprach, als ob er in der besseren Verhandlungsposition wäre. Dann trat er einen Schritt vor und zog Alex hinter sich.

Was hatte Fabrice vor? Verstand er das etwa unter »nichts riskieren«?

»Ist das so?«, fragte der Mann und richtete seine Waffe auf Fabrice. Der wich keinen Zentimeter zurück. »Ein mutiger Mann, was? Na, dann habt ihr sicher nichts dagegen, wenn wir statt der Unterlagen eure beiden Freunde hier mitnehmen. Vielleicht überlegt ihr es euch dann noch anders.«

Alex wollte etwas entgegnen, doch Fabrice bedeutete ihm, zu schweigen.

Sie sahen zu, wie die beiden Maskierten langsam rückwärts zum Auto zurückgingen. Dabei ließen sie ihre Waffen keine Sekunde sinken und Alex und Fabrice nicht aus den Augen.

Was dann passierte, nahm Alex nur in Zeitlupe wahr.

Die beiden Entführer hatten den Wagen fast erreicht, als am anderen Ende der Straße ein Polizeiauto auftauchte. Es kam mit quietschenden Reifen zum Stehen, und zwei Beamte sprangen heraus. Sie zogen ihre Waffen und verschanzten sich hinter den aufgerissenen Türen ihres Wagens.

»Polizei!«, rief einer der beiden. »Lassen Sie sofort Ihre Waffen fallen!«

»Scheiße!«, entfuhr es dem Anführer. Alex sah, wie er kurz mit seinem Kompagnon Blickkontakt aufnahm. Dann riss er Natalie in einer fließenden Bewegung herum, brachte sie zwischen sich und die Polizisten, richtete seine Waffe auf die Beamten und feuerte. Sein

Partner tat es ihm gleich, wobei sich Christophe deutlich stärker wehrte als Natalie. Die Polizisten gingen in Deckung und wichen dem Kugelhagel aus.

Im Nu waren die Entführer beim Auto. Der eine stieß Natalie durch die geöffnete Tür in den Fond. Der zweite, ein Hüne von Mann, kämpfte noch mit Christophe. Als er sein Magazin leer geschossen hatte, kam Christophes Chance. Sein Widersacher hatte ihn loslassen müssen, um nachzuladen. Er riss sich los und rannte in die Gasse, durch die Alex und Natalie am Morgen gekommen waren.

Er schaffte es nur wenige Meter weit.

Alex sah, wie der Hüne nachlud, anlegte und feuerte. Drei Mal. Christophe stürzte. Sein beigefarbenes Sakko färbte sich tiefrot. Alex stand da wie vom Donner gerührt. Er hörte, wie Natalie verzweifelt Christophes Namen brüllte. Doch er rührte sich nicht mehr.

Die Polizisten hatten das Geschehen mit angesehen und legten jetzt auf Christophes Mörder an. Der rettete sich mit einem Sprung hinter ein geparktes Auto. Augenblicke später robbte er über die Straße und auf Christophes leblosen Körper zu. Während sein Partner die Polizisten in Schach hielt, hob er ihn hoch und hastete, die Leiche als Schutzschild vor sich haltend, zum Auto.

Fabrice hatte Alex in den Türeingang der Synagoge gezogen, sodass sie nur noch erahnen konnten, was auf der Straße vor sich ging. Er konnte kaum glauben, was er da sah. Die Polizisten schienen nicht zu wissen, ob sie feuern sollten oder nicht. Schon hatte der Mann den Wagen erreicht, riss mit einer Hand den Kofferraum auf und warf sich samt Leiche hinein. Einen Wimpernschlag später saß der Anführer hinter dem Steuer, legte den Rückwärtsgang ein und raste durch die Rue Honoré Tessier davon.

Alex wartete darauf, dass auch die Polizisten in ihren Wagen sprangen und die Verfolgung aufnahmen. Erst jetzt, da Fabrice und er wieder auf die Straße traten, sah er, dass beide Vorderreifen der Streife zerschossen waren. In der Ferne hörte Alex lautes Hupen. Er glaubte, so etwas wie Schießpulver zu riechen. Die Polizisten kamen auf sie zugelaufen und riefen etwas. Fabrice antwortete ihnen, doch Alex verstand kein Wort. Es klang alles dumpf und weit weg.

Sie hatten Christophe getötet.

Und sie hatten Natalie.

9

Mittwoch, 11. Juni 2014, Bordeaux, Frankreich

Natalie lag benommen auf der Rückbank. Ihr Entführer hatte ihr mit seiner Waffe einen Schlag auf den Kopf versetzt. Ihr Schädel schien zu explodieren, sie konnte ihre Augen vor Schmerz kaum öffnen. Halb ohnmächtig spürte sie, wie das Auto mehrere Male nacheinander schnell abbog. Sie wurde umhergeschleudert, unfähig, sich dagegen zu wehren.

Plötzlich machte der Fahrer eine Vollbremsung. Natalie rutschte von der Rückbank und knallte mit dem Kopf gegen den Vordersitz. Sekunden später flog die Tür auf, zwei Hände packten sie, hoben sie scheinbar spielend leicht hoch, und noch bevor sie wusste, wie ihr geschah, spürte sie ein Stück Stoff über ihrem Gesicht.

Um sie herum wurde es schwarz. Mit einem Male war ihre Benommenheit verflogen. Panik erfasste sie. Sie wollte sich von dem befreien, was man ihr gerade über den Kopf gestülpt hatte. Doch stattdessen wurde sie wieder hingesetzt und angeschnallt.

»Was habt ihr Schweine mit meinem Onkel gemacht?«, schrie sie. »Was habt ihr mit mir vor?« Sie strampelte mit ihren Beinen, schlug wild um sich und wollte sich den Sack vom Kopf reißen.

Im nächsten Moment wich alle Luft aus ihren Lungen. Eine Faust bohrte sich wie ein Schraubstock in ihren Magen. Natalie krümmte sich vor Schmerz, kämpfte dagegen an, sich zu übergeben. Atmen. Sie musste atmen. Mehrere Sekunden vergingen, dann endlich öffneten sich ihre Lungen wieder. Sie schnappte nach Luft. Doch schon beim nächsten Atemzug schien kein Sauerstoff mehr da zu sein. Der Sack. Sie erstickte.

»Hilfe«, japste sie, »keine Luft …«

Sie spürte, wie eine Hand den Stoff über ihrem Mund anhob. Gierig schnappte sie nach Luft. Langsam entspannten sich ihre Muskeln, ihre Lungen arbeiteten wieder.

»Und jetzt keinen Mucks mehr, haben wir uns verstanden?«,

ertönte eine Stimme neben ihr und verhüllte ihr Gesicht wieder vollständig.

Ihr kamen die Tränen. Sie konnte sich nicht dagegen wehren. Sie schluchzte und begann zu zittern. Gott, sie wollte nicht sterben! Wo war bloß die Polizei? Sie konnte keine Sirenen mehr hören. Hatte der Fahrer sie abgehängt? Wenn niemand sie mehr verfolgte, wie sollte sie dann je befreit werden? Wie konnten Alex und Fabrice je erfahren, wo sie war? Die Entführer wollten ihre Beweise haben. Warum hatte Fabrice ihnen nicht einfach gegeben, wonach sie verlangt hatten? Dann wäre sie jetzt frei und Christophe noch am Leben!

Die Beweise! Das war Natalies Lebensversicherung. Doch im nächsten Moment kamen ihr Zweifel. Konnte sie da sicher sein? Oder würden die Wächter sie nicht so oder so umbringen, sobald sie die Unterlagen hatten? Würde Natalie sterben, egal, was passierte? Waren das ihre letzten Minuten, die sie zu leben hatte?

Sie schmeckte das Salz ihrer Tränen auf den Lippen. Sie weinte hemmungslos. Mit jeder Sekunde schwand die Hoffnung.

Dann wurde der Wagen langsamer. Natalie spürte, wie sie über einen unbefestigten Weg rumpelten. Sie hörte Steine, die von den Reifen aufgewirbelt wurden. Schließlich bremste der Fahrer scharf. Nach kurzem Rutschen kamen sie zum Stehen. Eine Tür ging auf, wurde wieder zugeknallt. Sie wurde aus ihrem Sitz befreit und aus dem Wagen gezogen. Im nächsten Moment riss ihr jemand das Stück Stoff vom Kopf. Die Sonne schien ihr ins Gesicht. Sie blinzelte.

Es dauerte einige Sekunden, ehe sich ihre Augen an das grelle Licht gewöhnt hatten. Sie sah sich um. Die Panik kehrte zurück.

Sie standen vor einem heruntergekommenen Gebäudekomplex. Sofort wusste Natalie, dass sie hier sterben würde. Hier würde es enden. Sie weinte noch immer. Oder wieder? Es spielte keine Rolle. Ausgerechnet auf einer Baustelle sollte sie sterben? Sie, die jeden Tag ihres Berufslebens im Dreck zwischen Baggern, Kränen, Zement, Stahl und Bauarbeitern verbracht hatte. Wie passend!

Natalies Augen nahmen wie automatisch ihre Umgebung wahr. Auf dem Gelände musste sich früher eine Fabrik befunden haben.

Auf der einen Seite standen noch die Reste eines alten Backsteingebäudes, während auf der anderen Seite bereits das Fundament für eine neue Halle gegossen worden war.

Ein Fundament! Jetzt wusste Natalie, was passieren würde. Sie hatte es schon so oft in Filmen gesehen. Sie würden sie erschießen und mit Zement überschütten. Sie blickte sich zu ihren Entführern um. Der Typ, der sie ins Auto gezerrt hatte, war neben ihr und hielt sie am Arm fest. Der zweite, ein Koloss von einem Mann, hantierte am geöffneten Kofferraum. Beide trugen noch immer Gesichtsmasken.

Sie sprachen kein Wort. Stattdessen hörte Natalie ein vertrautes Geräusch. In einiger Entfernung stand ein Betonmischer. Das Gelände war verwaist, kein Mensch zu sehen. Doch die riesige Trommel des Mischers drehte sich. Wie aufs Stichwort öffnete sich die Tür des Fahrerhauses, und ein dritter Mann, ebenfalls mit Maske über dem Kopf, stieg aus.

»Ist alles vorbereitet?«, fragte der Mann, der Natalie festhielt.

»Kann sofort losgehen«, erwiderte der Neuankömmling.

Natalie versuchte, sich loszureißen. Sie wollte weglaufen. Ihrem Schicksal entkommen. Irgendetwas machen. Aber ihr Bewacher hielt sie mühelos zurück.

»Na, na, na, jetzt mal nicht ungeduldig werden«, sagte er lachend. »Du willst doch nicht die Beerdigung verpassen. Das wäre sehr unhöflich.«

Da sah sie, wie sich der Koloss in Bewegung setzte. Im nächsten Moment gaben ihre Knie nach.

Über seinen Schultern trug er Christophe. Natalie sah, wie der Körper ihres Onkels schlaff herabhing. Sein Sakko war blutgetränkt.

»Christophe«, schluchzte sie.

»Ihr hättet uns einfach die Unterlagen geben sollen. Dann würdet ihr jetzt gemütlich Tee schlürfen«, flüsterte ihr der Mann ins Ohr. »Aber der Rabbi musste ja den Helden spielen. Er hat deinen Onkel auf dem Gewissen! Ich hoffe, du bist cleverer als er!«

»Was wollt ihr von mir?«, brachte sie hervor, während sie dem Hünen nachsah, wie er und der dritte Maskierte in Richtung des Betonmischers marschierten.

»Das wirst du noch früh genug erfahren. Erst einmal kümmern wir uns darum, dass dein Onkel ein würdiges Begräbnis erhält.« Er lachte.

Natalie gefror das Blut in den Adern. Als die beiden Typen beim Fahrzeug angekommen waren, warfen sie den leblosen Körper achtlos zu Boden. Der eine ging zu einem Pult am Wagen. Natalie wusste, dass sich dort die Hebel für den Betonmischer befanden. Sie sah mit an, wie der Hüne Christophes Leiche über den Rand einer Baugrube rollte. Im nächsten Moment öffnete der Mischer seine Schleusen. Eine graue, zähe Flüssigkeit begann über den Auswerfer in die Grube zu laufen.

Natalie hatte das Gefühl, dass mit jedem Kilogramm Zement sie selbst tiefer in die Grube hinabgezogen wurde. Sie musste an ihre Mutter denken. Suzanne würde zerbrechen. Erst Régis, jetzt Christophe, bald auch Natalie? Vor Kurzem waren sie noch zusammen essen gegangen und hatten davon gesprochen, gemeinsam in den Urlaub zu fliegen. Jetzt war alles zerstört.

Sie starrte auf das Schauspiel. Es dauerte nur wenige Minuten, bis die Grube vollgelaufen war. Die beiden Totengräber begutachteten ihr Werk und verabschiedeten sich voneinander. Der Koloss machte sich auf den Weg zurück, der andere stieg ins Führerhaus des Betonmischers und fuhr davon.

»So, weiter geht's«, sagte der Mann neben ihr trocken. »Bereit?«

Natalie reagierte nicht. Sie blickte noch immer auf die Stelle, die zum Grab ihres Onkels geworden war.

»Wie auch immer«, hörte sie die Stimme neben sich. »Wir müssen los. Wir haben noch einen langen Tag vor uns.«

Dann wurde es um Natalie wieder dunkel.

10

Mittwoch, 11. Juni 2014, Bordeaux, Frankreich

Als Pascal Bernard in Fabrice' Wohnung eintraf, hatte sich Alex noch immer nicht vollständig von dem Schock erholt. Sein Verstand spielte verrückt. Er suchte nach Antworten, fand aber nur den Weg von einer Frage zur nächsten.

Wie hatte das passieren können? Wie hatten sie so blind ins Verderben rennen können? Warum waren sie nicht einfach in der Synagoge geblieben, wo sie vor den Wächtern sicher gewesen wären? Wie hatten die Wächter sie überhaupt finden können? Waren sie ihnen gefolgt, als Natalie und er letzte Nacht so überstürzt aus dem Hotel in Marseille abgehauen waren? Wohin brachten sie Natalie jetzt? Was würden sie mit ihr anstellen? Und vor allem: Würde er sie jemals wiedersehen?

Nachdem die zwei Maskierten mit Natalie und Christophe verschwunden waren, hatte Fabrice die Führung übernommen. Er hatte der Polizei eine schaurig präzise Beschreibung des Tathergangs und der Täter gegeben und sogar den Wortlaut der gesamten Unterhaltung mit dem Anführer wiederholen können. Alex hingegen hatte gar nicht erst versucht, hilfreich zu sein.

Es war alles seine Schuld. Régis hatte dafür gesorgt, dass er an Natalies Seite war. Alex sollte sie beschützen. Er hatte versagt. Er hatte die Zeichen nicht erkannt, hatte nicht vorhergesehen, wozu die Wächter fähig waren. Christophe hatte es mit seinem Leben bezahlt. Und Natalie war fort. Würde auch ihr etwas zustoßen, würde er sich das nie verzeihen. Und Suzanne ihm auch nicht.

Die Polizisten hatten Verstärkung angefordert und die Suche nach dem Auto aufgenommen. Bislang vergeblich. Bestimmt hatten die Entführer den Wagen längst getauscht und waren untergetaucht. Was stand Natalie jetzt bevor? Warum hatten sie sie überhaupt entführt und nicht mit ihm und Fabrice gemeinsam über den Haufen geschossen? Was hatte der Anführer gesagt? »Dann habt ihr sicher nichts dagegen, wenn wir statt der Unterlagen eure beiden Freunde hier mitnehmen. Vielleicht überlegt ihr es euch dann noch anders.« Was sollten sie sich anders überlegen? Und wie sollten sie den Entführern mitteilen, was sie zu tun gedachten? In ihm keimte leise Hoffnung auf, dass Natalie noch nicht verloren war. Aber dafür mussten sich die Entführer melden.

Alex saß wieder auf dem Sofa im Wohnzimmer, auf dem er schon vor einer Stunde mit Natalie und Fabrice gesessen hatte. Nur dass es diesmal nicht Natalie und Fabrice waren, sondern Pascal Bernard und Dominique Frey. Fabrice hatte auf einem Stuhl neben ihm Platz genommen.

»Ist das alles?«, fragte Bernard, nachdem sie die Geschehnisse auf der Straße noch mal durchgegangen waren.

»Reicht das nicht?«, fragte Alex.

Bernard sah ihn eindringlich an.

»Nein«, sagte der Richter. »Das reicht nicht.« Er wechselte einen kurzen Blick mit seiner Mitarbeiterin. »Während Sie heute Nacht einen kleinen Ausflug nach Bordeaux unternommen haben, haben wir hinter Ihnen aufgeräumt und versucht, Ihnen das Leben zu retten.«

Alex blickte den Mann verständnislos an.

»Hätten Sie sich gestern Abend entschieden, erst heute aus Marseille abzureisen, lägen Sie jetzt bei Dr. Dalmasso in der Pathologie.«

»Jemand hat versucht, Natalie und Alex umzubringen?«, schaltete sich Fabrice ein.

»Eines ist sicher: Sie können von Glück sagen, dass Sie heute Nacht kein Auge zugemacht haben. Andernfalls hätten sie sie nie wieder geöffnet.«

In knappen Worten schilderten Bernard und Frey, was sie am frühen Morgen im Hotel vorgefunden hatten und wie sie ihnen nach Bordeaux gefolgt waren.

»So haben uns also die Wächter entdeckt«, sagte Alex. Er hatte versucht, alle Spuren zu vermeiden. Aber die Zahlung des Mietwagens mit Kreditkarte war unumgänglich gewesen. Sie hatten die Wächter an einem unsichtbaren Faden hinter sich hergezogen.

»Haben Sie diesen Mann schon einmal gesehen?« Bernard legte ihnen zwei Bilder vor. Das eine war offensichtlich das Bild einer Überwachungskamera. Alex erkannte den Tresen der Autovermietung. Das andere war eine Zeichnung. Alex hielt zum ersten Mal ein polizeiliches Phantombild in der Hand.

Er besah sich die Person. Unter einer Schirmmütze ragten schwarze Haare hervor. Eine etwas zu große, nicht mehr ganz gerade Nase. Alex brauchte einen Moment. Die Hornbrille hatte ihn für einen Moment irritiert. Dann erkannte er den Mann. Er hatte ihn vor wenigen Tagen kennengelernt. Nur trug er auf diesem Bild einen Schnurrbart anstelle des präzise getrimmten Dreitagebarts.

»Das ist Robert Bossis«, platzte er heraus. »Der Assistent von David Simon.«

»Sind Sie sich sicher?«, fragte Bernard sofort.

»Hundert Prozent. Das ist der Assistent unseres Notars.«

Mit einem Male fiel es ihm ein.

»Ich habe seine Stimme erkannt.«

»Wessen Stimme?«, fragte jetzt Frey.

»Die Stimme des einen Entführers. Ich konnte sie nicht zuordnen. Jetzt schon. Es war Bossis. Ganz sicher.«

Bernard und Frey sahen sich kurz an, dann erhob sich die Rothaarige wortlos, zog ihr Mobiltelefon hervor und ging in einen Nebenraum.

»Okay, Professor Kauffmann, das ist jetzt von höchster Wichtigkeit«, sagte Bernard. »Wir haben erstmals einen Namen, etwas, das wir mit denjenigen in Verbindung bringen können, die hinter Ihnen her sind, die versucht haben, Sie umzubringen und die ganz offensichtlich auch Ihre Freundin Natalie entführt haben. Wir werden dieser Spur nachgehen. Was wir aber noch nicht geklärt haben, ist, warum Sie überhaupt hier sind.«

Einen Augenblick herrschte Schweigen. Dann richtete sich Fabrice neben Alex auf.

»Meinetwegen«, sagte er.

»Fabrice, nicht ...«

Aber Natalies Onkel legte ihm eine Hand auf seinen Arm, als wolle er ihm signalisieren, es gebe keinen Grund mehr, etwas zurückzuhalten.

»Ist schon gut, Alex! Ich glaube, wir können Natalie nur noch retten, wenn Monsieur Bernard über unsere wirklichen Hintergründe informiert ist.«

Bernard hob erwartungsvoll den Kopf.

»Ich bin Natalies leiblicher Onkel«, begann Fabrice. »Ich bin ihr einziger noch lebender Verwandter. Régis, Natalies Adoptivvater, hat mich vor vielen Jahren ausfindig gemacht. Er hat all das hier vorhergesehen. Er wusste, dass es zu einer Jagd kommen würde. Er hatte gehofft, wir könnten sie gewinnen.«

Fabrice wiederholte, was er zuvor bereits Alex und Natalie erklärt hatte. Zwischenzeitlich kehrte Frey wieder zurück, und auch Paolo Nivello trat hinzu. Die drei Ermittler hörten sich schweigend an, was Fabrice ihnen zu berichten hatte.

»Das heißt also«, fragte Frey, als er geendet hatte, »wir haben mit Robert Bossis, sofern er so heißt, eine Spur. Vor allem aber haben wir Grund zu der Annahme, dass wir Natalie Villeneuve entweder auf dem Weingut finden oder damit zumindest einen Hinweis auf ihren Verbleib haben. Ist das korrekt?«

»Es wäre übrigens reizend gewesen«, sagte Bernard in Alex' Richtung, »wenn Sie uns früher von der Akte berichtet hätten. Madame Villeneuve hat meiner Schwägerin heute alle Papiere übergeben. Sie steht ab sofort unter Personenschutz.«

Alex hielt Bernards Blick stand. Es machte keinen Sinn, etwas darauf zu erwidern. »Haben Sie etwas herausfinden können?«, fragte er daher nur.

»Ja und nein. Die Akte ist unauffindbar.«

»Die Wächter haben ganze Arbeit geleistet«, meinte Fabrice.

»Nicht ganz«, entgegnete Bernard. Als er ihre fragenden Gesichter sah, schloss er an: »Wir fahren zum Weingut. Sofort. Sollen sich unsere Jungs in Paris die Wohnung dieses Bossis vornehmen. Wir kümmern uns um das Naheliegende.«

Er und Frey standen auf und gingen mit Nivello aus dem Zimmer.

Fabrice und Alex sahen ihnen nach. Da drehte sich Bernard noch einmal um.

»Warten Sie auf eine persönliche Einladung?«, fragte er.

»Wir kommen mit?«, erwiderte Alex.

»Natürlich kommen Sie mit! Sie beide! Ich lasse Sie ab sofort keine Sekunde mehr aus den Augen.«

11

Mittwoch, 11. Juni 2014, Bordeaux, Frankreich

Der Kanzler stand auf seiner Dachterrasse und blickte auf das andere Ufer der Garonne. Die nachmittägliche Sonne hatte noch nichts von ihrer Stärke eingebüßt. Doch er war die Hitze gewohnt. Es war das typische Wetter für diese Stadt, für seine Stadt. Hier regierte er. Bordeaux war das Zentrum seiner Macht. Niemand kam ungestraft hierher, um ihn herauszufordern. Sein Vater hatte viele Kämpfe austragen müssen, bis er der unumstrittene Patron am Quai des Chartrons gewesen war. Doch er selbst, der Sohn des ersten Kanzlers, hatte die Macht der Wächter, den Einfluss, die Unbeugsamkeit dieser Organisation in der französischen Gesellschaft erst manifestiert. Vom ersten Tag an hatte er seinen Untergebenen absolute Loyalität abverlangt. Jeder, der ihm und seinen obersten Prinzipien in den Weg getreten war, hatte auf die eine oder andere Weise für den Affront bezahlen müssen.

Nun würde er ein weiteres Mal jemandem klarmachen müssen, was es bedeutete, wenn man ihn hinterging. Er drehte sich zu Samir um, der nach der erfolgreichen Mission wieder an die Seite seines Chefs zurückgekehrt war. Dieser reichte dem Kanzler wortlos ein Mobiltelefon.

Er wählte. Nur wenige Kilometer von hier, dachte der Kanzler, klingelt jetzt ein Telefon. Der Besitzer würde einen Schrecken bekommen. Denn diese Nummer war nur für Notfälle eingerichtet worden. Und ein solcher lag nun vor.

»Edouard Guibert?«, meldete sich eine Stimme.

»Edouard, mein Freund, du weißt, wer am Telefon ist.«

»Natürlich, mein Kanzler!«

»Gut, ich möchte, dass du mir jetzt genau zuhörst. Es ist von außergewöhnlicher Wichtigkeit. Ich habe mit meiner Kontaktperson bei der Police Nationale gesprochen. Sie sind auf dem Weg zu dir.«

»Zu mir? Wie ist das möglich?«, fragte Guibert mit erregter Stimme.

»Edouard, bleib ruhig! Du hast nichts zu befürchten.« Der Kanzler hatte Guibert schon immer für einen Waschlappen gehalten. Jetzt aber brauchte er ihn. Guibert durfte keine Fehler machen. »Entscheidend ist, wie du dich verhältst.«

»Was schlägst du vor?«

Gut, dachte der Kanzler. Er war sich nicht sicher gewesen, wie Guibert reagieren würde. Das letzte Treffen der Wächter hatte ihm zu denken gegeben. Guibert war einer derjenigen, die er schon seit Jahren als Sicherheitsrisiko für seine Organisation einstufte. Auf der anderen Seite war er einfältig und nur darum besorgt, dass ihm persönlich nichts geschah. Das war seine Schwäche.

»Es ist ganz einfach: Wenn dir nichts passiert, passiert uns nichts! Die haben den Juge höchstpersönlich dabei, sie werden also dein Haus und dein Gut auf den Kopf stellen. Das dürfen sie, und das weißt du. Dagegen wirst du dich nicht wehren können.«

»Das brauche ich auch nicht, weil sie nichts finden werden.«

»So ist es!« Der Kanzler hatte schon vor Wochen veranlasst, jeden Zentimeter des Weinguts zu durchsuchen. Dass sich Villeneuve und Clement für Vincent Guiberts Akte interessiert hatten, hatte ihm keine Ruhe gelassen, bis das gesamte Gelände einmal durchkämmt worden war. »Aber vergiss nicht: Bleib ihnen auf den Fersen! Blick ihnen über die Schulter! Sei wachsam! Sollten Sie doch etwas finden, weißt du, was du zu tun hast!«

»Jawohl!«

»Wirst du es tun?«, insistierte der Kanzler.

Nach einem kurzen Zögern antwortete Guibert: »Ja, ich werde es tun. Du kannst auf mich zählen.«

Der Kanzler hoffte, dass Guibert die Nerven behielt. Er hatte zwar noch eine Trumpfkarte in der Hand, aber die wollte er nur im absoluten Notfall ausspielen. Und selbst dann konnte es längst zu spät sein.

Er legte auf.

Was war, wenn die Wächter wirklich fielen? Für ihn selbst gab es dann keine Hoffnung mehr. Das wusste er. Dann gab es nur noch eine Möglichkeit. Für diesen Fall hatte er alles vorbereitet. Es wäre der perfekte Untergang.

12

Mittwoch, 11. Juni 2014, Margaux, Frankreich

Bernard blickte in den Rückspiegel. Der Professor und der Rabbiner hockten auf der Rückbank seines Wagens. Nivello saß am Steuer. Sie fuhren mit Blaulicht aus Bordeaux hinaus in Richtung Margaux. Zum ersten Mal, seit all das hier begonnen hatte, wirkte Kauffmann auf ihn verstört. Wie ein Musiker, den man aus dem Takt gebracht und so verunsichert hatte, dass er nicht zu seinem Spiel zurückfand. Alle Rationalität schien von ihm abgefallen. Ein Professor, der seinem Verstand nicht mehr traute.

Der Rabbiner hingegen schien die Ruhe selbst zu sein. Bernard hatte in seinem Leben nicht viele jüdische Gelehrte getroffen. Aus Fabrice Mannarino wurde er noch nicht schlau. Er strahlte eine natürliche Würde aus und schien überaus gebildet zu sein. Eigenschaften also, die man von einem Rabbiner durchaus erwarten konnte. Bernard spürte aber, dass da noch etwas anderes war. Dieser Mann schien alles wahrzunehmen, was um ihn herum passierte. Bernard wusste nicht, ob Mannarino vor etwas auf der Hut, einfach nur ein guter Beobachter oder überdies noch gefährlich war. Er würde ihn im Blick behalten.

Draußen flogen Wälder, Weinberge, Gewerbegebiete und Wohnhäuser an ihnen vorbei. Hier lebte alles von der und für die Weinproduktion. Restaurants, Immobilienmakler, Laboratorien und natürlich die unzähligen Weingüter selbst.

Sie brauchten knapp zwanzig Minuten. Als sie nach Margaux kamen, hielt die Kolonne an einer Kreuzung. Sie hatten die Route klar festgelegt. Drei Wagen fuhren weiter geradeaus, drei weitere bogen ab. Sie würden sich gleich wieder treffen.

Bernard blickte wieder zu seinen beiden Passagieren auf der Rückbank. Während der Rabbiner beobachtete, wie sich die anderen Einsatzfahrzeuge entfernten, sah der Professor auf der anderen Seite aus dem Fenster. Am Ende eines Weinbergs, an dem sie gerade vorbeifuhren, lag eine kleine Kirche. Direkt dahinter tauchte ein riesiges Schloss auf: das Château Margaux, eines der berühmtesten und traditionsreichsten Weingüter der Welt.

Ihr Ziel lag nun direkt vor ihnen. Als sie das Anwesen des renommiertesten Weinproduzenten der Gegend passiert hatten, tauchte am Rande der abfallenden Straße ein weißes Mauerwerk auf. In eisernen Lettern stand dort geschrieben: »Château de l'Étoile«. Kurz dahinter, in einer Biegung, öffnete sich der Zufahrtsweg zum Weingut. Bernard gab Nivello die Anweisung, anzuhalten. Bald darauf kamen ihnen aus der anderen Richtung die restlichen Streifenwagen entgegen. Gemeinsam setzten sie sich wieder in Bewegung und steuerten in zügigem Tempo auf das Grundstück.

Eine Allee, von Zypressen gesäumt, führte sie zwischen Tausenden Weinstöcken hindurch zu einem großen Vorplatz. Ein massives Gittertor zwischen flachen Bauten in hellem Sandstein versperrte ihnen die Weiterfahrt. Bernard sprach einen kurzen Befehl in sein Funkgerät. Ein Polizist stieg aus einem der Streifenwagen aus und wollte gerade zum Tor gehen, als sich dieses automatisch öffnete.

»Wir werden offenbar erwartet«, sagte Nivello.

Die Kolonne setzte sich wieder in Bewegung.

»Überall Kameras«, hörte Bernard den Rabbiner murmeln.

»Sie haben ein gutes Auge«, bemerkte er.

»In Israel achtet man auf Sicherheitsmaßnahmen.«

»Wenn wir tatsächlich bereits erwartet werden«, erwachte nun auch Kauffmann aus seiner Lethargie, »dürfte Natalie wohl ziemlich sicher nicht hier sein.«

»Das werden wir bald erfahren«, erwiderte Bernard.

Die sechs Streifenwagen parkten in einer Reihe vor dem imposanten Schloss. Zwei Spitztürme rahmten eine vierstöckige Fassade ein, in deren Mitte eine breite Treppe zum Hauptportal hinaufführte. Bernard musste zugeben, dass er beeindruckt war. Dieses Anwesen war von Natalie Villeneuves Familie erbaut worden. Die heutigen Eigentümer hatten sich offenbar in ein gut gemachtes Nest gesetzt.

»Dann wollen wir sie mal aufscheuchen«, gab er das Kommando zum Aussteigen.

Die Police Nationale in Bordeaux hatte ihm zehn Leute zur Verfügung gestellt. Zusammen mit Nivello und Frey waren sie dreizehn Beamte, die nun, mit einem Professor und einem Rabbiner im Schlepptau, die Treppen zum Château de l'Étoile emporstiegen. Sie waren noch nicht oben angekommen, da öffnete sich das Portal, und ein Mann mittleren Alters trat heraus. Er trug einen schwarzen Gehrock, eine gestreifte Hose, eine Schalkrawatte und, wie Bernard belustigt feststellte, weiße Handschuhe aus Baumwolle. Er sah aus wie einem Museum entsprungen. Ein Diener der alten Schule.

»Messieurs! Willkommen auf dem Château de l'Étoile! Wie kann ich Ihnen behilflich sein?« Kein Lächeln, vielmehr ein hochnäsiger, kühler Blick. Nicht alte, sondern ganz alte Schule, dachte Bernard.

»Mein Name ist Pascal Bernard, Juge d'Instruction am Tribunal de Grande Instance in Marseille. Ich muss Sie bitten, mich umgehend zum Herrn des Hauses zu führen.«

»Selbstverständlich, Monsieur le Juge«, entgegnete der Diener, gelangweilt dreinblickend. »Ich werde den Baron über Ihr Erscheinen in Kenntnis setzen.«

Er war gerade im Begriff, Bernard wieder die Tür vor der Nase zuzuschlagen, als eine tiefe Stimme erklang.

»Albert, vielen Dank! Ich übernehme ab hier.« Ein kleiner Mann Mitte siebzig erschien neben seinem Untergebenen.

»Wie Sie wünschen, Baron«, erwiderte der Gehrock steif. Er deutete eine dezente Verbeugung an und verschwand ohne ein weiteres Wort.

»Baron Edouard Guibert«, stellte sich der Mann vor.

Bernard fiel sofort auf, dass sein Gegenüber eine für einen Weintrinker überaus praktische, weil große Nase besaß. Aus den geplatzten Äderchen schloss er, dass Guibert sie ohne Frage schon etwas zu häufig in dem einen oder anderen Weinglas hatte verschwinden lassen. Sein Bauchumfang zeugte überdies von zahlreichen, zum Wein passenden Mahlzeiten. Ansonsten wirkte er für einen Baron fast unscheinbar, fast so, als wolle er durch schiere Körperfülle fehlende Autorität verschleiern.

»Wie kann ich einem Richter aus Marseille helfen?«

»Sie scheinen nicht gerade überrascht, dass wir hier mit einer halben Garnison aufwarten.«

»Monsieur le Juge, Sie müssen wissen, ich bin ein Mann, den nur noch wenig überrascht«, sagte er in jovialem Ton. »Wir hatten vor ein paar Jahren mal so einen Fall. Ein Junge aus dem Ort wurde vermisst. Eines Morgens stand die Polizei vor der Tür. So wie Sie heute. Sie hatten einen Tipp bekommen. Am Ende stellte sich heraus, dass ein Konkurrent den billigen Versuch unternommen hatte, den guten Ruf unseres Hauses zu beschädigen. Ich habe ihn verklagt, und seitdem ist er ruhig. Sie verstehen, was ich meine. Allerdings haben Sie meine Neugier geweckt. Also, worum geht es heute?«

»Wurde der Junge gefunden?«

»Leider nein, er gilt bis heute als vermisst. Eine wahre Tragödie.«

»Sehen Sie, und genau deshalb sind wir hier. Wir wollen eine neuerliche Tragödie vermeiden. Heute Mittag ist mitten in Bordeaux eine junge Frau entführt worden.«

»Das ist ja schrecklich«, stieß der Mann aus, um im nächsten Moment wieder in aller Ruhe zu fragen: »Aber was führt Sie ausgerechnet hierher? Doch nicht etwa die schlimmen Gerüchte von damals!«

»Nein, Gerüchte interessieren mich nicht«, sagte Bernard mit einem Lächeln. »Dieses Mal gibt es Beweise, Baron Guibert.«

»Was wollen Sie damit sagen?« Guiberts Augen verengten sich, sein Mund kräuselte sich zu einem kleinen, faltigen Rund. Missbilligung! Bernard hatte den Eindruck, dass sein Gegenüber diesen Gesichtsausdruck vor dem Spiegel geübt haben musste, so unnatürlich schien ihm diese Mimik. Ganz sicher nicht gespielt war hingegen der harsche Ton, den er nun anschlug. Von seiner arroganten, gönnerhaften Art war nichts mehr übrig.

»Wir suchen Natalie Villeneuve. Sagt Ihnen dieser Name etwas?«

»Nein! Wer soll das sein?«

»Sie ist die Enkelin einer gewissen Rahel Étoile. Kommt Ihnen dieser Name vielleicht bekannter vor?«

»Étoile?« Guiberts Gesicht wurde aschfahl. »Die Enkelin? Aber das ist ...«

»Unmöglich? Was soll unmöglich sein? Dass Rahel Étoile eine Nachfahrin hat? Da haben Sie recht! Das ist eigentlich undenkbar, nicht wahr? Wenn man bedenkt, dass Ihr Vater geholfen hat, die Familie Étoile von den Nazis deportieren zu lassen.«

Mit einem Male war Guiberts Gesichtsfarbe wieder da. »Das ist eine infame Unterstellung! Sie wagen es, das Grab meines Vaters zu beschmutzen? Was glauben Sie eigentlich, wer Sie sind? Nur weil Sie mit der halben Staatsmacht angerückt sind, haben Sie kein Recht, eine derartige Anschuldigung auszusprechen.«

Er fuchtelte mit seinem wulstigen Zeigefinger vor Bernards Nase herum. Doch Bernard wich keinen Zentimeter zurück.

»Habe ich unrecht?«

»Darüber wird ein Gericht zu entscheiden haben, wenn ich Sie verklagt habe. Sie haben offenbar keine Ahnung, wer vor Ihnen steht. Ich werde dafür sorgen, dass Sie die längste Zeit Ihres Lebens Juge d'Instruction gewesen sind.«

»Dann sollten Sie sich mit der Anzeige beeilen. Ich habe ohnehin nicht vor, diesen Job noch lange zu machen. Bis dahin aber«, er trat an Guibert vorbei in die Eingangshalle, »haben wir noch viel zu tun.« Er wandte sich wieder dem Baron zu und trat ganz nah an ihn heran. »Also noch mal von vorn: Natalie Villeneuve wird vermisst. Ist sie hier? Sagen Sie es mir am besten sofort! Andernfalls fangen meine Leute an, alles auf den Kopf zu stellen. Und zwar wirklich alles!«

»Sie ist nicht hier!«, schrie Guibert wütend. Seine Stimme überschlug sich und geriet einige Tonlagen zu hoch.

»Wenig überzeugend«, antwortete Bernard kühl und blickte zu seinen Leuten. »Auf geht's!«

Sofort schwärmten die Beamten unter Freys Leitung aus. Nivello blieb mit Kauffmann und Mannarino zurück.

»Und wir«, Bernard bedeutete dem Baron, sich in Bewegung zu setzen, »werden uns jetzt noch mal in aller Ruhe unterhalten.«

13

Mittwoch, 11. Juni 2014, Margaux, Frankreich

Alex ging nervös auf und ab. Er sah zu einer Standuhr hinüber. Es war mittlerweile nach zehn. Draußen war es dunkel. Sie waren bereits viel zu lange hier.

Bernard hatte ihnen befohlen, in seiner Nähe zu bleiben und sich ruhig zu verhalten. Seit Stunden waren sie nun schon im Kaminzimmer. Alex zog unruhig seine Bahnen, Fabrice stand meist bewegungslos am Fenster. Bernard verhörte Guibert derweil auf der anderen Seite des Zimmers in einer Couchecke. Albert, der Diener des Hauses, hatte ihnen Kaffee und Gebäck serviert. Doch außer Guibert hatte niemand etwas angerührt.

Alex hatte bislang nur Wortfetzen mitbekommen. Aus Bernards Miene schloss er, dass der Baron keine Hilfe war. Auch die Beamten, die das Schloss und die Nebengebäude durchsuchten, schienen keine positiven Befunde zu liefern. Weder von Natalie noch von irgendwelchen Hinweisen auf die Wächter eine Spur. Alex hatte beobachtet, wie Dominique Frey und Paolo Nivello immer wieder zu Bernard getreten waren, um ihn auf dem Laufenden zu halten.

Alex und Fabrice hatten sich derweil das Hirn zermartert, welchen Ort Natalies Großeltern hätten aussuchen können, um die wertvollsten Dinge ihrer Familien zu verstecken. Alex war der Überzeugung, dass es im Schloss einen geheimen Raum geben musste. Aber wo? Genauso gut konnte Rahel Étoile jedoch auch die Idee gehabt haben, alles auf dem Grundstück zu vergraben. So hatten es viele Franzosen gemacht. Es war sogar vorgekommen, dass die Deutschen später beim Ausheben von Schützengräben auf diese Schätze gestoßen waren.

Doch heute? Das Grundstück des Weinguts war viel zu groß, als dass die Aussicht bestand, ein solches Versteck zu finden, bevor es zu spät war.

»Hat Régis jemals irgendwas über das Versteck erzählt?«, fragte Alex Fabrice.

»Du hast mir diese Frage jetzt schon drei Mal gestellt. Nur weil du sie anders formulierst, weiß ich dir nichts anderes zu sagen«, antwortete Fabrice lächelnd.

»Trotzdem frage ich mich, warum Régis ausgerechnet die wichtigste Information nirgendwo notiert oder niemandem gesagt hat. So sind wir machtlos. Das muss er doch gewusst haben.«

»Ich glaube nicht, dass wir hier schon am Ende unserer Reise sind«, erwiderte Fabrice. »Denk doch mal nach, Alex! Natalie ist nicht hier. Das ist sicher. Und noch haben sich die Entführer nicht bei uns gemeldet.«

»Aber wie sollen sie sich auch bei uns melden?«

»Die wissen genau, wo wir sind. Und sie wissen auch, wie sie uns erreichen können, wenn sie es für nötig halten.«

Alex verstand, auf was Fabrice hinauswollte. »Du glaubst, sie warten ab, ob wir hier etwas finden?«

»Da kannst du Gift drauf nehmen.«

»Weil sich alles für sie ändern könnte, je nachdem, auf was wir stoßen.«

Fabrice nickte. »Sie warten ab. Sobald sich hier etwas tut, werden wir von ihnen hören.«

»Wenn sich überhaupt etwas tut«, erwiderte Alex. »Und bis dahin wissen wir nicht, wie es Natalie geht.«

Er ließ den Blick schweifen. Überall sah Alex Hinweise auf eine lange zurückliegende Zeit. Der Raum wurde dominiert von zwei Kaminen, die offensichtlich schon während vieler kalter Winter ihren Hausherren gedient hatten. Die Simse waren verziert mit Inschriften und Wappen, kunstvoll in den Stein gehauen. Schwere Teppiche lagen davor. Eine Bar im viktorianischen Stil in einer Ecke des Raumes. Gemälde an den Wänden, die seit Jahrzehnten nicht mehr restauriert worden waren.

»Deine Familie hatte Geschmack«, sagte Alex.

»Ganz offenbar, ja«, entgegnete Fabrice. »Wenn ich mir ansehe, wo ich hätte aufwachsen können, muss ich sagen, dass ich dieser Chance wohl nachtrauern werde.«

»Warum wolltest du nicht selbst als Erbe auftreten?«

»Nun, ob ich will oder nicht, ich bin der Erbe. Noch vor Natalie. Das heißt, sollte das Ganze hier ein positives Ende für uns alle nehmen, wäre ich der Erste, der über all das hier verfügen könnte.«

»Aber du klingst nicht danach, als ob du daran interessiert wärst.«

»Überhaupt nicht! Als mir meine Adoptiveltern die Wahrheit gesagt haben, hätte ich alles dafür gegeben, hier leben zu können. Das war der Grund, warum ich nach Israel gegangen bin. Ich wollte weg von zu Hause. Erst später habe ich gemerkt, dass ich meinen Eltern unrecht getan hatte. Ich bin zu ihnen in die USA geflogen, und wir haben uns versöhnt. Sie sind meine Eltern. Die Menschen, die ich liebe und denen ich alles verdanke. Nicht zuletzt, dass ich überhaupt überlebt habe. Vergiss nicht, ohne sie wäre ich gestorben!«

»Hast du mit ihnen über das gesprochen, was Régis dir gesagt hat?«

»Nicht im Detail. Sie wissen einiges, aber nicht alles. Sie haben angeboten, im Fall der Fälle als Zeugen auszusagen.«

»Was hast du ihnen erzählt?«

»Das spielt keine Rolle. Sie wissen, was sie wissen müssen. Sie haben irgendwann nicht mehr gefragt, weil sie spürten, dass das, was ich ihnen sagen und was ich tatsächlich meinen würde, zwei verschiedene Dinge gewesen wären.«

Alex' Augen weiteten sich. Seinen Kopf durchzuckte ein Gedanke. Er sah sich um. Dann eilte er zu dem Kamin hinüber, vor dem Bernard und der Baron saßen. Sie blickten auf, doch er ignorierte sie.

»Was hast du?«, fragte Fabrice hinter ihm. Er war ihm auf die andere Seite des Zimmers gefolgt.

Alex antwortete nicht. Er betrachtete den Kaminsims. Erst jetzt fiel es ihm auf. Die Farbe des Steins, aus dem die Wappen waren, unterschied sich minimal vom Rest des Simses. Es war nur eine Nuance, aber als er näher heranging, sah Alex, dass Guibert die Wappen ausgetauscht haben musste, als seine Familie das Weingut übernommen hatte. Ein Steinmetz hatte das alte Familienwappen herausgeschnitten und das neue eingesetzt. Doch die Wappen interessierten Alex nicht. Ihm ging es um das, was überlebt hatte: die Inschrift.

Er las sie: »Le Sang de la Terre« – das Blut der Erde. Da wusste er, dass sie gefunden hatten, wonach sie suchten.

Es wurde auch Zeit.

Es wurde verdammt noch mal Zeit.

14

Mittwoch, 11. Juni 2014, Margaux, Frankreich

»Wo ist der alte Weinkeller?«

Edouard Guibert sah ihn geringschätzig an.

»Was haben Sie vor?«, fragte Bernard.

»Wir müssen in die alte Cave des Schlosses«, sagte Alex. »Und Sie führen uns da jetzt hin!«

»Mäßigen Sie gefälligst Ihren Ton«, fuhr ihn Guibert an. Er hatte sich in seinem Sessel aufgerichtet. »Sie befinden sich immer noch in meinem Haus!«

Alex ging auf ihn zu und neigte sich zu ihm hinab. Er stützte sich mit beiden Händen auf die Armlehnen des Sessels.

»Ihr Haus? Ihr Château? Sie sind der Sohn eines Verräters. Dieses Schloss gehört nicht Ihnen. Sie haben es den Menschen gestohlen, die Ihr Vater in den Tod geschickt hat. Und jetzt führen Sie uns in den Weinkeller!«

Alex nahm nur das Zucken der Schulter des Mannes wahr. Sein Unterbewusstsein wusste, was nun kam. Es war das gleiche Zucken eines Fechters, bevor er zustieß. Als die Faust auf Alex' Gesicht zuflog, wehrte er den Schlag mit dem Arm ab und verpasste dem Baron den Bruchteil einer Sekunde später eine schallende Ohrfeige.

Guibert saß wie vom Donner gerührt. Die Wange färbte sich rot. Sein Gesicht spiegelte eine Mischung aus Erschütterung und Zorn wider. Und Angst.

»Was wollen Sie in unserer Cave?«, spie Guibert nach einigen Sekunden hervor. »Wollen Sie sich rächen und meine wertvollsten Flaschen zerstören, weil Sie dieses Flittchen nicht gefunden haben?«

Im nächsten Moment knallte es erneut, und auch die andere Wange des Barons rötete sich.

»Professor, das reicht«, hörte er Bernard hinter sich sagen. Der Juge hatte sich erhoben, machte aber keine Anstalten, einzugreifen. Fabrice stand weiter unbeweglich daneben und betrachtete das Schauspiel.

Alex neigte sich jetzt ganz nah zu Guiberts Ohr hinab und flüsterte: »Geben Sie mir noch einen Grund! Ein drittes Mal schlage ich nicht mit der flachen Hand.«

Guibert sah ihn verächtlich an.

»Im Westflügel.«

Alex ließ von ihm ab.

»Wir müssen in diesen Keller. Ich weiß, wo wir fündig werden«, sagte er zu Bernard und Fabrice.

»Meine Männer werden dort alles abgesucht haben«, erwiderte Bernard.

»Dann haben Ihre Männer etwas übersehen!«

»Und was?«

»Das werde ich wissen, sobald ich davorstehe.«

»Na, dann los!«

»Sie lassen das einfach geschehen?«, ertönte es hinter Alex. Guibert hatte sich aufgerichtet. »Sie sind Richter, Sie verdammtes Arschloch«, giftete er in Richtung Bernard. »Lassen Sie diesen Mann festnehmen, oder ich werde Sie alle verklagen!«

Ohne ein Wort zu erwidern, verließen sie den Raum.

Vor der Tür stießen sie fast mit Albert, dem Diener, zusammen.

»Zeigen Sie uns den Eingang zur Cave im Westflügel«, befahl ihm Bernard.

Nach einem langen Moment des Schweigens machte Albert kehrt und führte sie durch die Eingangshalle in einen anderen Teil des Schlosses. Schließlich kamen sie in ein Zimmer, das in dunkelroten Farben gehalten war. Mehrere alte Weinfässer waren zu Tischen umfunktioniert worden. An den Wänden hingen Bilder von Weinstöcken, Reben und den Maschinen, mit denen früher Wein produziert worden war. Eine große, schwere Holztür war in einen steinernen Torbogen eingelassen. In den Stein gehauen las Alex die gleichen Worte, die er schon am Kaminsims entdeckt hatte.

»›Le Sang de la Terre‹, das Blut der Erde«, sprach er laut aus. »Wie in Régis' Gedicht.«

»Rotwein!« Fabrice hatte verstanden.

»Öffnen!«, sagte Bernard zu Albert. Der Diener gehorchte und schloss die Tür auf.

Eine steile Treppe führte in ein breites Gewölbe hinab. Albert betätigte einen Schalter, und die Stufen und Wände wurden in warmes Licht getaucht. Alex ging voran und hatte das Gefühl, dass ihn die Stufen Schritt für Schritt in die Vergangenheit zurückführten. Alles um ihn herum veränderte sich. Von den dicken Steinwänden ging eine angenehme Kühle aus. Unten in den Gängen würde eine Temperatur von unter fünfzehn Grad herrschen, schätzte er und spürte, wie die Luft immer feuchter wurde. Für jemanden, der das erste Mal in ein solches Gewölbe hinabstieg, hätte es muffig gerochen. Doch Alex sog die Luft tief in sich auf. Feuchtigkeit, Kälte, das Holz der Eichenfässer und die Vielzahl an Aromen, die im Laufe der Jahrzehnte, vielleicht Jahrhunderte hier durch die Weinlagerung freigesetzt worden waren. Aus diesem Duft waren Träume gemacht. Flüssige Träume.

Jetzt hatte Alex aber nur einen Traum. Die Lösung zu finden, die Natalie retten würde.

Nachdem sie schon einige Dutzend Stufen hinabgestiegen waren, hörten sie hinter sich ein Geräusch. Baron Guibert hatte offenbar die Verfolgung aufgenommen.

»Und, werden Sie mich anschließend verhaften lassen?«, fragte Alex mit einem Seitenblick zu Bernard.

»Ich spiele mit dem Gedanken«, entgegnete der Juge trocken. »Aber ich fürchte, mir hat Ihre Vorstellung zu gut gefallen.«

»Er hat schließlich mich angegriffen, nicht umgekehrt.«

»Auf dieses Argument sollten Sie sich vor Gericht nie verlassen, glauben Sie mir! Deshalb beweisen Sie mir einfach, dass Sie mit Ihrem Verdacht recht haben.«

Als sie den Fuß der Treppe erreichten, hörten sie die Schritte mehrerer Personen unmittelbar hinter sich. Es war Guibert, gefolgt von Nivello und Frey, die sich kurz stumm mit Bernard austauschte und genervt mit den Augen rollte.

»Also los, Professor«, sagte der Juge. »Warum sind wir hier unten?«

»Wegen des Gedichts! Am Kaminsims und über dem Eingang zum Weinkeller standen die Worte ›Blut der Erde‹. Genau wie in der letzten Zeile von Régis Villeneuves Gedicht.« Er zitierte: »›Die Kotel weist uns dann den Weg / Zum Blut der Erde, sternenklar.‹«

»Château de l'Étoile«, sagte Fabrice. »›Étoile‹ bedeutet ›Stern‹. Und ›Kotel‹ …«

»… steht für ›westliche Mauer‹«, sagte Alex.

»Der Westflügel«, beendete Bernard seinen Gedanken. »Monsieur Villeneuve muss also gewusst haben, wo die Familie Étoile das Versteck eingerichtet hatte, das sie unbedingt vor den Nazis geheim halten wollte.«

»Aber wir waren hier schon mit sechs Mann unten«, warf Nivello ein. »Hier ist nichts!«

»Zumindest nichts, das man auf den ersten Blick sieht«, sagte Alex. »Wie groß ist der Keller?« Die Frage richtete sich an Guibert.

»Vom zentralen Lager zweigen fünf Gänge ab. Wir haben hier unten über zwei Kilometer unterirdische Wege mit Dutzenden Verliesen und Nischen. Aber bitte, tun Sie sich keinen Zwang an!«

Alex hatte es befürchtet, wollte aber keine Zweifel zeigen. Die Weinkeller im Bordelais waren berüchtigt für ihre unvorstellbare Größe und verwinkelten Verläufe.

»Dann fangen wir mit dem zentralen Raum an«, sagte er entschlossen und ging voran.

Der Keller war Sinnbild französischer Weinbautradition. Ein quadratischer Raum, ungefähr zwanzig mal zwanzig Meter, der Boden mit Pflastersteinen ausgelegt, Torbögen als Wände. Fünf von ihnen führten in die Gänge. Die restlichen waren entweder zugemauert oder bis weit über Kopfhöhe mit Weinflaschen gefüllt. In der Mitte des Raumes lagerten Dutzende Holzfässer, alle mit Kreide beschriftet. In der Mitte der Decke führte ein Schacht senkrecht in die Höhe. Mehrere Seile ragten aus dem Loch hervor.

Alex begann, die Wände Meter für Meter abzuschreiten. Wonach er suchte, wusste er nicht. Aber er war sich sicher, dass er es erkennen würde, wenn er es sah. Wenn sie alle Gänge würden absuchen müssen, dann konnte das hier noch Stunden dauern. Er brauchte einen schnellen Erfolg. Nein, nicht er. Natalie brauchte den Erfolg.

Die anderen waren ihm keine Hilfe. Sie standen zusammen und warteten darauf, dass er etwas von sich gab. Er war gerade bei der dritten Seitenwand angekommen, als er abrupt stehen blieb. Er stand inmitten eines der Torbögen, die zugemauert waren. Davor befand sich ein offenbar sehr altes Holzregal, in dem vereinzelt Weinflaschen lagerten. Sie alle waren mit einer dicken Staubschicht überzogen. Seine Aufmerksamkeit erregte allerdings etwas anderes.

»Baron, haben Sie das hier irgendwann einmal anbringen lassen?«, fragte er Edouard Guibert und deutete auf etwas an der Wand.

Guibert und die anderen kamen näher. Alex zeigte auf ein Holzkreuz mit einer Jesusfigur, das im oberen Drittel des Bogens in die Mauer eingearbeitet worden war.

»Das Kreuz? Nein, das war schon immer da«, antwortete Guibert.

Alex blickte zu Fabrice. Der sah ihn irritiert an und sprach aus, was Alex dachte.

»Ein Jesuskreuz im Keller des Hauses einer jüdischen Familie?«

»Monsieur Bernard, ich bitte um die rechtliche Genehmigung, diese Mauer einreißen zu dürfen.«

»Sind Sie wahnsinnig?«, schrie Guibert auf. »Wollen Sie, dass wir alle sterben? Was, glauben Sie, passiert, wenn Sie in einem alten Keller einfach so eine Wand niederreißen?«

»Gar nichts wird passieren«, gab Alex zurück. »Das ist keine tragende Mauer.«

»Sie glauben, dahinter verbirgt sich das, wonach wir suchen?«, fragte Bernard.

»Davon bin ich überzeugt. Wenn ich etwas hätte verstecken müssen, und ich hätte einen solchen Weinkeller gehabt, dann hätte ich versucht, alles hier runterzuschaffen. Und schaut mal«, er machte eine den Raum umfassende Geste, »alles hier ist symmetrisch. Die quadratische Grundform, die Torbögen. Nur nicht die Gänge. Vier Wände, fünf Gänge.« Er deutete auf die gegenüberliegende Seite, von der aus zwei Schächte abgingen. Von der Wand, vor der sie standen, ging nur einer ab. »Wenn es einen sechsten Gang gegeben hat, dann hinter dieser Mauer!«

Er blickte sie nacheinander an. Fabrice schien ihm zu vertrauen. Neben ihm stand Dominique Frey, die ihn kritisch ansah, dann aber lächelte. Paolo Nivello wirkte, als ob er Alex am liebsten verhaften würde. Bernards Miene vermochte Alex nicht zu lesen. Und Guibert standen Angst und Panik ins Gesicht geschrieben. Angst wegen der Folgen, die es haben konnte, hier eine Mauer abzureißen. Und Panik wegen der Dinge, die hinter der Mauer auftauchen konnten.

Bernard machte Frey ein Zeichen. Die verstand offenbar sofort. Sie zog ihr Funkgerät aus der Gürteltasche und rief Verstärkung.

Daraufhin wandte sich Bernard dem zerknirschten Guibert zu. »Baron, haben Sie eventuell eine Spitzhacke zur Hand?«

15

Mittwoch, 11. Juni 2014, Margaux, Frankreich

Sie brauchten nicht lange, bis die ersten Steine in der Mauer nachgaben. Wie Alex erwartet hatte, landete der erste Brocken nicht zu ihren Füßen, sondern verschwand hinter der Mauer im Nichts. Alex versuchte, durch das Loch etwas zu erkennen, doch er blickte in pechschwarze Dunkelheit. Er ließ sich eine Taschenlampe reichen, aber ihr Lichtstrahl drang nicht weit genug hinein.

Die Steine fielen wie beim Domino. Trotzdem mussten sie langsam vorgehen, damit sie nicht zu viel Staub aufwirbelten. Zwei Polizisten, Nivello und Alex trugen die Wand Stein für Stein ab. Als die Mauer nur noch einen Meter hoch war, warf Alex den Hammer, den er in der Hand hielt, zur Seite und schwang sich über den Vorsprung.

»Warten Sie«, rief ihm Bernard nach. Doch Alex ging mit der Taschenlampe bereits ins Dunkel hinein. Die anderen folgten ihm.

Das Licht der Lampe erhellte nur kegelartig, was vor ihm lag. Die Luft war schlecht, über Jahrzehnte hatte hier kein Windzug geherrscht. Alex atmete Staub ein. Er hatte das Gefühl, als könne er die Luft greifen, so viele Partikel schwebten um ihn herum. Er kniff die Augen zusammen und richtete die Taschenlampe in die Tiefe des Ganges vor ihm.

»Siehst du schon was?« Das war Fabrice' Stimme.

»Nein, noch nicht.« Er drehte sich um. Der Eingang lag schon über zwanzig Meter hinter ihm. Hier musste einfach etwas sein. Hier irgendwo musste das Versteck sein.

Er dachte an Natalie. Sie hatten die letzten Tage alles gemeinsam erlebt. Und jetzt, im entscheidenden Moment, konnte sie nicht dabei sein und war dazu noch in großer Gefahr. Und Alex musste den Archäologen spielen, um ihr zu helfen. Ohne zu wissen, ob es nicht längst zu spät war.

Da sah er ihn. Das Licht seiner Taschenlampe erfasste einen Gegenstand ungefähr zehn Meter vor ihm.

»Hier ist was«, rief er.

»Sieht aus wie Holz«, sagte Fabrice neben ihm. Auch die anderen kamen heran und richteten den Strahl ihrer Taschenlampen auf das, was da vor ihnen lag.

»Das glaube ich nicht«, sagte Alex langsam.

»Unfassbar«, meinte Fabrice.

»Heilige Scheiße«, entfuhr es Nivello.

»Da gebe ich dir ausnahmsweise recht«, sagte Bernard. »Damit das klar ist: Niemand rührt hier irgendetwas an«, befahl er. »Das sind Beweisstücke, die von unseren Experten gesichert werden müssen, bevor wir sie auch nur anfassen dürfen. Haben das alle verstanden?«

Niemand sagte ein Wort.

»Haben Sie das verstanden, Professor Kauffmann?«, richtete Bernard sein Wort direkt an Alex.

»Selbstverständlich.«

Möbel versperrten ihnen den Weg. Ein antiker Schreibtisch, eine Anrichte, ein Servierwagen, auf dem ein Globus stand, Stühle und Sessel, die mit Tüchern abgedeckt waren. Daneben erblickte Alex in Decken gehüllte Rahmen. Er vermutete, dass es Gemälde waren. Unzählige Weinkisten standen gestapelt an einer Wand. Alex registrierte, dass die Kisten nicht nur die Wappen des eigenen Châteaus trugen. Er sah auch das Emblem »Château Margaux«. Diese Flaschen mussten heute, egal, ob der Wein noch trinkbar war oder nicht, ein Vermögen wert sein.

Was ihm aber die Sprache verschlug, war der Inhalt einer Holzkiste, die unter dem Schreibtisch stand. Als Alex mit der Taschenlampe direkt darauf leuchtete, funkelte es. Gold. Rahel Étoile musste bei der Bank ihres Schwiegervaters das Vermögen der Familien in Goldbarren umgetauscht und hier eingelagert haben. Alex hatte keine Ahnung, wie viel solche Goldbarren wert waren, aber ihr Anblick war überwältigend.

Er riss sich davon los. Etwas anderes erregte seine Aufmerksamkeit. Hinter der Anrichte stand ein dunkler Kasten. Alex ging ein Stück vor, um ihn besser sehen zu können. Es war ein Safe.

»Monsieur Bernard, sehen Sie das hier?«

Er leuchtete für den Juge auf den Safe.

»Erinnern Sie sich an den Messingschlüssel?«

»Sie glauben, er passt?«

»Ich wüsste nicht, warum Natalie ihn sonst bekommen hätte.«

Ohne abzuwarten, trat Alex vor, zog den Schlüssel, den er inzwischen an einer Kette um den Hals trug, unter seinem Hemd hervor und beugte sich zum Safe hinunter.

»Machen Sie, dass Sie da wegkommen«, fauchte Bernard. »Wenn Sie den Safe öffnen, könnte alles, was sich darin befindet, zerstört werden. Sie haben keine Ahnung, in welchem Zustand der Inhalt ist.«

»Das Problem ist: Ich weiß auch nicht, in welchem Zustand Natalie noch ist. Wir haben keine Zeit mehr. Ich werde nicht warten, bis Ihre Experten auftauchen und den Fundort erst freigeben, wenn sie alles fein säuberlich eingetütet haben.«

Mit diesen Worten steckte er den Schlüssel ins Schloss. Er passte. Alex drehte ihn um, hörte, wie im Inneren des Safes Metall auf Metall fiel, etwas nachgab und der Riegel zurückschnellte. Langsam schwang die Stahltür auf.

Zum Vorschein kamen mehrere Stapel vergilbter Papiere und Hefte. Alex wollte schon danach greifen, da hielt ihm jemand Latexhandschuhe vor die Nase. Es war Dominique Frey.

»Ziehen Sie wenigstens die hier an!«

»Danke«, erwiderte er und streifte sie sich über.

Behutsam nahm er das oberste Dokument in die Hand. Der Zustand war bemerkenswert gut. Unbeschädigt, klar zu entziffern, Schreibmaschinenschrift, ein Stempel am Ende der Seite. Die Heiratsurkunde von Rahel Étoile und Jacob Hinault.

»Mein Gott«, hauchte Alex. »Das ist einfach unglaublich.« Das war es, wonach sie gesucht hatten.

Er legte das Dokument zurück und nahm eines der Hefte. Er schlug es auf. Testamente. Rahel und Jacob, ihre Eltern, seine Eltern, weitere Namen, die er nicht kannte. Insgesamt elf Testamente, elf zeitgeschichtliche Dokumente, elf Beweise für späte Gerechtigkeit.

Auf einem weiteren Stapel lagen kleinere Kladden. Blassroter

Einband, ein Wappen auf dem Umschlag, darüber die Worte »République française«, darunter »Passeport«. Der Reisepass eines gewissen Isaac Hinault. Auf Seite drei klebte ein Foto. Alex griff nach den anderen Pässen. Er zählte sie. Wieder elf. Die Pässe aller Familienmitglieder der Hinaults und Étoiles.

Er blickte Fabrice an, der ihm mit zwei Taschenlampen Licht spendete. Alex sah, dass er stumm die Lippen bewegte. Er konnte schwören, dass Fabrice gerade das Kaddisch sagte, das jüdische Totengebet.

Ein weiteres Dokument fiel ihm auf. Es war offenbar mehrere Seiten lang, am linken oberen Rand zusammengeheftet. Er nahm es hervor und überflog die erste Seite.

»Das ist es«, murmelte er, während er weiterlas. »Das letzte Puzzlestück.«

»Was ist was?«, fragte Bernard, zum Zuschauen verdammt.

»Warten Sie einen Augenblick!« Alex ließ seine Augen blitzschnell über den Text wandern. Nach einer Minute hob er den Kopf. »Dieses Papier ist ein Kaufvertrag, geschlossen zwischen Isaac Hinault und einem gewissen Adolphe Drumont im Jahre 1940.«

»Und wer hat was gekauft?«

»Die Familie Drumont hat der Familie Hinault die Banque Privée 1898 abgekauft.«

»Was steht drin?«, sagte Fabrice.

»Einen Augenblick«, antwortete Alex. Frey leuchtete mit ihrer Taschenlampe, damit er besser lesen konnte. »Der Vertrag beinhaltet eine Klausel. Wenn ich das hier richtig verstehe, kann die Familie Hinault die Bank jederzeit zum Kaufpreis wieder zurückerwerben.«

»Willst du damit sagen, dass wir die Bank meiner Eltern wiederbekommen könnten?«

»Keine Ahnung, ob die Klausel noch heute Bestand hätte. Aber zumindest steht es hier.«

»Die Frage klären wir, sobald ich die Unterlagen auf meinem Schreibtisch habe«, sagte Bernard. »Bis dahin, Professor, legen Sie alles zurück und verschließen Sie den Safe wieder!«

Alex gehorchte widerwillig. Derweil redete Bernard mit Dominique Frey und Paolo Nivello. Daraufhin rief Nivello die beiden anderen Polizisten zu sich, die beim Einreißen der Mauer geholfen hatten, und verließ mit ihnen das Versteck. Frey behielt ihre Taschenlampen bei sich und führte Bernard, Fabrice und Alex einen Augenblick später ebenfalls aus der Dunkelheit des Ganges zurück in den Lagerraum.

Sie hatten das Versteck gerade verlassen, als der Polizistin etwas auffiel.

»Wo ist Guibert?«, fragte Frey.

Sie blickten sich um, konnten den Baron aber nicht entdecken. Alex schnappte sich eine Taschenlampe und rannte zu den Fundstücken. Doch auch dort war niemand. Guibert hatte offenbar das Dunkel des Ganges genutzt, um sich still und heimlich von der Gruppe zu entfernen.

»Ich funke Paolo an«, sagte Frey und griff zu ihrem Funkgerät.

Doch sie sollte keine Chance mehr dazu bekommen. Ein ohrenbetäubender Lärm ertönte, als der Boden zu beben begann und Putz von der Decke rieselte.

Die heiße Druckwelle einer Explosion riss sie von ihren Füßen. Alex wurde nach hinten geschleudert und prallte gegen einen der Torbögen. Das Letzte, was er spürte, war sein Kopf, der gegen Stein schlug.

16

Mittwoch, 11. Juni 2014, Margaux, Frankreich

Die Finsternis ließ sie zittern. Sie rollte sich auf der Pritsche zusammen und vergrub sich, so gut es ging, unter der Decke. Sie hatte aufgehört zu heulen. Sie hatte aufgehört, an die Tür zu hämmern. Sie hatte aufgehört zu schreien. Sie war still geworden.

So still wie der Raum, in dem sie sich befand. Die Wände schienen jedes Geräusch von ihr zu absorbieren. Fenster gab es nicht. Die Tür schien versiegelt. Selbst der Türspalt war verschlossen. Nichts schien sie mehr mit der Außenwelt zu verbinden. Einzig der rote Punkt, der irgendwo über ihr an der Decke leuchtete und doch so schwach war, dass er nichts von seiner Umgebung preisgab, deutete darauf hin, dass da draußen noch jemand war und sie beobachtete.

Seit man sie in dieses Verlies gesperrt hatte, hatte niemand mehr mit ihr gesprochen. Für eine Minute hatte sie sich orientieren dürfen. Die Pritsche mit Decke, Kopfkissen und einer Plastikflasche Wasser in einer Ecke, ein Stahlklosett in der anderen, oben eine Kamera. Das war's. Dann hatte man das Licht gelöscht. Seitdem herrschte Dunkelheit.

Natalie suchte mit einer Hand den Boden ab, bis sie die Flasche ertastet hatte. Lange hatte sie dem Verlangen widerstanden, zu trinken. Doch ihr Durst hatte sie überwältigt. Nach dem ersten Schluck hatte sie befürchtet, in Ohnmacht zu fallen. Doch nichts war geschehen. Sie schraubte den Deckel erneut ab, trank, verschloss die Flasche vorsichtig wieder und stellte sie zurück. Ihr Körper gierte nach Flüssigkeit, aber sie zwang sich, das Wasser zu rationieren.

Doch wofür? Wie lang war sie überhaupt schon hier? Es mussten Stunden sein. Oder nicht? Sie hatte jedes Zeitgefühl verloren. Sie war unendlich müde. Bilder der letzten Tage tauchten vor ihrem inneren Auge auf. Suzanne, wie sie bei der Beerdigung nach Natalies Hand gegriffen hatte. Das Foto ihrer Großeltern mit Régis, das ihr Pastor Thomas gezeigt hatte. Fabrice, wie er in der Synagoge plötzlich vor ihnen stand. Ihre Familie. Alles, was sie besaß, drohte sie zu verlieren.

Und Alex.

Wo war er jetzt? War er in Sicherheit? Würde er versuchen, sie zu finden? Würde sie ihn je wiedersehen? Beim Gedanken an Alex kamen die Tränen zurück. Sie vergrub ihr Gesicht im Kissen. Sie weinte wieder, aber diesmal weinte sie still.

17

Mittwoch, 11. Juni 2014, Margaux, Frankreich

»Alex! Alex!«

Eine weibliche Stimme drang an sein Ohr. Sie klang vertraut und rief seinen Namen, immer wieder.

»Na… Natalie?«, brachte er leise hervor.

Er versuchte, die Augen zu öffnen. Er spürte, dass sein ganzes Gesicht mit Staub überzogen war. Er hustete, und im selben Moment durchfuhr ihn ein stechender Schmerz.

»Nicht bewegen«, sagte die Stimme.

Jetzt erkannte Alex sie. Er zwang sich, die Lider zu öffnen, und blickte in das Gesicht Dominique Freys, die über ihm kniete. Sie hatte seinen Kopf zwischen ihre Oberschenkel geklemmt.

»Tut mir leid, Sie enttäuschen zu müssen«, sagte die Polizistin mit einem Lächeln. »Rühren Sie sich nicht. Ich habe Ihren Kopf stabilisiert. Es hat Sie ziemlich erwischt.«

Alex wurde schlecht.

»Was heißt … ›ziemlich erwischt‹?«

»Sie standen der Explosion am nächsten. Sie haben einen ganz schönen Satz gemacht, um es vorsichtig auszudrücken. Bewegen Sie jetzt nacheinander alle Glieder und sagen Sie mir, ob sich etwas komisch anfühlt. Erst danach werde ich Sie freigeben.« Sie lächelte ihm zu.

»Okay«, sagte er vorsichtig.

Sie bat ihn, erst die Füße, dann die Beine und Knie, dann die Arme und schließlich den Oberkörper zu bewegen. Überall schmerzte es, er stöhnte auf. Sein Körper musste mit Prellungen und Wunden übersät sein. Aber es schien nichts gebrochen zu sein.

Er betrachtete Freys Gesicht. Sie hatte eine Schramme über dem linken Auge, ihre roten Haare waren eingestaubt.

»Gefällt Ihnen, was Sie sehen?«, fragte sie belustigt.

Alex sah peinlich berührt weg. Er dachte an Natalie. Er musste aufstehen. Sie mussten hier raus. Er befreite seinen Kopf und versuchte sich aufzurichten.

»Danke … Dominique!«

»Gern geschehen, Alex«, antwortete sie.

Sie half ihm auf. Er blickte an sich hinab. Ein Hosenbein war eingerissen, sein Hemd völlig verdreckt, durch den Stoff über seinem linken Arm drang etwas Blut.

»Wie geht es den anderen?«

»Bernard und der Rabbiner sind okay. Sie suchen einen Weg nach oben.«

»Die Treppe ist blockiert?«

»Ja! Der Treppenaufgang ist dicht«, erklärte Frey. »Wir haben den Funkkontakt zu Paolo verloren. Wenn wir Glück haben, suchen sie nach einer Lösung, uns hier rauszuholen.«

Alex sah sich um. Erst jetzt realisierte er, dass sie in einer Ecke des zentralen Lagers standen. Wie durch ein Wunder funktionierte die Deckenbeleuchtung noch. Doch der Rest des Raumes war ein einziges Chaos. Der Boden glich einem Meer aus Scherben und dunkelroter Flüssigkeit. Die Fässer, die dem Treppenaufgang am nächsten lagerten, waren nur noch ein angesengter Haufen Holz. Vor dem ehemaligen Ausgang türmten sich Steine und Schutt. Eine riesige Staubwolke legte einen grauen Schleier auf die Szenerie. Die muffige Luft war einem Gestank aus Wein, Feuer und Erde gewichen.

Zu Alex' Enttäuschung hatte die Erschütterung auch den Schacht in der Decke inmitten des Raumes zum Einsturz gebracht. Ein schwerer Metallhaken steckte in einem der Fässer, mehrere Seile lagen kreuz und quer im Raum verteilt. Alex fing an, ein Seil aufzurollen. Frey tat es ihm gleich, und kurze Zeit später hatten sie mehrere Meter Seil aufgesammelt.

»Wenn wir hier rauswollen, werden wir das wahrscheinlich brauchen«, sagte Alex. »Ich kenne diesen Keller natürlich nicht, aber ich weiß, dass alte Weinkeller in Frankreich normalerweise mehrere Eingänge und Fluchtwege haben.«

»Vielleicht haben Pascal und Monsieur Mannarino ja Glück und finden einen.«

»Nennen Sie mich bitte Fabrice!«, hallte Fabrice' Stimme aus einem der Gänge. Dann traten er und Bernard zu ihnen. »Ich glaube, wir können die Förmlichkeiten zurückstellen, bis wir wieder an der Oberfläche sind.«

»Wenn ihr euch alle endlich verbrüdert habt, können wir dann versuchen, einen Weg hier raus zu finden?«, sagte Bernard säuerlich. »Diese zwei Gänge«, er zeigte auf zwei Torbögen, »sind Sackgassen.«

»Wir sollten den Gang versuchen, den wir freigelegt haben«, schlug Frey vor. »Wenn Guibert uns hier unten einsperren wollte, dann hat er sicher auch dafür gesorgt, dass die bekannten Fluchtwege blockiert sind.«

»Wie viele Taschenlampen haben wir?«, fragte Alex.

»Es waren fünf, zwei sind Schrott«, entgegnete Fabrice. »Bleiben drei.«

»Dann los!«, sagte Bernard.

Sie griffen sich Hammer und Spitzhacken und betraten den Gang. Als sie zu den Fundstücken kamen, blieben sie einen Moment stehen.

»Kaum zu glauben, dass all das so lange unter der Erde versteckt war«, sagte Frey.

»Eine Schande, dass wir es zurücklassen müssen«, sagte Fabrice.

»Nicht ganz«, widersprach Alex, ließ Seil und Hammer sinken und trat vor den Safe. Von einem Sessel, der danebenstand, zog er ein großes Tuch ab und legte es vor sich auf den Boden. Dann öffnete er den Safe, entnahm vorsichtig die Dokumente, wickelte sie in das Tuch und klemmte sich das Paket unter den Arm. Frey trug dafür sein Seil und seinen Hammer. Dann gingen sie weiter.

Je tiefer sie in den Schacht eindrangen, desto stickiger wurde es.

Alex wusste nicht, wie weit sie gelaufen waren, als sich die erste der drei verbliebenen Taschenlampen verabschiedete. Keine fünf Minuten später wurde auch das Licht der zweiten schwach.

»Verflucht!« Sie prüfte die Batterien ihrer Lampe und murmelte etwas von sparsamen Behörden. Kopfschüttelnd sah sie Alex an. »Wir müssen zurück.«

»Dann haben wir keine Chance mehr, einen Ausgang zu finden«, erwiderte Alex.

»Ich habe schon eine Idee. Vertrauen Sie mir!«

Alex sah sie einen Moment unsicher an. Er tauschte einen Blick mit Fabrice. Dann kehrten sie um und beschleunigten ihre Schritte, als das Licht der zweiten Taschenlampe endgültig erlosch. Sie erreichten die Stelle mit den Möbeln, Gemälden und dem Safe.

Alex sah, wie Frey zielsicher zum Servierwagen ging. Beim ersten Betrachten der Möbel hatte er geglaubt, der Servierwagen und der Globus seien zwei getrennte Gegenstände. Nun aber sah er, dass der Globus in den Wagen eingelassen war. Frey ging hinüber und ergriff einen Henkel, der aus dem Nordpol emporragte. Sie zog daran und klappte die obere Hälfte des Globus auf. Darunter kamen mehrere Flaschen zum Vorschein.

»Eine Bar«, rief Fabrice erstaunt.

»Wie alt müssen diese Flaschen sein?«, fragte Bernard.

»Hauptsache, der verbliebene Alkohol ist hochprozentig genug«, antwortete Frey.

»Fackeln«, murmelte Alex.

»Genau!«

Alex sah sich nach geeigneten Materialien um. Als er unter den Tüchern Stuhlbeine entdeckte, zögerte er nicht. Er befreite den Stuhl von seinem Schutz, drehte ihn um und trennte mit wuchtigen Tritten die vier Beine vom Sitz. Bernard zerriss ein Tuch in vier Teile und reichte sie Alex nacheinander, der sie wiederum um die oberen Teile der Stuhlbeine band. Frey zog derweil eine noch versiegelte Flasche heraus. Armagnac.

»Hat jemand Feuer?«, fragte Alex, doch Bernard hielt ihm bereits Streichhölzer unter die Nase.

»Das sollte funktionieren. Trotzdem müssen wir schnell sein. Wer weiß, wie lange die Fackeln brennen.«

»Wir zünden immer nur eine an und nehmen den Rest mit«, verkündete Frey, da nun auch die letzte Taschenlampe zu schwächeln begann.

Sie tränkte das Tuch der ersten Fackel mit dem Weinbrand, während Alex ein Streichholz entzündete und es an das Tuch hielt. Es zischte kurz auf, dann erfüllte ein rotgelbes Licht den Schacht.

»Nichts wie los!«

Sie eilten wieder tiefer in den Weinkeller hinein. Das Licht der Fackel war weitaus stärker als das der Taschenlampen. Sie konnten erkennen, dass es sich um einen ähnlichen Tunnel handelte wie die übrigen. Sie kamen an Nischen vorbei, in denen Fässer und Flaschen lagerten. Alex stellte sich vor, wie es sein musste, eine solche Flasche zu öffnen.

Als ob Fabrice seine Gedanken gelesen hätte, sagte er: »Wenn wir hier rauskommen, machen wir eine dieser alten Flaschen auf und probieren, ob das Zeug noch schmeckt!«

Aber erst mal retten wir Natalie, dachte Alex. Sie mussten einen Ausweg finden! Alex glaubte zu wissen, wo die Wächter sie versteckt hielten. Dafür aber mussten sie zurück an die Oberfläche.

Sie erreichten das Ende des Tunnels: eine Mauer.

»Das ist unser Weg in die Freiheit«, rief Alex.

Die anderen schienen ihn nicht zu verstehen. Sie sahen auf die Wand, die das Ende ihres Weges markierte. Während die Seitenwände von einer Holzkonstruktion gestützt waren, war die Stirnwand gemauert.

»Hier«, sagte Alex. »Seht ihr die Metallstäbe?« Er deutete auf mehrere kurze Stangen, die aus der Mauer herausragten. Zusammen bildeten sie ein Quadrat.

»Wie in alten Luftschutzbunkern«, erkannte Bernard als Erster, was vor ihnen lag.

»Wenn wir sie mitsamt den Steinen, in denen sie stecken, rausziehen, legen wir den Fluchtweg frei.«

»Stürzt dann nicht die Mauer ein?«, wandte Frey ein.

»Nicht in diesem Fall«, erwiderte Alex. Er deutete auf die Steine, die um die Metallstäbe herumgelegt worden waren. »Die Mauer dient nur einem Zweck: Sie garantiert den Fluchtweg.«

Er zog an der ersten Metallstange. Alex spürte, dass der Stein locker saß. Er rüttelte einige Male hin und her, dann gab die Mauer das erste Mosaikstück frei. Fabrice kam ihm zu Hilfe, und in weniger als einer Minute hatten sie ein Quadrat freigelegt, durch das problemlos ein Erwachsener durchklettern konnte. Wenn sich dahinter nicht Erde befunden hätte.

Alex griff zur Spitzhacke, holte aus und rammte die Spitze in die Erde. Wieder und immer wieder. Dann gab das Erdreich nach. Etwas drang an seine Nase. Frischluft. Alex atmete tief ein. Der Duft des Meeres. Sie waren frei.

Mit einigen letzten Hieben vergrößerte er das Loch und blickte hinaus. Die Luft war deutlich wärmer als in den Kellergewölben. Es war dunkel, aber der Mond erhellte die Umgebung gerade genug, damit er erkennen konnte, wo sie sich befanden: an einem Steilhang oberhalb des Ufers der Garonne, die nordwestlich von Margaux in den Atlantik mündete. Alex erinnerte sich, dass das Grundstück des Château de l'Étoile hier endete. Sie standen am äußersten Punkt des Anwesens.

»Lass mich mal sehen«, sagte Fabrice und drängte Alex zur Seite. Er sah nach unten, dann nach oben. »Nach unten ist es ein ganzes Stück. Das wäre sehr gefährlich. Aber nach oben könnten wir es schaffen.«

Ohne ein weiteres Wort nahm er Frey die Seile ab, band sie fachmännisch zusammen, knotete sich ein Ende um die Hüften und reichte das andere Bernard.

»Was hast du vor?«, fragte Alex und hielt ihn zurück.

»Glaub mir, ich weiß, was ich tue«, beharrte Fabrice und schwang sich mit einer Leichtigkeit aus dem Loch, die Alex überraschte.

Er sah Fabrice einen Moment verblüfft nach, ehe er ihre letzte verbliebene Fackel ergriff und sich mit ihr hinauslehnte. Er sah nach oben und konnte gerade noch erkennen, wie Fabrice aus seinem Blickfeld entschwand. Alex war beeindruckt. Schon hörte er Fabrice rufen: »Ich bin oben und habe das Seil festgemacht. Schickt den Nächsten!«

»Dominique, du zuerst«, bestimmte Bernard.

Die Polizistin griff nach dem Seil, hievte sich durchs Loch und zog sich nach oben. Alex folgte ihr Sekunden später. Er verstaute das Paket mit den Dokumenten sicher unter seinem Hemd, kletterte durch die Öffnung und schnappte sich das Seil. Erst jetzt spürte er wieder die Wunden an seinem Körper. Bis hierher hatte ihn das Adrenalin von Schmerzen verschont. Doch nun drohte ihn die Kraft in seinen Armen zu verlassen. Fast hätte er das Seil losgelassen, doch Bernard stützte ihn rechtzeitig.

»Alles okay?«, fragte der Richter.

»Danke, mir tut nur alles weh.«

Alex biss die Zähne zusammen und hangelte sich Stück für Stück über Gras und Wurzeln nach oben. Jetzt sah er, dass Fabrice das Ende des Seils um einen Baum gewickelt hatte. Frey und er reichten ihm ihre Hände und zogen ihn das letzte Stück die Böschung hinauf.

Bernard bildete den Abschluss. Als auch er oben angekommen war, orientierten sie sich. In der Ferne konnten sie die Lichter des Schlosses erkennen. Aber auch etwas anderes durchbrach die Dunkelheit. Es waren die blau-roten Signallampen von Rettungsfahrzeugen. Nach den Explosionen mussten Feuerwehr und Sanitäter sofort angerückt sein.

»Sind alle in Ordnung?«, versicherte sich Bernard.

Als niemand etwas Gegenteiliges sagte, setzten sie sich in Bewegung.

18

Donnerstag, 12. Juni 2014, Margaux, Frankreich

Als sie an der Rückseite des Schlosses ankamen, bedeutete ihnen Frey, sich ruhig zu verhalten. Vorsichtig schlichen sie sich einige Stufen hinauf, die zu einem Wintergarten führten. Frey versuchte, die Tür zu öffnen, und hatte Glück. Sie schwang auf, und sie betraten das Schloss.

Sie durchquerten zwei Räume, die vollständig im Dunkeln lagen. Dann standen sie vor einer Tür, von der sie glaubten, dass sie in die Eingangshalle führte. Bernard war vorangegangen und drehte nun vorsichtig den Türknauf. Langsam öffnete sich ein schmaler Spalt und gab die Sicht auf das Foyer frei. Da entdeckten sie Paolo Nivello, diverse weitere Uniformierte, einen Sanitäter und eine Formation der Feuerwehr.

»Unsere Leute«, sagte Bernard sichtlich erleichtert und riss die Tür auf.

Nivello erstarrte, als er sie entdeckte. Dann schien er zu begreifen, wer da aufgetaucht war, rief einen Sanitäter herbei und kam zu ihnen gelaufen.

»Wo zur Hölle kommt ihr denn her?«, rief er.

»Ich finde es auch schön, dich zu sehen«, entgegnete Frey. Sie erklärte, was im Weinkeller passiert war und wie sie es hinausgeschafft hatten.

Nivello nahm sein Funkgerät und rief die Teams zurück, die versuchten, einen Weg in die Katakomben zu finden.

»Also, Paolo«, sagte Bernard. »Was hat diese ganze Scheiße ausgelöst?«

»Als wir hier oben ankamen, sahen wir, wie Guibert die Treppe zur Garage hinunterlief. Wir wollten gerade hinterher, da flog uns alles um die Ohren. Die Explosionen müssen gleichzeitig passiert sein. Bei euch unten und hier oben. Der Typ hat das komplette Zimmer mitsamt Eingang zum Weinkeller in Schutt und Asche gelegt. Die Druckwelle hat uns umgehauen. Einen unserer Jungs hat's ziemlich erwischt. Er ist im Krankenhaus.«

»Weitere Verletzte?«

»Ja, einer.«

»Wer?«

»Guibert!«

»Der Schweinehund hat sich selbst getroffen?«

»Er hat es in die Garage geschafft und wollte mit einem seiner Schlitten abhauen. Wir sind zur Vordertür raus, als er an uns vorbeiraste. Wir haben auf die Reifen gezielt. Der Typ ist volle Kanne in eine seiner Zypressen gedonnert. Sah nicht schön aus. Wird aber durchkommen.«

»Ist er vernehmungsfähig?«

»Nee, wenn überhaupt, erst später am Tag.«

»Später am *Tag*?«, schaltete sich nun Alex ein.

»Klar, schau mal auf die Uhr, Prof«, entgegnete Nivello. »Ist schon fast vier. Habt da unten wohl etwas die Zeit aus den Augen verloren, was?«

»Wenn man lebendig begraben wird, spielt Zeit keine große Rolle«, gab Alex zurück.

»Während ihr da unten euer Picknick abgehalten habt, haben wir noch was gefunden«, sagte Nivello ungerührt. Er gab einem seiner Kollegen ein Zeichen. Dieser kam mit einer Tasche angelaufen.

»Die hatte Guibert bei sich, als er abhauen wollte.«

Er ging zu einem Tisch hinüber, öffnete die Tasche und breitete mehrere Notizbücher, Kassetten, Disketten und digitale Speicherkarten vor ihnen aus.

»Was ist das?«, fragte Frey und griff sich im selben Moment eines der Hefte. Bernard, Fabrice und Alex taten es ihr gleich.

»Hey, Jungs, legt das wieder weg«, sagte Nivello. »Nur weil ihr da unten vorhin Bruderschaft mit zwei Ermittlern geschlossen habt, heißt das nicht, dass ihr hier einfach Beweismittel anfassen dürft.«

»Das geht in Ordnung, Paolo«, sagte Bernard. »Gute Arbeit, das mit Guibert. Wenn ich das richtig sehe«, er blätterte in einer schwarzen Kladde aus Leder, »dann sind das hier Notizen zu Treffen der Wächter. Vielleicht kriegen wir die feine Gesellschaft damit dran.«

»Das sollte klappen«, sagte Alex, der immer noch gebannt in dem Heft las, das er sich geschnappt hatte.

»Was macht Sie so sicher?«

»Guibert hat offenbar Namen von Mitgliedern notiert. Zumindest die Namen derjenigen, die er kannte.«

Er reichte Bernard das Heft. Auf der ersten Seite stand »Mitglieder«. Dann folgten gut zwanzig Seiten mit dem gleichen Aufbau. In der ersten Zeile stand ein Name geschrieben, darunter eine Berufsbezeichnung und anschließend mehrere Daten. Alles handschriftlich, alles penibel und korrekt geführt.

»Guibert hat offenbar Buch geführt«, sagte Frey nachdenklich. »Vielleicht war er der Schriftführer oder so was.«

»Das glaube ich nicht«, widersprach Alex. »Wenn die Wächter sich wirklich als Geheimbund verstehen, dann folgen sie mit Sicherheit strengen Regeln. Und die erste dürfte lauten –«

»Keine Aufzeichnungen«, beendete Frey seinen Gedanken.

»So ist es. Es würde mich wundern, wenn irgendjemand von diesen Notizen gewusst hat. Ich glaube eher, dass sich Guibert damit absichern wollte. Für den Fall, dass er selbst mal bedroht wird. Dann hätte er etwas gegen die gesamte Bande in der Hand. Ihre Namen und, wie es für mich aussieht, die Gedächtnisprotokolle ihrer Treffen.«

»Und eventuell sogar Bilder oder Tonaufnahmen«, sagte Fabrice und hob eine der Speicherkarten in die Höhe.

»Eines ist sicher: Wir werden das Geheimnis dieser Dokumente heute nicht mehr lüften«, sagte Bernard. »Dominique, sorg dafür, dass diese Dokumente sofort ins Labor der Kollegen hier in Bordeaux gebracht werden.«

»Wird gemacht«, erwiderte Frey und wollte gerade alle Sachen in die Tasche packen, als Alex noch einmal nach dem Heft mit den Namenslisten griff.

»Einen Moment bitte noch«, sagte er. »Pascal, ich weiß, es ist nur eine Vermutung. Aber es gibt einen Namen auf der Liste, der mir bekannt vorkommt. Zumindest der Nachname.«

»Und welcher wäre das?«

»Der allererste.« Alex schlug die Seite auf und zeigte Bernard den Namen.

»›Richard A. Drumont‹«, las der Juge. »Drumont, so hieß doch die Familie, die die Bank Ihrer Familie damals gekauft hat«, sagte er zu Fabrice.

»Und ich bin mir ziemlich sicher, dass Richard A. Drumont der Sohn des Bankiers ist«, ergänzte Alex. »Sehen Sie, ich frage mich die ganze Zeit, wo die Wächter Natalie hingebracht haben. Hier ist sie nicht. Und hier war sie auch nie. Aber wir wissen jetzt, dass die Familie Drumont in all das verwickelt ist. Ich würde sogar so weit gehen, zu behaupten, dass Drumont der Vorsitzende der Wächter ist. Der Kanzler. Wenn ich eine solche Liste erstellt hätte, hätte ich mit dem Vorsitzenden begonnen.«

»Wenn Sie recht haben, glaube ich kaum, dass wir Ihre Freundin bei den Drumonts finden«, wandte Bernard ein.

»Warum nicht?«

»Weil der Kanzler damit ein erhebliches Risiko eingehen würde. Er weiß, dass ich bei entsprechendem Verdacht jederzeit eine Durchsuchung seines Hauses beantragen kann.«

»Und wenn er sich zu sicher ist?«

»Dann ist er entweder dumm, was ich nicht glaube, oder er will uns herausfordern. Ich weiß nicht, welche Variante mir lieber ist.«

»Ich weiß, dass ich Sie zu nichts drängen kann. Aber die Drumonts sind unsere größte Chance.« Alex legte all seine Überzeugung in die nächsten Worte. »Natalie ist dort!«

Bernard sah ihn lange an. Er schien das Für und Wider abzuwägen. Dann nickte er fast unmerklich mit dem Kopf. »Jetzt müssen wir nur noch wissen, wo ›dort‹ ist.«

»Da kann ich Ihnen weiterhelfen.« Alex griff zu dem Bündel, in das er die Dokumente aus dem Safe eingewickelt hatte. »Ich kann mir nicht vorstellen, dass die Drumonts eine derart lukrative Adresse aufgegeben haben.«

»Welche Adresse?«
»Die im Kaufvertrag notiert ist.«
»Und die lautet?«
»Quai des Chartrons, Bordeaux!«

19

Donnerstag, 12. Juni 2014, Bordeaux, Frankreich

»Sie wissen Bescheid«, flüsterte die Stimme am Telefon.

»Worüber?«

Der Kanzler stand im Morgenmantel am Fenster seines Schlafzimmers und blickte auf den Quai. Es war ruhig, doch der Schein trog. Einige hundert Meter weiter in den Markthallen herrschte bereits reges Treiben.

Wie treffend, dachte er. Nicht nur dort unten war nichts so, wie es auf den ersten Blick zu sein schien. Er ahnte, was nun kommen würde.

»Sie wissen von Ihnen«, bestätigte die Stimme seine Befürchtung. »Sie haben im Keller alte Dokumente gefunden, die Sie auffliegen lassen.«

»Hat Guibert versagt?«

»Er hat wie befohlen gehandelt. Doch Kauffmann und der Rabbiner haben überlebt. Sie haben sich befreien können.«

»Und Guibert?«

»Verhaftet.«

»Redet er?«

»Das muss er nicht.«

»Was soll das heißen?«

»Er hatte Aufzeichnungen bei sich. Er hat Listen geführt. Über die Wächter. Über die Treffen. Namen, Berufe, Daten.«

Der Kanzler setzte sich aufs Bett und rieb sich den Nasenrücken. Er hatte alles versucht, Guibert und den anderen Hornochsen klarzumachen, wie wichtig es war, anonym zu bleiben. Wie wichtig es war, dass es keine Aufzeichnungen gab. Über niemanden. Über nichts. Niemand wusste das besser als er. Für einen Bankier waren Aufzeichnungen der Tod. Geheime Konten waren nur so lange geheim, bis sie mit Namen in Verbindung gebracht werden konnten. Fiel ein Stein, stürzte das ganze Haus zusammen. Das drohte nun auch den Wächtern. Oder zumindest dem allergrößten Teil von ihnen.

»Können Sie die Dokumente beschaffen?«

»Nein.«

Der Kanzler überlegte einen Moment. Welche Möglichkeiten blieben ihm noch? Er war sie alle durchgegangen. Auch dieses Szenario. Als höchst unwahrscheinlich hatte er es eingestuft, aber denkbar. Wie recht er gehabt hatte!

»Ich will, dass Sie mir jetzt genau zuhören.«

Der Kanzler wählte seine Worte mit Bedacht. Alles musste perfekt funktionieren. Ein Schauspiel in drei Akten. Bis der Vorhang endgültig fiel.

Als er das Gespräch beendete, war er zuversichtlich. Auf diesen Kontakt war immer Verlass gewesen. Jetzt musste er versuchen, es der anderen Seite so schwer wie möglich zu machen.

Er nahm das Haustelefon zur Hand, das auf seinem Nachttisch stand, und wählte Samirs Nummer.

»Wir kriegen Besuch.«

»Besuch?«

»Die Polizei. In circa einer Stunde. Wir werden die Notbremse ziehen. Seid ihr bereit?«

»Kein Problem, wir haben uns vorbereitet.«

»Gut.«

»Was ist mit der Frau?«

»Behaltet sie im Auge! Um sie kümmern wir uns, wenn die Zeit reif ist.«

Der Kanzler legte auf und nahm wieder das Telefon zur Hand, dessen Klingeln ihn vor einer Viertelstunde geweckt hatte. Ein Anruf noch. Der Mann, den er jetzt wecken würde, stand ganz oben auf der Liste derjenigen Kontakte, die der Kanzler seit Jahren persönlich pflegte. Mit Einladungen zu Feiern, mit der Vermittlung wertvoller Verbindungen, mit Nutten und mit einer ganzen Menge Geld. Bis vor einer Woche hatte er von dieser Person nie auch nur einen kleinen Gefallen eingefordert. Solche Menschen brauchte man für außergewöhnliche Zeiten.

Er wählte die Nummer. Nach längerem Klingeln hob jemand ab, und eine trockene Stimme meldete sich.

»Ulrico de Rozier?«

20

Donnerstag, 12. Juni 2014, Bordeaux, Frankreich

Sie rasten durch die Morgendämmerung zurück nach Bordeaux. Bernard sah auf die Uhr. Viertel vor sechs. Er verspürte eine tiefe Müdigkeit. Seit sie vor gut vierundzwanzig Stunden in Marseille ins Hotel gerufen worden waren, schien eine Ewigkeit vergangen zu sein.

Er nahm einen großen Schluck aus dem Kaffeebecher, den ihm Diener Albert im Schloss mit auf den Weg gegeben hatte. Der Gehrock war lockerer geworden, als er das Ausmaß der Zerstörung gesehen und realisiert hatte, dass sein feiner Hausherr für den desaströsen Umgang mit dem wunderschönen Bauwerk verantwortlich war. Danach hatte er sich rührend um die Polizisten gekümmert und ihnen Kaffee und Brote offeriert.

Auch Kauffmann und Mannarino hielten Kaffeebecher in ihren Händen. Sie saßen wie schon auf der Hinfahrt auf der Rückbank. Während Bernard beim Rabbiner keine Anzeichen von Müdigkeit ausmachen konnte, sah der Professor hundeelend aus. Ein Sanitäter hatte seine Wunden versorgt, und Albert war mit frischer Kleidung gekommen, die Kauffmann halbwegs passte. Trotzdem war ihm anzusehen, dass ihm die Sorge um Natalie Villeneuve seinen ohne Zweifel brillanten Verstand raubte. Bernard war keinesfalls so überzeugt wie er, dass sie Natalie im Hause der Drumonts finden würden. Eigentlich war dies nur möglich, wenn Richard Drumont einer grotesken Fehleinschätzung unterlegen war und glaubte, unantastbar zu sein.

Bernard wusste nicht, was sie am Quai des Chartrons erwarten würde. Deshalb hatte er nicht nur darauf bestanden, dass ihnen erneut mehrere Einsatzwagen folgten. Dieses Mal hatte er die Kollegen aus Bordeaux um einen weiteren Gefallen gebeten.

Er sah in den Rückspiegel. Hinter ihnen fuhren zwei schwarze SUVs. Stahlrohre als Stoßstangen, Gitter über den Fenstern und auf dem Dach, Griffe und Trittbretter an allen Türen. Die gepanzerten Wagen der GIPN. In den Fahrzeugen saßen zehn schwer bewaffnete und speziell ausgebildete Einsatzkräfte der Groupes d'Intervention de la Police Nationale. Sie wurden gerufen, wenn irgendwo extreme Gewalt herrschte, zum Beispiel bei einer Gefängnismeuterei, oder wenn als besonders gefährlich eingestufte Personen festgenommen werden mussten. Oder bei Geiselnahmen.

Den Abschluss der Kolonne bildeten zwei weitere Streifenwagen, in denen neben jeweils zwei Beamten Nivello und Frey saßen.

Bernard würde gar nicht erst versuchen, mit dem alten Drumont in Ruhe zu reden. Der Anschlag auf ihr Leben auf dem Weingut und die direkte Verbindung zwischen Natalie Villeneuves Familie, der Familie Drumont und den Geschehnissen in Margaux waren für ihn als Richter Grund genug, umgehend eine Durchsuchung des gesamten Hauses am Quai anzuordnen. Jeder, der sich dem widersetzte, würde festgenommen werden.

Sie jagten mit Blaulicht und Sirene über den Cours du Médoc, als Bernards Handy klingelte. Er zog es aus seiner Jackentasche und sah auf das Display. Was um alles in der Welt wollte dieser Typ um diese Uhrzeit von ihm? Bernard spielte kurz mit dem Gedanken, den Anruf zu ignorieren. Dann nahm er ab.

»*Bonjour*, Monsieur le Procureur«, begrüßte Bernard den Staatsanwalt. »Was kann ich für Sie tun?«

»Sparen Sie sich Ihre Höflichkeiten, Bernard!«, fauchte Ulrico de Rozier. »Ich habe mit meinem Kollegen am Tribunal in Bordeaux gesprochen. Er hat mir von der Sache in Margaux berichtet. Sie überschreiten Ihre Kompetenzen!«

»Wie bitte?« Bernard glaubte, sich verhört zu haben.

»Sie haben mich schon verstanden. Pfeifen Sie sofort die Jungs von den GIPN zurück!«

»Bei allem gebotenen Respekt –«

»Ich scheiße auf Ihren Respekt, Bernard! Das ist ein Befehl! Das Chaos, das Sie in Margaux angerichtet haben, reicht.«

»Chaos? Sie meinen den Mordanschlag auf mich und meine Leute?«

»Das werden die Untersuchungen zeigen. Bis dahin halten Sie die Füße still. Ist das klar?«

Bernard musste sich zusammenreißen, nicht den Becher Kaffee gegen die Windschutzscheibe zu schleudern. »Warum sollte ich? Alles deutet darauf hin, dass Natalie Villeneuve im Haus der Familie Drumont gefangen gehalten wird.«

»Ein Dreck deutet darauf hin«, echauffierte sich de Rozier. »Ich habe mich ins Bild setzen lassen. Der Einzige, der davon überzeugt ist, ist Alexander Kauffmann. Und jetzt raten Sie mal, wieso? Dem ist doch jedes Mittel recht, Hauptsache, wir suchen weiter nach Natalie Villeneuve!«

»Ist das nicht unsere verdammte Pflicht?« Bernard hätte fast in den Hörer gebrüllt.

»Belehren Sie mich nicht über unsere Aufgaben! Ich weiß, was zu tun ist und was nicht. Und eins werden Sie heute bestimmt nicht tun: mit einer verdammten Kavallerie in das Haus eines unbescholtenen Bürgers von Bordeaux einfallen. Das ist absolut inakzeptabel!«

»Sondern?«

»Wenn Sie unbedingt mit Drumont sprechen wollen, meinetwegen. Aber die GIPN bleiben draußen.«

Bernard wusste, dass er keine Chance hatte. De Rozier war nur ein Problem. Das andere waren die Chefs im Tribunal hier vor Ort. Wenn er sich über de Roziers Befehl hinwegsetzte, war das seine Sache. Aber Kollegen mit reinzureiten, die er nicht kannte und die seinen Alleingang anschließend ausbaden mussten, war etwas anderes. Er gab auf.

»Gibt es Probleme?«, fragte Kauffmann, als das Gespräch beendet war.

»Kann man so sagen. Aber ich bin mir noch nicht sicher, wer die Probleme wirklich verursacht hat.«

»Was meinen Sie?«

»Ach, nichts«, erwiderte Bernard. Er hatte eine Idee. Aber die würde er erst einmal für sich behalten.

Bernard griff zum Funkgerät des Wagens und rief alle Einsatzfahrzeuge. Er erteilte neue Befehle, und einen Augenblick später bogen sie auf den Quai des Chartrons. Doch anstatt das Eckhaus an der Rue Razé zu umstellen, parkte die Kolonne auf der gegenüberliegenden Seite des Hauses in zweiter Reihe.

Bernard stieg aus, rief Frey und Nivello zu sich und ging zu den Männern der GIPN hinüber.

»Jungs, tut mir leid. Befehl von ganz oben. Ihr müsst hier warten. Wir müssen erst mal ohne euch da rein. Stattet Frey mit einer Kommunikationseinheit aus. Sollte da drin irgendwas schiefgehen, habt ihr die Freigabe, sofort zu stürmen. Ist das klar?«

Der Anführer der Einheit nickte und befahl einem Teammitglied, Frey zu verkabeln.

Dann wandte sich Bernard an seine beiden Begleiter.

»Alex, Fabrice, habt ihr Lust, mit reinzukommen?«

21

Donnerstag, 12. Juni 2014, Bordeaux, Frankreich

»Die Waffen«, sagte der bullige Mann vom Sicherheitsdienst unfreundlich und hielt ihnen eine graue Kiste hin. Sie standen seit fast einer Viertelstunde im Eingang des Hauses und wurden von zwei groben Typen Zentimeter für Zentimeter durchsucht. Nivello wollte schon nach seiner Pistole greifen, als Bernard ihn davon abhielt.

»Sie haben zwei Möglichkeiten«, erwiderte der Juge. »Die erste ist, Sie hören auf mit diesen Spielchen und lassen uns endlich mit Ihrem Chef sprechen. Die zweite ist, ich rufe die schweren Jungs. Die warten draußen. Sie haben sie sicher schon mit einer Ihrer Kameras erfasst. Ein Zeichen, und die räumen hier den ganzen Laden leer. Und Sie nehmen wir dann auch mit. Behinderung einer laufenden Ermittlung ist dann Ihr geringstes Problem. Also rufen Sie jetzt Ihren Chef an und sagen Sie ihm, dass wir in zwei Minuten bei ihm sind. Er erwartet uns sowieso schon.«

Der Mann sah ihn gelangweilt an und griff zum Funkgerät an seiner Schulter. Er murmelte ein paar Worte; die Antwort, die er bekam, schien ihm nicht zu gefallen. Grimmig gab er eine Bestätigung zurück. Dann wandte er sich wieder an Bernard.

»Monsieur Drumont lässt bitten.«

Sie durchquerten einen gepflegten Innenhof. Ein Brunnen plätscherte vor sich hin, ihre Schritte hallten von den Mauern wider. Dann betraten sie, was Alex unter einem repräsentablen Foyer verstand. Marmor, wohin das Auge reichte. Eine offene Treppe, die sich in die oberen Gemächer hinaufschwang. Flügeltüren, die zu Zimmern führten, die eher die Bezeichnung »Salon« verdient hatten. Über ihnen ein Kronleuchter, der so perfekt in das Ambiente passte, dass er wahrscheinlich extra für dieses Foyer angefertigt worden war.

Der Mann, der sie führte, hatte dafür keinen Blick. Er ging voraus, blickte stur nach vorn, schien aber immer genau zu wissen, wo seine

Gäste sich hinter ihm befanden. Er geleitete sie die Treppe hinauf. Oben angekommen durchquerten sie einen Flur. Sie bogen noch zweimal ab und hielten schließlich an einer schweren Tür an. Sie schwang geräuschlos auf.

Stumm trat der Bodyguard zur Seite, ließ sie eintreten und folgte ihnen. Als Alex ihn passierte, regte sich etwas in seiner Erinnerung. Er konnte den Gedanken aber nicht festhalten.

»Danke, Samir«, sagte ein Mann, der vor einer Bar stand und sich aus einer Karaffe eine durchsichtige Flüssigkeit in ein Glas goss. »Nicht das, was Sie denken«, sagte er, als er Alex' Blick sah. »Nur Wasser und eine Tablette gegen Kopfschmerzen. Wenn die Polizei zu so früher Stunde vorbeischaut, kann das einem schon mal den Morgen versauen.«

Alex blickte sich um. Sie befanden sich in einem Arbeitszimmer. Edles Interieur, eine Mischung aus antiken Möbeln und Moderne, aus englischem Herrenhausstil, französischer Extravaganz und zeitgenössischer Kühle. Wie der Mann selbst, der sie soeben empfangen hatte. Ende siebzig, silbergraues Haar, Clark-Gable-Bart. Er trug einen beigefarbenen Zweireiher, ein akkurat gebundenes Halstuch unter seinem Hemdkragen und eine Lesebrille, die er nun mit einer ruhigen Bewegung von der Nasenspitze nahm und beiseitelegte. Dann trank er einen Schluck aus seinem Wasserglas.

»Willkommen in meinem Haus«, sagte er. »Richard Drumont, aber das haben Sie sich sicher schon gedacht. Sehen Sie mir die genaue Prüfung am Eingang nach. Man kann nie vorsichtig genug sein. Bitte, nehmen Sie Platz.« Er deutete auf eine Sitzgruppe.

»Vielen Dank, Monsieur Drumont, dass Sie uns zu dieser Uhrzeit empfangen«, erwiderte Bernard, ohne die Einladung, sich zu setzen, anzunehmen. »Wenn ich uns kurz vorstellen darf. Mein Name ist –«

»Pascal Bernard, Juge d'Instruction aus Marseille«, unterbrach ihn Drumont. »Diese reizende Dame müsste Commandante Dominique Frey sein, mit ihrem Kollegen Capitaine Paolo Nivello. Und diese Herren«, er wandte sich Alex und Fabrice zu und sah sie eindringlich an, »sind zwei Personen, von denen ich leider in den letzten Tagen viel zu viel gehört habe. Professor Kauffmann und Rabbiner

Fabrice Mannarino, nehme ich an.« Er machte eine kurze Pause. »Wissen Sie, Monsieur le Juge, ich bin ein Mann offener Worte. Und ich bin ein Mann, der ungern Zeit verschwendet. Ich weiß, weshalb Sie hier sind. Ich weiß, worüber Sie mit mir reden wollen. Und ich weiß, dass noch nicht entschieden ist, wie dieses Gespräch ausgehen wird. Weder für Sie noch für mich.«

Einen Moment herrschte Schweigen. Alex beobachtete, wie sich Bernard und Drumont musterten. Er spürte eine Ungeduld in sich aufsteigen und hoffte, dass sie hier keine Zeit vergeudeten. Zeit, die Natalie nicht mehr hatte.

»Gut, ich nehme an, Sie wollen sich nicht setzen«, fuhr Drumont fort. »Sehen Sie es mir nach, wenn ich Platz nehme. Ich bin nicht mehr der Jüngste, und mein Arzt meint, ich soll es vermeiden, mich unnötig anzustrengen. Er wäre über Ihren Besuch zu so früher Stunde ganz und gar nicht erfreut, wenn ich das sagen darf.«

Drumont durchquerte den Raum, trat hinter seinen Schreibtisch und ließ sich sichtlich zufrieden in seinen Sessel fallen.

»Wo ist Natalie Villeneuve?«, fragte Bernard schließlich.

Alex atmete erleichtert auf. Auch der Juge schien kein Interesse an Spielchen zu haben.

»Ah, sehen Sie, ich dachte doch, dass Ihnen eine Frage auf der Zunge brennt.« Drumont lächelte, stützte seine Ellenbogen auf den Schreibtisch und faltete seine Hände. »Nun, bevor wir dazu kommen, wo sich Madame Villeneuve aufhält, lassen Sie mich Ihnen versichern, dass es ihr gut geht. Mehr müssen Sie erst mal nicht wissen.«

Alex riss der Geduldsfaden. Dieser Typ hatte gerade zugegeben, Natalie in seiner Gewalt zu haben. Aber er sah ganz und gar nicht so aus, als ob er ihnen je sagen würde, wo sie war.

»Wo halten Sie sie fest?«, rief er.

Er schob Bernard und Frey zur Seite und sprang zwischen ihnen hervor. Er hatte den Schreibtisch fast erreicht, als ihn eine Hand mit eisernem Griff von hinten am Kragen packte. Im nächsten Moment verlor er den Boden unter den Füßen und wurde zurückgerissen. Er landete unsanft vor einem Bücherregal. Ein dunkler Schatten legte sich über ihn, und als er aufblickte, stand der Bodyguard vor ihm und sah ihn drohend an.

»Danke, Samir, das genügt, denke ich«, sagte Drumont ruhig.

Doch der Anblick reichte, um in Alex ein Bild zu vervollständigen. Jetzt war der Gedanke da.

»*Sie* haben Natalie entführt!«, spie er hervor und rappelte sich auf. Die Statur dieses Mannes war unverkennbar. Er war der zweite Mann auf der Straße vor der Synagoge gewesen. Da war sich Alex ganz sicher. Dann drang ein weiterer Gedanke an die Oberfläche. »*Sie* haben Christophe erschossen!« Er stolperte rückwärts. Der Gedanke, einem Mörder gegenüberzustehen, jagte ihm Angst ein. »Bernard, tun Sie endlich was! Dieser Mann hat Christophe auf dem Gewissen.« Er stand wieder neben Fabrice. Doch statt des Juge ergriff erneut Drumont das Wort.

»Zunächst einmal, Professor Kauffmann, gebe ich Ihnen den gut gemeinten Rat, weitere Heldentaten zu unterlassen. Beim nächsten Mal, das verspreche ich Ihnen, wird Samir nicht mehr so zurückhaltend reagieren.«

Er rutschte mit seinem Sessel zurück und schlug die Beine übereinander. »Da das nun geklärt ist, möchte ich zu Ihrer Anschuldigung Stellung nehmen. Wie gesagt, ich bin ein Mann offener Worte. Christophe Wagner ist das Opfer unglücklicher Umstände geworden. Ein Kollateralschaden. Er war zur falschen Zeit am falschen Ort, wie man so schön sagt. Aber seien Sie versichert: Wir haben für seinen Leichnam einen Ort gefunden, der ihm sicher gefallen hätte. Wussten Sie eigentlich, dass wir Konkurrenten waren? Zumindest so etwas in der Art. Seine Firma ist einer der größten Immobilienmakler auf dem französischen Markt. So wie die meiner Bank. Tatsächlich hat er, wie ich hörte, nur Stunden vor seinem Ableben hier in Bordeaux einen Vertrag unterschrieben, den auch wir gerne gehabt hätten. Vielleicht habe ich ja heute zwei Fliegen mit einer Klappe geschlagen, und die Universität überlegt es sich noch einmal anders.« Er hielt einen Füllfederhalter zwischen den Fingern und betrachtete ihn nachdenklich. »Manchmal bringt das Leben eigenwillige Wendungen.«

»Monsieur Drumont«, fand es nun Bernard offenbar wert, einzuhaken, »wollen Sie uns nicht erzählen, was uns alle heute zu Ihnen geführt hat? Wo Sie doch ein Mann des offenen Wortes sind, wie Sie betonen.«

»Wissen Sie«, erwiderte Drumont, »schaffen wir doch erst mal klare Fronten!«

Er machte eine Handbewegung, und sie fuhren herum. Die Tür zum Arbeitszimmer schloss sich. Frey fluchte leise und griff sich ans Ohr.

»Versuchen Sie es gar nicht erst«, sagte Drumont mit nachsichtigem Lächeln. »Alle Funkverbindungen sind unterbrochen. Ihre Einsatzteams werden sich zwar fragen, was los ist. Aber selbst wenn sie versuchen sollten, das Tor zu durchbrechen, werden sie keinen Erfolg haben. Hier ist alles etwas sicherer als anderswo. Ich kann es mir nicht leisten, ein leichtes Ziel zu sein.«

»Sie sperren uns ein? Sind wir jetzt auch Ihre Geiseln?«

»Keineswegs, Monsieur Bernard. Es steht Ihnen frei, mich zu verlassen. Allerdings sollten Sie zunächst hören, was ich Ihnen zu sagen habe.«

»Und das wäre?«, fragte Bernard. »Ich nehme an, es gibt einen Grund, weshalb Sie gerade jetzt die Verbindung nach draußen unterbrochen haben.«

»Oh, durchaus«, lachte Drumont. »Sie sind ein kluger Mann. Lassen Sie mich Ihnen sagen, wie es weitergehen könnte. So, wie ich das sehe, haben Sie genau zwei Möglichkeiten. Sie können versuchen, mich auf der Stelle festzunehmen. Mich, meine Familie, meine Mitarbeiter. Ich selbst bin alt und langsam. Mit mir werden Sie keine Probleme bekommen. Ich fürchte allerdings, dass selbiges nicht für Samir und seine Mitarbeiter gilt. Allesamt ehemalige Militärs. Ich wüsste nicht, warum sie sich widerstandslos ergeben sollten. Und da wir wissen, wie viel Ihre Nachhut vor der Tür wirklich wert ist, stehen Ihre Chancen nicht gut. Um ehrlich zu sein, ich glaube kaum, dass Sie das überleben würden. Aber wie gesagt, versuchen können Sie es!«

Drumont warf ihnen einen belustigten Blick zu. »Ich möchte Sie aber warnen«, fuhr er fort. »Nicht nur, was Ihre eigene Gesundheit angeht. Wissen Sie, wir haben noch nicht über die Wächter gesprochen. Ja, wir existieren tatsächlich. Ja, man nennt mich den Kanzler. Und ja, Régis Villeneuve und Serge Clement sind uns in den letzten Jahren so nahe gekommen wie nie jemand zuvor. Aber glauben Sie mir, wenn ich Ihnen sage: Egal, was Sie auch versuchen oder gegen uns in der Hand haben, Sie werden die Wächter nicht vernichten. Niemand zerschlägt uns. So viel kann ich Ihnen garantieren.«

»Wir haben Namen. Wir haben Listen. Wir haben –«

»Nichts haben Sie«, unterbrach Drumont Bernard. »Ich weiß, was Sie gefunden haben. Aber überlegen Sie sich mal, bei wem? Edouard Guibert.« Er spie den Namen verächtlich aus. »Welch ein armseliger, unbedeutender und selbstsüchtiger Mann, der sich mit ein paar Notizen absichern wollte. Ja, ich gebe zu, als ich von den Aufzeichnungen erfahren habe, war ich nicht erfreut. Aber das wären Sie ja auch nicht, wenn die Presse Kopien Ihrer Akten zugespielt bekäme. Es ist immer die Frage, welchen Wert solche Unterlagen haben. Und ich kann Ihnen versichern, dass sie den Fortbestand der Wächter nicht gefährden. Guibert war nicht Teil des innersten Kreises.«

»Also habe ich nichts gegen Sie in der Hand. Abgesehen natürlich von dem umfassenden Geständnis, das Sie vorhin in den Fällen Natalie Villeneuve und Christophe Wagner abgelegt haben!«, erwiderte Bernard süffisant. »Für was wird das wohl reichen? Ich würde sagen, Sie werden auf jeden Fall den Rest Ihres Lebens im Gefängnis verbringen. Ob ich Sie nun festnehme oder diejenigen, die nach mir kommen: Das Geständnis ist auf Band.«

»Glauben Sie, mich interessiert dieses Geständnis? Glauben Sie, ich habe Angst vor einer Aufzeichnung in einem Van, der direkt vor meiner Haustür geparkt ist? Haben Sie überhaupt eine Vorstellung davon, worum es hier geht? Die Wächter sind Teil der gesellschaftlichen Ordnung unseres Landes. Mit mir würden so viele andere mächtige Personen in Frankreich fallen. Jeder Einzelne wäre in der Lage, alle Ermittlungen sofort einstellen zu lassen.«

»So wie Ulrico de Rozier?«

»Ulrico ist ein guter Mann«, sagte Drumont lächelnd.
»Für Sie oder für Frankreich?«
»Wer gut für mich ist, ist auch gut für Frankreich.«
»Das klingt fast so, als ob Sie sich als Wächter des französischen Volkes sehen.«
»Genau das sind wir, Monsieur le Juge. Genau das sind wir. Wir haben dafür gesorgt, dass Frankreich nach dem Krieg wieder auf die Beine gekommen ist. Wir haben geholfen, die Ölkrise zu überstehen. Wir waren in Zeiten des Aufschwungs die treibenden Kräfte. Glauben Sie, wir haben uns gegründet, um ein paar Deals mit den Nazis zu vertuschen? Wir wollten unsere Stärke zur Stärke unseres Landes machen.«
»Ersparen Sie uns bitte die heldenhafte Geschichte Ihrer Organisation«, unterbrach ihn Bernard. »Jedes Gericht dieses Landes, sofern es nicht von Ihnen kontrolliert wird, wird die Wächter als kriminelle Organisation einstufen. In Italien gibt es einen Namen für Gruppen wie Ihre. Die Mafia.«
»Und Sie glauben, Sie können die französische Mafia in die Knie zwingen?«, fragte Drumont spöttisch. »Sagen Sie, Bernard, Sie stehen doch kurz vor Ihrer Pensionierung. Wollen Sie wirklich Ihren Frieden im Alter riskieren? Selbst wenn Sie hier ohne Schaden zu nehmen rauskommen, wollen Sie wirklich immer mit der Angst leben, dass jemand auftaucht und sich an Ihnen rächt?«
»Was wäre denn die Alternative?«
»Ah, jetzt wird es langsam interessant! Das Einfachste wäre natürlich, Sie alle würden künftig für die Wächter arbeiten. Dafür würden wir Sie entschädigen, und jeder wäre glücklich. Jeder außer mir. Denn ich vertraue Ihnen nicht.«
»Da sind wir ja schon zwei«, sagte Bernard verächtlich. »Ich würde mir an Ihrer Stelle auch nicht vertrauen.«
»Sehen Sie! Deshalb gibt es nur noch eine Möglichkeit. Geld.«
»Sie wollen uns kaufen?«
»Das klingt eigentlich zu einfach, nicht wahr? Aber Sie wären nicht die Ersten, die einer nicht unbeträchtlichen Summe erliegen würden. Sehen Sie es so, ich schenke Ihnen nicht nur Ihr Leben,

sondern auch noch ein kleines Vermögen. Das Einzige, was Sie dafür tun müssten, wäre, einen Sündenbock zu finden.«

»Lassen Sie mich raten: Guibert.«

»Ich beginne, Sie zu mögen, Monsieur Bernard. In der Tat. Guibert ist der perfekte Sündenbock. Ein Mann, der versucht hat, Polizisten in seinem Keller bei lebendigem Leibe zu begraben. Es mag Sie überdies nicht überraschen, dass ich Ihnen zwei Namen nennen kann. Zwei Personen zwielichtigen Charakters, mit denen Guibert zuweilen Umgang pflegte. Die perfekten Bauernopfer. Und schon sind alle Morde und Entführungen aufgeklärt. Sie können in Rente gehen, de Rozier wird zufrieden sein, die Presse wird Sie feiern, Ihre Kollegen gehen ihrer Arbeit wieder nach und machen sich in ihrer Freizeit ein schönes Leben. Und Sie, Professor, werden Geld genug haben, um Ihrer kleinen Freundin alle Wünsche zu erfüllen. Vielleicht ja sogar die Hochzeit in der dann reichsten Synagogengemeinde der Welt. Nicht wahr, Monsieur Mannarino?«

Alex konnte kaum glauben, was er da gerade hörte. Da saß ein Mann hinter seinem Schreibtisch, der die Morde an Serge Clement, Professor von Arx und an Christophe auf dem Gewissen hatte und sich trotzdem sicher war, mit alledem davonkommen zu können. Ein paar Euro hier, ein paar Anrufe dort, und schon würden sich alle Anschuldigungen in Luft auflösen. War es so einfach, wenn man unverschämt mächtig und noch unverschämter reich war? Konnte Drumont wirklich seinen Kopf aus der Schlinge ziehen und sie sogar noch korrumpieren?

Aber welche Chancen blieben ihnen? Wenn die Jungs von der GIPN nicht einmal in das Gebäude kamen, waren sie den Bodyguards des Kanzlers ausgeliefert. Diesen Kampf konnten sie nicht gewinnen. Die Alternative lautete: Geld nehmen und verschwinden. Ganz egal, was das Gewissen am Ende sagte. Wenigstens würden sie am Leben bleiben.

Aber würde Natalie ihm das verzeihen? Was würde sie sagen, wenn sie hörte, dass er und die anderen sich von ihren Entführern hatten kaufen lassen? Sie würde ihn hassen. Er hätte sie verraten. Er hätte ihre Familie verraten. Er hätte Régis und Suzanne verraten.

Er musste sich entscheiden. Der Verrat seiner Ideale oder der Verrat an seinem eigenen Leben?

Bernard kam ihm mit der Antwort zuvor.

»Monsieur Drumont«, begann er und sah sich nach den anderen um. »Ich fürchte, wir können Ihr großzügiges Angebot nicht annehmen.«

Frey und Nivello zogen gleichzeitig ihre Waffen und richteten sie auf Samir. Der Bodyguard zuckte nicht einmal mit der Wimper, sondern blieb reglos neben dem Pult seines Bosses stehen.

»Ich hatte befürchtet, dass es so weit kommen würde«, sagte der Kanzler sichtlich enttäuscht. »Nun, da Sie offenbar von Ihrer Stärke derart überzeugt sind, muss ich Ihnen diese wohl endgültig nehmen.«

Die nächsten Sekunden nahm Alex wie in Zeitlupe wahr. Dominique Frey riss ihre Waffe herum und zielte direkt auf Nivellos Kopf. Der starrte sie entgeistert an.

»Waffe runter, Paolo«, sagte Frey ruhig.

»Dominique ...«, stieß Nivello hervor, sah zwischen ihr und Bernard hin und her. Und als dieser nickte, senkte er seine Pistole und legte sie auf den Boden. Dann kickte er sie weg. Sie landete zu Füßen Samirs, der sie aufhob und auf die anderen richtete.

Bernard stand der Schock ins Gesicht geschrieben. Mit zusammengekniffenen Augen blickte er seine Kollegin an. Frey zuckte die Schultern.

»Tut mir leid, Pascal. Ihr hättet das Geld nehmen sollen.«

22

Donnerstag, 12. Juni 2014, Bordeaux, Frankreich

Insgeheim war der Kanzler froh, dass sich Bernard als Ehrenmann erwiesen hatte. Einerseits, weil Drumont sonst an seiner Menschenkenntnis gezweifelt hätte. Und andererseits, weil es ihm trotz allem gestunken hätte, die zwanzig Millionen Euro zu zahlen, die er als Bestechungsgelder vorgesehen hatte. Jetzt mussten sie zwar zu einer unangenehmen Lösung greifen, aber dafür war ohnehin längst alles vorbereitet. Der Kanzler hatte mit nichts anderem ernsthaft gerechnet.

Er betrachtete das Bild, das sich ihm in seinem Arbeitszimmer bot. Samir stand neben dem Schreibtisch und zielte mit seiner Waffe auf Paolo Nivello. Dominique Frey richtete die ihre auf ihren nun ehemaligen Vorgesetzten. Alexander Kauffmann und Fabrice Mannarino standen wie vom Donner gerührt hinter den beiden Beamten. Besonders Kauffmann sah elend aus.

»Ich liebe es, wenn Masken fallen und die wahren Gesichter von Menschen zum Vorschein kommen«, sagte der Kanzler. »Lassen Sie uns also mit dem zweiten Akt dieses wunderbaren Schauspiels beginnen. Dafür«, er lehnte sich vor und drückte einen Knopf auf der internen Sprechanlage, »benötigen wir aber noch Unterstützung. Quasi weitere Schauspieler. Und wer wäre da besser geeignet als mein Sohn Raoul? Professor Kauffmann, Sie dürften ihn bereits kennen. Allerdings unter dem Namen Robert Bossis.«

Wie aufs Stichwort öffnete sich eine bis dahin unsichtbare Tür in der Mahagonivertäfelung neben dem Schreibtisch. Raoul trat ein.

»Guten Morgen, Vater«, grüßte er.

»Guten Morgen, mein Sohn. Ich glaube, wir können uns die Vorstellungsrunde sparen. Wir wollen uns jetzt auch nicht mehr mit Erklärungen und Details aufhalten. Wenn ein Theaterstück einmal Fahrt aufgenommen hat, sollte man es am besten laufen lassen. Fahren wir also fort. Einige von uns müssen die Bühne nun verlassen.

Samir, bring mir doch bitte die Herren Kauffmann und Mannarino her.«

Der Kanzler genoss es, den Regisseur dieser Inszenierung zu spielen. Er sah zu, wie Samir mit seiner Waffe in Richtung der beiden deutete und diese sich nach kurzem Zögern vorsichtig in Bewegung setzten.

»Was haben Sie vor?«, fragte Bernard.

»Ich habe eine Willkommensfeier für meine beiden Gäste hier vorbereitet«, sagte Drumont. »Ich muss dafür Ihr Wohl für einige Minuten in die fähigen Hände meines Sohnes legen. Madame Frey wird auch bei Ihnen bleiben. Samir und ich werden derweil ein kleines Wiedersehen organisieren. Alex«, sagte der Kanzler, während er mit Samir und seinen beiden »Gästen« durch die Geheimtür in den Nebenraum ging. »Ich darf Sie jetzt doch Alex nennen, da wir uns nun etwas besser kennengelernt haben, nicht? Also, Alex, Sie haben vorhin etwas unwirsch in Erfahrung bringen wollen, wo sich Ihre Freundin Natalie aufhält. Ich kann Ihnen versichern, dass wir ihr nichts getan haben. Sie werden sich davon überzeugen können, dass wir ihr eine respektable Unterkunft gegeben und auf jedwedes Gespräch verzichtet haben. Wir haben ihr den Aufenthalt in meinem Haus so annehmlich wie möglich gestaltet.«

Sie durchquerten das private Esszimmer des Kanzlers und gelangten in einen Flur, von dem ein Fahrstuhl in den Keller führte. Als sich die Türen im Untergeschoss öffneten, trat ihnen ein Mann entgegen.

»Wie geht es ihr, Janosch?«, erkundigte sich Drumont.

»Sie ist wach«, antwortete der Bodyguard emotionslos.

Er führte sie einen Gang entlang, an dessen Ende der große Besprechungsraum lag, in den Drumont seine Wächter immer geladen hatte. Ein solches Treffen in diesen Räumlichkeiten würde es wahrscheinlich nie wieder geben. Der Kanzler war vorsichtig mit dem Begriff »nie«, aber er wusste, dass der Ausweg, für den er sich nun entschieden hatte, auch eine wesentliche Veränderung seines Lebens mit sich bringen würde.

Etwas wehmütig wandte er sich wieder der Realität zu. Sie erreichten das »Gästezimmer«. Eine Stahltür mit mehreren Riegeln versperrte ihnen den Zutritt. Janosch öffnete sie. Als sie aufschwang und den Blick in den fensterlosen Raum freigab, wusste der Kanzler, was geschehen würde.

»Natalie!«, rief Kauffmann und stürzte los. Sie saß auf einem Bett in der hinteren Ecke des Zimmers. Sie trug eine Jogginghose und einen Kapuzenpullover in ihrer Größe, Sachen, die Janosch auf Anweisung des Kanzlers hin besorgt und ihr vor wenigen Minuten gegeben hatte. Ihre Haare hatte sie zu einem wilden Pferdeschwanz zusammengebunden. Sie sah müde aus. Als sie erkannte, wer ihr Zimmer betreten hatte, stand sie ruckartig auf und fiel ihm in die Arme. Derweil bedeutete Samir dem Rabbiner, ebenfalls die Zelle zu betreten.

Drumont hatte kein Interesse an weiteren Diskussionen. Diese drei Gestalten hatten ihren letzten Bestimmungsort erreicht. Es war an der Zeit, Fakten zu schaffen.

»Da Sie nun alle vereint sind und füreinander sorgen, können wir zur Tat schreiten.« Er gab Janosch ein Zeichen, der sich zurückzog, um die letzten Vorbereitungen der bevorstehenden Abreise vorzunehmen. Wenn sie hier fertig waren, bestand kein Grund mehr, auch nur eine Minute länger im Haus zu bleiben. Bis sich die Herren der GIPN vor der Haustür dazu entschlossen hatten, einzudringen, wären sie schon lange nicht mehr hier.

»Ich muss Ihnen meinen Respekt aussprechen. Das gehört, finde ich, dazu. Sie haben es geschafft, uns vor einige Herausforderungen zu stellen«, begann Drumont. »Ich habe Hochachtung vor Menschen, die mit eisernem Willen verfolgen, woran sie glauben. Sie haben sich als würdige Gegner unserer Organisation erwiesen.«

Er lächelte gönnerhaft. »Aber wie es eben so ist, manchmal strauchelt man über seine besten Charakterzüge. Sie, Monsieur Mannarino, hätten sich selbst als Erbe der Familien Hinault und Étoile anbieten können. Stattdessen haben Sie Ihre Nichte auf diesen Weg geführt und am Ende ihr Leben damit riskiert. Das Ergebnis ist, dass Sie nun beide in meiner Gewalt sind. Haben Sie wirklich geglaubt, ich lasse mir wegen einer verdammten alten Klausel einfach alles wegnehmen, wofür ich mein ganzes Leben gearbeitet habe? Ich habe ein durchaus ausgeprägtes Interesse daran, dass Sie beide diesen Raum hier nicht lebend verlassen.«

Er wandte sich Alex zu. »Und Sie, Professor, kann ich leider auch nicht verschonen. Sie sind Zeuge, Mitwisser und viel zu klug, um nicht doch noch einen Weg zu finden, mich hinter Gitter zu bringen. Aber sind wir mal ehrlich, Sie würden ohnehin nicht weiterleben wollen, wenn Sie die Frau, die Sie ganz offensichtlich so sehr lieben, vor Ihren eigenen Augen haben sterben sehen.«

Zufrieden stellte er fest, wie das letzte bisschen Farbe aus dem Gesicht des Professors wich.

»Sehen Sie«, freute sich Drumont, »meine Stärke war immer, nüchterner als die meisten Menschen zu sein. Deswegen ist der heutige Tag auch kein Rückschlag für die Wächter, sondern ein Neubeginn. Es ging immer nur um die Sache. Nie um Personen.«

»Schon gar nicht um die Personen, die Sie auf dem Gewissen haben«, stieß Alex zornig hervor. »Ihr Vater und seinesgleichen haben den Tod Tausender französischer Juden zu verantworten.«

»Oh, welchem Irrtum Sie unterliegen!«, erwiderte Drumont gelassen. Doch er spürte in sich einen gewissen Ärger aufsteigen. »Es gibt keine französischen Juden. Es hat sie nie gegeben. Es gab, gibt und wird, wenn überhaupt, immer nur Juden in Frankreich geben. Sie mögen es eine Spitzfindigkeit nennen. Für mich ist es essenziell. Sie sind doch ein gebildeter Mann, Alex. Was sagt Ihnen der Name Drumont?«

Er sah genüsslich, wie sich Kauffmanns Augen weiteten. Er hatte begriffen.

»Richard A. Drumont. A wie Adolphe?«, fragte er.

»Précisément«, antwortete Drumont. »Und um Ihre nächste Frage vorwegzunehmen: Nein, ich bin kein Nachfahre des großen Édouard Adolphe Drumont. Aber meine Eltern haben ihn verehrt.«

»Der größte Judenhasser Frankreichs des 19. Jahrhunderts«, stieß Kauffmann hervor. »Der Mann, der eines der schlimmsten Hasspamphlete der Menschheitsgeschichte gegen die Juden geschrieben hat. Der schon damals all das gefordert hat, was Hitler später in die

Tat umgesetzt hat. Er wollte den Juden alles wegnehmen, was sie besaßen. Die totale Enteignung.«

»Interessant, nicht?«, erwiderte Drumont. »Jahrhundertelang haben sich Juden in unserem Land eingenistet und an uns bereichert. Es war doch nur eine Frage der Zeit, bis wir uns zurückholen würden, was uns zusteht.«

»So wie das Weingut der Familie Étoile.«

»Weingüter, Banken, Fabriken, Häuser, Gemälde, Geld, Aktien, ja, selbst Straßennamen. Mein Gott, die Juden haben unsere Welt kontrolliert. Damit haben wir Schluss gemacht. Die Wächter haben dem Land seine Freiheit wiedergegeben. Ich erwarte nicht, dass Sie das verstehen. Sie mögen mich verachten. Aber meine Familie und viele unserer Gefolgsleute haben das getan, was auch Sie heute hierhergeführt hat. Wir sind unseren Überzeugungen gefolgt.«

Jetzt meldete sich Natalie zu Wort. »Sie und uns verbindet nichts«, presste sie hervor.

»Da haben Sie vollkommen recht. Deshalb wären Sie auch nicht in der Lage, das auszuführen, was nun kommt. Samir!«

Der Kanzler gab seinem Bodyguard ein Zeichen. Dieser war in zwei Schritten neben dem Bett und zerrte einen nach dem anderen auf den Boden.

»Hinknien!«, befahl er.

Samir zwang sie, sich nebeneinander auf den Boden zu hocken und ihre Hände auf dem Rücken zu verschränken. Dann stellte er sich hinter sie und zog seine Waffe.

Drumont betrachtete sie einen nach dem anderen. Fabrice Mannarino, trotziger Gesichtsausdruck, starr geradeaus blickend. Natalie Villeneuve, zitternd, mit tränenüberströmtem Gesicht. Alexander Kauffmann, am Ende seiner Weisheit.

»Samir«, sagte der Kanzler, »ich glaube, der Rabbiner hat genug von dieser Welt!«

23

Donnerstag, 12. Juni 2014, Bordeaux, Frankreich

Samir lud die Waffe durch, trat direkt hinter Fabrice und legte an.

»Warten Sie!«, rief Alex.

Er wusste nicht, was er damit bezwecken wollte. Er drehte den Kopf und sah flehend zu Samir hinüber. Der Bodyguard wandte seinen Blick für den Bruchteil einer Sekunde von Fabrice ab. Das war sein Fehler.

Fabrice musste darauf gewartet haben. In einer einzigen, blitzschnellen Bewegung warf er sich herum, griff mit beiden Händen nach der Waffe, drehte sie gekonnt in den Klauen des Hünen herum, entriss sie ihm, ließ sich rückwärts zu Boden fallen und feuerte dreimal.

Samir riss es nach hinten. Er krachte mit seinem vollen Gewicht auf die Pritsche, die unter ihm nachgab und ihn zwischen Bettlaken, Decken und Kopfkissen begrub.

Samirs Körper war noch nicht zur Ruhe gekommen, da drehte sich Fabrice bereits auf dem Boden und zielte auf den Kanzler.

Während sich Natalie mit einem Schrei hatte zur Seite fallen lassen, starrte Alex fassungslos Fabrice an. Dann realisierte er, dass sich das Blatt gerade gewendet hatte. Zumindest vorerst. Sie hatten Drumont in ihrer Gewalt.

Dieser war nicht minder sprachlos. Als er die Mündung der Waffe auf sich gerichtet sah, hob er automatisch seine Hände und ging langsam einen Schritt rückwärts.

»Stehen bleiben«, forderte ihn Fabrice mit ruhiger Stimme auf. »Alex«, Fabrice sah ihn an und deutete auf Samir, der keinen Mucks mehr von sich gab, »durchsuch ihn, reich mir das Funkgerät und nimm dir seine Ersatzwaffe. Linker Knöchel.«

Alex wusste nicht, was er sagen sollte. Er blickte zwischen Natalies Onkel und dem Bodyguard hin und her. War der Mann tot? Er ging vorsichtig zum Bett. Drei Einschusslöcher, alle auf Höhe des Herzens. Er checkte den Puls. Nichts. Samir war tot. Hektisch durchsuchte er dessen Kleidung. Er fand das Funkgerät und den Knopf im Ohr und reichte es Fabrice, der es sich gekonnt anlegte. Neben einem kleinen Revolver am Knöchel fand Alex ein Militärmesser am Gürtel.

»Schnapp dir den Revolver und gib Natalie das Messer«, bestimmte Fabrice. »Natalie, alles klar bei dir?«

Sie richtete sich auf. Langsam blickte sie von Fabrice zum Kanzler und dann zu Alex. Er reichte ihr das Messer. Doch statt es zu nehmen, trat sie zu ihm, ergriff mit beiden Händen sein Gesicht und küsste ihn auf den Mund. Alex wusste einen Augenblick nicht, wie ihm geschah. Dann erwiderte er den Kuss und zog Natalie enger zu sich heran.

Als sie sich wieder von ihm löste, lächelte sie ihn liebevoll an. Schließlich nahm sie das Messer und sagte: »Ja, jetzt ist alles klar.«

»Wer zum Teufel sind Sie?«, fauchte der Kanzler, der seine Sprache wiedergefunden zu haben schien.

»Ein Rabbiner, der wie jeder andere Israeli im Militär gedient hat«, antwortete Fabrice. »Wenngleich etwas länger als andere, muss man wohl dazusagen. Régis war erfreut, als ich ihm davon erzählte. Er meinte, vielleicht würden mir meine Fähigkeiten irgendwann noch mal von Nutzen sein. Offenbar hatte er recht.«

»Was hast du jetzt vor?«, fragte Natalie.

»Wir müssen so schnell wie möglich nach oben. Wenn dieser Janosch oder die anderen die Schüsse gehört haben, werden sie nicht überrascht gewesen sein. Drei Schüsse, drei Tote. Damit rechnen sie. Wenn sie glauben, alles ist so gelaufen, wie es sollte, haben wir einen kleinen Vorsprung.«

»Also lassen wir Drumont hier und arbeiten uns nach oben?«, fragte Alex unsicher.

»Ja!«

»Sie wollen mich hier einsperren?« Drumont trat auf Fabrice zu. »Das ist ja –«

Fabrice verpasste dem Kanzler mit dem Schaft seiner Pistole ansatzlos einen Schlag an die Schläfe. Drumont klappten die Beine weg, er fiel wie ein nasser Sack zu Boden und blieb ohnmächtig liegen.

»Raus hier«, wies Fabrice sie an. »Und haltet eure Waffen im Anschlag. Alex, weißt du, wie du damit umgehst?«

Alex hob unsicher den Revolver. Fabrice trat neben ihn, zeigte ihm, wie man die Waffe mit festem Griff in beiden Händen hielt und wie man sie entsicherte.

»Und jetzt los!«

Sie verließen den Raum und sperrten die schwere Tür zu. Vorsichtig schlichen sie den Gang zurück zum Aufzug. Fabrice ging voraus, Natalie folgte ihm, Alex bildete den Schluss. Als sie um die letzte Ecke zum Fahrstuhl biegen wollten, hielt Fabrice abrupt inne. Eine Kamera war direkt auf die Aufzugtür gerichtet.

»Wenn wir damit hochfahren, werden sie uns oben bereits erwarten«, flüsterte Fabrice. »Wir müssen es über die Treppe versuchen.«

Sie eilten den Gang zurück bis zu der Tür, die ins Treppenhaus führte. Fabrice öffnete sie einen Spaltbreit und schloss sie wieder.

»Eine Kamera. Wir müssen schnell sein. Bereit?«

Alex und Natalie nickten.

Fabrice stieß die Tür auf, rannte mit gezogener Waffe die Treppe hinauf und blieb dabei so nah wie möglich an der Wand. Natalie und Alex folgten seinem Beispiel. Ohne zurückzublicken, erklommen sie vier Treppen, bis sie zur nächsten Tür kamen. Auch hier hing eine Kamera.

Sie versteckten sich im toten Winkel des Treppenaufgangs. »Wir müssten im Erdgeschoss sein«, sagte Fabrice. »Es hat keinen Zweck, den Kameras ausweichen zu wollen. Das schaffen wir nicht. Wir müssen uns schnell bewegen. Das ist unsere einzige Chance.«

»Dann nichts wie los«, sagte Natalie.

Fabrice gab ein Zeichen und eilte gebeugt weiter die Treppen empor. Bevor sie den zweiten Stock erreichten, hielten sie erneut inne.

»Hier müsste irgendwo das Arbeitszimmer sein«, sagte Alex. »Die Frage ist, in welchem Flügel wir sind.«

Fabrice nickte. »Wenn wir diese Tür öffnen, muss jeder von uns bereit sein, seine Waffe zu benutzen.« Er sah sie eindringlich an. »Ihr dürft nicht zögern, habt ihr verstanden?«

Alex umklammerte seinen Revolver und nickte. Natalie wog ihr Messer in der Hand. Dann sah sie entschlossen von Alex zu Fabrice.

»Worauf warten wir also?«, sagte sie.

Fabrice spähte hinaus. Als er überzeugt zu sein schien, dass die Luft rein war, bedeutete er Alex und Natalie, ihm zu folgen.

Alex erkannte den Flur nicht wieder. In diesem Teil des Hauses waren sie bisher noch nicht gewesen. Als sie an einer geöffneten Flügeltür ankamen, sah Alex die Freitreppe, über die sie von Samir aus der Eingangshalle in den zweiten Stock geführt worden waren. Vorsichtig betraten sie die Galerie.

Mit einem Mal fiel Alex etwas ein. »Wir müssen die Geheimtür zum Arbeitszimmer finden«, flüsterte er. »Die normale Tür lässt sich nur elektronisch öffnen.«

Fabrice nickte. »Ich habe eine Idee. Aber dafür müssen wir uns trennen.«

Alex und Natalie sahen ihn entgeistert an, hörten aber schweigend an, was er ihnen vorschlug. Fabrice schien sich alles bereits bis ins Detail überlegt zu haben.

Fabrice wollte sich gerade in die entgegengesetzte Richtung aufmachen, als von unten eine Stimme ertönte. Fabrice drückte sich den Hörer seines Funkgerätes ans Ohr. Einer der Leibwächter stand in der Halle und rief einen seiner Kollegen. Schritte. Er kam die Treppe herauf. Als die Gestalt ins Blickfeld kam, erkannte Alex den zweiten Bodyguard, der sie zusammen mit Samir am Eingang gefilzt hatte.

Sie hockten hinter dem Geländer. Der Mann bemerkte sie nicht. Er bog in den Flügel ein, der zum Arbeitszimmer führte. Den Weg, den Alex und Natalie gehen sollten. Alex sah, wie Fabrice seine Waffe wegsteckte und ihnen signalisierte, zu bleiben, wo sie waren. Was hatte er vor? Lautlos erhob sich Fabrice, schlich dem Leibwächter hinterher und war in wenigen, schnellen Schritten hinter ihm.

Alex sah nicht genau, was passierte. Doch er hörte es. Fabrice war zwar größenmäßig im Nachteil, hatte aber das Überraschungsmoment auf seiner Seite. Mit dem linken Arm griff er von hinten um den Hals seines Gegners. Gleichzeitig packte seine rechte Hand das Kinn des Mannes und riss es mit einem Ruck zur Seite. Es knackte, und der bullige Körper in Fabrice' Armen sackte zusammen. Natalie keuchte auf. Alex verzog bei dem Geräusch das Gesicht. Das Knacken eines gebrochenen Genicks.

Fabrice blickte zurück und signalisierte Alex und Natalie, ihm zu Hilfe zu kommen. Sie eilten herbei.

»Aufmachen«, presste Fabrice hervor, den Toten immer noch in seinen Armen haltend. Mit dem Kopf deutete er auf eine schmale Tür. Natalie drückte die Klinke herunter. Alex hoffte, dass sich dahinter keine Überraschung verbarg. Als Natalie zur Seite trat, sah er erleichtert, dass es eine Toilette war.

Gemeinsam wuchteten sie die Leiche hinein und zogen die Tür wieder zu.

»Denkt an das, was ich euch gesagt habe«, schärfte ihnen Fabrice ein. Mit diesen Worten verschwand er auf dem Weg, den sie gekommen waren.

Alex sah Natalie an. Sie dachten beide das Gleiche. Innerhalb weniger Minuten hatte Fabrice zwei Menschen umgebracht. Aber es schien ihm nichts auszumachen. Sie hingegen spürten Blut an ihren Händen. In was waren sie da nur hineingeraten?

»Wir müssen weiter«, hörte sich Alex sagen. Bevor wir selbst so enden wie dieser arme Teufel da in der Toilette, dachte er.

Langsam gingen sie den Gang hinunter und lauschten an jeder Tür, ob sie etwas hörten. Alex mit dem Revolver in den Händen, Natalie mit dem Messer. Sie kamen zur letzten Biegung des Flures. Stück für Stück schlich sich Alex an der Wand entlang. Dann schaute er um die Ecke. Am Ende des Ganges lag die Tür zum Arbeitszimmer. Niemand war zu sehen. Er drehte sich zu Natalie um und hob den Daumen.

Er ging voraus. Schritt für Schritt näherte er sich dem Raum, in dem Raoul Drumont und Dominique Frey den Juge und Lieutenant Nivello in ihrer Gewalt hatten. Ob die beiden überhaupt noch lebten? Vielleicht hatte der alte Drumont veranlasst, auch sie zu beseitigen? Alex verdrängte den Gedanken und schlich weiter.

Die Faust traf ihn aus dem Nichts. Sie bohrte sich in seine Leber und ließ ihn atemlos zu Boden sinken. Im nächsten Moment wurde er hochgerissen und über den Flur geworfen. Sein Revolver rutschte über den Teppich außer Reichweite. Übelkeit stieg in ihm hoch, und er übergab sich.

»Wie bist du hierhergekommen?«, schrie eine männliche Stimme.

Alex war außerstande, zu antworten. Er stammelte etwas Unverständliches und wischte sich den Mund ab. Als er hochsah, erkannte er Janosch. In einer Hand hielt er eine Pistole, mit der anderen griff er zu seinem Funkgerät. »Samir, bitte kommen! Was ist da unten los bei euch?«

Alex konnte noch immer kaum atmen. Ein saurer Geschmack füllte seinen Mund aus. Ihm war speiübel und schwindlig. Er sah sich um. Er lag nur noch wenige Meter von der Tür zum Arbeitszimmer entfernt. Wie hatte er den Typen übersehen können? Da erkannte er seinen Fehler. Er war an einer Tür vorbeigeschlichen, ohne sie wahrzunehmen. Er hatte sich nur noch auf sein Ziel fokussiert und dabei die Gefahr aus den Augen verloren. Janosch musste ihn gehört und auf ihn gewartet haben. Er war dem Feind geradewegs in die Arme gelaufen.

Aber wo war Natalie? Alex vermied es, in ihre Richtung zu sehen. Er wollte Janosch unter keinen Umständen auf sie aufmerksam machen. Er zwang sich, dem Bodyguard in die Augen zu sehen.

Dieser versuchte noch immer, einen seiner Kollegen zu erreichen.

»Scheiße, warum antwortet niemand?« Er wandte sich wieder Alex zu. »Wo hast du die Knarre her, du Bastard? Ich sollte dich auf der Stelle abknallen.«

Alex sah in die Mündung der Waffe.

»So was habe ich heute schon mal gehört«, antwortete er. Er lächelte.

»Was gibt es da zu –«

Janoschs letztes Wort blieb unausgesprochen. Stattdessen riss er seine Augen auf. Ein stummer Schrei entwich seinem geöffneten Mund. Er ließ die Pistole fallen und griff sich an den Hals. Den Schaft eines Messers umklammernd, fiel er zu Boden.

Natalie trat vor und beugte sich zu Alex hinab. Sie war leichenblass. Ihre Hände zitterten. Aber ihre Stimme klang ruhig und gefasst.

»Wir sind fast da!«

24

Donnerstag, 12. Juni 2014, Bordeaux, Frankreich

Pascal Bernard stand mit auf dem Rücken gefesselten Händen in der Mitte des Arbeitszimmers. Neben ihm Nivello. Auch seine Hände hatte Raoul nach hinten gebunden.

Der Sohn des Kanzlers tigerte unruhig durchs Zimmer, während Dominique Frey lässig am Schreibtisch lehnte. Ihre Waffe lag griffbereit neben ihr.

Bernard hatte seine ehemalige Musterschülerin lange schweigend angesehen. Er fragte sich, wann sie sich wohl gegen ihn gewandt hatte. Gegen ihn und das System. Es musste in einer Zeit gewesen sein, in der ihr Aufstieg absehbar gewesen war. De Rozier hatte sie wahrscheinlich den Wächtern empfohlen, weil er wusste, dass sie irgendwann in Bernards Rolle schlüpfen würde.

Wie hatte er ihre Wandlung übersehen können? Sie hatte ihn getäuscht, ihm etwas vorgespielt. Und er, der glaubte, zu den Besten seines Fachs zu zählen, hatte sich von ihr hinters Licht führen lassen. Er war auf sie reingefallen. Die Erkenntnis, dass seine Antennen versagt hatten, als er angelogen worden war, nagte an ihm.

Frey und Drumont hatten ihnen verboten, zu sprechen. Keine Fragen. Keine Antworten. Alles, was sie wissen mussten, würde ihnen der Kanzler gleich höchstpersönlich erklären. Die Machtverhältnisse waren offensichtlich. Weder Frey noch Drumont junior hatten irgendetwas zu sagen. Ohne das Wort des Kanzlers lief hier nichts.

Aber wo blieb er? Und was hatte er mit Alex, Fabrice und Natalie gemacht? Bernard konnte sich ausmalen, was in einem anderen Teil dieses Hauses vor sich ging. Der Kanzler und Samir hatten die beiden mitgenommen, um sie, genauso wie Natalie, verschwinden zu lassen. Drei Morde. Keine Zeugen. Keine Leichen. Und ohne Leichen, das wusste Bernard, war eine Mordanklage von vornherein zum Scheitern verurteilt. Deswegen war er sich auch sicher, dass sie Christophe Wagners Leiche nie finden würden.

Die einzigen Morde, die nachweisbar waren und für die sie jemanden zur Verantwortung ziehen konnten, waren die an Clement und von Arx. Doch Drumont hatte bereits klargemacht, dass der Fall Clement im Sande verlaufen würde. Dank de Rozier. Und die Schweiz war noch mal etwas ganz anderes.

Was würde der Kanzler mit ihnen anstellen? Bernard ahnte es. Nivello und er würden sterben, ermordet von einem der Leibwächter. Frey würde diesen und Drumont senior verhaften. Während der Leibwächter geopfert würde und einer lebenslangen Haftstrafe entgegensah, würde Drumont von seinen mächtigen Freunden in wenigen Tagen wieder rausgeholt werden. Frey würde als Heldin nach Marseille zurückkehren und Bernards Posten übernehmen. Drumont müsste zwar eine Menge erklären und hinter sich aufräumen, aber er würde davonkommen.

»Das kann nicht wahr sein«, riss eine entsetzte Stimme Bernard aus seinen Gedanken.

Raoul starrte auf den Multimediascreen an der Wand. Dort liefen Bilder der Überwachungskameras im Haus. Bernard schaute genauer hin. Als er erkannte, was Raoul gesehen hatte, setzte sein Herz einen Schlag aus. Wie hatten sie das nur geschafft?

Ein Bild zeigte Alex und Natalie. Sie standen in einem Flur und blickten ruhig in die über ihnen angebrachte Kamera.

»Wie kommen die hierher?«, fragte Frey scharf. »Die müssten längst tot sein.«

»Halt die Klappe«, schoss Raoul zurück.

Er eilte zum Schreibtisch und griff nach einer Fernbedienung. Er drückte ein paar Knöpfe, und die Bilder änderten sich.

Bernard beobachtete, wie Raoul einen weiteren Knopf drückte und die Leibwächter seines Vaters rief. Keine Antwort. Er rief sie noch einmal, wieder blieb der Lautsprecher stumm.

»Lass sie rein«, sagte Frey ruhig. »Fragen wir sie doch einfach!«

»Das ist eine Falle«, antwortete Raoul in gereiztem Ton. Doch Bernard sah ihm an, dass er keine andere Lösung parat hatte. »Okay«, sagte er nach kurzem Überlegen. »Du entriegelst die Tür, ich nehme unsere Gäste in Empfang.«

Raoul trat vor, zog seine Waffe und richtete sie auf den Eingang. Dann gab er Frey ein Zeichen, die nun, ihre Waffe in der Hand, einen Schalter betätigte. Die Schlösser in der Tür klickten, und sie öffnete sich Zentimeter für Zentimeter.

Bernard dachte noch darüber nach, wie er Raoul außer Gefecht setzen konnte, als neben ihm Nivello nach vorn sprang. Wie ein Rugbyspieler rammte er dem überraschten Sohn des Kanzlers seine Schulter in die Magengrube. Beide fielen in einem Knäuel aus Gliedmaßen zu Boden. Raouls Pistole glitt ihm aus der Hand und verschwand unter einem der Sessel. Frey fluchte, legte den Schalter für die Tür wieder um und stand im nächsten Moment über den am Boden ringenden Gestalten.

»Keine Bewegung, Paolo«, schrie sie ihren ehemaligen Kollegen an. Dieser hatte mit seinen hinten aneinandergebundenen Armen gegen Raoul keine Chance und lag nun regungslos auf dem Rücken. Raoul stand auf und verpasste seinem Gegner einen letzten Tritt.

Bernard wusste, was jetzt kam. Er sah, wie Frey Nivello mit eisigem Blick musterte.

»Du warst schon immer ein impulsiver Schwachkopf«, sagte sie und hob ihre Waffe. »Aus dir wäre nie ein Commandante geworden.«

Der Knall des Schusses fuhr Bernard bis ins Mark. Freys Kopf kippte zur Seite, als die Kugel knapp oberhalb der Schläfe in ihren Schädel eindrang. Wie eine Marionette, der man die Fäden gekappt hatte, stürzte sie zu Boden.

Nivello, der nicht wusste, wie ihm geschah, zuckte zusammen, während sich Bernard und Raoul gleichzeitig in die Richtung drehten, aus der der Schuss gekommen war. Bernard brauchte einen Moment, ehe er sah, dass die Geheimtür, durch die der Kanzler mit Samir und den beiden entschwunden war, wenige Zentimeter geöffnet war. Nun glitt sie vollständig auf, und Fabrice Mannarino trat mit gezogener Waffe herein.

»Es ist vorbei, Drumont«, sagte er ruhig. Er ging zum Schreibtisch und drückte auf den Türknopf. »Wir haben Ihren Vater!«

»Und alle Leibwächter sind tot«, erklang Alex Kauffmanns

Stimme von der anderen Seite des Zimmers. Gemeinsam mit Natalie Villeneuve betrat er den Raum. In der Hand hielt er einen Revolver.

Bernard sah, wie Alex und Fabrice einen Blick wechselten. Offenbar hatte sich außerhalb dieses Zimmers ein brutaler Kampf abgespielt, während Bernard und Nivello hier hatten ausharren müssen.

»Wenn das so ist«, sagte Bernard, »sind Sie hiermit verhaftet, Monsieur Drumont!«

Alle Augen im Raum richteten sich nun auf Raoul Drumont. Der Sohn des Kanzlers war kreidebleich. Er stand unsicher zwischen ihnen. In seinem Gesicht spiegelten sich Wut und Angst wider.

»Das werden Sie bereuen!«, stieß er hervor. Er hob die Hände und legte sie auf seinen Kopf.

Fabrice Mannarino ging zur Leiche Dominique Freys hinüber und tastete sie ab. Als er fand, wonach er gesucht hatte, trat er zu Bernard und Nivello und befreite sie von den Handschellen. Der Lieutenant bedankte sich und legte die Fesseln Raoul Drumont an.

»Sind Sie sicher, dass sonst niemand mehr im Haus ist?«, fragte Bernard.

»Nein«, antwortete der Rabbiner. »Aber wenn ich das hier richtig sehe«, sagte er und deutete auf das Schaltpult am Schreibtisch, »können wir von hier oben die Eingangstür zum Haus öffnen.«

»Paolo, ruf sofort die Jungs unten an und sag ihnen, sie sollen reinkommen und alles Zimmer für Zimmer absuchen. Wo ist der alte Drumont?«

»In einem Kellerverlies eingesperrt«, antwortete Alex.

»Okay«, sagte Bernard und drehte sich wieder Nivello zu. »Sag ihnen, sie sollen ihn einkassieren und abführen. Und du hältst bis dahin Kanzler junior in Schach.«

Als Nivello die Männer von der GIPN ins Haus gelassen hatte, wandte sich Bernard wieder den anderen dreien zu.

»Was ist vorgefallen?«

Fabrice schilderte in knappen Sätzen, was Richard Drumont gesagt hatte, wie sie entkommen waren und warum sie sich getrennt hatten.

»Wenn Sie zwei der drei Leibwächter aus dem Verkehr gezogen haben, was ist dann mit dem dritten passiert?«, wollte Bernard wissen.

Er bekam keine Antwort.

Stattdessen begann Natalie Villeneuve, unkontrolliert zu schluchzen. Alex nahm sie in den Arm und führte sie zum Sofa. Bernard verstand sofort. Er ging zur Bar hinüber, goss ein Glas Cognac ein und reichte es Alex, der Natalie geduldig trinken ließ.

Als sie zur Ruhe gekommen war, blickte Natalie unsicher auf. Mit brüchiger Stimme fragte sie: »Können wir endlich nach Hause?«

25

Sonntag, 15. Juni 2014, Paris, Frankreich

Suzanne weinte hemmungslos.

Wie hätten sie es ihr schonender beibringen können?, fragte sich Alex. Nach allem, was in den letzten Tagen passiert war, hatten sie ihr schon viele Details erspart. Dennoch hatten sie ihr von Christophes Tod berichten müssen, von Natalies Entführung, dem Anschlag auf Alex' Leben auf dem Weingut und zumindest eine ansatzweise wahre Version des Alptraums wiedergegeben, den sie alle im Haus des Kanzlers erlebt hatten. Sie saßen schon seit dem Frühstück zusammen, erzählten und erklärten.

Natalie, die neben Suzanne auf dem Sofa saß und sie im Arm hielt. Alex, der neben Natalie saß und nun zu Fabrice in einem der Sessel hinübersah. Und Jean-Daniel Forêt, der Hausarzt, der nicht nur zu Suzannes Wohl gekommen war, sondern auch, um nach Natalie zu sehen.

Nachdem in Bordeaux alles ein Ende genommen hatte, hatte sich Natalies Wunsch nach einer Heimkehr nicht sofort erfüllt. Sanitäter hatten sie und Alex ins Krankenhaus gebracht und über Nacht dabehalten. Alex hatte sich lediglich seine Wunden versorgen lassen, die er im Weinkeller davongetragen hatte. Aber Natalie hatten die Ärzte auf den Kopf gestellt. Glücklicherweise ohne körperliche Schäden zu entdecken. Doch die mentalen Auswirkungen der Entführung waren laut eines Psychologen noch nicht absehbar. Natalie würde in den nächsten Wochen regelmäßig zu einem Therapeuten gehen müssen. Auch wenn sie versuchte, es herunterzuspielen, Alex spürte, sie würde es nötig haben.

Am Freitag hatte sie dann Pascal Bernard mit einem seiner Kollegen aus Bordeaux besucht. Die Befragung hatte fast den ganzen Tag gedauert. Natalie und er mussten alles noch einmal von Anfang bis Ende berichten, ihre gesamte Reise von Paris über Strasbourg, Fribourg, Aix-les-Bains bis zum Haus von Serge Clement und anschließend über Marseille nach Bordeaux. Besonders das, was schließlich im Haus am Quai des Chartrons geschehen war, hatte Bernard und seinen Kollegen interessiert. Wie sie aus dem Keller entkommen waren. Wer wen wie überwältigt hatte. Wer wen getötet hatte.

Am Ende hatte Bernard ihnen versichert, dass niemand von ihnen, auch nicht Fabrice, für seine Taten belangt werden würde.

»Sie haben Ihr eigenes Leben gerettet, und Sie haben Paolo und mir das Leben gerettet«, hatte Bernard gesagt. »Sie haben in einer polizeilichen Ermittlung unter meiner Leitung genau so gehandelt, wie ich es von Ihnen verlangt habe.«

Aber Alex war sich sicher, dass Bernard viel Überzeugungskraft geleistet haben musste, um sie aus der Sache herauszuhalten.

Schließlich hatten Alex, Natalie und Fabrice am Samstag die Heimreise antreten können. Auf Kosten des Steuerzahlers hatte Bernard ihnen Flugtickets organisiert, und sie waren am späten Abend in Paris gelandet. Sie waren sofort zu Suzanne gefahren.

Doch weder Suzanne noch Alex, Natalie oder Fabrice waren spät in der Nacht noch zu Erklärungen in der Lage. Natalie übernachtete bei Suzanne und überließ Alex und Fabrice ihr Zimmer.

Der Schock kam am nächsten Morgen. Fabrice, der sich am Vorabend nur als Rabbiner aus Bordeaux und als Freund von Régis vorgestellt hatte, lüftete sein Geheimnis. Und mit seiner Geschichte kam alles ins Rollen.

Jetzt saßen sie hier. Draußen liefen die Tropfen des ersten Sommerregens seit Wochen die Fensterscheiben hinab. Drinnen versuchte Suzanne, den Verlust ihres Bruders zu verkraften.

Es war alles gesagt. Alles erzählt, was Suzanne wissen musste. Der Rest war unausgesprochen geblieben. Und würde es wohl für immer bleiben.

Natalie riss Alex aus seinen Gedanken. Sie lehnte sich zu ihm herüber, küsste ihn sanft auf die Wange und streichelte mit ihrer Hand zärtlich sein Gesicht. Dann stand sie auf und verschwand in ihrem Zimmer. Alex sah ihr nach, als sein Handy piepste. Er zog es aus seiner Tasche. Eine SMS von Bernard.

»Schaltet TF1 ein! Gruß, Pascal«.

Alex griff zur Fernbedienung und machte den Fernseher an.

»Was ist los?«, fragte Fabrice.

»Pascal meinte, wir sollten uns etwas ansehen.«

Es erschien das Nachrichtenstudio des größten französischen Senders. Ein Sprecher verkündete den Beginn einer Sondersendung zu aktuellen Ermittlungen der Polizei.

»Die Police Nationale hat heute Vormittag eine landesweite Razzia durchgeführt. In über fünfzehn Städten wurden insgesamt dreiundvierzig Personen festgenommen, darunter hochrangige Politiker, Beamte und leitende Angestellte von Großunternehmen. Wie der verantwortliche Juge d'Instruction auf Nachfrage mitteilte, stehen diese Verhaftungen in direktem Zusammenhang mit mehreren Morden, die in den letzten Tagen in Frankreich und der Schweiz verübt wurden. Darüber hinaus werden den verhafteten Personen Verbindungen zu einer Verbrecherorganisation vorgeworfen. Wir schalten nun zu unserem Korrespondenten.«

Natalie kam sofort wieder aus ihrem Zimmer. Sie lauschten dem Beitrag. Selbst Dr. Forêt, der gerade dabei war, Suzanne den Blutdruck zu messen, vergaß seine beruflichen Pflichten.

Die Sondersendung dauerte eine knappe Viertelstunde. Anschließend sprach Fabrice aus, was alle dachten.

»Das ging aber fix!«

»Ich hätte nicht gedacht, dass Bernard die Leute so schnell einkassieren würde«, pflichtete ihm Alex bei.

»Wahrscheinlich hatte er keine andere Chance«, mutmaßte Forêt, der sich wieder Suzanne zugewandt hatte. »Andernfalls wären ihnen die Typen vielleicht durch die Lappen gegangen.«

»Je mehr von diesen Schweinen sie kriegen, desto besser«, sagte Natalie. Ihre düstere Miene verriet, dass sie mit ihren Gedanken wieder im Haus des Kanzlers war.

Alex entschied, sie da schnell wieder rauszuholen.

»Ich finde, wir sollten uns auf diese Nachricht ein Glas Wein gönnen.« Er stand auf, ging in die Bibliothek und kam mit fünf Gläsern und einer Flasche wieder.

»Du willst eine der alten Flaschen öffnen?«, fragte Natalie, als sie sah, was Alex mitgebracht hatte.

»Besser wird der Wein bestimmt nicht mehr«, entgegnete er. Bernard hatte ihnen als kleines Abschiedsgeschenk eine Kiste mit zwölf Flaschen mitgegeben. Er hatte sie dem Weinkeller des Châteaus entnommen. Zwar nicht dem Versteck, aber der wohl kostbarsten Ecke des Weinkellers. Dort, wo die ältesten Flaschen lagerten. Der gesamte Fundus des Verstecks war beschlagnahmt worden – auch die Goldbarren und Dutzenden Weinkisten. Bernard war zuversichtlich, dass all dies letztlich Natalie und Fabrice zugesprochen werden würde. Doch bis das Rechtssystem die Sachlage beurteilt hatte, konnten noch Monate vergehen. Als kleine Entschädigung sollten sie sich etwas anderes schmecken lassen.

Alex besah sich das Etikett. »Ein Pinot noir aus dem Burgund, Jahrgang 1942«, las er vor. Der Korken wirkte fest und intakt, aber Alex wollte kein Risiko eingehen. Er griff zu einer Korkenspange, die er in der Bibliothek gefunden hatte, und zog den Korken geduldig Zentimeter für Zentimeter aus dem Flaschenhals. Er roch daran und goss dann die tiefrote Flüssigkeit in einen Dekanter. Anschließend füllte er alle Gläser mit einem Schluck zum ersten Degustieren.

»Warum ist die Flasche denn blau?«, fragte Fabrice, als sich Alex neben Natalie aufs Sofa fallen ließ.

»Ich habe auch gerade darüber nachgedacht«, antwortete er. »Wenn ich es richtig im Kopf habe, hatten die Weinbauern während des Krieges kaum Glas, um überhaupt Flaschen zu produzieren. Deswegen haben sie genommen, was sie bekommen konnten.«

»Eine blaue Flasche«, schüttelte Fabrice den Kopf. »Und das von traditionsbewussten Franzosen.« Er grinste.

»Eigentlich müsste sie gelbgrün sein«, sagte Alex.

»Habt ihr zwei Klugscheißer langsam genug?«, warf Natalie ein. »Können wir endlich trinken?«

»Herbstlaub, *chérie*! So viel Zeit muss sein.«

»Herbstlaub?«

»Die Flaschenfarbe. *Les feuilles mortes.*«

»Tote Blätter!«, rief Natalie aus. »Im Ernst? Hoffentlich schmeckt der Wein nicht so. Chin-chin!«

Sie hoben die Gläser und probierten den zweiundsiebzig Jahre alten Wein.

Alex verzog sein Gesicht. Allerdings nicht wegen des Weines. Noch während die Flüssigkeit in seinen Mund gelaufen war, hatte er vergessen, auf den Geschmack zu achten. Natalies Bemerkung hatte etwas in ihm ausgelöst.

Ohne ein weiteres Wort ging er ins Badezimmer. Er öffnete den Spiegelschrank und durchstöberte ihn, bis er fand, wonach er gesucht hatte.

»Fabrice, kannst du mir mal bitte helfen?«, rief er in möglichst ruhigem Ton.

Kurze Zeit später stand er mit Natalies Onkel im Bad und zeigte ihm seinen Fund.

»Hältst du das für möglich?«

Fabrice betrachtete, was ihm Alex hinhielt.

»Durchaus. Ich habe davon gehört.«

»Meinst du, ich soll das Risiko eingehen?«

»Wenn ich mir überlege, was wir in den letzten Tagen alles durchlebt haben, würde mich nichts mehr wundern.«

»Okay. Bitte halt mir den Rücken frei, falls etwas schiefgeht.«

»Alles klar.«

Sie kehrten gemeinsam ins Wohnzimmer zurück. Alex hielt seinen Fund noch immer in den Händen.

»Was gibt's, Jungs, ihr seht so ernst aus?«, fragte Natalie.

»Es geht um das hier«, begann Alex und hielt eine Dose hoch.

»Das ist das Kräuterzeug, das Régis gegen Rheuma genommen hat«, sagte Suzanne. »Was ist damit?«

Alex überlegte, ob es irgendeinen Weg gab, es anders auszusprechen. Er fand keinen. »Jean-Daniel, ist es möglich, jemanden damit zu vergiften?«

»Was?«, riefen der Doktor, Natalie und Suzanne fast gleichzeitig.

»Um Gottes willen, Alex, wovon reden Sie?«, entfuhr es dem schockierten Arzt.

»*Les feuilles mortes*«, antwortete Alex ruhig. »Tote Blätter. So bin ich darauf gekommen. Dieses Zeug enthält Buchsbaum. Wer es über längere Zeit in hoher Dosis zu sich nimmt, stirbt. Ist es nicht so, Doktor?«

Jean-Daniel Forêt sah Alex mit dunklem Gesichtsausdruck an. »Ihr Ton gefällt mir nicht. Wollen Sie mir etwa unterstellen, ich hätte Régis vergiftet?«

»Ich habe Sie lediglich nach Ihrer Meinung gefragt. Das Wort ›Gift‹ haben Sie in den Mund genommen.«

»Meine Güte, überlegen Sie, was Sie da sagen!«, echauffierte sich Forêt. »Ich habe Régis über Jahrzehnte behandelt. Wir waren Freunde! Warum hätte ich ihn vergiften sollen?«

»Alex, glaubst du nicht, du gehst zu weit?«, fragte Natalie. Sie sah ihn zweifelnd an. Aber Alex erkannte, dass sie wachsam war.

»Ihr habt mir gesagt, Régis sei kerngesund gewesen. Plötzlich fängt er an, sich zu übergeben. Er hat alle Anzeichen einer Buchsbaumvergiftung gezeigt, nicht wahr, Dr. Forêt? Wenige Tage später ist er tot. Genau wie sein alter Freund Serge Clement.«

»Die Untersuchungen haben ergeben, dass er einen schweren Magen-Darm-Infekt hatte«, wehrte sich Forêt.

»Untersuchungen, die Sie selbst durchgeführt haben. Sie konnten sie problemlos fälschen.«

»Mein Lieber«, mischte sich nun Suzanne ein. »Du gehst zu weit! Jean-Daniel ist seit vielen Jahren unser Arzt und Freund.«

»Du hast eben schon immer den falschen Menschen vertraut, meine Liebe«, ertönte eine Männerstimme.

Ein Mann betrat das Wohnzimmer. Er musste sich lautlos Zutritt zur Wohnung verschafft haben. Er trug einen maßgeschneiderten Dreiteiler. Seine graublonden Haare hatte er sich schwarz gefärbt. In seinem Gesicht begann ein Bart zu sprießen. Trotzdem erkannten ihn alle wieder.

Christophe.

In seiner Hand hielt er eine Pistole.

26

Sonntag, 15. Juni 2014, Paris, Frankreich

»Christophe!«, rief Suzanne aus. Sie schlug eine Hand vor den Mund. Sie wollte aufstehen, hatte offenbar nicht gesehen, dass er eine Waffe auf sie gerichtet hatte.

»Hinsetzen!«, befahl er ihr in barschem Ton.

»Was um alles in der Welt ...?«, stöhnte sie auf.

Christophe bedeutete Alex und Fabrice, sich ebenfalls zu setzen. Alex ließ sich neben Natalie und Suzanne nieder. Fabrice nahm auf dem Schreibtischstuhl Platz.

»Das ist unmöglich«, flüsterte Natalie. »Er hat dir in den Rücken geschossen. Ich habe das Blut gesehen. Ich habe gesehen, wie sie Zement über deine Leiche ausgegossen haben.«

»Hast du das wirklich gesehen?«, fragte Christophe belustigt. »Oder hast du gesehen, was du sehen solltest? Ein blutiges Sakko. Eine Grube. Bist du sicher, dass ich noch in dem Loch lag, als der Zement floss? Vielleicht wollten wir ja, dass du glaubst, ich sei tot.«

»Wir?«, fragte nun Alex.

Christophe wandte sich Alex zu. »Ja, wir. Was glaubst du denn?«

»Du bist ein Wächter?«

»Na komm, eine etwas präzisere Antwort darf ich von dir schon erwarten.«

Alex dachte einen Augenblick nach. Sein Gehirn arbeitete auf Hochtouren. In Windeseile schrieb er Geschichten um, die er in den letzten Jahren gehört hatte, und fügte sie mit dem zusammen, was er in den letzten Tagen gelernt hatte. Wenn das stimmte, was er sich gerade ausmalte, hatten sich die Wächter ihren größten Coup für die Zeit nach ihrem eigenen Untergang aufbewahrt.

»Du bist der neue Kanzler.«

»Faszinierend, nicht wahr?«

Christophe schritt im Wohnzimmer auf und ab. Dabei hielt er seine Waffe immer noch auf sie gerichtet. Besonders Fabrice schien er im Blick zu behalten. Jemand musste ihm gesagt haben, wie sie aus dem Haus am Quai des Chartrons entkommen waren.

»Auferstanden von den Toten, um wieder aufzubauen, was heute von der Polizei offiziell zerstört worden ist. Sie werden sich damit brüsten, die Wächter zerschlagen zu haben. Aber Jesus musste auch erst sterben, um unsterblich zu werden. Die Wiederauferstehung der Wächter wird uns nur noch mächtiger machen. Stellt euch vor, jeder hält mich für tot. Niemand wird je meine Leiche finden. Niemand wird nach mir suchen. Niemand wird damit rechnen, dass ich noch lebe. Weil ich tot bin. Und das nicht erst seit dieser Woche.«

»Du bist einer von denen?«, fragte Suzanne mit bebender Stimme. »Du hast uns allen etwas vorgespielt? Du hast meinen Régis umgebracht?«

»Ja und nein, meine Liebe«, erwiderte er mit einer fast schon entschuldigenden Geste. »Um deinen Mann hat sich Dr. Forêt gekümmert. Jean-Daniel hat schon vor Jahren erkannt, dass er mit dem Geld, das wir ihm gezahlt haben, mehr anfangen kann als mit Loyalität zu seinen Glaubensgenossen. Deswegen hat er mir auch geholfen, unsere Verwandtschaft zu bestätigen. Die Geschichte mit deiner Mutter und der Geburt im KZ war eigentlich zu schön, um wahr zu sein, oder? Und doch hast du mir geglaubt. Du wolltest mir einfach glauben. Dein Mann war sich da nicht so sicher. Aber Jean-Daniel hat ihn überzeugt. Wie so ein gefälschter Bluttest alle Zweifel aus der Welt räumen kann. Es war so einfach, ein Teil eurer Welt zu werden.«

»Wer bist du wirklich?«, zischte Natalie.

»Ich bin der Bruder eines Mannes, der sich geopfert hat, um das große Ganze zu schützen.«

»Du bist Richard Drumonts Bruder?«, fragte Alex.

»Christophe Drumont, gestorben vor siebzehn Jahren an einem Herzinfarkt. Mit Totenschein, mit Beerdigung, mit allem Drum und Dran.«

»Und wofür das Ganze?«

»Um nach drei Jahren Training hier eingeschleust zu werden?«, mischte sich Fabrice ein. »Lassen Sie mich raten: Sie haben eine

Legende entworfen und sich akribisch auf den Tag vorbereitet, an dem sie hier auftauchen würden.«

»Ich habe gehört, was im Haus meines Bruders passiert ist. Sie sind gut. Sie haben in Israel offenbar eine Menge gelernt.«

»Aber warum vor siebzehn Jahren?«, wollte Natalie wissen.

Alex hatte in Gedanken bereits nachgerechnet.

»Weil Régis vor siebzehn Jahren den Fehler gemacht hat, sich mit den Wächtern anzulegen. Du erinnerst dich an den Erpresserbrief und die Puppe? Das war vor siebzehn Jahren.«

»Ist es nicht herrlich, wie sich alles zusammenfügt?«, fragte Christophe. »Wie euch plötzlich alles einleuchtet, was in all der Zeit passiert ist? Zu dumm, dass ihr dieses Gefühl nicht mehr lange werdet auskosten können.«

»Du wirst uns umbringen.«

»Na, glaubst du im Ernst, ich tauche hier auf, zeige mich, erzähle euch das alles, um euch dann zu verschonen?«

»Wie willst du die Wächter überhaupt wieder aufbauen?«, fragte Alex. Er musste irgendwie Zeit schinden, um sich eine Lösung einfallen zu lassen. Er sah von Christophe zu den anderen, verweilte nur bei Fabrice einen Moment länger. Sie hatten seit einigen Minuten ständigen Blickkontakt. Bislang schien Natalies Onkel kein Ausweg in den Sinn gekommen zu sein. Jetzt signalisierte er Alex etwas. Wenn er Fabrice richtig verstanden hatte, war es ein riskanter Plan. Besonders für Fabrice. Alex musste Christophes Aufmerksamkeit behalten. »Eure Organisation hat doch alles verloren«, fügte er an.

»Oh bitte, Alex, sei nicht so naiv! Wir hatten siebzig Jahre Zeit, Gelder ins Ausland zu schaffen für den Fall, dass mal etwas schiefläuft. Ich habe mehr Kapital zur Verfügung, als die Wächter in all den Jahrzehnten bislang gebraucht haben. Und die Leute, die heute festgenommen worden sind, sind nur die Spitze des Eisbergs. Unser Netzwerk ist weiter intakt. Ich gebe zu, die einflussreichsten Jungs haben sie heute drangekriegt. Das kann ich nicht leugnen. Aber es werden neue nachrücken. Kannst du dir vorstellen, wie viele Menschen in unserem Land empfänglich sind für unsere Argumente?«

»Argumente oder Geld?«, fragte Natalie verächtlich.

»Wo es Menschen gibt, gibt es Bestechlichkeit. Das wird sich nie ändern. Es stellt sich immer nur die Frage, wofür man seine Macht und sein Geld einsetzt. Wir haben nie einfach nur um Einfluss gekämpft. Wir wollen Frankreich zu einem besseren Land machen.«

»Dieses Märchen hat uns schon dein Bruder aufgetischt. Und du weißt, wo er nun ist«, sagte Natalie.

Sie hatte die Worte kaum ausgesprochen, da wusste Alex, dass sie einen Fehler begangen hatte. Christophes Miene verfinsterte sich.

»Ich weiß sehr wohl, wo mein Bruder ist. Und ich weiß auch, wer dafür verantwortlich ist. Deshalb bin ich heute hier. Ihr werdet bezahlen.«

Er richtete seine Waffe auf Natalie. »Ich dachte, ich würde so etwas wie Mitleid verspüren«, sagte Christophe. »Aber da ist nichts. Gar nichts. Dinge ändern sich anscheinend.«

»Da hast du wohl recht«, sagte Fabrice.

Christophe fuhr herum. Doch Fabrice hatte sich bereits aus seinem Sitz katapultiert und flüchtete in Richtung Durchgang zum Esszimmer. Er setzte zu einem Sprung an, um hinter der Wand in Deckung zu gehen.

Er schaffte es nicht.

Christophe feuerte und traf. Fabrices Oberkörper wurde herumgerissen und prallte gegen den Türrahmen.

Er fiel zu Boden und blieb reglos liegen.

Suzanne und Natalie schrien auf.

Alex versuchte, nicht darauf zu achten. Fabrice hatte getan, was er ihm zu verstehen gegeben hatte. Jetzt lag es an ihm. Alex griff nach Suzannes Gehstock. Er fasste den Stock so, wie er es schon hunderte Male zuvor gemacht hatte. Wie einen Degen. Er visierte Christophe an, der sich gerade wieder zu ihnen umdrehte. Alex sah ein zufriedenes Grinsen auf seinem Gesicht. Er schnellte vor und schlug nach der Waffe in Christophes Hand, als sei sie der Degen eines Gegners, und traf sie. Den Bruchteil einer Sekunde später landete er einen Ausfallschritt und bohrte Christophe die Spitze des Stocks in die Brust. Aus Gewohnheit erwartete er, dass sich seine Waffe durchbog, doch der Stock blieb steif. Stattdessen hörte er es knacken. Er konnte nicht sagen, ob es Christophes Rippen oder das Holz seiner improvisierten Waffe war.

Es spielte keine Rolle. Der Stoß zeigte die erhoffte Wirkung. Christophe sackte zusammen und fiel zu Boden. Gleichzeitig löste sich Alex aus seiner Stellung, drehte sich zu Dr. Forêt um und setzte ihm die Spitze des Stocks an den Hals. Dieser fuhr erschrocken zusammen und machte keine Anstalten, sich zu bewegen.

Natalie reagierte geistesgegenwärtig. Sie sprang auf, rannte zur Pistole, ergriff sie und richtete sie auf Christophe. Er lag hustend und nach Luft ringend am Boden und presste sich die Hände auf die Brust. Natalie stand über ihm, die Waffe in beiden Händen, schussbereit. Alex hielt Dr. Forêt unter Kontrolle.

Wir haben gewonnen, war sein erster Gedanke.

Dann sah er Fabrice' reglosen Körper im Türrahmen.

27

Montag, 16. Juni 2014, Paris, Frankreich

Natalie band Alex seine Krawatte. Sie versuchte zu lächeln, doch es gelang ihr nicht. Sie gab ihm einen zärtlichen Kuss und reichte ihm sein schwarzes Sakko. Er drehte sich zur Tür, als es klingelte.

»Meine Güte, Alex, du siehst aus, als wärest du auf dem Weg zu einer Beerdigung«, sagte Pascal Bernard, als er die Wohnung betreten hatte.

»Es hat nicht viel dazu gefehlt«, entgegnete Natalie süffisant.

»Da hast du wohl recht«, pflichtete ihr der Juge bei. Er trat auf sie zu und nahm sie in den Arm. »Ich komme gerade aus dem Krankenhaus. Fabrice geht es gut. Die Ärzte sind sehr zufrieden mit ihm.«

Natalie hatte bereits mit den Ärzten telefoniert, und doch spürte sie eine enorme Erleichterung. »Er hatte großes Glück!«

»Das haben wir in den letzten Tagen alle ziemlich strapaziert«, sagte Bernard nickend. »Vielleicht sollten wir es jetzt erst mal etwas ruhiger angehen lassen.«

Natalie dachte an den Vortag zurück. Suzanne hatte die Polizei gerufen, die in Windeseile mit einem Krankenwagen gekommen war. Fabrice hatte am Boden gelegen, sein Hemd in Blut getränkt. Die Sanitäter hatten ihn abtransportiert, aber erst über eine Stunde später Entwarnung gegeben. Die Kugel hatte das Schlüsselbein der rechten Schulter durchschlagen und war an der anderen Seite wieder ausgetreten. Er hatte viel Blut verloren, aber nicht zu viel.

Nachdem Christophe und Dr. Forêt verhaftet worden waren, waren Natalie, Suzanne und Alex ins Krankenhaus gefahren und hatten den restlichen Tag dort verbracht. Alex hatte mit Bernard telefoniert und ihn ins Bild gesetzt.

Nun standen sie im Wohnzimmer. Natalie wurde das Gefühl nicht los, dass Bernard noch etwas zurückhielt.

»Also, wofür der schwarze Anzug?«, schien dieser weiter Zeit schinden zu wollen.

»Ausnahmsweise ein positiver Anlass«, berichtete Alex. »Heute früh hat mich ein Kollege von der Sorbonne angerufen. Er hat wohl mitbekommen, dass ich hier bin, und will sich mit mir treffen.«

»Ein Job?«

»Möglich«, sagte Alex zögerlich. »Jeder Akademiker hat mittlerweile gehört, was mit Professor von Arx passiert ist. Vielleicht hoffen ein paar Leute, dass mir eine Luftveränderung guttun würde.«

»Da scheint die Akademikerwelt nicht die Einzige zu sein, die darauf hofft«, sagte Bernard und zwinkerte Natalie zu. »Aber bevor wir jetzt eure Familienplanung diskutieren ...« Er griff in die Innentasche seines Jacketts.

»Du bist nicht nur wegen Fabrice hier«, sagte Alex.

Bernard schüttelte den Kopf. »Es geht um zwei Dinge, die wir in Drumonts Arbeitszimmer in Bordeaux gefunden haben«, begann er. Er hielt einen Briefumschlag in seinen Händen. »Zunächst einmal haben wir das Testament deines Vaters sichergestellt«, sagte er und blickte Natalie an. »Wir haben es David Simon vorgelegt. Er hat die Echtheit bestätigt und es in Verwahrung genommen. Er wird sich also bald bei euch melden.«

»Und was ist in dem Umschlag?«, fragte Natalie.

»Die Kopie des Briefes, den Régis an dich geschrieben hat. Und die Entschlüsselung.«

Natalies Herz setzte einen Schlag aus. »Du meinst den Brief, den *papa* zu seinem Testament gelegt hat?« Sie sah Bernard mit großen Augen an.

Der Juge nickte. »Der Brief bestand nur aus Zahlen. Aber unser Experte hat ihn leicht entschlüsseln können.« Er reichte ihr den Umschlag.

Natalie nahm ihn so vorsichtig in die Hand, als ob der Inhalt zerbrechen könnte. Sie bekam eine Gänsehaut.

»Was steht drin?«, fragte sie mit leiser Stimme, während sie langsam begann, das Kuvert zu öffnen.

»Lies ihn in Ruhe! Mich hat gewundert, dass die Wächter den Code nicht geknackt haben. Wenn sie sich über die Bedeutung des Briefes im Klaren gewesen wären, hätten sie anders gehandelt. Und schneller. Offenbar haben sich die Wächter nicht in allen Bereichen auf die besten Leute verlassen.«

Natalie entnahm dem Umschlag zwei Blätter und entfaltete sie. Das erste Blatt Papier war mit Nummern vollgeschrieben. Auf dem zweiten war die Übersetzung. Doch die brauchte sie nicht. Sie sah sofort, was ihr Vater gemacht hatte.

»Oh Gott«, entfuhr es ihr. Dann begann sie zu lachen. Gleichzeitig stiegen ihr Tränen in die Augen. Der alte Mann hatte wirklich Nerven gehabt. »Er hat den Brief geschrieben wie eine SMS auf dem Handy.«

Sie hatte Régis einmal beigebracht, mit seinem Handy Kurznachrichten zu schreiben. Er war davon so begeistert gewesen, dass er gar nicht mehr hatte aufhören können, ihr SMS zu schicken. Sie zeigte Alex den Beginn des Textes. »Mein liebes Kind« entsprach den Zahlen »6346054323705463«.

»Und diesen Code haben die Wächter nicht geknackt?«, fragte Alex ungläubig.

»Manchmal sieht man vor lauter Wald die Bäume nicht«, bemerkte Bernard. »Oder vor lauter Zahlen die Buchstaben. Unser Verschlüsselungsexperte hat sich fast kaputtgelacht, dass die Wächter daran gescheitert sind.«

»Es gibt etwas zu lachen?«, erklang im selben Moment Suzannes Stimme.

Sie kam aus dem Esszimmer herüber und begrüßte Bernard förmlich. Alex schien die Chance ergreifen zu wollen, Natalie mit dem Brief ihres Vaters allein zu lassen, und stellte Suzanne und Bernard einander vor.

»Sie sind also der Mann, dem wir es zu verdanken haben, dass diese Bande Verbrecher endlich für ihre Taten büßt«, sagte Suzanne.

»Ich wünschte, ich könnte mich mit solchen Ehren schmücken«, antwortete Bernard höflich. »Ich fürchte, ohne Ihre Familie hätte es diesen Ausgang nicht gegeben. Insbesondere ohne das, was Ihr Mann getan hat. Er war ein sehr mutiger Mensch.«

»Er war meschugge«, sagte Suzanne. »Aber er war ein Lieber.« Sie lächelte. »Lassen Sie mich Ihnen eine Tasse Tee machen! Madame

Paulette hat meinen Tee sehr gerne getrunken. Eine ganz reizende Person, Ihre Schwägerin! Ich bin ihr sehr dankbar, dass sie bei mir geblieben ist, nachdem ich ihr die Briefe gegeben hatte. Sie hat das Warten auf Nachricht sehr viel erträglicher gemacht. Das haben doch bestimmt Sie eingefädelt, Monsieur! Nicht wahr?«

Sie hakte sich bei Bernard unter und ging mit ihm ins Esszimmer. Natalie blickte ihnen nach, die beiden Blätter in ihren Händen. Dann lehnte sie sich gegen eine Wand und las.

»Mein liebes Kind!« Sie glaubte, die Stimme ihres Vaters hören zu können. »Wenn du diese Zeilen liest, bin ich nicht mehr. Dann habe ich diese Welt verlassen, die meiner geliebten Suzanne und mir viel Leid, aber auch so viel Liebe und Freude gebracht hat. Liebe und Freude mit dir, mit unserer Tochter, unserem Ein und Alles.«

Natalie schluckte schwer. Mit jeder Zeile rutschte sie an der Wand ein paar Zentimeter nach unten.

»Du warst unser größtes Glück, unser wertvollster Schatz in einer Zeit, in der wir versucht haben, es dir an nichts fehlen zu lassen. Und doch habe ich dich all die Jahre belogen …«

Sie merkte, wie ihr die Tränen über die Wangen liefen. Es störte sie nicht. Sie las den Brief zu Ende. Dann begann sie von vorn. Als sie ihn dreimal gelesen hatte, hockte sie mit angewinkelten Beinen auf dem Boden. Sie wusste nicht, was sie fühlen sollte. Trauer, Erleichterung, Wut, Trost … Sie spürte, wie ihr schwindelig wurde.

Sie hörte Schritte. Alex setzte sich neben sie. Er sagte nichts.

Sie legte ihren Kopf auf seine Schulter. »Er hat alles erklärt.«

»Régis?«

Sie nickte.

»Wenn wir diesen Brief gehabt hätten, wäre das alles nicht passiert. Wir hätten direkt zur Polizei gehen können.«

»Es ist vorbei«, hörte sie ihn sagen. »Es ist endlich vorbei.«

Epilog

August 2014, Bad Arolsen, Deutschland

Sie saßen im Auto. Die Sonne brannte, doch die Klimaanlage erfüllte das Wageninnere mit angenehmer Kühle. Natalie hatte sich ihrer Sandalen entledigt und ihre nackten Füße auf das Armaturenbrett gelegt. Alex saß mit weit aufgeknöpftem Hemd am Steuer.

Sie hatten freie Fahrt. Sie waren auf dem Weg von Göttingen zurück nach Frankreich. Doch Alex hatte andere Pläne. Sie würden noch einen Abstecher machen. Natalie, die vor sich hin schlummerte, würde es erst merken, wenn sie fast da waren. Sie kümmerte sich nicht darum, wohin sie fuhren. Sie mochte es, von ihm durch die Lande kutschiert zu werden. So hatten sie aus seinem Vortrag an der fast dreihundert Jahre alten Universität einen einwöchigen Urlaub in Deutschland gemacht.

Jetzt ging es zurück, auch weil Fabrice nicht länger Bordeaux fernbleiben konnte. Er war nach Paris gekommen, um sich in der Zeit ihrer Abwesenheit um Suzanne zu kümmern.

Für Alex bedeutete die Rückkehr nach Paris den Beginn einer neuen Zeit. Er hatte einen Lehrauftrag an der Sorbonne angenommen und sich eine Wohnung in Paris gesucht. Noch ein Jahr lang würde er zwischen Paris und Fribourg pendeln und seine letzten Pflichten dort erfüllen. Dann würde er seine Zelte in der Schweiz abbrechen.

»Wo sind wir?«, fragte Natalie neben ihm schläfrig, als Alex von der Autobahn auf eine Landstraße abbog.

»Wir legen eine kurze Pause ein und fahren später weiter.«

Zustimmendes Brummen.

Nach einigen Kilometern kamen sie schließlich an dem Ortsschild vorbei, auf das Alex gewartet hatte. Er verlangsamte die Fahrt und hielt Ausschau nach ihrem Ziel.

»Bad Arolsen?«, fragte Natalie. »Wo schleppst du mich denn jetzt wieder hin?«

»Wir haben einen kleinen Umweg gemacht«, sagte Alex. »Ich verspreche dir, du wirst es nicht bereuen.«

»Ich bestimmt nicht, aber du vielleicht«, sagte sie, richtete sich auf und zog ihre Sandalen wieder an.

Sie fuhren an einem Schloss vorbei, ehe auf der anderen Seite ein altes Gebäude hinter Bäumen auftauchte. Alex nahm die Einfahrt und fuhr auf das gepflegte Gelände.

»›International Tracing Service‹«, las Natalie von einem Schild am Wegesrand ab.

»Wir haben hier einen Termin.«

»Wir?«

»Genauer gesagt: du!«

Sie betraten das Gebäude und meldeten sich am Empfang. Kurze Zeit später erschien eine Frau mittleren Alters mit Hosenanzug, kurzen roten Haaren und Lesebrille. Sie stellte sich als Professorin Engelbrecht vor.

»Ich bin die Direktorin des ITS«, sagte sie in fließendem Französisch. »Schön, dass es geklappt hat, Professor Kauffmann. Madame Villeneuve, seien Sie willkommen!«

»Vielen Dank, Frau Professor Engelbrecht«, erwiderte Natalie. »Auch wenn ich noch nicht so genau weiß, weshalb ich hier bin. Alex hat daraus ein großes Geheimnis gemacht.«

»Dann wollen wir Sie mal nicht länger auf die Folter spannen. Kommen Sie bitte mit!«

Sie führte die beiden über eine Treppe in den Keller. Als sie einen großen Raum betraten, in dem Dutzende Regale Reihe an Reihe standen, wusste Alex, dass es richtig gewesen war, hierherzukommen. Der Duft alten Papiers lag in der Luft, ein Geruch, den Alex nur zu gut aus Bibliotheken kannte. Es herrschte fast vollständige Stille. Nur in einer Ecke des Raumes schien jemand in etwas zu blättern.

»Willkommen in unserem Heiligtum«, sagte Engelbrecht und machte eine Handbewegung, die den ganzen Raum umfasste. »Unser Archiv. Tausende Gegenstände und Abertausende Dokumente.«

»Was für Dokumente?«, fragte Natalie.

»Über die Opfer des Nationalsozialismus, Madame Villeneuve. Über die Verfolgten, die Getöteten, die Überlebenden, die Familien. Uns gibt es, damit Familien wieder zusammenfinden, Hinterbliebene Gewissheit haben, Menschen ihre Geschichte erzählen können.«

Alex sah Natalie an. Langsam schien sie zu ahnen, warum er sie hergeführt hatte.

»Warum bin ich heute hier?«, fragte sie unsicher.

»Weil wir Ihnen etwas zeigen wollen«, sagte die Direktorin. »Als mich Professor Kauffmann vor einigen Wochen anrief, habe ich sofort alles versucht, um zu helfen. Wir haben natürlich von den Vorfällen in Frankreich gehört. Und glücklicherweise wurden wir fündig.«

»Fündig? Inwiefern?«

»Bitte setzen Sie sich!«, sagte sie und führte sie an einen Tisch in einer Nische. »Ich bin gleich wieder da.«

Als sie verschwunden war, sah Natalie Alex fragend an. Ihre Augen verrieten, dass sie nicht wusste, ob sie auf das vorbereitet war, was nun kommen würde. Alex griff ihre Hand und drückte sie.

Als die Direktorin zurückkehrte, trug sie einen hölzernen Karteikasten bei sich.

»Wir hatten dankenswerterweise genügend Angaben, um uns auf die Suche begeben zu können«, begann sie. »Und hier ist das Ergebnis.« Sie entnahm dem Kasten einige Karteikärtchen, die jahrzehntealt sein mussten. Das Papier schon fast braun, mit Schreibmaschine beschrieben und mit der schnörkligen Handschrift eines Füllfederhalters ergänzt.

»Wie ich gehört habe, haben Sie durch Ihre Erlebnisse viel über Ihre Großeltern erfahren können. Wenn Sie es wünschen, und natürlich nur dann, würde ich Ihnen gerne etwas geben«, sagte sie.

Natalie sah erst sie und dann Alex an.

Professorin Engelbrecht sprach mit warmer, sanfter Stimme.

»Es geht um die Eltern Ihres Großvaters Jacob Hinault. Wir haben etwas, das Ihnen gehört.«

»Mir?« Natalie sah sie verwirrt an.

»Genauer gesagt Ihrer Familie. Es gehörte Ihrem Urgroßvater Isaac Hinault. Er und seine Frau Alania sind, wie Sie vielleicht ebenfalls schon erfahren haben, im Vernichtungslager Sobibor ums Leben gekommen. Wir wissen aber auch, dass beide von Drancy aus deportiert worden sind. Und dort hat man etwas gefunden, das später in unseren Besitz gelangt ist.«

Zwischen den Karteikarten holte sie einen braunen Umschlag hervor und reichte ihn Natalie. Diese nahm ihn und öffnete ihn vorsichtig.

Sie keuchte, als sie hineinsah.

»Das kann unmöglich …«, flüsterte sie und betrachtete, was ihr in die Handfläche rutschte. Ein goldener Siegelring.

Alex, der schon am Telefon von Engelbrecht erfahren hatte, dass sie einen Ring gefunden hatten, besah ihn sich genauer. Eine aufwendige Arbeit, gelbgoldene Fassung, weißgoldenes Siegel, gelbgoldene Initialen. »IH«. Isaac Hinault.

»Dieser Ring gehörte wirklich meinem Urgroßvater?«, fragte Natalie.

»Das können wir mit Bestimmtheit sagen«, bestätigte Engelbrecht. »Es wäre mir eine große Freude, wenn Sie ihn an sich nehmen würden.«

»Ich darf ihn einfach so behalten?«

»Wenn wir den Papierkram erledigt haben, ja«, sagte sie lachend.

Sie saßen einige Minuten zusammen. Natalie stellte Fragen, wollte die Geschichte des Rings erfahren, mehr über ihre Urgroßeltern wissen. Sie erkundigte sich nach den Dokumenten, die den Weg von Bordeaux über Drancy nach Sobibor belegten. Die Direktorin antwortete geduldig, zeigte ihnen Dokumente, erklärte, wo das Institut die Unterlagen hernahm und wie es sie auswertete.

»Und all das hier«, Natalie blickte sich im Archiv um, »gehört Familien, die von den Nazis verfolgt worden sind?«

»Sofern diese Familien heute überhaupt noch existieren«, bestätigte Engelbrecht.

»Wie können Sie all dieses Leid jeden Tag ertragen?«, fragte Natalie.

»Schauen Sie in sich selbst, Madame! Ich habe den Eindruck, dass Sie den heutigen Tag nicht vergessen werden. Und etwas sagt mir, dass Sie diesen Ring in Ehren halten werden. Diese Momente sind es, wofür wir hier jeden Tag arbeiten.«

»Und wie finanzieren Sie das?«

»Größtenteils durch den Staat. Wir bekommen natürlich auch Spenden, aber Deutschland hat sich verpflichtet, uns für unsere Arbeit zu bezahlen.«

»Wie groß ist denn Ihr Etat?«, wollte Alex wissen.

»Was schätzen Sie?«, fragte Engelbrecht.

Alex dachte nach. Das Anwesen war riesig. Das Gebäude vier Stockwerke hoch mit vielen Dutzend Zimmern. Wenn das alles zum ITS gehörte, arbeiteten hier weit über hundert Menschen. Aber das konnte kaum sein, oder doch? Alex fragte nach.

»Wir haben fast dreihundert Mitarbeiter hier in Bad Arolsen«, sagte die Direktorin.

Alex überschlug die Zahlen im Kopf.

»Dann liegen allein Ihre Personalkosten im zweistelligen Millionenbereich«, schloss er. »Und für das alles kommt der deutsche Staat auf?«

»Eigentlich ein ziemlich geringer Preis für die Geschichten, die in all diesen Karteikästen stecken, finden Sie nicht?«, fragte sie.

Alex wusste nicht, was er sagen sollte. Er hatte in den letzten Wochen gesehen, wie Menschen in Frankreich mit ihrer Vergangenheit umgingen. Er wusste, dass es eine Minderheit war, doch er fand es erschreckend, wie stolz Franzosen auf ihre Historie sein konnten und dabei völlig ausblendeten, dass auch ihr Land anderen Menschen Leid zugefügt hatte. Die Begründung klang immer gleich: Fremde Mächte trugen die eigentliche Schuld. Frankreich war kein Täterland. Das war die einhellige Meinung. Doch warum kam die Geschichte dann nicht zur Ruhe?

Natalie holte Alex zurück in die Wirklichkeit.

»Was wäre, wenn Sie mehr Geld zur Verfügung hätten?«, fragte sie die Direktorin.

Professor Engelbrecht lächelte. »Dann könnten wir Projekte

finanzieren, die zurzeit leider undenkbar sind. Wir haben unzählige Hinweise, die ins Ausland führen. Nicht in die Schweiz, nach Frankreich oder Italien. Sondern nach Amerika, nach Asien, nach Australien. Überallhin. Für uns würde ein Traum in Erfüllung gehen.«

Natalie blickte zu Alex. Er wusste, woran sie dachte.

Sie sah die Direktorin an und lächelte.

»Was wissen Sie über die Banque Privée 1898?«

Danksagung

Das Wort »danke« ist so kurz wie leider allzu häufig seine Halbwertszeit. Mein Dank an die Menschen, die dieses Buch von der ersten Idee bis zur letzten Zeile begleitet haben, wird aber immer bestehen bleiben.

Ohne Anna Mechler und ihren Glauben an die Geschichte hinter der Geschichte hätte es weder genau dieses Ende des Buches gegeben noch das Buch in seiner heutigen Form. Christiane Geldmacher hat mit ihren Korrekturen vom ersten Tag an viele lohnenswerte Türen geöffnet und andere dankenswerterweise schneller geschlossen, ehe ich vollständig durchgehen und dahinter verschwinden konnte. Carlos Westerkamp schließlich hätte dem Manuskript nicht sorgsamer und bedachter begegnen können. Er hat mich noch einmal an die talmudische Weisheit erinnert: Betrachte nicht den Krug, sondern dessen Inhalt! Wie wäre es mit Alex und Natalie wohl ausgegangen, wenn mir nicht derart kompetente Köpfe und scharfe Augen immer wieder zur Seite gestanden hätten?

Apropos kompetente Köpfe: Don und Petie Kladstrup wissen nichts von ihrem Glück. Aber sie haben mich mit ihrem Buch »Wein & Krieg: Bordeaux, Champagner und die Schlacht um Frankreichs größten Reichtum« zu einigen Details und zu noch mehr Gesprächen mit vielen interessanten Menschen in Frankreich inspiriert. Eine davon war Souad Chabli vom INPS in Marseille, die mir außergewöhnliche Einblicke in die forensische Arbeit der französischen Ermittler geben konnte. Ein solcher Ermittler, nennen wir ihn Pierre – er weiß, dass er gemeint ist –, hat dankenswerterweise das berühmte Nähkästchen geöffnet und Geschichten über die Police Nationale und die Gendarmerie erzählt, die noch viele weitere Bücher füllen könnten. Julius H. Schoeps, dem Direktor des Moses Mendelssohn Zentrums für europäisch-jüdische Studien an der Universität Potsdam, gilt mein Dank für die vielen Stunden, die ich in der Bibliothek verbringen und die von ihm empfohlenen Schriften studieren konnte. Auch Professor Robert Hayward darf hier nicht fehlen, der sich selbst als jüdischster Nichtjude bezeichnet und mit seiner unvergleichlichen Art nicht nur meine Zeit in Durham, sondern auch dieses Buch wie ein Lexikon jüdischer Geschichte bereichert hat.

Zum Schluss aber halte ich mich erneut an den Talmud. Die Taten der Eltern sind den Söhnen ein Wegweiser. Frania, Utz, Patrick – ohne euch wäre alles nichts.

Und auch nicht ohne Vella und Leo. Dieses Buch ist für euch. Danke.